L'AFFAIRE AGATHA CHRISTIE

Nina de Gramont

L'AFFAIRE AGATHA CHRISTIE

ROMAN

Traduit de l'anglais par Cindy Colin-Kapen

le cherche midi

Directeurs de collection : Arnaud Hofmarcher et Marie Misandeau
Relecture éditoriale : Hubert Robin

Titre original : *The Christie Affair*
Éditeur original : St Martin's Press

Conception graphique : Justine Dupré
Mis en pages par PCA
Dépôt légal : avril 2023
ISBN : 978-2-7491-7597-3

Vous pouvez consulter notre catalogue général
et l'annonce de nos prochaines parutions sur notre site :
www.cherche-midi.com

92, avenue de France 75013 Paris

À Liza Jane Hanson

PREMIÈRE PARTIE

« Elle l'aime trop, cette petite. C'est dangereux.
Oui, c'est dangereux[1]. *»*
Hercule Poirot

1. Traduction d'Élise Champon et Robert Nobret.

CI-GÎT SŒUR MARY

Il y a longtemps, dans un autre pays, j'ai failli tuer une femme.

C'est un sentiment étrange, le besoin de tuer. D'abord vient la rage, plus grande que vous ne pourriez l'imaginer. Elle s'empare de tout votre corps telle une puissance divine, prend possession de votre volonté, de vos membres, de votre âme. Elle vous dote d'une force dont vous ne soupçonniez pas l'existence. Vos mains, jusque-là inoffensives, se lèvent pour prendre la vie d'une autre personne. Et ce geste vous procure du plaisir. Y repenser me donne la chair de poule, mais j'ose dire que, sur le moment, c'est agréable. Agréable comme peut l'être la justice.

Agatha Christie avait beau être fascinée par le meurtre, c'était une femme au cœur tendre. Elle n'a jamais voulu tuer personne. Pas un seul instant. Pas même moi.

« Appelez-moi Agatha », disait-elle toujours en me tendant sa main fine. Mais je ne l'ai jamais fait, pas à cette époque, qu'importait le nombre de week-ends que j'avais passés chez elle, le nombre de moments intimes que nous avions partagés. Une telle familiarité avait quelque chose d'inconvenant pour moi, même si les convenances commençaient déjà à s'effriter dans les années qui avaient suivi la Grande Guerre. Agatha était une femme de la haute société, mais elle se passait volontiers des bonnes manières et des conventions. Moi, je ne pouvais pas les abandonner si facilement. J'avais travaillé bien trop dur pour les acquérir.

Je l'appréciais. À l'époque, je refusais d'admettre les qualités littéraires de ses romans, mais je n'ai jamais caché que je l'admirais en tant que personne. Je l'admire toujours. Récemment, lorsque j'ai confié cela à l'une de mes sœurs, elle m'a demandé si je regrettais ce que j'avais fait, et toute la souffrance que j'avais causée.

« Bien sûr que je regrette », ai-je répondu sans la moindre hésitation. Ceux qui affirment ne pas avoir de regrets sont des psychopathes ou des menteurs. Je ne suis ni l'un ni l'autre, mais j'ai un don pour garder les secrets. À cet égard, la première Mme Christie et la seconde se ressemblent beaucoup. Nous savons toutes les deux qu'il est impossible de raconter sa propre histoire sans révéler celle de quelqu'un d'autre. Toute sa vie, Agatha a refusé de répondre aux questions sur les onze jours de sa disparition, et ce n'était pas uniquement pour se protéger.

Moi aussi, j'aurais refusé de répondre, si quelqu'un avait pensé à me le demander.

LA DISPARITION

Un jour avant
Jeudi 2 décembre 1926

J'avais dit à Archie que ce n'était pas le bon moment pour qu'il quitte sa femme, mais je ne le pensais pas. En ce qui me concernait, ce petit jeu avait trop duré. Il était temps pour moi de jouer mon atout. Il aimait cependant avoir l'impression que les idées venaient de lui, je décidai donc de protester un peu.

« Elle est trop fragile », dis-je. Agatha était encore sous le choc du décès de sa mère.

« Clarissa est morte il y a plusieurs mois, répliqua Archie. Et quel que soit le moment où je lui annoncerai la nouvelle, ce sera de toute façon un coup dur. » *Fragile* était le dernier mot que l'on utiliserait pour décrire Archie, en particulier quand on le voyait assis derrière son grand bureau en acajou, tout en pompe et en puissance. « Tout le monde ne peut pas être heureux, ajouta-t-il. Quelqu'un sera forcément malheureux, et j'en ai assez que ce soit moi. »

Je lui fis face, perchée sur le fauteuil en cuir habituellement réservé aux financiers et hommes d'affaires.

« Chéri », dis-je. Ma voix n'aurait jamais les intonations distinguées de celle d'Agatha, mais j'avais réussi à effacer mon accent de l'East End. « Il lui faut plus de temps.

— Elle est adulte.

— Une personne ne cesse jamais d'avoir besoin de sa mère.

— Tu es trop indulgente, Nan. Trop gentille. »

Je souris comme si c'était vrai. Les choses qu'Archie détestait le plus au monde étaient la maladie, la faiblesse et la tristesse. Il n'avait pas la patience de laisser les gens guérir. Depuis que j'étais sa maîtresse, je prenais toujours soin de paraître gaie et insouciante, soit l'exact opposé de sa femme, d'une nature calme et posée, et à ce moment-là accablée de chagrin.

Son visage s'adoucit. Un sourire se dessina aux commissures de ses lèvres. Les gens heureux n'ont pas d'histoire, dit-on. Archie ne s'enquérait jamais de mon passé. Il ne voulait que la femme que j'étais aujourd'hui, toujours radieuse et enthousiaste. Il passa une main sur ses cheveux, lissant les mèches déjà parfaitement coiffées. Je remarquai qu'il grisonnait légèrement au niveau des tempes, ce qui lui donnait un air distingué. Ma relation avec Archie était peut-être intéressée, mais cela ne voulait pas dire que j'étais insensible à ses charmes : il était grand, séduisant et amoureux de moi.

Il se leva et traversa la pièce pour s'agenouiller devant ma chaise.

« Archie, dis-je sur le ton de la réprimande. Et si quelqu'un entrait ?

— Personne ne va entrer. »

Il passa ses bras autour de ma taille et posa sa tête sur mes genoux. Je portais une jupe plissée, un chemisier boutonné, un cardigan ample et des bas. De fausses perles et un nouveau chapeau très élégant. Je caressai les cheveux d'Archie, mais le repoussai délicatement quand il pressa son visage contre moi.

« Pas ici », dis-je, mais sans insistance, du ton léger d'une femme qui, de toute sa vie, n'avait jamais connu ni la maladie ni la tristesse.

Archie m'embrassa. Il avait un goût de fumée de pipe. Je refermai mes doigts sur le revers de sa veste et n'émis pas d'objection quand il posa sa main sur ma poitrine. Ce soir, il rentrerait chez lui, auprès de sa femme. Si je voulais que le plan que j'avais élaboré avec tant de soin suive son cours, il devait retourner la voir en pensant à moi. Une éponge imbibée de sulfate de quinine – que m'avait procurée ma jeune sœur mariée – montait la garde en moi, me protégeant d'une grossesse. Jamais je n'avais rencontré Archie sans m'être préparée de cette manière, mais pour l'heure, cette précaution était inutile. Il ajusta soigneusement ma jupe, lissa les plis, puis se leva et se dirigea vers son bureau.

À peine s'était-il installé qu'Agatha arriva. Elle ouvrit la porte sans frapper et pénétra dans la pièce. On entendait tout juste le bruit de ses petits talons sur le tapis. À trente-six ans, elle était de près de dix ans mon aînée. Elle était plus grande que moi, et ses cheveux roux commençaient à perdre de leur éclat.

« Agatha, dit sèchement Archie. Tu aurais pu frapper.

— Oh, Archie. Ce n'est pas comme si c'était une salle de bains. » Elle se tourna vers moi. « Mademoiselle O'Dea. Je ne m'attendais pas à vous trouver ici. »

La stratégie d'Archie avait toujours été de me cacher au grand jour. J'étais régulièrement invitée à des fêtes et même à passer le week-end chez eux. Six mois plus tôt, il se serait au moins donné la peine d'inventer une excuse pour justifier ma présence dans son bureau. *Stan m'a prêté Nan pour taper quelques lettres*, aurait-il pu dire. Stan était mon employeur à l'Imperial British Rubber Company. C'était un ami d'Archie, mais il ne prêtait jamais rien à personne.

Cette fois, Archie n'offrit pas la moindre explication à ma présence, perchée là où je n'avais pas ma place. Agatha haussa les sourcils en prenant conscience que son mari ne s'encombrait même plus de son subterfuge habituel, mais se ressaisit très vite pour s'adresser à moi.

« Regardez-nous, dit-elle en désignant sa tenue puis la mienne. Nous sommes jumelles. »

J'eus le plus grand mal à ne pas me toucher le visage. Je me sentais rougir comme une tomate. Et si elle était entrée deux minutes plus tôt ? Aurait-elle feint l'ignorance, malgré cette preuve irréfutable, aussi obstinément qu'elle le faisait maintenant ?

« Oui, répondis-je. Vous avez raison. »

Cette saison-là, presque toutes les femmes de Londres ressemblaient à des jumelles : mêmes vêtements, mêmes cheveux coupés aux épaules. Le tailleur d'Agatha, cependant, était signé Chanel, et ses perles étaient authentiques. Ces différences entre nous ne lui inspiraient pas le moindre dédain, elle n'y prêtait même aucune attention, je crois. Elle n'était pas ce genre de personne, une qualité qui s'était retournée contre elle en ce qui me concernait. Jamais Agatha ne s'était opposée à ce que la fille d'un employé de bureau, une simple secrétaire, fasse partie de son cercle social. « C'est une amie de la fille de Stan, lui avait dit Archie. Une excellente golfeuse. » Elle n'avait pas eu besoin de plus d'explications.

Sur les photographies de cette époque, Agatha semblait plus sombre et moins jolie qu'elle ne l'était en réalité. Elle avait des yeux bleus pétillants, quelques taches de rousseur sur le nez qui lui donnaient un air enfantin, et un visage très expressif.

Finalement, Archie se leva pour la saluer, lui tendant la main comme à un associé. À ce moment-là, je me dis – comme le ferait quelqu'un qui, ayant commis un acte cruel, souhaiterait soulager sa conscience – que ce n'était pas plus mal : elle méritait mieux qu'Archie, cette femme belle et ambitieuse. Elle méritait quelqu'un qui la prendrait dans ses bras avec une adoration sans bornes et lui serait fidèle. Alors que la culpabilité menaçait de l'emporter, je me rappelai qu'Agatha était née avec une cuillère en argent dans la bouche et que, quoi qu'il arrive, elle serait toujours privilégiée.

Elle dit à Archie, sans doute pour la deuxième ou troisième fois, qu'elle sortait d'un rendez-vous avec Donald Fraser, son nouvel agent littéraire.

« Puisque je suis en ville, je me disais que nous pourrions aller déjeuner quelque part. Avant que tu partes pour le week-end.

— Je ne peux pas, aujourd'hui. » Archie désigna sans conviction son bureau vide. « J'ai une montagne de travail.

— Ah. Tu es sûr ? J'ai réservé une table chez Simpson's.

— Oui, je suis sûr. Je crains que tu ne sois venue pour rien.

— Souhaitez-vous m'accompagner, mademoiselle O'Dea ? Un déjeuner entre filles ? »

Je n'aurais pas supporté de la voir subir un deuxième rejet. « Oh, oui. Avec plaisir. »

Archie toussa, irrité. Un autre homme aurait pu se sentir nerveux face à la perspective d'un déjeuner entre son épouse et sa maîtresse, mais il ne se souciait plus d'être démasqué. Il voulait en finir avec son mariage, et si cela devait se produire après qu'Agatha nous eut pris sur le fait, qu'il en soit ainsi. Pendant que sa femme et moi déjeunerions, il irait à son rendez-vous chez Garrard & Co pour m'acheter une bague, mon premier véritable diamant.

« Vous devez me parler de ce nouvel agent, dis-je en me levant. Quelle carrière palpitante vous avez, madame Christie ! » Ce n'était pas de la flatterie. La carrière d'Agatha était à mes yeux bien plus intéressante que les transactions financières d'Archie, bien qu'elle ne soit pas encore célèbre à l'époque, du moins pas autant qu'elle le serait plus tard. Une star en devenir. Je l'enviais.

Agatha glissa son bras dans le mien et je la laissai faire. Ayant grandi avec trois sœurs, rien ne me venait plus naturellement que l'intimité avec d'autres femmes. Le visage d'Agatha se figea en un sourire qui parvenait à être à la fois rêveur et déterminé. Archie se plaignait parfois du poids qu'elle avait pris au cours des sept dernières années, depuis l'arrivée de Teddy, mais son bras était fin et délicat. Je la laissai me guider à travers les bureaux jusqu'à la rue animée de Londres. Je sentis mes joues rosir dans le froid. Soudain, Agatha lâcha mon bras et porta une main à son front, comme si elle était prise de vertiges.

« Tout va bien, madame Christie ?

— Agatha, me corrigea-t-elle, d'une voix plus sèche que dans le bureau d'Archie. Je vous en prie, appelez-moi Agatha. »

Je hochai la tête. Puis je fis ce que je faisais chaque fois qu'elle m'adressait cette requête : je ne l'appelai plus du tout.

Avez-vous déjà rencontré une femme qui, par la suite, est devenue célèbre ? Avec le recul, il y a des choses qui sautent aux yeux, n'est-ce pas ? La manière dont elle se tient. La détermination dans sa voix. Jusqu'à sa mort, Agatha a affirmé ne pas être quelqu'un d'ambitieux. Pourtant, je sentais sa fougue dans la façon dont son regard balayait une pièce. Celle dont elle examinait chaque personne qui traversait son champ de vision, imaginant une histoire qu'elle pourrait résumer en une seule phrase. Contrairement à Archie, Agatha s'intéressait toujours à votre passé. Si vous ne souhaitiez pas le révéler, elle en créait sa propre version, et se persuadait que c'était la réalité.

Chez Simpson's, on nous escorta à l'étage, où se trouvait la salle à manger des femmes. Dès que nous fûmes assises, Agatha retira son chapeau, je fis donc de même, bien que beaucoup d'autres dames aient gardé le leur. Elle porta ses mains à ses beaux cheveux pour les recoiffer. Le geste aurait pu passer pour de la vanité, mais je pense que c'était davantage une manière de se rassurer. Elle aurait pu me demander ce que je faisais dans le bureau d'Archie, mais elle savait que j'aurais une excuse toute prête et ne voulait pas l'entendre.

Au lieu de quoi, elle dit :

« Votre mère est toujours en vie, n'est-ce pas, mademoiselle O'Dea ?

— Oui, mes deux parents sont en vie. »

Elle me regarda longuement, comme si elle me jaugeait. Avec le recul, j'ai le droit de le dire : j'étais jolie. Mince, jeune, athlétique. Mais je n'étais pas non plus Hélène de Troie. Auquel cas ma relation avec Archie l'aurait peut-être moins inquiétée. La modestie de mes charmes suggérait qu'il pouvait être amoureux de moi.

« Comment va Teddy ? demandai-je.

— Très bien.

— Et l'écriture ?

— Très bien aussi. » Elle agita la main comme si rien n'avait moins d'importance. « Ce ne sont que des tours de passe-passe. Des fausses pistes et des rideaux de fumée. »

Une expression se dessina sur son visage, une sorte de petit sourire satisfait qui contredisait son apparente humilité : elle était fière de son travail.

Soudain, un serveur en veste blanche laissa tomber son plateau d'assiettes vides dans un fracas assourdissant. Je ne pus m'empêcher de sursauter. À la table voisine, un homme qui dînait avec sa femme se couvrit la tête par réflexe. Quelque temps plus tôt, un tel vacarme à Londres aurait signifié quelque chose de bien plus sinistre que de la vaisselle cassée, des horreurs dont beaucoup de nos hommes avaient été témoins.

Agatha but une gorgée de thé.

« Le calme d'avant la guerre me manque tant. Pensez-vous que nous nous en remettrons un jour, mademoiselle O'Dea ?

— Je ne vois pas comment.

— Je suppose que vous étiez trop jeune pour travailler en tant qu'infirmière. »

J'acquiesçai. Pendant la guerre, c'étaient surtout les femmes d'un certain âge qui s'occupaient des soldats, à dessein, pour éviter que ne fleurissent des romances inappropriées. Agatha avait été affectée à un dispensaire à Torquay. C'était là qu'elle avait appris tout ce qu'elle savait sur les poisons.

« Ma sœur Megs est devenue infirmière. Après la guerre, je veux dire. C'est son métier aujourd'hui. D'ailleurs, elle travaille à l'hôpital de Torquay. »

Agatha ne chercha pas à en savoir plus. Elle n'aurait pas connu quelqu'un comme ma sœur. À la place, elle demanda :

« Avez-vous perdu un proche ?

— Un garçon que je connaissais. En Irlande.

— Il a été tué ?

— Disons juste qu'il n'est jamais rentré à la maison. Pas vraiment.

— Archie était dans l'armée de l'air. Mais vous le savez déjà, bien sûr. Je suppose que c'était différent pour ceux qui volaient. »

N'en a-t-il pas toujours été ainsi ? Quand un séisme secoue le monde, ce sont toujours les pauvres qui en souffrent le plus. Agatha aimait citer William Blake : « Tels naissent pour les délices, tels pour nuit qui ne finisse[1]. » Dans mon esprit, même à ce moment-là – alors que nous déjeunions chez Simpson's et que son mari choisissait ma bague de fiançailles –, Agatha faisait partie des premiers et moi des seconds.

Une expression ne cessait de se dessiner sur son visage, qu'elle s'efforçait de réprimer. Comme si elle voulait dire quelque chose mais ne pouvait s'y résoudre. Elle m'avait emmenée déjeuner, j'en suis sûre, pour mettre les choses au clair. Peut-être pour implorer ma pitié. Mais il est facile de repousser les conversations les plus pénibles, en particulier quand la confrontation n'est pas dans votre nature.

C'est ce qu'elle fit.

« Quelle bêtise, la guerre, dit-elle. N'importe quelle guerre. C'est une chose terrible à endurer pour un homme. Si j'avais un fils, je ferais tout ce qui est en mon pouvoir pour

1. Traduction de Pierre Boutang (Ndlt).

l'en tenir éloigné – quelle que soit la cause, même si le destin de l'Angleterre était en jeu.

— Je pense que je ferais la même chose. »

Le serveur découpa la viande à notre table, et je choisis un morceau trop saignant à mon goût. Je suppose que j'essayais d'impressionner Agatha. C'est ainsi que les gens riches aiment leurs steaks. La vue du sang qui en suinta quand je commençai à le découper me retourna l'estomac.

« Vous pensez encore à ce garçon irlandais ? me demanda Agatha.

— Seulement tous les jours de ma vie.

— Est-ce pour cela que vous ne vous êtes jamais mariée ? »

Jamais mariée. Comme si je ne le serais jamais.

« Je suppose que oui.

— Eh bien, vous êtes encore jeune. Et qui sait ? Peut-être qu'il réapparaîtra un jour, parfaitement rétabli.

— C'est peu probable.

— Pendant la guerre, il y a eu un moment où je pensais qu'Archie et moi nous ne pourrions jamais nous marier. Mais nous l'avons fait, et nous avons été si heureux. Nous l'avons vraiment été, vous savez. Heureux.

— Je n'en doute pas », répondis-je sèchement.

Cette conversation sur la guerre m'avait endurcie. On peut pardonner à quelqu'un qui n'a rien de voler quelque chose – même un mari – à quelqu'un qui a tout.

Le serveur revint pour nous demander si nous voulions une assiette de fromage. Nous déclinâmes toutes les deux. Agatha posa sa fourchette sans finir sa viande. Si ses manières avaient été moins parfaites, elle aurait repoussé son assiette.

« Je dois faire attention à ma ligne. Je suis trop grosse, d'après Archie.

— Vous êtes très bien, dis-je, pour la rassurer et parce que c'était vrai. Je vous trouve très belle. »

Agatha rit, se moquant d'elle-même et non de moi, et je me radoucis. Je n'éprouvais aucun plaisir à la faire souffrir. La mort de sa mère était survenue au pire moment possible, bien trop proche du départ d'Archie. Je n'avais pas prévu cela. Le père d'Agatha était décédé quand elle avait onze ans, elle faisait donc désormais partie de la génération la plus ancienne de sa famille à un âge bien trop précoce.

Nous quittâmes le restaurant ensemble, après qu'Agatha eut insisté pour payer l'addition. Une fois dans la rue, elle se tourna vers moi et tendit la main pour prendre mon menton entre son index et son pouce.

« Avez-vous des projets pour ce week-end, mademoiselle O'Dea ? » Son ton suggérait qu'elle savait parfaitement quels étaient mes projets.

« Non. Mais je pars en vacances la semaine prochaine. À l'hôtel Bellefort, à Harrogate. » Aussitôt, je me demandai pourquoi je le lui avais dit. Je n'en avais même pas parlé à Archie. Mais quand vous partagez le mari d'une femme, vous vous sentez proche d'elle. Parfois même plus proche d'elle que de lui.

« On se fait plaisir, dit-elle, comme si le concept lui était étranger. Tant mieux pour vous. »

À mon grand soulagement, elle ne me demanda pas comment je pouvais me payer une telle extravagance. Elle lâcha mon menton. Il y avait dans son regard une expression que je ne parvenais pas à déchiffrer.

« Eh bien, au revoir, alors, dit-elle. Et bonnes vacances. »

Elle tourna les talons et fit quelques pas avant de marquer un temps d'arrêt et de revenir vers moi. « Vous ne l'aimez pas », dit-elle. Son visage n'était plus le même. De calme et contenu, il était devenu agité et fébrile. « Ce serait déjà assez grave si vous l'aimiez. Mais puisque ce n'est pas le cas, laissez-le à la personne qui l'aime. »

Je perdis aussitôt toute contenance. Je me sentais comme un fantôme dans mon incapacité à répondre, comme si je risquais de me dissiper, de me dissoudre dans l'air. Agatha ne me toucha pas, cette fois. Elle fixa mon visage, étudiant ma réaction : le sang qui quittait mes joues, mon refus coupable de bouger ou même de respirer.

« Madame Christie » fut tout ce que je parvins à dire. Elle exigeait une confession que je n'avais pas le droit de lui faire.

« Mademoiselle O'Dea. » Son ton était sec, péremptoire. Elle redevenait celle qu'elle était d'ordinaire. Son nom sur mes lèvres était le prélude à un démenti. Le mien sur les siennes était une rebuffade.

Je restai plantée devant le restaurant et la regardai s'éloigner. Dans mon souvenir, elle disparaît dans une épaisse brume, mais c'est impossible. Il faisait grand jour, le ciel était bleu et dégagé. Sans doute avait-elle simplement tourné au coin d'une rue ou été engloutie par la foule.

J'aurais dû retourner travailler, mais à la place, je pris la direction du bureau d'Archie. Mon emploi de secrétaire n'avait plus guère d'importance, puisque mon futur mari prenait désormais en charge la plupart de mes dépenses. Je me doutais qu'il s'inquiéterait de savoir comment mon déjeuner avec Agatha s'était passé, et, s'il lui annonçait vraiment ce soir-là qu'il comptait la quitter, elle pourrait m'accuser de ne pas l'aimer. Je devais donc lui prouver que ce n'était pas le cas.

Sur le chemin, je passai devant une librairie où était exposée en vitrine une montagne d'exemplaires d'un livre pour enfants, avec une couverture rose montrant un petit ours qui s'accrochait à la ficelle d'un ballon et s'envolait dans les airs. *Winnie l'ourson.* Je le trouvai si charmant que je décidai d'en acheter un, que je donnerais à Archie afin qu'il l'offre à Teddy. L'espace d'un instant, j'envisageai de le lui offrir moi-même, à Noël. D'ici là, ses parents vivraient peut-être séparément. Peut-être Teddy passerait-elle les fêtes avec son père et moi. Je nous imaginai tous les trois, échangeant des cadeaux sous le sapin. Il arrivait que les enfants vivent avec leur père, après un divorce, et Archie affirmait toujours que c'était lui que Teddy préférait. Mais c'était Archie tout craché – non seulement de dire une telle chose, mais aussi d'y croire.

En arrivant à son bureau, je lui donnai le livre que j'avais acheté pour Teddy. Il ferma la porte à clé et m'attira sur ses genoux, déboutonna ma jupe et la remonta autour de ma taille.

« Bientôt, nous n'aurons plus à nous cacher », souffla-t-il dans mon oreille en frissonnant, même si je le soupçonnais d'aimer ça. N'était-ce pas le cas de tous les hommes ?

Je me relevai et lissai ma jupe. Mon chapeau avait à peine bougé.

« Comment était-elle ? demanda-t-il en regagnant son bureau.

— Triste. » Si elle lui racontait notre conversation, je nierais. « Et inquiète.

— Tu es trop gentille avec elle. La mort est plus douce quand on plante fermement le couteau.

— Tu as sans doute raison. »

Je lui soufflai un baiser et me dirigeai vers la porte, en espérant que mes protestations n'avaient pas entamé sa détermination. Après ce qu'Agatha m'avait dit, il devenait urgent qu'il la quitte. Je tournai le verrou.

« Nan, dit Archie avant que je franchisse la porte. La prochaine fois que tu me verras, je serai un homme libre.

— Pas du tout, répondis-je. Tu m'appartiendras. »

Il sourit, et je sus que je n'avais aucune raison de m'inquiéter, du moins pour ce qui était de sa résolution d'annoncer la nouvelle à Agatha. Cet homme s'était donné une mission. Lorsqu'il décidait quelque chose, il agissait avec le sang-froid d'un pilote qui largue des bombes destinées à causer la mort et la destruction du haut d'un ciel intouchable.

LA DISPARITION

UN JOUR AVANT
Jeudi 2 décembre 1926

Depuis la nuit des temps, les hommes racontent la même histoire à leur maîtresse : ils n'aiment pas leur femme, peut-être même ne l'ont-ils jamais aimée ; ils n'ont pas fait l'amour depuis des années ; leur mariage est dépourvu de passion, de tendresse, de joie – c'est un lieu stérile et misérable ; ils restent pour les enfants, pour l'argent, pour la maison ; c'est plus pratique ainsi ; leur nouvelle maîtresse est leur seul répit.

Combien de fois cette histoire s'est-elle révélée vraie ? Pas souvent, je dirais. Pas dans le cas des Christie, en tout cas.

Ce soir-là, Archie fit son trajet habituel de Londres à Sunningdale. Le couple avait baptisé sa maison Styles, d'après le manoir du premier roman d'Agatha. C'était une charmante demeure victorienne flanquée de grands jardins. En franchissant la porte d'entrée, Archie trouva Agatha qui l'attendait, habillée pour le dîner. Il ne m'a jamais dit ce qu'elle portait, mais je sais que c'était une robe en mousseline couleur menthe. J'imagine que la coupe mettait en valeur les courbes de sa poitrine, mais Archie se contenta de m'expliquer qu'elle semblait si distraite qu'il décida de patienter jusqu'au matin pour lui dire qu'il partait. « Les émotions sont plus violentes la nuit, n'est-ce pas ? » dit-il en manière d'explication.

Agatha, qui savait ce qui l'attendait, avait résolu de mener une bataille silencieuse. D'ordinaire, Peter, son petit terrier, ne la quittait pas d'une semelle, mais ce soir-là, elle avait envoyé le chien dormir avec Teddy pour qu'il ne la gêne pas. Elle s'efforça d'afficher l'humeur joyeuse que son mari exigeait d'elle.

Je me demande parfois si Agatha n'a pas inventé Hercule Poirot comme un antidote à Archie. Aucun sentiment n'échappe jamais à Poirot, il n'existe aucune émotion, si violente ou irrationnelle soit-elle, qu'il ne soit capable de comprendre. Il peut assimiler et évaluer la tristesse d'une personne, puis lui pardonner. Archie était plutôt du genre à dire « Courage ! », et à attendre que l'ordre soit exécuté.

Ayant décidé de remettre à plus tard l'inévitable scène, Archie dîna avec sa femme, assis face à elle, chacun à une extrémité de la longue table à manger. Quand je lui demandai de quoi ils avaient parlé, il répondit :

« De tout et de rien.

— Comment était-elle ?

— Renfrognée. » Archie prononça le mot comme s'il avait pris la chose pour un affront personnel. « Complaisante et morose », ajouta-t-il.

Après le dîner, Agatha lui proposa de passer au salon pour un verre de cognac. Il déclina et monta à l'étage, où Honoria, qui était à la fois la secrétaire personnelle d'Agatha et la nounou de Teddy, était en train de mettre au lit la petite fille.

Dès qu'Archie pénétra dans la chambre, le chien d'Agatha s'enfuit par la porte. « Mère a promis que Peter resterait avec moi ce soir ! » protesta Teddy.

Par chance, Archie avait mon cadeau, *Winnie l'ourson*, à lui donner en guise de consolation. Tout excitée, Teddy déchira l'emballage, et il lui lut le premier chapitre. Elle le supplia de continuer, si bien qu'au moment où il quitta sa fille, Agatha – qui ignorait que c'était sa dernière chance de reconquérir son mari – dormait déjà. « D'un sommeil de plomb », ajouta Archie.

Pourtant, quand j'arrivai à Styles le samedi suivant pour ramener la voiture d'Archie de Godalming, je vis le livre sur la table du vestibule, toujours bien emballé dans son papier marron. Et au déjeuner chez Simpson's, Agatha avait l'air distrait et légèrement hébété d'une insomniaque qui tente de survivre à sa journée après une énième nuit sans sommeil. Elle aimait son mari. Après douze ans de mariage, elle l'aimait d'un amour aveugle, avec la naïveté et l'optimisme d'une femme qui, au cours de ses trente-six années sur cette terre, n'avait rien appris du monde.

Je savais qu'elle ne serait jamais allée se coucher sans Archie.

Voilà ce qui, d'après moi, s'est réellement passé :

Agatha était là pour accueillir Archie quand il rentra à la maison. Cette partie est sans doute vraie. Elle avait les joues roses et un air déterminé. Elle avait résolu de le reconquérir non par la colère et les menaces, mais par la seule force de son adoration, et s'était donc habillée avec soin. Je sais exactement ce qu'elle portait, car le samedi matin, le vêtement gisait encore froissé sur le plancher de leur chambre à coucher, la bonne étant trop bouleversée pour le ramasser et le mettre à laver. En voyant la robe, je m'agenouillerais pour la prendre, et je la tiendrais devant moi comme pour l'essayer. Elle était bien trop longue, la mousseline couleur menthe descendant sur mes pieds. Elle sentait son parfum, l'*Old English Lavender* de Yardley, subtil et envoûtant.

Un curieux choix de vêtement au cœur de l'hiver, mais elle devait être si jolie quand elle l'avait accueilli, avec ses taches de rousseur sur son nez, mais aussi sur ses seins, mis en valeur par son décolleté. Peut-être avait-elle un verre à la main, non pour elle-même (elle ne buvait presque jamais), mais pour lui : son scotch préféré.

« A. C. », dit-elle en s'approchant de lui et en posant une main sur sa poitrine avant de le laisser échanger son épais manteau contre le verre. Depuis leur nuit de noces, ils s'appelaient ainsi : A. C.

« Tiens », répondit laconiquement Archie, sans surnom affectueux. Avec le manteau, il lui tendit mon cadeau. « C'est pour Teddy. » Il ne précisa pas que c'était moi qui l'avais acheté, mais elle devait s'en douter. Archie n'était pas un grand amateur de livres – il ne lisait même pas les romans qu'écrivait sa femme. Agatha le posa sur la table sans le déballer.

Dans le salon, elle se servit un verre d'eau. Elle savait se montrer patiente. Elle avait attendu des années pour épouser Archie, puis la fin de la guerre pour pouvoir vivre avec lui. Après avoir envoyé son premier livre à un éditeur, elle avait dû attendre deux ans pour qu'il soit accepté – si bien que, lorsqu'elle avait appris que son manuscrit serait publié, elle avait presque oublié son existence. Elle avait signé un contrat dérisoire avec Bodley Head pour ses cinq premiers romans, réalisé presque immédiatement son erreur, mais attendu la fin du contrat au lieu d'accepter les nombreuses offres de renégociation qu'elle avait reçues. À présent qu'elle était libre, elle était passée chez un éditeur bien plus prestigieux. Parfois, il faut savoir attendre son heure.

Il faisait si froid dans la maison que ses bras nus se couvrirent de chair de poule. Elle se rapprocha d'Archie, qui dégageait toujours une grande chaleur, au sens propre du terme.

« Où est Teddy ? demanda-t-il.

— En haut, avec Honoria. Elle prend son bain avant d'aller au lit. »

Il hocha la tête et inhala l'odeur de lavande. L'homme aime qu'une femme fasse des efforts pour lui plaire, en particulier quand cette femme est une étrangère pour lui, ce qu'était devenue Agatha dès l'instant où il avait décidé de la quitter. Elle avait demandé à la cuisinière de préparer le plat préféré d'Archie, du bœuf Wellington, un repas parfait pour une soirée d'hiver. Elle avait allumé des bougies. Un dîner en tête à tête, avec une bonne bouteille de vin français. Agatha se servit un verre pour l'accompagner mais n'en but pas une gorgée. Elle n'était pas assise à l'autre extrémité de la table, comme me l'avait dit Archie, mais juste à côté de lui. Il était gaucher, elle droitière : leurs coudes se touchaient sans que cela les gêne, un de ces instants d'intimité que partagent ceux qui ont passé tant d'heures ensemble, dans la même maison, dans le même lit. Archie était un être humain, après tout. Pire encore : c'était un homme. Une étrange mélancolie s'empara de lui. Ce n'était pas vrai qu'il ne l'avait jamais aimée. En fait, sa détermination à m'épouser lui rappelait le désir impérieux qu'il avait ressenti de faire d'Agatha sa femme, alors que la guerre faisait rage, qu'ils n'avaient pas d'argent et que leurs deux familles – en particulier sa mère à lui – insistaient pour qu'ils attendent. À cet instant, à la lueur des bougies, elle ressemblait beaucoup à celle qu'elle avait été lors de leur nuit de noces. Leur anniversaire de mariage, la veille de Noël, approchait. Il lui était impossible de ne pas ressasser de tels souvenirs à cette époque de l'année.

Après le repas, il ne se rendit pas dans la chambre de Teddy pour lui souhaiter une bonne nuit. Il était tard, après tout, elle devait déjà dormir.

Je sais que c'est Archie qui ôta la robe de son épouse et la laissa en boule sur le sol. Il aimait qu'une femme soit nue alors qu'il était entièrement vêtu. Et c'était sa dernière chance avec cette femme en particulier. Seule dans la chambre avec lui, elle frissonnait de soulagement et de joie autant que de froid, debout dans la lumière vacillante du feu de cheminée, pleine d'adoration pour son mari, terriblement vulnérable.

Le mariage. Deux vies qui s'entremêlent. C'est une chose tenace, difficile à abandonner. Archie n'était pas un homme insensible, et lors de cette dernière nuit avec sa femme, après tant de mois à étouffer ses sentiments envers elle, il laissa les vannes s'ouvrir pour la dernière fois.

« Agatha », répéta-t-il encore et encore. Je le soupçonne d'avoir aussi dit *je t'aime.* Elle le lui aurait dit en retour, les joues inondées de larmes, convaincue de l'avoir reconquis pour de bon. Sans se rendre compte, alors qu'ils faisaient l'amour dans les draps de plus en plus emmêlés, qu'elle était devenue sa maîtresse pour une nuit, et ne serait plus jamais sa femme.

LA DISPARITION

Jour de la disparition
Vendredi 3 décembre 1926

Lorsque Agatha ouvrit les yeux, elle était seule. Archie s'était levé avant l'aube, laissant leur nuit derrière lui comme seul un homme peut le faire. Il s'était lavé pour faire disparaître l'odeur de sa femme, ayant déjà abandonné dans leur chambre les sentiments qu'il avait pour elle. Agatha, en se découvrant nue sous les draps, ce qui n'était pas dans ses habitudes, se rappela immédiatement leur nuit d'amour. Elle esquissa un sourire triomphant et s'étira. Archie était de nouveau à elle. Elle l'avait récupéré.

Tout en fredonnant doucement, elle revêtit ce qu'elle aurait porté pour dormir, une longue chemise de nuit en soie, puis une robe de chambre en flanelle. D'un coup d'œil dans le miroir, elle constata que tout ce qu'elle avait à faire pour être présentable, c'était passer rapidement ses doigts dans ses cheveux. Même elle, toujours si critique envers elle-même, pouvait voir qu'elle était ravissante. Le bonheur lui colorait les joues. *Le bonheur.* La qualité qu'Archie admirait le plus chez une femme, ou du moins l'apparence du bonheur. Quand il la verrait si radieuse, il déborderait d'amour. Elle se précipita dans l'escalier pour le saluer avant qu'il parte au travail.

Imaginez son désarroi lorsque, ayant atteint la dernière marche, elle trouva Archie tout habillé, sa valise à la main, une expression dure figeant ses traits.

« Tu ne comptes quand même pas partir ? demanda-t-elle, la joie quittant son visage avant même qu'Archie ait eu le temps de la remarquer.

— Agatha. »

C'était un avertissement. Une réprimande. Comme si elle était une gamine qui avait fait une bêtise.

« Agatha », répéta-t-elle d'une voix aiguë qui s'éleva en spirale dans l'escalier. Peut-être traversa-t-elle la porte de la nursery où Teddy se trouvait toujours – endormie ou réveillée ; aucun de ses parents n'était allé la voir. « *Agatha*, dit-elle encore. Tu dis ça comme si c'était moi qui faisais quelque chose de mal. Comme si c'était moi qui causais des problèmes. Mais je dis que c'est toi. C'est *toi. Archie. Archie. Archie.* »

Il soupira, puis jeta un coup d'œil vers la cuisine, où l'on préparait le petit déjeuner. D'un instant à l'autre, Honoria descendrait avec Teddy. Il ne voulait pas que quelqu'un entende Agatha, dont l'hystérie ne ferait que croître dès qu'il lui dirait ce qu'il n'y avait plus moyen d'éviter. Il avait un plan, et rien ne le ferait dérailler. Ma bague de fiançailles était dans sa valise, entièrement payée malgré son prix exorbitant.

« Viens, dit-il, toujours du ton d'un père grondant un enfant turbulent. Allons parler dans mon bureau. » Il s'avança et l'attrapa par le coude.

Agatha n'avait pas de bureau à elle. Elle écrivait n'importe où, tant qu'elle avait une table et une machine à écrire. En fait, elle ne se considérait même pas comme une écrivaine.

Elle était une femme mariée : c'était sa principale occupation, son identité. C'était ce qu'elle était. Mariée. À Archie. Qui serait-elle, si ce n'était plus le cas ?

Elle s'assit sur le canapé en soie du bureau. Peter entra en trottinant et sauta à côté d'elle. Archie n'aimait pas que les chiens montent sur les meubles, mais il avait une affaire plus importante à régler, alors il se tut et ferma la porte.

Agatha m'a un jour raconté que lorsqu'elle avait vécu son premier chagrin d'amour, rejetée par un garçon qu'elle adorait, elle avait couru vers sa mère, les lèvres tremblantes. Clarissa Miller avait tendu un mouchoir à sa fille et dit, en agitant son index pour marquer les syllabes : « Ne t'avise pas de pleurer. Je te l'interdis. » Obéissante par nature et soucieuse de ne pas contrarier sa mère, Agatha avait pris une grande inspiration et ravalé ses larmes.

Mais il n'y avait pas eu que des chagrins d'amour. Agatha avait été une jeune femme gaie et pleine de vie, qui avait éconduit plus d'un prétendant. D'ailleurs, quand Archie lui avait demandé sa main, elle était déjà fiancée à un autre homme, Tommy, qui était gentil et réservé et qui jamais – elle en était certaine – ne l'aurait placée dans une telle situation, la contraignant à suivre les vieux conseils de sa mère.

Archie ne s'assit pas avec elle sur le canapé, mais dans un fauteuil, assez proche pour qu'elle puisse le toucher. C'était un geste naturel après la nuit qu'ils avaient passée ensemble, et elle ne put s'empêcher de tendre les mains vers lui.

« Agatha, dit-il durement, avant de prononcer les mots qu'elle redoutait d'entendre depuis des mois. Il n'y a pas de manière facile de dire ça.

— Alors ne le dis pas », le supplia-t-elle en laissant retomber les bras qu'elle tendait toujours pathétiquement vers lui. Elle fit monter Peter sur ses genoux et le caressa pour essayer de se calmer. « Je t'en prie, ne le dis pas.

— Je ne fais que dire ce que tu sais déjà. J'aime Nan O'Dea et je vais l'épouser.

— Non. Je refuse. C'est impossible. C'est moi que tu aimes. »

Les souvenirs de leur nuit d'amour refirent surface, si vivaces qu'elle avait presque l'impression d'y être encore. Contrairement à Archie, elle ne s'était pas douchée, et l'odeur de son mari collait toujours à sa peau, noyant le parfum de lavande.

« Je suis ta femme.

— Un divorce », dit Archie.

Comme si le mot se suffisait à lui-même. Un fait. Un objectif si évident qu'il n'avait pas besoin de contexte, pas même d'une phrase complète. Quel triomphe sur l'émotion ! Archie ne ressentait rien, il ne craignait même pas que sa femme ne s'effondre devant lui. Il ne pensait qu'à ce mot. Divorce.

Agatha garda le silence. Sa main courait de plus en plus vite sur le pelage doux du terrier, mais son expression demeurait impassible. Enhardi par son absence de réaction, Archie continua de parler. Il reconnut que notre relation durait depuis près de deux ans.

(« Tu n'avais pas besoin de dire ça, lui fis-je remarquer par la suite, même si je savais qu'il détestait être réprimandé.

— Tu as raison, admit-il. Son silence m'a trompé. Je m'attendais à tout sauf à ça. C'était presque comme si elle ne m'entendait pas. »)

Pressé d'en finir, il chargea Agatha de demander le divorce.

« Il faudra que ce soit pour adultère », dit-il. À l'époque, c'était l'une des seules raisons acceptées par les tribunaux. « J'ai parlé à Brunskill…

— Brunskill ! »

Maître Brunskill était l'avocat d'Archie, un moustachu qui ne lui avait jamais inspiré confiance. Le fait que cet homme soit déjà au courant de cette histoire était pour Agatha un nouvel affront.

« Oui. D'après lui, tu n'as pas besoin de nommer la troisième personne. Le plus important, c'est de laisser le nom de Nan hors de tout ça. »

Agatha cessa brusquement de caresser Peter. « C'est *ça*, le plus important ? »

Archie aurait dû comprendre son erreur, au lieu de quoi il persévéra. « La nouvelle pourrait paraître dans les journaux, dit-il. À cause de tes livres. Ton nom commence à être connu. »

Elle se leva, et Peter tomba par terre avec un glapissement de reproche. Elle qui d'ordinaire était pleine de sollicitude envers son chien sembla à peine le remarquer.

Archie resta assis. Comme il me le dirait plus tard : « Il est vain d'essayer de raisonner une femme qui a perdu la tête. »

Le mari d'Agatha était amoureux d'une autre. Il lui annonçait cette nouvelle dévastatrice aussi simplement que s'il lui donnait l'heure, et elle était censée la recevoir avec calme et dignité. Archie avait détruit leur mariage en succombant à la passion, et il attendait d'elle qu'elle ramasse les morceaux tout en restant rationnelle. Qu'elle prenne des mesures pour protéger la réputation de sa rivale. C'était plus qu'elle n'en pouvait supporter. Elle serra les poings et poussa un cri de rage.

« Agatha, dit Archie. Je t'en prie. Les domestiques vont t'entendre, ainsi que l'enfant.

— L'enfant. L'enfant ! Laisse-la hors de tout ça. »

Puisqu'il refusait de se lever, elle dut se pencher, les poings serrés, pour faire pleuvoir les coups sur sa poitrine. Ils ne causèrent aucune douleur à Archie, qui m'expliqua plus tard qu'il avait dû prendre sur lui pour ne pas éclater de rire.

« Comme tu es cruel », dis-je, mais sans grande conviction, comme si sa cruauté ne me dérangeait pas le moins du monde.

Pauvre Agatha. Elle s'était réveillée du plus beau des rêves pour tomber dans son pire cauchemar. Et rien de ce qu'elle pouvait dire ou faire ne pouvait arracher la moindre émotion à son mari.

Finalement, Archie se leva. Il lui attrapa les poignets pour faire cesser les coups.

« Assez, dit-il. Je pars. Après le travail, j'irai chez les Owen pour le week-end. Nous pourrons nous occuper du reste la semaine prochaine.

— Je suppose qu'elle sera là aussi ?

— Non, dit Archie, car il pensait que c'était ce qu'elle voulait entendre, et mentir était devenu pour lui une seconde nature depuis qu'il était piégé dans cette relation avec moi.

— Elle sera là, dit Agatha. Je le sais. Un week-end en couple. Sauf que tu ne seras pas avec ta femme, tu seras avec elle, cette catin. Cette sale petite catin. »

C'est une erreur fréquente chez les femmes qui regardent leur mari partir. Ce n'est pas en insultant leur maîtresse qu'elles parviendront à le reconquérir. Il n'y a pas de créature plus cruelle qu'un homme amoureux. Une expression mauvaise passa sur son visage, et il resserra ses mains autour de ses poignets.

« Tu ne dois pas parler ainsi de Nancy.

— Tu oses me dire ce que je ne devrais pas faire ? C'est *toi* qui ne devrais pas partir avec une femme qui n'est pas la tienne. C'est *toi* qui ne devrais pas me quitter maintenant, au moment où j'ai le plus besoin de toi. Je parlerai de Nan comme bon me semble.

— Calme-toi, Agatha. »

Elle lui donna un coup de pied dans le tibia. Comme elle ne portait que des pantoufles, il broncha à peine. L'inefficacité de son geste ne fit sans doute qu'accroître son exaspération. Elle arracha si violemment son poignet à sa prise que lorsqu'il la lâcha, elle tomba à la renverse. Archie remarqua que des rougeurs commençaient à se former tandis qu'Agatha frottait ses poignets l'un après l'autre, mais il était incapable du moindre regret tant il était convaincu qu'elle l'avait cherché. Il n'avait qu'un but et un seul, celui de se débarrasser de sa femme.

La veille, Archie avait succombé à la nostalgie et au désir charnel. Mais aujourd'hui, il était de nouveau en mission, et comme tout fanatique, il ne se laisserait pas dissuader. Il traversa le bureau à grandes enjambées pour regagner le vestibule. Il ramassa sa valise, sortit et marcha jusqu'à sa voiture, la Delage d'occasion qu'Agatha lui avait achetée avec l'avance qu'elle avait reçue pour son prochain livre. C'était une automobile assez luxueuse, et Archie faisait le fier à son sujet, comme s'il ne devait sa possession qu'à lui-même. Elle était équipée d'un démarreur électrique, il n'y avait donc pas de manivelle à tourner, il n'eut qu'à grimper derrière le volant et à s'enfuir. Quelle colère elle dut ressentir en voyant son mari s'éloigner dans ce cadeau extravagant…

« Archie ! cria-t-elle en descendant la longue allée à toutes jambes. Archie ! »

Les pneus soulevèrent un nuage de poussière devant elle. Archie ne se retourna même pas pour regarder à travers la lunette arrière. Ses épaules étaient immobiles, fermes et déterminées. Il était déjà loin d'elle, inaccessible dans tous les sens du terme.

« Inaccessible » est le mot qu'utilisa Honoria plus tard pour décrire Agatha. C'était elle qui était chargée de réveiller Teddy et de la préparer pour l'école, et après s'être levée, elle entendit des éclats de voix en provenance du bureau de M. Christie : une dispute conjugale particulièrement violente. Aussi se rendit-elle dans la nursery, où elle trouva la fillette déjà réveillée, assise dans un coin à jouer avec ses poupées. C'était le genre d'enfant qu'était Teddy : une petite fille de sept ans qui sortait seule de son lit pour s'amuser, sans déranger personne.

« Bonjour, Teddy.

— Bonjour. »

Teddy écarta des mèches de cheveux bruns de ses yeux. Elle n'était pas surprise de voir Honoria. Il n'était pas rare que ses parents soient déjà partis pour la journée quand elle se réveillait. Alors qu'elle n'avait pas encore cinq ans, ils l'avaient quittée une année entière pour faire le tour du monde. Agatha elle-même avait été élevée par une nounou qu'elle adorait, et qu'elle appelait « Nursie ». Pour Agatha, c'était une façon parfaitement normale d'élever un enfant.

« Viens, dit Honoria en lui tendant la main. On va prendre le petit déjeuner. »

Teddy se leva et glissa sa main dans celle d'Honoria. Elles atteignirent le haut de l'escalier au moment exact où Archie s'enfuyait de son bureau pour échapper à la colère d'Agatha. Teddy leva la main pour lui dire bonjour, mais son père ne la vit pas. Il ferma la porte derrière lui. Elle ne resta close qu'un instant avant qu'Agatha émerge à son tour du bureau, l'air si désorientée qu'Honoria crut d'abord qu'elle avait été attaquée. Elle avança d'un pas tandis qu'Agatha ouvrait la porte et se précipitait dehors. Teddy attrapa le bord du cardigan d'Honoria pour la retenir, et celle-ci serra l'enfant contre sa large hanche et lui caressa la tête pour la réconforter pendant qu'Agatha criait : « Archie ! Archie ! »

Honoria attendit à l'intérieur, feignant poliment de ne rien avoir remarqué. Elle entendit la voiture s'éloigner, mais Agatha ne revint pas. Alors elle accompagna Teddy jusqu'à la cuisine, puis revint dans le vestibule. Elle regarda par une des grandes fenêtres de la maison et vit Agatha, en robe de chambre et pantoufles, les cheveux ondulant dans la brise tandis que la poussière retombait autour d'elle dans la lumière plate du matin. Parfaitement immobile malgré la détresse et la colère qui formaient comme un champ magnétique autour d'elle.

« Agatha ? » dit Honoria en sortant. Les deux femmes étaient devenues assez intimes pour abandonner les formalités. Honoria tendit la main et lui toucha l'épaule. « Agatha, est-ce que ça va ? »

Celle-ci ne semblait pas l'entendre, elle regardait avec incrédulité en direction de la voiture disparue depuis longtemps. Quand Honoria reprit la parole, Agatha ne répondit pas. Elle hésitait à la laisser seule ici, mais c'était si étrange de se tenir ainsi à côté d'elle. L'une entièrement vêtue et prête pour sa journée, l'autre pétrifiée et habillée comme une invalide qui a encore un long chemin de guérison devant elle.

Le sort ne dura pas longtemps. Agatha sortit de sa torpeur et se dirigea vers le bureau d'Archie, où elle s'assit pour écrire une lettre à son mari. Peut-être était-ce un plaidoyer. Peut-être une déclaration de guerre. Personne ne le saurait jamais, sauf Archie, qui la lirait une fois, puis la jetterait au feu.

Je me demande aujourd'hui si Agatha avait un plan. C'était une romancière, après tout. Elle devait réfléchir à chacune des lignes qu'elle écrivait, imaginer les conséquences de chacune de ses actions. Quand je la visualise à son bureau, je ne vois pas une femme dans un état de fugue ou au bord de l'amnésie. Je vois le genre de détermination que seuls peuvent reconnaître ceux qui en ont eux-mêmes fait l'expérience. Une détermination qui naît du désespoir et se transforme en décision. Quand j'appris sa disparition peu de temps après, je ne fus pas surprise le moins du monde. Je la comprenais.

Moi aussi j'avais disparu, une fois.

CI-GÎT SŒUR MARY

Peut-être éprouvez-vous des difficultés à ressentir de la bienveillance envers une briseuse de ménage comme moi. Mais je ne cherche pas votre sympathie. Je vous demande seulement de m'imaginer un matin d'hiver en Irlande, voyageant dans une charrette à lait. J'avais dix-neuf ans.

Un vieil Irlandais triste – du moins était-il vieux selon mes critères de l'époque – tenait les rênes des deux chevaux hirsutes qui tiraient la charrette. Mon manteau n'était pas assez chaud pour le froid humide. Si c'était Finbarr qui m'avait conduite à la place de son père, j'aurais pu me blottir contre lui pour me réchauffer. Mais Finbarr ne m'aurait jamais emmenée là où nous allions. Pourtant, M. Mahoney n'était pas entièrement dépourvu de bonté. De temps en temps, il lâchait les rênes d'une main pour me tapoter l'épaule. Peut-être ce geste l'aidait-il à se sentir mieux, mais il n'avait pas le moindre effet sur moi. Les bouteilles de lait vides s'entrechoquaient tandis que nous roulions sur des chemins de terre creusés d'ornières. Si elles avaient été pleines, le lait aurait sans doute été gelé au moment où nous aurions atteint le couvent. La route était longue de Ballycotton à Sunday's Corner.

« Je ne vais pas rester longtemps, dis-je, laissant l'accent de mon père rythmer mes paroles, comme si cela pouvait me valoir l'affection de M. Mahoney. Finbarr viendra me chercher dès qu'il sera rétabli.

— *S'il* se rétablit. »

Ses yeux, sinistres, regardaient partout sauf vers moi. Qu'est-ce qui aurait été pire pour lui ? me demandai-je. Que son fils unique meure ? Ou qu'il survive et m'épouse, moi et l'opprobre que j'avais attiré sur eux ? En ce qui concernait M. Mahoney, l'idéal aurait été que Finbarr guérisse, puis oublie avoir jamais posé les yeux sur moi. Pour l'instant, ce qu'il voulait, c'était que je sois enfermée à l'abri des regards pour qu'il puisse rentrer chez lui et voir son fils vivant au moins une dernière fois.

« Il *va* se rétablir », dis-je, avec cette foi aveugle en l'impossible propre aux très jeunes gens. Sous mon manteau, la robe que je portais était tachée de quelques gouttes de sang provenant de la toux de Finbarr.

« Tu parles comme une Irlandaise. Tu ferais bien de continuer. Les Anglais ne sont pas très populaires ces temps-ci, dans le coin. »

Je hochai la tête, mais ce n'est qu'avec le recul que j'ai vraiment compris ses paroles. S'il avait prononcé les mots Sinn Féin, cela n'aurait rien évoqué pour moi. J'aurais été incapable de dire ce que signifiaient les lettres IRA. Mon Irlande, c'était l'océan, les oiseaux du littoral, les moutons. Les collines verdoyantes et Finbarr. Rien à voir avec le gouvernement, le sien ou le mien.

« Tu as de la chance, dit M. Mahoney. Il n'y a pas si longtemps, le seul endroit où tu aurais pu aller, c'est l'hospice. Mais ces nonnes prennent soin des mères et de leurs bébés. »

À vrai dire, j'aurais préféré que l'hospice *soit* le seul endroit où j'aurais pu aller. M. Mahoney n'aurait jamais eu le cœur de m'envoyer dans un lieu destiné aux criminels et aux femmes de mauvaise vie, il aurait donc dû me laisser rester avec sa famille. Le fait est que j'avais dépensé mes maigres économies pour le voyage jusqu'à sa porte. Et j'étais montée dans cette charrette de mon plein gré, je suppose, mais quel autre choix avais-je ? Je n'avais nulle part où aller.

Enfin, nous arrivâmes au couvent de Sunday's Corner. M. Mahoney sauta de la charrette et me tendit une grosse main calleuse pour m'aider à descendre. Le bâtiment était immense, et splendide. Avec sa façade de briques rouges flanquée de tourelles, il ressemblait à la fois à une université et à un château, deux endroits dans lesquels je n'avais aucun espoir de pénétrer un jour. Une statue d'ange ailé se dressait sur l'herbe devant l'entrée, les mains serrées le long de son corps et non levées en prière. Au-dessus de la porte du couvent, dans une niche voûtée où aurait dû se trouver une fenêtre, il y avait une autre statue, en plâtre, représentant une religieuse en habit blanc et bleu, les paumes tournées vers l'extérieur, comme pour offrir un sanctuaire à ceux qui entraient.

Mes parents n'étaient pas des gens religieux. « Le dimanche, c'est pour se reposer », disait mon père quand il devait expliquer pourquoi il n'allait pas à la messe. Ma mère était protestante. Les rares fois où j'étais allée à l'église, c'était avec ma tante Rosie et mon oncle Jack.

« Ça doit être la Vierge Marie », murmurai-je.

M. Mahoney laissa échapper un rire moqueur devant mon ignorance des choses de ce monde. J'étais venue en Irlande dans l'espoir de vivre dans sa modeste maison au sol de terre. Ses yeux étaient ternes et soulignés de cernes profonds, mais je voyais qu'ils avaient jadis été comme ceux de Finbarr. Je le regardai, espérant qu'il aurait pitié de moi et changerait d'avis.

« Les sœurs prendront bien soin de toi. » Il y croyait sans doute. Sa voix était douce, presque teintée de regrets. Peut-être commencerait-il à descendre la route, puis ferait demi-tour pour revenir me chercher avant même que j'aie eu le temps de défaire mes bagages. « Nous t'enverrons des nouvelles de Finbarr. C'est promis. »

Il sortit ma valise de l'arrière de la charrette – la valise de ma mère, en fait ; je la lui avais volée le jour où je m'étais enfuie. Elle me l'aurait donnée si je la lui avais demandée. Elle m'aurait peut-être même suppliée de rester ou se serait elle-même enfuie avec moi. « Comment as-tu pu penser autrement ? me demanderait-elle, trop tard. J'aurais fait n'importe quoi, je me serais battue contre n'importe qui, y compris ton père, pour ne pas perdre une autre fille. »

Si j'avais su à ce moment-là ce que je sais aujourd'hui, je ne serais jamais entrée dans ce couvent. J'aurais redescendu sa longue allée à pied, franchi les collines, et j'aurais traversé à la nage les eaux glacées de la mer d'Irlande pour rejoindre l'Angleterre.

Les bonnes sœurs échangèrent mes vêtements contre une robe terne et informe qui n'aurait jamais besoin d'être remplacée, quelle que soit la taille de mon ventre, et une paire de sabots mal ajustés. Une jeune religieuse au visage avenant prit ma valise. « Nous allons bien nous occuper de toi », dit-elle. Je ne la revis jamais. Une nonne plus âgée me fit asseoir et me coupa les cheveux si court qu'ils couvraient à peine mes oreilles. Je les avais toujours eus longs, et je m'inquiétais de ce que penserait Finbarr quand il viendrait me chercher.

Je ne suivis pas le conseil de M. Mahoney de parler avec un accent irlandais. Une fois que les religieuses m'eurent expliqué les règles de ma nouvelle maison, je n'ouvris pas la bouche pendant des semaines.

Une jeune personne ne peut pas savoir quel tour prendra sa vie. Avec le temps, on comprend que les épreuves occupent des moments précis de l'existence, qui finiront par passer. Mais quand on est jeune, chaque instant semble être le monde entier. On a l'impression qu'il durera toujours. Plus tard, je profiterais de la vie. Je voyagerais aux quatre coins du monde. Mais cet hiver-là, je n'étais guère plus qu'une enfant et je ne connaissais que deux endroits : Londres et le comté de Cork, et encore, seulement de minuscules parcelles de chacun. Je savais que j'étais jeune, mais je ne comprenais pas à quel point, ni que la jeunesse était un état passager. Je savais que la guerre était finie, mais je n'y croyais pas encore. La Grande Guerre me semblait davantage un lieu qu'un événement, aussi inamovible que l'Angleterre. À Londres, le pub favori de mon père avait été pulvérisé, les fûts de bière roulant dans les rues tandis que les bombes continuaient de pleuvoir. Tout le reste de sa vie, mon père dirait que le monde avait perdu son innocence pendant la Grande Guerre.

La première tâche que l'on me confia au couvent – après m'avoir coupé les cheveux et dépouillée de mes vêtements – fut l'entretien du cimetière des religieuses. Avec deux autres filles, toutes deux enceintes jusqu'au cou, je devais balayer, ratisser, et nettoyer le lichen sur les pierres tombales. L'air froid aurait pu avoir une odeur de liberté sans les barreaux en fer qui longeaient le périmètre à perte de vue. Sur la droite se dressait un haut mur de pierre. Des sons assourdis le traversaient, qui, je le découvrirais plus tard, étaient les voix de jeunes enfants qu'on avait sortis afin qu'ils prennent un peu l'air avant le souper. À travers la clôture, je discernais la route qui partait du couvent, mais aucun signe de M. Mahoney qui, ayant changé d'avis, revenait me chercher. Nous n'étions pas censées prononcer le moindre mot, ni même nous présenter à nos camarades.

Les pierres tombales des nonnes étaient d'épaisses croix, toutes gravées des mêmes mots : Ci-gît sœur Mary. Comme si une seule femme était morte, qui, pour quelque raison mystérieuse, aurait eu besoin de cinquante tombes. Je passai mon chiffon rugueux sur les pierres, enfonçant mes doigts dans les rainures. Et à ce moment-là, je fus certaine d'une chose : le monde n'avait jamais été innocent.

Mais moi, je l'avais été.

Remontons encore un peu en arrière. Avant la guerre, cette fois. Imaginez-moi à treize ans, maigre et agile comme un criquet, la première fois que mes parents m'envoyèrent passer un été à la ferme de ma tante Rosie et de mon oncle Jack.

« Nan aime courir, avait dit mon père alors qu'il nous exposait son idée. Elle n'est pas faite pour la ville. » Il travaillait comme commis à la Porphyrion Fire Insurance Company et prononçait souvent ces mêmes mots – *pas fait pour la ville* – au sujet de lui-même. Cela lui coûtait de passer des heures courbé sur un bureau pour un salaire de misère. J'ai toujours pensé que mon père aurait regretté d'avoir quitté l'Irlande si cela n'avait pas signifié nous regretter aussi. Sa femme était anglaise, et par conséquent sa famille aussi. Sauf moi, apparemment.

Mes sœurs Megs (plus âgée) et Louisa (plus jeune) étaient de vraies petites filles, qui pensaient aux vêtements, aux coiffures et à la cuisine. Du moins était-ce ce qu'elles voulaient faire croire. Ma sœur Colleen (plus âgée) ne s'intéressait quant à elle qu'aux livres et à l'école. Moi aussi, j'aimais les livres, mais j'aimais aussi taper dans un ballon avec les garçons du quartier. Parfois, à la nuit tombée, mon père me trouvait avec eux sur un terrain vague, couverte de sueur et de crasse.

« Si c'était un garçon, elle pourrait devenir un champion, se vantait-il.

— Elle est trop vieille pour ça, se plaignait ma mère, mais mon père me défendait toujours.

— Les trois autres sont à toi. Mais elle, c'est ma petite Irlandaise. »

Mon père avait grandi dans une ferme à la sortie du village de pêcheurs de Ballycotton. Depuis ma naissance, il y retournait de temps en temps quand son frère lui payait le voyage. Mais nous n'avions jamais eu assez d'argent pour pouvoir l'accompagner. La perspective d'y aller, en particulier pour un été entier, m'enthousiasmait beaucoup. Je savais que c'était une maison modeste, mais bien plus spacieuse que notre appartement londonien qui ne comptait que deux chambres, une pour mes parents et l'autre pour mes trois sœurs et moi. L'oncle Jack avait bien géré la ferme. Sa femme, Rosie, avait hérité d'une petite somme d'argent à la mort de son père, avec laquelle ils avaient ajouté un plancher en bois massif et tapissé les murs du salon d'étagères. Ils tondaient régulièrement l'herbe près de la maison pour jouer au tennis. (« Du tennis, s'était moqué mon père quand ils nous en avaient parlé. C'est bien un truc de bourgeois. »)

Le paysage existait déjà dans mon esprit : ses collines ondoyantes du vert le plus vif, ses murets de pierre et ses prairies sans fin sur lesquelles je pourrais jouer au foot avec mon cousin Seamus. Joignant les mains, je tombai à genoux à côté de ma mère et, avec une ferveur quelque peu excessive, l'implorai de me laisser y aller.

Ma mère rit. « D'accord, mais tu vas me manquer. »

Je me levai d'un bond et jetai mes bras autour de son cou. Elle avait un adorable visage plein de taches de rousseur et de grands yeux verts. Parfois, je regrette d'avoir perdu mon accent de l'East End, car je le tenais d'elle.

« Toi aussi, tu vas me manquer.

— Ce ne sera pas des vacances, me prévint mon père. Jack va payer la traversée, mais tu devras faire de nombreuses corvées pour le rembourser. »

La plupart de ces corvées se dérouleraient en plein air, avec les chevaux et les moutons, ce qui m'enchantait d'avance. J'étais reconnaissante que mon oncle soit prêt à me les confier, même si j'étais une fille.

Et c'est ainsi que nous en arrivons au garçon irlandais. Finbarr Mahoney était le fils d'un pêcheur. Deux ans avant notre rencontre, il avait croisé un vieux fermier sur les quais du village, qui s'apprêtait à jeter un chiot – l'avorton d'une portée de border collies – dans la mer glacée.

« Tenez, avait dit Finbarr en soulevant un seau de maquereaux. Je vous l'échange. »

À le regarder, nul n'aurait pu deviner son inquiétude. Finbarr avait toujours l'air détendu et souriant. Comme si tout était facile pour lui – même la vie et la mort. Il avait pris le chiot sous son menton et tendu le seau au vieillard, conscient qu'il devrait rembourser son père pour le poisson.

« Cet homme s'apprêtait à jeter le chien à la mer, dit le père de Finbarr. Tu crois vraiment qu'il s'attendait à être payé ? »

Finbarr baptisa le chien Alby, le nourrit au biberon puis le dressa comme chien de berger. L'oncle Jack lui demandait souvent de venir à la ferme, les jours où il ne travaillait pas sur le bateau, pour aider à déplacer les moutons d'un pâturage à l'autre. D'après Jack, Alby était le meilleur chien de berger de tout le comté de Cork.

« C'est grâce au garçon, expliqua tante Rosie. Il a un don avec les animaux. Il pourrait transformer une chèvre en gardienne de troupeau. Aucun autre dresseur n'aurait eu les mêmes résultats avec ce chien. »

Le collie de mon oncle était un bon gardien, mais ce n'était rien en comparaison d'Alby. Ce chien – petit, léger et gracieux – était la plus belle créature que j'aie jamais vue. La seconde était Finbarr, dont les cheveux noirs et brillants semblaient presque bleus sous le soleil estival. Il avait un don avec les animaux, comme l'avait dit tante Rosie, et qu'étais-je, après tout ? Finbarr avait quelques années de plus que moi. Quand il passait devant moi à vélo, il me saluait en inclinant un chapeau imaginaire. Je n'ai jamais aimé les gens qui sourient constamment, comme s'ils trouvaient tout amusant. Mais le sourire de Finbarr avait quelque chose de différent, il ne souriait pas d'amusement, mais de bonheur. Comme s'il aimait le monde et prenait plaisir à y vivre.

« Ça doit être merveilleux, dis-je à ma tante Rosie ce soir-là alors que nous faisions la vaisselle, d'être toujours heureux. »

Elle sut d'emblée de qui je parlais. « Il a toujours été comme ça, répondit-elle avec une profonde tendresse. Enjoué. Ça prouve que la richesse ne change rien, si tu veux mon avis. Certaines personnes sont juste nées heureuses. C'est la plus grande des chances, je trouve. Quand le soleil brille dans votre cœur, vous n'avez pas à vous soucier du temps qu'il fait. »

Un soir, après le souper, Finbarr vint nous rendre visite à vélo alors que Seamus et moi faisions une partie de tennis. J'avais appris à jouer la semaine de mon arrivée, mais j'étais déjà imbattable. « Je ne sais pas où vous trouvez l'énergie pour ça après une journée de travail », nous avait dit l'oncle Jack en secouant la tête d'admiration.

« Où est Alby ? » lança Seamus à Finbarr. Il avait dix ans à l'époque, et il adorait le chien autant que moi.

« Je l'ai laissé à la maison. Je me doutais que vous seriez en train de jouer au tennis. Il aurait couru après les balles et gâché votre partie. »

Le collie de mon oncle, Brutus, était couché sous le porche, épuisé après une longue journée de travail, et ne prêtait pas la moindre attention à nous.

« Tu peux jouer avec Nan, dit Seamus en lui tendant sa raquette. Gagne pour moi, d'accord ? » Je l'avais tellement fait suer que ses boucles rousses trempées tombaient devant ses yeux.

Je ne pus m'empêcher de faire rebondir la balle sur ma raquette pour l'impressionner. Finbarr souriait, comme toujours, ses yeux bleus presque gris dans la lumière déclinante du soir. « Prêt ? » Je lançai la balle par-dessus le filet avant qu'il ait eu le temps de répondre. Nous jouâmes ainsi un moment pour nous amuser avant de nous y mettre pour de bon. J'avais gagné deux parties, quand Alby dévala la colline. Courant droit vers Finbarr, il modifia brusquement sa trajectoire et bondit dans les airs pour attraper la balle au vol.

Nous jetâmes nos raquettes et nous élançâmes à sa poursuite. Il y avait d'autres balles, mais c'était la réaction qui nous semblait la plus naturelle. Nos éclats de rire emplissaient le ciel. Oncle Jack et tante Rosie sortirent sur le porche pour rire avec nous. Finalement, Finbarr cessa de courir et cria : « Alby, stop ! »

À la manière dont le chien obéit sur-le-champ, je compris que Finbarr détenait ce pouvoir depuis le début.

« Lâche », ordonna-t-il, et Alby laissa tomber la balle sur l'herbe. Finbarr s'approcha de lui à pas mesurés, ramassa la balle et la tint en l'air. « Nan. Fais un vœu.

— J'aimerais pouvoir rester en Irlande pour toujours. »

Il lança la balle en un long arc et Alby se précipita vers elle et l'attrapa en plein vol, ses pattes à des kilomètres du sol.

« Accordé », dit Finbarr en se tournant vers moi. Le moment était si magique que j'y ai cru.

Quelques jours plus tard, il passa à la maison après avoir aidé l'oncle Jack. Je venais de finir de nettoyer les écuries et j'étais allongée sur la colline dans un champ de trèfles, empestant toujours le fumier, en train de lire *Avec vue sur l'Arno.* Brutus était étendu à côté de moi, la tête posée sur mon ventre.

« Ton oncle va avoir besoin d'un nouveau chien », dit Finbarr. Alby se tenait à côté de lui, les oreilles dressées. « On voit qu'ils commencent à se faire vieux quand ils sont fatigués à la fin de la journée.

— Alby n'est jamais fatigué ? demandai-je en me protégeant les yeux du soleil pour le regarder.

— Jamais, répondit-il avec trop d'assurance pour que ce ne soit pas un vœu pieux.

— Brutus ne sera jamais vieux », dis-je, consciente de formuler moi-même un vœu pieux, en tapotant la fine tête rousse du chien.

Une alouette fit entendre son chant infatigable et plaintif. Bien sûr, il y avait des oiseaux à Londres, mais je n'y avais jamais vraiment prêté attention. Depuis que j'étais en Irlande, j'avais appris que le ciel était un univers à part, juste au-dessus de nos têtes, qui renfermait sa propre vie chantante.

« Je t'ai apporté quelque chose », dit Finbarr en me montrant un trèfle à quatre feuilles.

Je tendis la main sans me redresser pour le prendre, et aussitôt la quatrième feuille s'envola. Il l'avait tenue sur le trèfle avec son doigt. « Fausse chance. » Je le repoussai d'une chiquenaude en riant, ravie malgré tout.

Finbarr se laissa tomber à côté de moi. Cela ne le dérangeait jamais d'être contredit, tout comme cela ne le dérangeait pas que j'enchaîne les victoires au tennis. Rien ne le dérangeait jamais.

« J'espère que je ne sens pas trop le poisson », dit-il.

J'envisageai d'abord de mentir et dire non. À la place, je dis :

« Oh, je sens le mouton et le crottin de cheval, donc on va bien ensemble.

— Moi aussi, je sens toutes ces choses. » Il entrecroisa ses doigts et plaça ses mains derrière sa tête pour s'en faire un oreiller. « Tu aimes lire, pas vrai ?

— Oui.

— Je pourrais lire ce bouquin quand tu l'auras fini. » Il ne regardait pas mon livre, mais droit vers le ciel. « Comme ça, on pourrait en discuter.

— Tu aimes lire ?

— Non. Mais je pourrais commencer.

— Ce livre parle surtout d'une fille.

— Ça ne me dérange pas. »

Je tournai la tête pour le regarder, et il inclina la sienne vers moi. De longs cils noirs encadraient ses yeux dans lesquels se mêlaient différentes nuances de bleu. Bientôt, l'oncle Jack grimperait la colline et il n'aimerait pas nous voir comme ça, allongés côte à côte, malgré la cinquantaine de centimètres qui nous séparait.

« Je crois que j'aimerais être écrivaine », dis-je. C'était la première fois que je me faisais cette réflexion. J'aimais lire, mais je n'avais jamais essayé d'écrire des histoires ou des poèmes.

« Tu serais une excellente écrivaine, dit Finbarr. En fait, tu serais excellente dans n'importe quel domaine. »

Il plaça un brin d'herbe entre ses dents et regarda de nouveau vers le ciel en croisant les chevilles. Alby tirait sur les jambes de son pantalon, peut-être pressé de rentrer pour le repas du soir.

« Nan O'Dea ! lança ma tante depuis la maison. Viens ici immédiatement, et va te nettoyer pour le souper ! »

Je savais que la sévérité dans sa voix était uniquement due au fait que Finbarr et moi étions allongés côte à côte, bien trop proches à son goût. Nous nous levâmes, les cheveux ébouriffés, les joues rosies par une journée de travail sous le soleil.

« Tu restes souper, Finbarr ? » demanda tante Rosie. Comme tout le monde, elle était incapable de lui en vouloir trop longtemps.

« Volontiers, madame O'Dea. »

Avec autant d'énergie que le plus jeune des deux chiens, nous fîmes la course jusqu'à la maison. Cette fois, c'est Finbarr qui gagna. Il sauta à pieds joints sur le porche en levant les bras. Victoire.

Parfois, on tombe amoureux d'un lieu avec autant de passion et d'urgence que d'une personne. À peine étais-je revenue à Londres que je commençai à supplier mes parents de me laisser retourner en Irlande. La place de mes sœurs était avec ma mère à Londres, mais la mienne était en Irlande. J'avais une mémoire ancestrale de ces collines verdoyantes. Cet endroit vivait dans mes os, et ils me faisaient souffrir quand j'en étais loin. À cet âge, quand je pensais à Finbarr, il n'était qu'une partie de ce paysage.

« Je te renverrai à condition que tu promettes de ne pas rester, dit ma mère. Je ne veux pas que mes filles vivent loin de la maison. Même pas toi, Colleen. »

Elle avait prononcé ces derniers mots sur un ton affectueux, mais Colleen ne répondit pas. Elle était affalée à la table de la cuisine, ses yeux verts fixés sur les pages d'un livre de Filson Young sur le *Titanic*, le visage caché par le rideau de ses cheveux blonds. Mes autres sœurs et moi avions les cheveux bruns et les yeux marron de notre père.

Maman rit et secoua la tête. « Le toit pourrait s'effondrer sur elle sans qu'elle remarque rien. »

Louisa, la plus pragmatique de nous toutes, poussa de la main l'épaule de Colleen. Celle-ci se redressa en clignant des yeux comme si elle venait de se réveiller. « Elle vit déjà loin de la maison », dit Louisa en tapotant les pages du livre.

Attardons-nous un instant sur ce moment. Colleen, dix-sept ans et la vie devant elle. Nous toutes réunies, pleines d'espoir pour le futur, dans la minuscule cuisine délabrée qui était le cœur de notre foyer. Et notre mère, qui arrivait encore à croire que ses quatre filles rempliraient un jour sa maison de petits-enfants.

Mon père fit irruption dans la pièce, dissolvant notre bonne humeur par sa morosité, comme il le faisait parfois quand il rentrait d'une dure journée de travail. « Le fils Jones était encore en train de t'attendre devant la maison », dit-il à Colleen.

Elle posa son livre et souleva ses lourds cheveux pour les nouer au sommet de son crâne. Des années plus tard, je lirais un poème de William Butler Yeats, et ces vers m'agaceraient : « Seul Dieu, ma chère / Pourrait vous aimer pour vous-même / Et non pour vos cheveux blonds. » Ils me feraient penser à ma sœur, et à la façon dont les garçons qui ne savaient rien d'elle s'en entichaient dès l'instant où ils posaient les yeux sur elle. Ma mère travaillait quelques jours par semaine dans une mercerie, Buttons and Bits. Une fois, elle avait demandé à Colleen de la remplacer, et le propriétaire lui avait interdit de recommencer au motif qu'elle attirait trop de garçons, qui se penchaient sur le comptoir sans avoir l'intention d'acheter quoi que ce soit. Les cheveux de Colleen étaient comme des sirènes, dont le chant résonnait dans les rues de la ville, attirant l'attention des hommes, et non celle de Dieu. Je haïssais ce poème.

Tous les soirs, quand nous étions toutes les quatre installées dans notre lit dans la chambre que nous partagions, Colleen nous racontait des histoires, parfois tirées du livre qu'elle lisait, et parfois les siennes, qu'elle inventait. Certains matins, nous nous réveillions le dos courbatu et le ventre douloureux d'avoir ri si fort la veille. J'aurais aimé Colleen même si elle n'avait pas eu de cheveux. Megs et Louisa aussi l'auraient aimée sans ses cheveux. Ainsi que ma mère, bien sûr.

« Il peut attendre autant qu'il veut, dit Colleen. Je n'ai jamais dit que j'irais le voir.

— Tu dois bien faire quelque chose pour les encourager », dit mon père en ôtant son manteau.

Colleen lâcha un petit rire indigné. Hier encore, Derek Jones et deux autres garçons nous avaient suivies, Colleen et moi, sur le chemin de la bibliothèque de Whitechapel. « Vous gâchez notre promenade », leur avait-elle finalement dit d'un ton sec, sur quoi ils s'étaient éloignés en jetant des regards envieux par-dessus leurs épaules. Colleen portait un bonnet de laine, qu'elle avait rabattu sur ses oreilles. Elle avait beau aimer disparaître dans les livres, quand elle revenait dans le monde, elle était directe et sans détour. « Quelle chance j'ai d'avoir de tels admirateurs, pas vrai, Nan ? » avait-elle dit.

« Tais-toi avec ça, dit maman à notre père. Tout ce qu'elle fait, c'est vivre dans le même monde qu'eux. Tu veux que je lui rase la tête ? Laisse-la tranquille. »

Colleen attrapa son livre et disparut dans notre chambre pendant que nous autres préparions le dîner. Maman me tapota le dos car j'étais la plus proche, et le contact avec ses enfants l'apaisait. Peut-être pensait-elle ce qu'elle devait déjà savoir : parfois, il suffit de vivre dans le même monde qu'eux.

L'été suivant, Finbarr vint à la ferme pour jouer au tennis presque tous les soirs. Il avait entraîné Alby à rester parfaitement immobile, quoi qu'il arrive. Je crois que le chien aurait dépensé moins d'énergie à courir dix kilomètres qu'il ne lui en fallait pour combattre tous ses instincts, et demeurer figé face à cette balle de tennis qui rebondissait autour de lui. Pourtant, il restait sans bouger, sans jamais se lever avant que Finbarr lui en ait donné l'ordre.

« Prêt. Balle », disait Finbarr, et, enfin, le chien pouvait se catapulter dans les airs.

L'automne suivant, de retour à la table familiale à Londres, j'énumérai tous les tours que connaissait Alby.

« Finbarr lui dit de faire un pas d'un côté puis de l'autre. Il lui dit de rester immobile jusqu'à ce qu'il lui donne l'ordre de bouger.

— Ce n'est pas si impressionnant que ça pour cette race », dit mon père.

À l'expression sur son visage, je devinai qu'il repensait aux chiens de sa jeunesse.

« Je n'ai pas terminé. Alby sait faire tous les tours habituels – assis, couché, fais le beau. Oncle Jack dit que c'est le meilleur chien de berger qu'il ait jamais vu. » Ce qui signifiait qu'il était aussi le meilleur que mon père ait jamais vu. « Et Finbarr lui a appris à attraper un ballon de foot et à le faire tenir en équilibre sur son nez. Il lui a appris à sauter sur le dos d'un cheval et à faire le beau.

— Tu dis ça comme si Finbarr était un génie, objecta Megs. Moi, je dirais que c'est le chien.

— Ils le sont tous les deux. »

Mais je savais que Finbarr aurait pu obtenir le même résultat avec n'importe quel chien. Il avait un don.

« Peut-être que je viendrai avec toi, l'été prochain, déclara Megs.

— Ça fera de la compétition à ta sœur pour ce garçon si intelligent », dit mon père.

Mes sœurs et moi échangions toujours le même regard exaspéré quand mon père disait quelque chose de ridicule. Jamais nous ne nous serions battues pour un garçon.

Ma mère coupa court à la conversation comme elle le faisait toujours : en s'adressant à moi mais en regardant Colleen.

« Ne va pas épouser ce garçon de Ballycotton. Je ne veux pas avoir de petits-enfants que je ne verrai qu'une fois par an.

— Pourquoi c'est toujours moi que tu regardes quand tu dis ce genre de choses ? s'indigna Colleen. Je serai la dernière à te quitter, maman. »

Elle se leva et commença à ramasser nos assiettes, s'arrêtant pour embrasser notre mère sur la joue.

Cette nuit-là, dans notre chambre, Colleen me dit : « Et si je venais avec toi l'été prochain ? Pour quitter un peu la ville. Tu crois que ça me plairait ? »

Colleen et moi dormions dans le même lit, près de la fenêtre, tandis que Louisa et Megs partageaient l'autre, contre le mur.

Je me redressai. « Oh, je pense que tu adorerais ! » Et je me lançai aussitôt dans une longue énumération des charmes de l'Irlande.

Colleen plaqua une main sur ma bouche.

« Oui, je sais. C'est le paradis sur terre. Mais même le paradis n'est pas pour tout le monde.

— Le paradis, peut-être pas, mais l'Irlande, oui. »

L'été suivant, j'avais quinze ans, et la ferme de l'oncle Jack se portait bien, mais pas assez pour qu'il puisse nous payer la traversée à toutes les deux.

« Peut-être est-ce le tour de Colleen », dit maman quand papa reçut la lettre de Jack. Elle attachait un nœud à son col, s'efforçant d'être élégante pour aller travailler à la mercerie.

« Oh, je ne priverais jamais Nan de l'Irlande, s'empressa de répondre Colleen avant même que j'aie eu le temps de blêmir de tristesse.

— Ce n'est pas plus mal, dit papa. Je préfère t'avoir ici, où je peux te garder à l'œil. »

Il lui tapota le menton avec tendresse, mais à la manière dont Colleen se mordait la lèvre, je voyais qu'elle savait qu'il ne plaisantait qu'à moitié.

L'échange fut si rapide que ce n'est qu'en écrivant ces mots que je prends conscience de ma dette envers ma sœur. Je retournai seule en Irlande. J'ai dû avoir ma part de doutes et de pressentiments, à cette époque, comme nous en avons tous, même dans l'enfance. Mais tout ce dont je me souviens, c'est d'une délicieuse ignorance de tout ce que le futur nous réservait. L'ignorance de la guerre imminente et des conséquences qu'elle aurait sur nos jours à venir. Ma réalité, ce n'était pas le journal qui faisait plisser d'inquiétude le visage de mon oncle. Ma réalité, c'était l'odeur de l'océan dans l'air que je respirais. C'étaient les draps blancs que nous accrochions à la corde à linge pour les faire sécher au soleil, si bien que lorsqu'ils arrivaient dans nos lits, il y flottait toujours un parfum d'eau salée qui peuplait nos rêves de vagues, de rochers et de phoques. Ma réalité, c'était le garçon brun aux yeux bleus et son chien qui franchissaient les collines vertes pour venir me voir.

« Nan », lança tante Rosie. C'était le matin. Je venais de descendre et j'attachais mon tablier pour l'aider à la cuisine.

« Finbarr Mahoney est dehors. Il demande si tu veux aller faire du cheval avec lui.

— Je peux y aller ?

— Bien sûr que tu peux. » Si ma mère détestait l'idée que je déménage un jour en Irlande, sa belle-sœur l'adorait. « Jack a des courses à faire en ville, donc il n'a pas besoin de toi aujourd'hui. Tu peux prendre Angela. Laisse Finbarr monter le cheval de Jack. Soyez rentrés à temps pour m'aider à préparer le souper. Et emmenez Seamus. »

Nous descendîmes tous les trois la route en direction du rivage. Alby trottait à côté de nous. Au bout de quelques centaines de mètres, Finbarr arrêta son cheval et sortit une pièce de deux pennies de sa poche. Il la lança à Seamus. C'était un bon lancer, mais Seamus la rata et dut descendre de cheval pour aller la ramasser sur la route.

« Tu es un bon garçon, dit Finbarr. Va faire un tour, d'accord ? On se retrouve ici dans quelques heures. »

Seamus renvoya la pièce à Finbarr. Du haut de ses douze ans, il savait qu'il était là pour jouer les chaperons. « Je préfère rester », répondit-il en remontant en selle.

Finbarr rit. Il fit claquer sa langue et son cheval s'élança au galop vers la plage de Ballywilling. Je compris que j'étais censée le suivre afin que nous distanciions mon cousin, mais Seamus n'était pas un idiot, et il vit clair dans son jeu. Du reste, il était pratiquement né sur une selle et était un bien meilleur cavalier que Finbarr, qui n'avait jamais eu son propre cheval, et que moi, qui n'avais appris à monter que deux ans auparavant. Ainsi, comme tante Rosie l'avait imaginé, c'est tous les trois que nous galopâmes sur la rive, au milieu des bécasseaux et des pluviers qui s'écartaient de notre chemin en s'envolant vers le ciel. Les nuages se séparèrent pour laisser briller le soleil. J'aurais trahi ma mère sans l'ombre d'une hésitation pour vivre à jamais sur ces rivages.

« La marée est basse, dit Finbarr lorsque mon cheval rejoignit le sien. On peut traverser les vasières pour aller d'une plage à l'autre. »

Les sabots des chevaux cliquetaient sur les galets et s'enfonçaient dans l'eau salée. Alby sautait dans les vagues et plongeait dans les bassins plus profonds. Nous descendîmes de cheval, et Finbarr me montra quelques sifflets qu'il avait appris à Alby. Seamus resta poliment sur son cheval, à quelques mètres de là, sans nous quitter des yeux.

« Regarde », dit Finbarr, qui avait décidé de m'apprendre à siffler. Il plaça sa main autour de mon menton pour me faire plisser les lèvres.

J'essayai de produire le même sifflement aigu qui avait fait courir Alby vers l'avant puis vers l'arrière en dessinant un large cercle, mais je ne parvins à émettre qu'un crachotement pathétique.

« Essaie avec tes doigts. » Il enfonça son index et son majeur dans sa bouche et poussa un sifflement si puissant que je sursautai. Alby s'élança vers nous et s'assit à nos pieds. Finbarr sortit une petite balle en caoutchouc de sa poche et replia son bras, se préparant à la lancer.

« Fais un vœu, dit-il.

— Je voudrais que cette journée ne finisse jamais. »

La balle et le chien s'envolèrent.

« Accordé », dit Finbarr quand Alby l'attrapa au vol.

Alby revint vers nous en trottinant et lâcha la balle à nos pieds. Je m'agenouillai pour le prendre dans mes bras.

« Merci, Alby. Tu es magnifique. Tu es parfait.

— Comme toi. »

Finbarr s'agenouilla à côté de moi et glissa mes cheveux derrière mes oreilles.

« Ça suffit, lança Seamus de sa voix de garçon qui n'avait pas encore mué.

— Merci d'être venue avec moi, Nan, dit Finbarr alors que nous ramenions les chevaux à l'écurie. On a beaucoup de travail, mais j'espère qu'on pourra se refaire une balade à cheval avant la fin de l'été.

— J'espère aussi. »

Puis le mois d'août arriva, et avec lui la guerre. Un jour, Finbarr se présenta à notre ferme. C'était ainsi que je la considérais, désormais. Ce n'était plus seulement la ferme de Jack, Rosie et Seamus, c'était aussi la mienne.

De la fenêtre de la cuisine, je voyais Finbarr descendre la colline, Alby sur ses talons. Le garçon et le chien avaient la même foulée, à la fois déterminée et insouciante. Il n'y avait pas de conscription, Finbarr s'était enrôlé dans les forces britanniques avec la bénédiction de ses parents, car à l'époque c'était ça le patriotisme pour un certain type de personnes. *Jamais les Britanniques ne seront esclaves* et *Faites votre part.* Mon oncle Jack aussi s'engagerait, mais plus tard. Pour l'heure, la guerre était une affaire de jeunes hommes.

« Vas-y », dit tante Rosie en me voyant regarder par la fenêtre. Cette fois, elle n'envoya pas Seamus nous chaperonner. Elle savait ce que Finbarr venait annoncer. On fait toujours des exceptions pour les soldats, même quand il s'agit de les laisser seuls avec une fille.

« Je suis désolé de partir. » La voix de Finbarr était triste, mais son visage toujours aussi joyeux. Rien de tout cela n'était réel. La guerre n'était rien d'autre qu'un été gâché. « Ce n'est pas comme ça que j'imaginais que les choses se passeraient. »

Mes yeux s'embuèrent de larmes. J'étais gênée, mais Finbarr me rassura en me prenant la main.

« Tu as peur ? demandai-je.

— Un peu, oui. Même si je ne sais pas vraiment de quoi je dois avoir peur. J'ai du mal à imaginer ce que ça va être. » Le paysage autour de nous était toujours aussi serein. « Mais tu sais ce que j'arrive à imaginer ? Ce qu'il y aura après. La guerre ne durera pas longtemps. C'est l'affaire de six mois au maximum. Ensuite, tu viendras t'installer en Irlande pour de bon, et nous aurons notre propre ferme, et je dresserai des chiens, et toi, tu écriras des livres. »

Un sourire si large se dessina sur mes lèvres qu'il me fendit presque le visage en deux. Il n'avait pas prononcé le mot *mariés*, j'étais trop jeune pour ça, mais ses paroles y faisaient allusion, n'est-ce pas ? J'allais épouser Finbarr. J'allais épouser l'Irlande. Mon avenir était scellé, il n'y avait qu'à attendre la fin d'une petite guerre.

« Tu prieras pour moi ? » demanda Finbarr.

Mon père avait abandonné sa religion quand il avait quitté l'Irlande. Je n'avais jamais prié de ma vie, pas même quand j'allais à l'église avec Rosie et Jack, mais je promis de le faire.

« Je peux avoir une photo de toi ? dit-il, une autre demande des soldats partant au front.

— Je n'en ai pas ici. » Mes parents avaient en tout et pour tout une seule photo de moi, avec mes trois sœurs, prise et encadrée des années plus tôt. « Mais je vais en faire faire une. Je te l'enverrai. C'est promis. »

Finbarr m'attira à lui et me serra longtemps dans ses bras. Il ne se balançait pas, ne bougeait pas. Il se tenait simplement immobile, son corps contre le mien. J'aurais voulu que nous restions ainsi pour toujours. Ne pas avancer vers l'avenir, ne jamais quitter cet endroit précis. Les lèvres de Finbarr se posèrent sur la courbe de mon cou. Je sentais le regard de tante Rosie qui nous observait de la fenêtre, mais je m'en fichais, même lorsque Finbarr relâcha son étreinte pour m'embrasser longuement, jusqu'à ce que Rosie finisse par taper à la vitre.

« Tu es ma petite amie. » Il me tint par les épaules. « N'est-ce pas, Nan ?

— Oui. »

Il sortit un anneau de Claddagh de sa poche et le glissa à mon annulaire droit, la couronne pointant vers moi. J'étais maintenant à lui. Une émeraude minuscule était sertie dans la couronne, pas plus grosse qu'une miette de pain. C'est terrible à admettre, mais l'émotion qui l'emportait sur toutes les autres à ce moment-là, c'était la joie, qui traversait tout mon corps. Combien de jeunes filles cet été-là ont ressenti ce même bonheur naïf face à un garçon leur avouant son amour juste avant de partir à la guerre ? Nous ne savions pas ce que cela signifiait. Aucun de nous ne le savait.

LA DISPARITION

Jour de la disparition
Vendredi 3 décembre 1926

Parfois, une vie est si entièrement bouleversée que la seule chose à faire est de marcher au milieu des ruines. Après le départ d'Archie, Agatha essaya de se ressaisir. Elle plaça brièvement les mains sur les touches de sa machine à écrire, et abandonna aussitôt. Elle n'écrirait rien de bon aujourd'hui. Elle ne ferait rien de bon tant qu'elle n'aurait pas tout arrangé avec Archie – tant qu'elle n'aurait pas nettoyé ce désordre. Elle trouverait un moyen d'y parvenir aujourd'hui, et elle écrirait demain.

Contrairement à ce qui fut rapporté dans les jours qui suivirent, Agatha n'envisagea jamais de se suicider. Ce n'était pas dans sa nature. L'idée même la répugnait. Quand elle entendait parler de quelqu'un qui avait mis fin à ses jours, elle se sentait toujours furieuse. C'était de la lâcheté, du gaspillage. Tant qu'il y avait de la vie, il y avait de l'espoir.

De l'espoir. Elle pouvait démarrer sa Morris Cowley adorée et suivre Archie jusqu'à Londres. Elle pouvait entrer dans son bureau, l'attraper par le revers et lui faire comprendre la nécessité d'arranger les choses. Elle pouvait le secouer jusqu'à ce qu'il éprouve de nouveau de l'amour pour elle. Il se souviendrait qu'elle et lui ne faisaient qu'un. Il ne partirait pas en week-end avec sa maîtresse, mais mettrait un terme à leur relation et rentrerait chez lui, là où était sa place.

Mais tout cela impliquerait une dispute, et Agatha n'avait pas été élevée ainsi, elle n'était pas du genre à faire des histoires ou à afficher ses émotions en public. Ne supportant pas de rester sans rien faire, elle s'emmitoufla dans son manteau de fourrure pour accompagner Honoria et Teddy sur le chemin de l'école. « Tiens, dit-elle à la petite fille en lui tendant son cerceau et son bâton. Tu pourras le faire tourner sur le chemin. »

Teddy le fit jusqu'au bout de l'allée, puis jeta le cerceau dans l'herbe et partit en courant, Peter sur ses talons. C'était un chien très sociable, qu'il n'avait jamais été question de tenir en laisse. Agatha ramassa le cerceau et le fit elle-même tourner tandis qu'elles longeaient le chemin de terre.

« Ma mère ne voyait pas l'intérêt d'envoyer une fille à l'école, dit Agatha à Honoria. Elle pensait qu'il valait mieux laisser mon esprit se développer naturellement. »

Honoria savait déjà tout cela, mais elle l'écouta attentivement, comme si elle l'entendait pour la première fois. Les gens en proie au désespoir aiment revisiter le passé. Celui d'Agatha comprenait sa Nursie bien-aimée, et une gouvernante ici ou là. Elle avait bien passé quelques mois dans de véritables écoles à Torquay, et à l'étranger quand elle était plus âgée. Et elle avait fréquenté une école de bonnes manières, bien sûr, c'était indispensable. Honoria hocha la tête, comme si cela avait été une option pour elle.

« Mais la plupart du temps, j'étais livrée à moi-même, j'étais libre de courir où je voulais à Torquay et sur les terrains d'Ashfield. » Agatha regarda Teddy, une jolie petite fille dont les cheveux bruns semblaient devenir un peu plus foncés chaque jour. Les yeux d'Agatha se perdirent dans le vide tandis qu'elle revivait le passé, se souvenant de ces moments où elle faisait tourner son cerceau dans les jardins de sa maison, parmi les chênes sombres et les ormes et autour du grand hêtre en s'inventant des amis pour lui tenir compagnie. Teddy faisait-elle la même chose ? Se divertissait-elle avec des histoires sans fin et des compagnons imaginaires ? Ou ne s'intéressait-elle qu'au monde tangible, aux vrais amis qui la dispensaient du besoin de faire semblant ?

« Oh, Honoria », dit Agatha. Le cerceau l'avait aidée à calmer ses nerfs, mais il les ralentissait. C'était un jouet pour enfant, et elle devait se baisser pour le faire tourner. Teddy courait devant elles sur la route, toujours dans leur champ de vision mais hors de portée de voix. Agatha jeta le cerceau sur le bord du chemin en se disant qu'elle le récupérerait au retour.

« Tu dois te faire une raison, Agatha. » Honoria en avait assez de la voir prétendre que la partie était toujours en cours, quand il était évident qu'elle avait été gagnée par quelqu'un d'autre. « Je sais que c'est dur, mais tu dois l'accepter. Il est parti pour de bon.

— Je ne peux pas y croire. »

Agatha, qui n'évoquait jamais l'intimité de son couple, ne parla pas à Honoria de la nuit qu'ils avaient passée ensemble. À la place, elle énuméra la liste de toutes ses amies dont les maris avaient eu une aventure avec une autre femme, mais qui avaient fini par retrouver la raison et rentrer à la maison. Elle songea à la manière dont elle avait attendu la fin de son contrat avec Bodley Head pour en signer un bien plus avantageux avec William Collins. La stratégie avait fonctionné avec sa carrière, et elle voulait croire qu'il en irait de même avec son mariage. Tout ce qui était nécessaire pour traverser ce genre d'épreuve, c'était un plan, et beaucoup de patience.

Honoria l'écoutait, mais c'étaient pour elle les paroles d'une femme désespérée. Et elle voyait à la façon dont Agatha se tordait les mains qu'elle le savait aussi. Parfois, les vérités dures à entendre doivent être énoncées sans détour.

« Le colonel Christie ne reviendra pas, insista Honoria. Je le vois à son visage. Je suis désolée, mais tu ne peux pas continuer à te voiler la face. Et comment peux-tu vouloir rester mariée à un homme qui préfère cette petite catin ? Tu dois l'accepter : il t'a quittée.

— Quittée », répéta Agatha, l'air frais lui piquant les joues.

Sa mère l'avait mise en garde l'été précédent – qui s'était avéré être son dernier – de ne pas passer trop de temps à Torquay, loin de son époux. « Rester trop longtemps loin de son mari, c'est le meilleur moyen de le perdre. En particulier un mari comme Archie. »

À l'époque, Archie s'était déjà compromis avec moi, et, en son for intérieur, Agatha le savait. Pourtant, elle *refusait* aussi de l'admettre – elle refusait d'accepter qu'elle puisse perdre sa mère et son mari en si peu de temps. Alors elle avait serré la main frêle de sa mère, ignoré le râle d'agonie dans sa voix, et promis : « Il n'y a pas d'homme plus loyal qu'Archie. Il est fidèle jusqu'à la moelle. Tu pourrais parier ta vie là-dessus. »

Peut-être sa mère avait-elle effectivement parié sa vie là-dessus. Et perdu.

Pendant ce temps, Teddy, impatiente et intrépide comme toujours, avait bien distancé Agatha et Honoria. Sunningdale, dans le Berkshire mais à la frontière avec le Surrey, était tout près de Londres, et facilement accessible en train. Les maisons, toutes individuelles et éloignées les unes des autres, étaient bordées de charmants jardins. Les routes n'étaient pas pavées et des nuages de poussière se soulevaient dans le sillage des calèches, bicyclettes et automobiles qui y passaient de temps en temps. Les deux femmes avaient l'habitude de laisser Teddy vagabonder à sa guise, aussi ne s'inquiétèrent-elles pas lorsque la petite fille atteignit la crête de la colline et disparut de leur vue.

Quand Honoria et Agatha la virent de nouveau, un bon bout de chemin plus loin, elles distinguèrent aussi la silhouette d'un homme, agenouillé à côté d'elle, qui lui parlait.

« Tu le connais ? demanda Agatha à Honoria, se disant qu'il s'agissait peut-être de quelqu'un qu'elles croisaient régulièrement sur la route de l'école.

— Non. Je ne crois pas. »

Les deux femmes portèrent leurs mains à leurs yeux pour les protéger du soleil. Les gens se prenaient facilement d'affection pour Teddy. Comme cette fois, sur la plage de Torquay, où une inconnue l'avait soulevée et serrée dans ses bras.

À la manière dont l'homme caressait Peter des deux mains, Agatha se dit que ça ne devait pas être un mauvais bougre. Puis l'homme se leva. Il était grand – plus grand qu'Archie – et jeune. Il porta sa main à son front en voyant les femmes, comme dans un salut militaire, mais au lieu de se diriger vers elles ou de poursuivre sa route, il disparut à travers la haie.

« Comme c'est curieux. » Plissant les yeux, Agatha observa l'endroit où l'inconnu s'était tenu, comme s'il avait été un mirage qu'elle pouvait faire revenir en fixant le soleil assez longtemps.

« Teddy, lança Honoria. Reste où tu es, tu m'entends ? »

Le temps que les deux femmes la rejoignent, l'homme s'était volatilisé. Teddy attendait, déplaçant son poids d'un pied sur l'autre. « Il fait trop froid pour rester immobile », dit-elle. Dans ses mains protégées par des mitaines, elle tenait une petite figurine en bois, taillée très récemment à en croire l'odeur de sciure qui parvint aux narines d'Agatha lorsque Teddy la brandit pour la lui montrer.

« Comme c'est joli, dit Agatha, dont le front trahissait pourtant une certaine inquiétude. C'est un chien ?

— Oui. C'est M. Sonny qui me l'a donné.

— C'est l'homme à qui tu parlais, M. Sonny ?

— Oui. Il a dit que je pouvais aussi appeler ce chien Sonny, si je voulais.

— Alors va pour Sonny. »

Agatha prit la main de la petite fille.

« Il dit qu'en Amérique, tous les chiens s'appellent Sonny.

— Ça me paraît peu probable. C'est un Américain ?

— Je ne sais pas.

— On ferait bien de se dépêcher, dit Honoria, si on veut être à l'heure à l'école.

— Je pense que je vais rentrer, annonça Agatha. Voir ce que je peux faire.

— Tu ne vas nulle part, n'est-ce pas ? demanda Honoria, ce qui signifiait en réalité : *Tu ne vas pas voir Archie, au moins ?* Promets-le-moi.

— C'est promis. »

Agatha suivit Honoria et Teddy du regard jusqu'à ce qu'elles disparaissent de sa vue, la fillette sautillant d'un pas joyeux, le petit chien sculpté dans sa main. Une inquiétude démesurée assaillit Agatha à l'idée qu'elle le perde. Elle aurait dû le prendre et le mettre dans sa poche.

Peut-être qu'Archie reviendra à la maison, songea-t-elle. Peut-être que pendant la journée, il repenserait à ce qu'ils avaient partagé la nuit dernière – et durant toutes ces années – et reprendrait ses esprits. Qu'il redeviendrait l'homme qui lui avait demandé sa main avec tant de ferveur. Quand viendrait l'heure du dîner, il franchirait la porte, sa valise à la main, qui ne lui serait plus d'aucune utilité puisqu'il avait décidé de rentrer à la maison pour de bon.

Vous vous demandez peut-être si vous devez me croire quand je vous parle d'événements dont je n'ai pas été témoin. C'est pourtant le récit le plus fidèle que vous pouvez espérer. Réfléchissez un instant. N'êtes-vous pas au courant de certains événements qui vous concernent, mais auxquels vous n'avez pas assisté ? Ne vous arrive-t-il jamais de relater ces événements ? Il y a bien des choses dont nous nous souvenons sans les avoir jamais vues de nos propres yeux ni vécues avec nos propres corps. Il s'agit simplement d'assembler ce que nous savons, ce qu'on nous a dit, et ce que nous imaginons. Ce n'est guère différent de la manière dont un policier recoupe les témoignages qui lui permettront d'élucider un crime.

Comme l'inspecteur Frank Chilton, par exemple – qui jouera bientôt un rôle de premier plan dans cette histoire. Nous sommes restés en contact, tous les deux, nous avons échangé des lettres dans lesquelles nous évoquons les différentes façons dont nous nous rappelons cette époque, recréant l'un pour l'autre le peu que nous ne savions pas déjà. Et puis, il y a tout ce qu'Archie et Agatha m'ont dit, et ce que je sais d'eux.

Certains affirment que ce jour-là – qui deviendrait la nuit de la disparition d'Agatha – Agatha rendit visite à la mère d'Archie. Mais Peg – une vieille femme qui passait son temps à faire des remontrances avec un épais accent irlandais – était la dernière personne qu'Agatha aurait souhaité voir. Peg n'avait jamais été du côté d'Agatha. Comme mon père, elle était originaire du comté de Cork. Sa réponse à tous les maux était un sourire de dédain et un expéditif : « Il faut passer à autre chose. » Pourquoi rendre visite à quelqu'un qui dirait à Agatha ce qu'elle savait déjà ? Elle n'avait d'autre choix que de se remettre de la mort de sa mère et de la perte de son mari. Sa mère lui avait appris à aller de l'avant, à garder la tête froide et surtout à ne jamais faire d'histoires.

Mais ce soir-là, alors que l'horloge continuait de sonner les heures sans que son mari revienne, elle perdit la tête. Le tumulte enfla en elle. Elle s'enferma dans le bureau d'Archie, déchirée par la discordance entre ce qu'elle voulait qu'il se passe (qu'Archie franchisse la porte) et ce qui se passait réellement (Archie était ailleurs, me tenant dans ses bras au lieu d'elle).

Non, non, non, non.

Qui n'a jamais entendu ce mot résonner à travers son corps, éprouvé ce besoin de se rebeller contre un événement qui détruit nos souhaits les plus ardents, nos espoirs les plus désespérés ? Quels que soient les malheurs qui les frappaient, les personnages des romans d'Agatha réagissaient toujours avec un sang-froid admirable. « C'est un coup dur », pourrait dire l'un d'eux en apprenant qu'un être aimé a été assassiné. D'après mon expérience, il est rare que l'annonce de la perte d'un proche soit reçue avec un tel flegme, même par ceux qui se targuent d'avoir des nerfs d'acier. Comment ne pas craquer lorsqu'on vous prive de ce qui vous est le plus cher au monde, sans espoir de le retrouver ?

Agatha cessa un moment de se lamenter pour tenter de faire le point. Elle dressa mentalement une liste des choses dont elle ne pouvait pas se passer. Sa voiture – la splendide voiture qu'elle avait achetée avec son propre argent. La machine à écrire qui avait rendu tout cela possible. Son enfant et son chien. Et si elle perdait bel et bien Archie ? Eu égard à toute la souffrance qu'il lui causait, Nan n'était-elle pas en train de la débarrasser de son plus gros problème ?

La réponse était clairement : *non.* Elle ne le supporterait pas. Archie était à elle. C'était son mari. Jamais elle ne l'abandonnerait, *jamais.* « La seule personne qui puisse réellement vous faire du mal, écrirait-elle de nombreuses années plus tard, c'est un mari. »

Les gémissements reprirent de plus belle. Parmi tous les gens qui vivaient à Styles avec les Christie – Honoria, la cuisinière, le majordome et Anna la nouvelle femme de chambre –, aucun ne déclara avoir entendu ces pleurs. Pourtant, je sais qu'elle les a versés. Elle a dû les étouffer, dans sa manche ou un coussin.

Ce n'était pas un coup dur. C'était une dévastation. Le joli visage d'Agatha devint bouffi, ses yeux bleus réduits à deux fentes. Peter la couvrit de léchouilles pour tenter de la consoler. Elle le repoussa, puis le serra contre sa poitrine. Les larmes mouillèrent son pelage. Les sanglots, qu'elle parvenait à étouffer mais pas à arrêter, lui ravageaient la gorge.

Non, non, non, non. Cela ne pouvait pas lui arriver, ce n'était pas censé se passer ainsi.

Elle tenta de puiser en elle la détermination que sa mère aurait exigée d'elle, mais c'était impossible. Tout comme le retour d'Archie. La nuit demeurait obstinément noire derrière les fenêtres. Agatha s'abandonna de nouveau au chagrin et s'effondra, le visage rougi et baigné de larmes.

À ce moment-là, Archie et moi profitions déjà de notre week-end avec Noel et Ursula Owen, dans leur cottage de Godalming. Après un dîner charmant, nous étions passés au salon pour boire un cognac. Un peu plus tôt, en arrivant, Archie m'avait prise à part pour m'annoncer qu'il avait mis fin à son mariage.

« Nous ferions bien de faire profil bas pendant un moment, dis-je. Après ce week-end. Rester un peu à l'écart l'un de l'autre pour te laisser une chance de régler les détails, laisser retomber la poussière. » Si Archie n'avait pas quitté Agatha comme il l'avait promis, j'aurais inventé un séjour chez ma sœur Megs pour justifier mon absence.

« Que vais-je devenir, sans toi ? » fit Archie en me donnant un baiser fugace, mais je voyais qu'il acceptait mon raisonnement. J'aurais au moins la semaine prochaine pour moi seule.

Noel Owen était un homme au visage rubicond qui avait hérité d'une jolie fortune. Quoi qu'il fasse, il avait l'apparence de quelqu'un qui aurait préféré être en train de tirer sur des colombes, et il parlait toujours très fort, comme si sa voix devait porter sur une longue distance par-dessus les détonations des fusils. Ursula et lui appréciaient beaucoup Agatha, mais cela ne les empêchait pas de m'accepter, que ce soit lors des parties de golf ou dans leur maison pour le week-end.

Installées sur un canapé lilas, Ursula et moi discutions d'un article qu'elle avait lu récemment au sujet d'un nouveau terme de psychologie, le « rêve lucide ». « L'idée, dit-elle, c'est que l'on peut être capable de contrôler certains événements dans nos rêves. Je me suis dit que je préférerais le concept de vie lucide. Il vaut mieux pouvoir maîtriser ce qui se passe dans la vie que ce qui se passe dans nos rêves. » Elle rit, et je ris avec elle, bien que cela m'ait rappelé mes étés en Irlande, des souvenirs qui me faisaient toujours l'effet d'un coup de pied dans le ventre. Cette époque où le monde entier m'apparaissait comme une vie lucide, où je pouvais faire apparaître comme par magie un garçon qui descendait la colline pour venir me voir.

Noel me servit un autre cognac, puis il attrapa ma main et cria à l'adresse d'Archie : « Tu n'aurais pas pu lui offrir quelque chose de mieux, Christie ? » Réprimant mon envie d'arracher ma main à la sienne, je souris, le laissant examiner la bague. De son point de vue, elle devait avoir l'air bon marché, une breloque que pourrait porter un enfant, qui faisait virer au vert la peau en dessous.

« Elle a une valeur sentimentale », dis-je.

Noel ne lâcha pas ma main. Le sourire d'Ursula semblait artificiel. Elle était trop mince et portait des lunettes, mais, pour autant que je puisse en juger, son mari l'adorait presque autant qu'il semblait adorer Archie.

« Elle aura bientôt quelque chose de mieux », dit celui-ci. Il se tenait très élégamment, le coude posé sur le manteau de la cheminée, son verre à la main. La bague dont il parlait était dans sa valise et il prévoyait de me la donner avant la fin du week-end. Il me sourit par-dessus le rebord de son verre. Il n'était pas du genre à se préoccuper des amours passées et ne m'avait jamais posé la moindre question au sujet de l'anneau de Claddagh. En sa présence, je ne le portais jamais avec la couronne pointée vers moi.

Un peu plus tard, Archie et moi nous retrouvâmes à l'étage, dans le couloir entre nos deux chambres. S'il avait la moindre inquiétude pour sa femme, son visage n'en laissait rien paraître. Il m'embrassa, sauvage et impatient, avant que nous feignions de nous retirer dans nos chambres respectives. Ce n'était qu'un subterfuge, bien sûr, pour que les domestiques des Owen ne trouvent pas son lit intact le matin.

La veille, à la librairie, j'avais acheté en plus de *Winnie l'ourson* le nouveau roman de l'écrivain américain Francis Scott Fitzgerald, *Gatsby le magnifique.* J'en lus un chapitre en attendant qu'Archie me rejoigne. J'ai déjà dit qu'à l'époque je ne pensais pas beaucoup de bien des romans d'Agatha, même si, contrairement à Archie, je les avais lus. Je m'imaginais plus intellectuelle. E. M. Forster et John Galsworthy étaient mes auteurs préférés, même si je commençais à apprécier certains écrivains américains comme Hemingway et Gertrude Stein. Et Fitzgerald. Plus j'avançais dans ce roman, plus je me disais qu'il avait créé quelque chose d'assez merveilleux.

Lorsque Archie se glissa dans ma chambre – furtivement, comme si toute la maisonnée ne se doutait pas qu'il me rejoindrait –, je posai mon livre pour faire ce qu'il aimait le plus : retirer mes vêtements pendant qu'il me regardait, allongé sur le lit, sans avoir ôté son costume ni même ses chaussures.

« Lâche tes cheveux », dit-il d'une voix rauque.

J'obéis, tout en me demandant si, une fois mariés, nous continuerions ainsi – s'il continuerait à me donner des ordres, si je continuerais à le chevaucher de cette manière : moi entièrement nue, lui tout habillé, me prenant à travers sa braguette ouverte. La haine et le mépris qu'une partie de moi éprouvait à son égard n'en rendaient ma performance que plus convaincante à ses yeux. Ses mains douces caressèrent mes côtes et je fermai les yeux, chassant de mon esprit les conséquences de mes actes, son épouse dévastée et même mes propres motivations pour profiter du peu de plaisir que j'avais à accomplir ma tâche.

LA DISPARITION

Jour de la disparition
Vendredi 3 décembre 1926

Dans sa nouvelle maison d'Ascot, non loin de Sunningdale, Mlle Annabel Oliver – soixante-dix-sept ans – souffrait d'un problème typiquement féminin.

Cela durait depuis des jours. Ce que sa mère appelait des chaleurs de la vessie. Le genre de désagrément dont il est difficile de parler, même à un médecin. Les médecins étaient des hommes, après tout. Mieux valait s'en occuper soi-même, et le meilleur remède était de boire beaucoup d'eau. Cela avait toujours fonctionné, dans le passé. De toute façon, il n'y avait pas de téléphone dans la maison dont elle avait hérité à la mort de son frère. Il ne croyait pas à son utilité, et elle non plus.

Une horloge la réveilla, dont le carillon ne lui était pas familier. Dix gongs, résonnant à travers une maison bien trop grande pour une seule personne. Les yeux de Mlle Oliver s'ouvrirent. Son visage était chaud, et elle avait la nette impression qu'elle était attendue quelque part. Une fête, bien sûr. Elle sortit du lit et s'habilla, déçue par les vêtements qu'elle trouva. Des cols hauts et des couleurs foncées. On aurait pu croire qu'ils appartenaient à une vieille dame.

Elle sortit, convaincue qu'une calèche l'attendait. Mais il n'y avait qu'une automobile, une Bentley noire, abandonnée dans l'allée. Très bien. Elle préférait les chevaux aux moteurs, mais elle savait conduire, et elle avait l'habitude de se débrouiller sans chauffeur. Il n'était pas tout à fait approprié pour une jeune femme d'arriver seule à une fête, mais si elle ne venait pas, ses hôtes risquaient de s'inquiéter. Elle retroussa donc ses manches, tourna la manivelle, et s'assit derrière le volant pour s'enfoncer dans la nuit.

À ce moment-là, Mlle Oliver ne se souvenait pas que la voiture, comme la maison, avait appartenu à son frère. Elle n'avait en revanche pas oublié comment on la conduisait, et c'est donc ce qu'elle fit, s'éloignant de sa maison, suivant au hasard les routes sombres vers sa destination fantôme.

Dieu qu'il faisait chaud. Elle porta le dos de sa main à son front. C'était presque agréable, la pulsation de la chaleur, peau contre peau, preuve qu'elle était en vie et en route vers un endroit excitant, où l'attendaient de nombreux êtres chers. Soudain, alors qu'elle tenait le volant d'une seule main légère, la voiture fit une embardée vers la gauche et une des roues dérapa sur les graviers, en direction des broussailles. Elle saisit le volant à deux mains et redressa la voiture, les yeux fixés sur la route devant elle.

C'est alors qu'une douleur atroce la transperça, qui lui rendit soudain sa lucidité. La voiture fit une nouvelle embardée et elle enfonça les freins, se cognant la tête dans le pare-brise.

Une nouvelle douleur l'envahit tandis que le sang dégoulinait dans ses yeux. Elle poussa la portière et sortit de la voiture. L'air glacial lui remit les idées en place. Elle était seule, sur une route de campagne sombre au cœur de la nuit.

Pendant un instant, Mlle Oliver comprit ce qui lui arrivait. Elle n'était pas une jeune fille qui se rendait à une fête, mais une vieille dame désorientée qui avait parcouru plusieurs kilomètres en voiture puis quitté la route. L'automobile, cependant, semblait intacte. Elle n'aurait même pas besoin d'être poussée. Si elle réussissait à tourner la manivelle pour la démarrer, elle pourrait faire demi-tour et rentrer chez elle pour rejoindre son lit.

« Où avais-je la tête ? dit Mlle Oliver en croisant ses poignets et en pressant ses mains contre sa poitrine. J'aurais pu me tuer. »

Oh, comme il faisait chaud ! Le brouillard s'abattit à nouveau sur elle. Elle retira son manteau de laine et le jeta sur le siège conducteur. « Je dois me rendre à cette fête. Mon hôtesse sera très inquiète si je suis en retard. »

Laissant sa voiture sur le bord de la route, elle s'enfonça dans la nuit, non en direction de chez elle, mais dans les broussailles et les ronces. Des orties lui éraflèrent les poignets, mais elle continua de marcher, même lorsque ses pieds commencèrent à s'enfoncer dans l'eau trouble, si glacée qu'elle avait l'impression que quelque chose lui mordait les chevilles.

« Je m'allongerais bien un peu », dit-elle, et elle se laissa tomber au sol, étourdie et transie de froid, en se demandant où diable était passé son manteau.

LA DISPARITION

PREMIER JOUR
Samedi 4 décembre 1926

Le soleil était levé depuis plusieurs heures lorsqu'une femme de chambre frappa à la porte d'Archie. J'étais allongée dans mon lit, au bout du couloir, en train de lire *Gatsby le magnifique.* Voilà le genre de livre, pensai-je en tournant une autre page, que je pourrais écrire si j'étais une écrivaine. Pas des romans policiers.

Malgré l'épaisseur des murs, j'entendais distinctement la voix de la domestique.

« Colonel Christie. Il y a un appel pour vous. La dame dit que c'est urgent. »

Quelques instants plus tard, sa porte s'ouvrit brusquement. Puis j'entendis son pas sûr tandis qu'il suivait la femme dans le couloir. Je n'avais aucun mal à imaginer les pensées qui lui traversaient l'esprit. Comme moi, il croyait que l'appel venait d'Agatha, en proie à un tourment insupportable, qui se languissait de son retour et considérait sa propre détresse psychologique comme une urgence. Je frissonnai sous les couvertures, heureuse de ne pas être celle qui entendrait ses pleurs et ses supplications.

Je fermai mon livre et me levai pour m'habiller. Au moins, Agatha n'était pas venue frapper à la porte des Owen. Les personnes en proie à ce genre de chagrin peuvent être imprévisibles. Surtout les femmes.

Le téléphone des Owen était dans le salon. Quand j'arrivai en bas, Archie en sortait tout juste, vêtu d'une robe de chambre, les sourcils froncés.

« C'était Agatha ? murmurai-je.

— C'était Honoria. » Il resserra la ceinture autour de sa taille fine. « Elle dit qu'Agatha a disparu.

— Oh non. J'espère qu'elle va bien.

— Je suis certain que c'est du cinéma. Une ruse pour me faire revenir à Styles. J'ai honte pour Honoria, qu'elle ait accepté de jouer le jeu.

— Mais, Archie. » Je tendis la main pour toucher son coude. « Tu ne devrais pas aller voir ? T'assurer que tout va bien ? Il faut penser à Teddy. »

Il fronça les sourcils devant mon faux pas : j'avais parlé comme une épouse réprobatrice et non une maîtresse. Je me rapprochai et posai une main sur sa poitrine.

« Sois indulgent avec elle. Elle souffre. Énormément. »

Le visage d'Archie s'adoucit. Il hocha la tête, et j'eus de la peine pour Agatha. Ce n'était qu'à ma demande que son mari se montrait bienveillant envers elle. Il monta rapidement les escaliers et j'allai rejoindre les Owen dans la salle à manger pour le petit déjeuner. J'avais déjà fini mon toast à la confiture quand Archie pénétra dans la pièce d'un air affairé, tout habillé et tenant sa montre à gousset. Je le regardai avec impatience se verser une tasse de café, un peu exaspérée qu'il ne soit pas plus pressé de rentrer chez lui pour s'assurer que tout allait bien.

La sonnette de l'entrée retentit. Quelques instants plus tard, une domestique apparut, visiblement mal à l'aise.

« Désolée de vous déranger, mais il y a un policier à la porte. »

Noel se leva.

« Je vais voir de quoi il s'agit.

— Il souhaite parler au colonel Christie.

— Bien, fit Noel avec l'assurance d'un homme qui dirige la police et non l'inverse. Faites-le entrer.

— J'allais partir, dit Archie. Je verrai ce qu'il veut en sortant. »

Il m'adressa un signe de tête, que je pris comme une instruction de rester où j'étais.

Les hommes se dirigèrent vers le vestibule et, voyant Ursula leur emboîter le pas, je décidai de faire de même. Lorsque je les rejoignis, Archie était blanc comme un linge.

Noel réprimandait l'officier.

« C'est parfaitement ridicule, Thomas. Cet homme est capable de s'occuper de ses affaires tout seul.

— Une femme a disparu. » Le policier était jeune – il avait encore de l'acné sur le menton –, et le tremblement dans sa voix trahissait l'effort qu'il devait fournir pour contredire Noel Owen. « On m'a chargé de ramener le colonel Christie à Sunningdale.

— C'est certainement un malentendu. » Archie tâcha de faire bonne figure, forçant ses joues à reprendre des couleurs. « Je serais heureux de rentrer pour clarifier les choses si cela est nécessaire, bien sûr, mais si je pouvais m'y rendre avec ma propre voiture, pour ne pas avoir à envoyer quelqu'un la chercher…

— Désolé, monsieur », répondit l'officier d'un air embarrassé. La perspective de faire la route avec Archie ne devait pas beaucoup le réjouir. « Je dois obéir aux ordres.

— Je ramènerai la voiture à Styles », dis-je.

Tout le monde se tourna vers moi en même temps. L'officier de police arqua les sourcils puis parcourut du regard le vestibule, en quête d'un mari pour m'accompagner. Un mari qui n'appartenait pas déjà à une autre.

Archie m'avait appris à conduire sur les routes du Berkshire et du Surrey, mais c'était la première fois que je prenais le volant sans lui. J'étais trop concentrée sur ma conduite pour penser à ce qui venait de se passer. Je n'étais pas particulièrement inquiète pour Agatha, pas encore. Je comprenais son besoin de fuir, et j'étais aussi convaincue que, d'une manière ou d'une autre, le monde protégeait les gens comme elle. J'avais roulé si lentement que je croisai le jeune policier de Godalming qui rentrait chez lui, sans doute soulagé de ne plus avoir Archie assis à côté de lui.

Lorsque j'arrivai à Styles, une voiture de police était garée devant la maison, je roulai donc jusqu'à l'arrière afin de passer par l'entrée des domestiques. Les gens fermaient rarement leurs portes à clé en dehors de Londres à cette époque. Depuis la fin de la guerre, il n'y avait pas grand-chose à craindre. Je traversai la maison sur la pointe des pieds, jusqu'au vestibule, où je trouvai la nouvelle femme de chambre, Anna, l'oreille collée à la porte du salon. Archie devait être à l'intérieur avec le policier. Le livre que j'avais acheté à Teddy était posé sur la petite table près de l'escalier, toujours emballé. Je le récupérai et le glissai sous mon bras.

Anna se tourna vers moi. C'était une fille rondelette, avec un joli visage couvert de taches de rousseur qui rougissait pour un rien. Archie disait qu'elle flirtait avec lui, et je ne supportais pas ce genre de filles qui séduisaient les maris – ou même les hommes célibataires – dans le seul but d'améliorer leur propre situation. Je la regardai sévèrement alors qu'elle reculait en s'empourprant, gênée d'avoir été surprise en train d'écouter aux portes.

« Oh, mademoiselle O'Dea. » Les Christie recevaient régulièrement des visiteurs à l'époque, et j'en faisais partie. « Je ne savais pas que vous nous rendiez visite aujourd'hui. Je peux vous apporter quelque chose ?

— Non, merci. J'ai un cadeau pour Teddy. Elle est là ?

— Je crois qu'elle est en haut, dans la nursery. Vous voulez que je le lui apporte ?

— Ne vous embêtez pas, je vais le faire moi-même. Vous semblez occupée, répondis-je, par quoi il fallait comprendre que je ne dirais pas un mot sur le fait qu'elle écoutait aux portes, tant qu'elle me laissait accéder à la chambre de Teddy.

— Bien sûr », dit Anna en désignant l'escalier.

Je fis un rapide détour par la chambre d'Archie et d'Agatha et vis sa robe par terre. Puis je me dirigeai vers la nursery. La porte était entrouverte et Teddy était assise en tailleur, en train de jouer avec des soldats de plomb et un petit chien en bois. En me voyant, elle bondit sur ses pieds, courut vers moi et enroula ses bras autour de ma taille.

« Mademoiselle O'Dea ! » s'exclama-t-elle avec cet enthousiasme débordant des enfants face à quelqu'un qu'ils apprécient.

Je lui rendis son étreinte, heureuse de la trouver seule, sans Honoria pour nous surveiller. Teddy était petite et frêle pour son âge. Elle leva son joli visage vers moi. Ses joues étaient pâles et ses yeux cernés de mauve, comme si elle avait mal dormi.

« Comme tu es belle. » Je pris son menton entre mon pouce et mon index, comme l'avait fait Agatha avec le mien l'autre jour. « Tout va bien ?

— Oui. »

Teddy lâcha un soupir hésitant, comme le font les enfants qui savent que quelque chose ne va pas, mais ne veulent pas le dire.

« Je t'ai apporté un cadeau. »

La petite fille recula et défit laborieusement les ficelles de l'emballage. Lorsqu'elle réussit enfin à sortir le livre, elle laissa tomber le papier marron par terre. À son âge, j'aurais trouvé un endroit plus approprié pour le jeter, mais c'était le monde dans lequel vivait Teddy, où il y aurait toujours quelqu'un pour ramasser les vêtements et les emballages que les enfants laissaient traîner derrière eux. Quand je serais sa belle-mère, je l'encouragerais à plier ses habits et à les ranger elle-même, et à toujours jeter ses déchets à la poubelle. Mais pour l'heure, ce n'était pas à moi de dire quoi que ce soit.

« Oh. » Teddy sourit en voyant la joyeuse couverture rose. « Quel drôle de petit ours. »

Je m'assis sur le tapis rond et m'appuyai contre le mur. Teddy grimpa sur mes genoux, ses cheveux me chatouillant le menton. Je posai ma joue contre le sommet de sa tête et commençai à lire. C'était un livre charmant, et plus touchant que je ne l'imaginais, qui racontait comment un petit garçon partait à la recherche de la Forêt des rêves bleus.

« Mais tu ne dois jamais t'éloigner comme ça, dis-je à Teddy. Tu manquerais terriblement à ta maman et à ton papa.

— D'accord. » Sa bouche s'ouvrit en un grand bâillement. « Merci pour le livre, mademoiselle O'Dea. Je l'aime beaucoup. »

Teddy me lut une page elle-même, puis je pris la relève, lisant à voix haute tandis que sa respiration se faisait de plus en plus lente, sa petite tête dodelinant lentement vers l'avant. J'espérais que ma voix monotone et la douceur de la prose l'aideraient à trouver le sommeil dont elle avait tant besoin. Mais bientôt, ce furent mes paupières qui se fermèrent, ma tête reposant sur la sienne tandis que je m'endormais à mon tour.

« Comment osez-vous… ? »

Honoria avait prononcé ces mots dans un sifflement furieux destiné à me réveiller, tout en laissant dormir Teddy. Peter entra en trottinant dans la pièce, et, pour la première fois, je me sentis inquiète. Agatha ne sortait presque jamais sans son chien.

Teddy remua dans son sommeil, et Honoria la prit dans ses bras et la déposa sur son lit. Puis, d'un geste furieux de la tête, elle désigna la porte. J'embrassai Teddy sur le front puis suivis Honoria dans le couloir.

Au même moment, Archie atteignit le haut de l'escalier. « Bon sang, Nan, que fais-tu ici ? Il ne faut surtout pas que ton nom soit mêlé à ça. » Il disait déjà cela au sujet du divorce, mais maintenant que la police était impliquée, il était encore plus important que je me fasse discrète.

« Mêlé à ça ? demandai-je. Où est Agatha ? Est-ce qu'elle va bien ?

— Bien sûr que non, elle ne va pas bien, intervint Honoria. Et c'est grâce à vous, Nan O'Dea. Ne faites pas l'innocente.

— Vous pouvez disposer, Honoria », dit Archie.

Mais elle refusa de partir, croisant les bras d'un air de défi. Archie me prit par le coude et me conduisit en bas, dans son bureau, dont il ferma la porte derrière nous. Il faisait froid. Quelqu'un avait laissé le feu s'éteindre.

« Agatha est partie en voiture hier soir, et personne ne l'a vue depuis. » Il ne regarda pas mon visage lorsqu'il me raconta la suite. Sa Morris Cowley avait été découverte aux petites heures du matin, au bord de la carrière de craie sous Newlands Corner. À l'écart de la route. Les phares étaient restés allumés jusqu'à ce que la batterie s'épuise. Le capot de la voiture était dans les buissons. Sur le siège arrière se trouvaient un manteau de fourrure, une valise et un permis de conduire. La police n'avait relevé aucun indice probant, mais le fait qu'elle se soit aventurée dans la nuit froide sans manteau était assez inquiétant.

« Honoria dit que sa machine à écrire a disparu. » Archie posa ses mains à plat sur le bureau, où Agatha s'installait parfois pour écrire pendant la journée, quand il était au travail. Ses paumes semblaient essayer d'absorber ses derniers instants d'écriture, comme si ses textes, plus que tout le reste, pouvaient renfermer un indice sur l'endroit où elle se trouvait.

Malgré le froid, une fine couche de sueur se forma sur le front d'Archie. Il l'épongea avec son mouchoir. Puis il remit le tissu dans sa poche et en sortit une feuille de papier pliée. Après l'avoir contemplée un moment, il la déchira en morceaux et la jeta dans le feu.

« Qu'est-ce que c'était ? Une lettre d'Agatha ?

— C'est un coup monté. Pour me punir. Pour te punir toi. Pour que ton nom finisse dans les journaux.

— Ça ne lui ressemble pas.

— Justement. Elle n'est pas elle-même. Cette fichue affaire l'a rendue folle. »

Moi. C'était moi, cette fichue affaire. Je ne savais pas quoi dire. Ce n'était certainement pas le moment pour les sourires dont Archie avait tant besoin. Il tapa dans ses mains, comme s'il avait une tâche à accomplir mais devait d'abord régler quelques détails. Mon regard se posa sur un objet qui scintillait par terre, dans un coin de la pièce. L'alliance d'Agatha. Je la désignai, et Archie se pencha en rougissant pour la ramasser et l'enfouit dans la poche de son costume.

« Le plus important, c'est que tu partes d'ici le plus vite possible. »

Je restai immobile, ne sachant pas quoi faire. D'un côté, c'était parfait – j'avais une excuse pour ne pas être joignable pendant quelques jours. Mais cela m'inquiétait de voir Archie dans cet état, comme s'il envisageait de faire marche arrière. Ce n'était pas concevable.

« Nan, tu m'écoutes ? Tu ne dois pas être vue ici. » Il tendit la main et m'attira à lui. Quand j'appuyai ma tête contre sa poitrine, j'entendis son cœur qui battait à une vitesse alarmante. Une réputation entachée pouvait causer toutes sortes d'ennuis à une femme à cette époque, mais je savais que ce n'était pas pour moi qu'il s'inquiétait.

« Agatha, murmura-t-il dans mes cheveux en me serrant fort. Où es-tu ? »

Je marchai jusqu'à la gare de Sunningdale, qui n'était qu'à dix minutes à pied de la maison des Christie. Le froid glacial me mordait le visage et, contrairement à Agatha, je n'avais pas de manteau de fourrure pour me tenir chaud. Elle l'avait laissé dans la voiture, cela dit, elle devrait donc elle aussi affronter le froid sans lui. Et si j'allais flâner du côté de Newlands Corner pour le récupérer ? L'idée me fit à la fois sourire et froncer les sourcils, et je resserrai mon manteau de laine en pressant le pas.

Avec un peu de chance, Agatha réapparaîtrait avant la fin de la journée. En ce moment même, la police fouillait dans les broussailles autour de Sunningdale, mais ils ne la trouveraient pas. Elle reviendrait, saine et sauve, par ses propres moyens. Ce n'était pas à moi de m'en inquiéter. Mes jointures brûlaient sous l'effet du froid. Je soufflai dans mes mains, qui sentaient le savon de Teddy. Je me demandai ce qu'ils allaient lui dire pour expliquer l'absence d'Agatha. S'il lui arrivait quelque chose – quelque chose d'irréversible –, je deviendrais la mère à temps plein de la petite fille. Enfin, à condition qu'Archie, traumatisé par cette tragédie, ne revienne pas sur sa décision, me tenant pour responsable de ce qui était arrivé à son épouse. Certains hommes aiment rejeter la responsabilité de leurs erreurs sur les femmes.

Mais si tout se passait comme prévu, je pourrais prendre le relais. Je pourrais être celle qui l'accompagnerait à l'école le matin, et qui se faufilerait dans le bureau d'Archie quand il serait au travail pour écrire des histoires. Même Honoria devrait changer de ton quand elle s'adresserait à moi, si elle voulait rester à Styles.

Je chassai ces pensées de mon esprit. Je ne voulais pas qu'il arrive malheur à Agatha. Je voulais qu'on la retrouve, saine et sauve. Mais il n'y avait rien que je puisse faire, et je devais m'occuper de mes propres affaires. Je devais me concentrer sur la semaine à venir, laisser la famille Christie derrière moi pendant un moment, avant de la rejoindre pour toujours.

LA DISPARITION

Premier jour

Samedi 4 décembre 1926

Où que vous soyez lorsque vous lirez ces pages, quel que soit le nombre d'années qui se sont écoulées depuis ce jour, vous savez qu'Agatha Christie n'a pas disparu pour toujours. Vous savez qu'elle n'est pas morte en décembre de l'année 1926. Elle a vécu jusqu'à un âge avancé et écrit bien d'autres romans et histoires. Au moins un livre par an – Christie pour Noël, disait son éditeur, qui misait sur les ventes du mois de décembre. Agatha a survécu à Archie et à son mariage brisé, non seulement pour devenir l'une des écrivaines les plus lues de tous les temps, mais aussi pour trouver un amour qui lui convenait davantage, comme peut le faire une femme qui, ayant un peu vécu, est capable de porter un regard lucide sur son passé et de savoir ce qui est le mieux pour son avenir.

Personne ne pouvait savoir tout cela lorsque la police ramena sa voiture sur la route. Le réservoir était plein ; le moteur semblait en bon état de marche. Aucun signe d'un quelconque problème. Pas d'explication évidente. Un peu plus loin, cinq ou six officiers contemplaient les eaux sombres du Silent Pool, dans lequel de nombreux corps avaient été repêchés au fil des ans.

« Il va falloir draguer les eaux si elle ne réapparaît pas d'ici à demain matin », déclara l'un d'eux.

À Styles, les policiers expliquèrent brièvement à Archie ce qu'ils avaient découvert, et ce qu'ils avaient prévu pour la suite. Archie imagina les filets jetés dans le Silent Pool. Il les vit revenir sur le rivage, le corps de sa femme enchevêtré dans leurs mailles, et une telle expression d'horreur se peignit sur son visage que, l'espace d'un instant, la police cessa de le soupçonner d'avoir commis un acte criminel.

Dans sa chambre, Teddy prononça comme toujours ses prières du soir. L'absence d'Agatha n'avait rien d'inhabituel, et, pour l'instant, elle n'avait pas conscience de l'agitation d'Archie. Dehors, la nuit était tombée, mais les policiers, désormais assistés de quelques volontaires du village, continuaient de fouiller les environs à la recherche d'Agatha. À ce stade, tous les habitants du Berkshire et du Surrey avaient commencé à élaborer leurs propres théories sur l'endroit où se trouvait Agatha, et ce qui avait pu lui arriver. Ils étaient tous très loin de la vérité.

Je n'avais pas le téléphone dans mon appartement, mais il y avait une cabine au coin de la rue. Le soir, je m'y rendis, pressai le bouton A, insérai mes pièces et attendis qu'Archie réponde.

« Comment vas-tu ? demandai-je tout bas, comme si les passants pouvaient m'entendre. Des nouvelles ?

— Non. »

Si je n'avais pas su que c'était lui, je ne suis pas sûre que j'aurais reconnu sa voix. Son tremblement, son incertitude semblaient appartenir à un autre homme.

« La police s'occupe de l'affaire, Nan.

— C'est une bonne chose, non ? Ils prennent sa disparition au sérieux.

— Un peu trop au sérieux, oui. Ils veulent la retrouver le plus vite possible. Elle va être mortifiée en découvrant tout ce remue-ménage. »

Je hochai la tête en songeant à Agatha, au coup porté à sa dignité. Je trouvais quelque peu inquiétant qu'elle ne se soit pas empressée de rentrer pour éteindre l'incendie qu'elle avait déclenché. Archie était terrifié, je l'entendais à sa voix. Il aurait préféré que la police prenne sa disparition à la légère, qu'ils la considèrent comme un événement anodin qui ne méritait pas de véritable enquête.

« J'ai fouillé dans ses papiers. Il y a une histoire sur toi, je crois.

— Ah oui ?

— Oui. Je suis sûr que c'est toi. Une femme adultère. Le personnage principal la pousse du haut d'une falaise à la fin. »

Je ne savais pas si je devais rire ou être terrifiée. Peut-être Agatha avait-elle vraiment perdu la raison – même si je pouvais comprendre son désir de me voir morte.

« Je vais devoir surveiller mes arrières, dis-je sur le ton de la plaisanterie, mais Archie ne m'écoutait pas.

— Oh, Nan. Pourquoi a-t-il fallu que je sois si dur avec elle ? Tu avais raison. J'aurais dû attendre.

— Non. Il n'y aurait jamais eu de bon moment. » C'était déconcertant de l'entendre si désemparé, la voix étranglée par ce qui paraissait être un chagrin sincère. « Elle va revenir. Elle est juste blessée. Dès qu'elle se rendra compte du tapage qu'elle a causé, elle reviendra en courant. »

Archie ne répondit pas. Il ne semblait pas vouloir qu'on lui remonte le moral. J'entendis quelqu'un entrer dans la pièce, et il me dit qu'il devait raccrocher. Rapidement, je lui demandai comment il avait expliqué à Teddy l'absence d'Agatha.

« J'ai dit qu'elle était allée à Ashfield pour s'occuper des affaires de sa mère.

— Est-ce qu'elle pourrait vraiment y être ?

— La police de Torquay a déjà vérifié. Elle n'y est pas. Elle n'est pas là. Elle n'est nulle part. » Je ne savais pas quoi répondre. « Écoute. » Sa voix se durcit. « Il vaut mieux qu'on ne communique plus tant que ce n'est pas réglé. Il ne faut pas que ton nom soit mêlé à tout ça.

— Oui, tu as raison. »

Il raccrocha sans dire au revoir.

Je replaçai l'écouteur sur son socle, ouvris la porte de la cabine et sortis dans la rue. Le ciel s'était assombri, mais l'on distinguait encore les dernières couleurs du coucher de soleil. Mon souffle s'exhalait en vapeur blanche dans l'air glacial, et ce n'est qu'après avoir parcouru la moitié du chemin jusque chez moi que je pris conscience que j'avais examiné les visages de toutes les femmes que j'avais croisées dans l'espoir que ce soit Agatha.

Elle allait bien. J'en étais certaine. Elle était bien plus débrouillarde que moi. Et ce n'est pas comme si c'était une jeune fille désespérée, sans ressources ni nulle part où aller. Le monde entier l'attendait, tenant un filet pour la rattraper lorsqu'elle tomberait. Elle était peut-être bouleversée, mais je savais qu'elle ne se tuerait pas. Elle n'endurerait pas non plus l'inconfort, comme je l'avais fait, de marcher pendant des heures au lieu de rentrer directement chez elle, sans gants, en grelottant et claquant des dents dans le froid glacial.

Quand une personne disparaît, quand on ne l'a plus devant soi, en chair et en os, et qu'on ne sait pas où elle se trouve, il est facile d'imaginer toutes sortes d'horreurs s'abattant sur elle. À mesure que les heures passaient, les esprits étaient de plus en plus nombreux à se représenter Agatha se frayant un chemin à travers les broussailles, courant dans la forêt et tombant dans un étang glacial.

Je secouai la tête. Elle avait pris mon menton dans sa main. Elle m'avait réprimandée. *Vous ne l'aimez pas.* Comme aimait à dire son inspecteur Poirot : « Il faut respecter la psychologie. »

Agatha était quelqu'un de rationnel, pragmatique et raisonnable. Dans ses romans, elle aimait catégoriser les gens. Les femmes sont comme ceci, les hommes sont comme cela, les Américains font ceci, les Italiens font cela. Peut-être était-elle à l'aise avec ce genre de stéréotypes car elle en incarnait un elle-même : celui de la dame anglaise distinguée et flegmatique.

À présent, grâce à moi, elle était sortie de son personnage. Mais ce qu'elle faisait le mieux, c'était inventer des histoires. Des intrigues. Et tout cela avait, de fait, des airs de complot : une façon de rappeler à Archie combien elle comptait pour lui. Combien il l'aimait. L'inquiétude a tendance à exacerber ou raviver de tels sentiments, n'est-ce pas ?

Le froid finit par avoir raison de moi et je rentrai à la maison. Mon appartement avait des airs de caserne. Vierge de décorations, de photographies, de souvenirs. Ma couette était de la même couleur que les murs, pas tout à fait blanche, pas tout à fait ivoire. Le propriétaire me l'avait loué à condition que je ne reçoive pas d'hommes. Ma voisine, Mme Kettering, était une vieille veuve qu'il avait chargée de lui signaler tout écart de conduite, mais elle m'appréciait et avait gardé pour elle les rares occasions où Archie avait frappé à ma porte. Je me demande encore comment il a pu ne pas remarquer, même depuis le seuil, que ce n'était pas une maison mais une station, un poste de travail pour quelqu'un qui s'était donné une mission, qui n'avait pas le temps de décorer le présent, seulement de planifier l'avenir.

Alors que je faisais mes valises pour mon voyage à Harrogate, mon esprit revenait sans cesse à Agatha. Pliant une culotte, je songeai : *Elle est partie dans un hôtel de luxe pour lécher ses blessures, sans se douter de l'inquiétude que causerait sa disparition.* Mais cela n'expliquait pas la voiture abandonnée. Alors, je me dis : *Elle a laissé la voiture pour qu'on s'inquiète*, car nous l'avions bien cherché. Après quoi elle était allée dans un hôtel de luxe pour se moquer de nous ou attendre qu'Archie vienne la retrouver, sa crainte qu'il soit arrivé malheur à sa femme ayant ravivé son amour pour elle. Mais quelles étaient les chances qu'elle ait réussi à organiser tout cela sans aide ? Honoria – la complice la plus probable – semblait aussi inquiète que nous.

« Agatha est une personne sensible, m'avait dit un jour Archie. Ne te fie pas aux apparences. »

Une personne sensible. Comme s'il existait un autre type de personnes. Montrez-moi quelqu'un d'insensible et je vous montrerai quelqu'un de dangereux. Comment peut-on ne pas éprouver d'émotions lorsque la vie nous emmène sans cesse dans des directions inattendues ? Pendant la guerre, Agatha avait écrit à son jeune mari pour l'exhorter à être prudent, traçant des mots comme des incantations, le stylo-plume volant sur le papier. À présent, ce n'était pas Archie qui était en danger, mais Agatha. Et Archie, qui venait de prendre conscience qu'il était lui-même une personne sensible, ne pouvait pas prendre part aux recherches. Il arpentait les étages de la maison comme un lion en cage. Il regrettait d'avoir si rapidement jeté sa lettre au feu. Quels indices avait-elle pu cacher dans ces mots, qui auraient pu être utiles à l'enquête ? C'était la preuve ô combien précieuse qu'elle était vivante, capable de former des phrases, de coucher son cœur et son âme sur la page.

Je retirai l'anneau de Claddagh de mon doigt et le remis en place, avec la pointe de la couronne vers moi. La dernière fois que j'avais vu Finbarr, des années plus tôt, c'était lorsqu'il était venu me trouver à Londres, après que nous avions perdu notre bébé. Il m'avait prise dans ses bras et avait pleuré, trempant de larmes le sommet de mon crâne.

« Elle était belle ? avait-il demandé.

— Oui. »

Je n'avais plus de larmes à verser. Les mains agrippées à son col, j'avais ajouté : « Plus belle que tu ne peux l'imaginer. »

Le souvenir de la beauté de notre bébé ne recelait aucun pouvoir de guérison. Rien de tout cela n'était la faute de Finbarr, et pourtant, j'avais refusé de le suivre. L'Irlande étant plongée dans une guerre pour son indépendance, il avait quitté la Grande-Bretagne pour l'Australie, où nul ne lui demanderait de se battre pour un quelconque pays, et où il pourrait gagner sa vie en dressant des chiens de berger. Il voulait que je vienne avec lui, mais j'avais refusé. En septembre dernier, je lui avais écrit à la dernière adresse que je connaissais pour lui parler d'Archie, du mariage qui me semblait imminent et des raisons pour lesquelles j'avais décidé de voler le mari d'une autre. Je lui devais bien cela, mais je n'ai jamais reçu de réponse. Peut-être avait-il été choqué par ce qu'il avait lu, des mots écrits par une femme qu'il ne m'aurait jamais imaginée devenir. Ou peut-être avait-il tout simplement déménagé une nouvelle fois, en Amérique, ou en Irlande. Dans un lieu où je ne pourrais jamais l'atteindre.

Il était trop tôt pour qu'Agatha disparaisse de la même manière. Je mis dans ma valise mes vêtements les plus chauds, des bottines, des chapeaux et des gants, pour pouvoir aller me balader. Peut-être que si je trouvais une route déserte, je pourrais même courir. J'essayai d'imaginer Agatha courant à côté de moi, toutes deux invisibles au monde extérieur et enfin égales.

Je pliai une jupe et pensai : *Elle a roulé jusqu'à Godalming pour faire une scène devant les Owen.* En proie à une vive agitation, un état auquel elle n'était pas habituée, elle avait quitté la route, abandonné sa voiture et s'était perdue dans la nuit glaciale. Demain matin, à la première heure, j'apprendrais la nouvelle : son corps avait été retrouvé gelé dans une haie, ou dans un des filets qui avaient dragué le Silent Pool.

Je rangeai un cardigan, un cadeau d'Archie, le cachemire le plus doux que je possédais, et songeai : *En ce moment, Teddy doit être en train de jouer dans sa chambre à Styles.* Peut-être lisait-elle *Winnie l'ourson.* Sans savoir qu'Agatha était partie.

Vous pensez encore à ce garçon irlandais ?

Seulement tous les jours de ma vie.

J'enveloppai une paire de chaussures de marche dans une écharpe. Elle avait embarqué sur un bateau pour l'Amérique et était maintenant confortablement installée dans une cabine de première classe. Elle avait le monde entier et un nouvel avenir devant elle. Je lui avais donné l'élan dont elle avait besoin pour s'échapper.

Je refermai ma valise. Assez. Je ne voulais plus penser ni à la femme de mon amant, ni à Finbarr. Quoi qu'il arrive ensuite, ce serait le prélude à ma vie avec Archie. J'avais une semaine pour moi seule avant cela, et je comptais en profiter au maximum.

CI-GÎT SŒUR MARY

Je serais peut-être restée en Irlande pendant la guerre si Colleen n'était pas morte. Dès que j'appris la nouvelle, je sus à quel moment précis cela s'était produit. Je revenais de l'étable avec Brutus, les cheveux lâchés, tapant mes mains l'une contre l'autre pour les débarrasser du savon glycériné. Le jour déclinait tandis que la brume descendait, accompagnant le crépuscule. Et un frisson m'avait envahie, comme si j'avais été plongée dans de l'eau glacée. « Quelqu'un a marché sur ma tombe », disait ma mère.

Lorsque je reçus le télégramme quelques jours plus tard, rien n'aurait pu m'empêcher de rentrer chez moi.

« Ils ne précisent pas comment », dis-je à tante Rosie dans un sanglot en montrant le message, à peine quelques lignes, quelques pennies économisés. « Elle n'a que dix-neuf ans. Pourquoi ils ne disent pas comment elle est morte ? » Et bien sûr, je pensai : *Si elle était venue en Irlande à ma place, elle serait toujours en vie.*

Rosie me tapota le dos pour me réconforter, en regardant l'oncle Jack d'un air sombre. Ça devait être grave, en effet, pour que quelqu'un meure si jeune d'une cause qui ne pouvait pas être précisée dans un télégramme.

« Tu devrais rester ici avec nous, dit tante Rosie. Il n'y a rien que tu puisses faire. Et tu seras plus en sécurité ici qu'à Londres. »

Peut-être ne me serais-je pas précipitée en Angleterre si j'avais su comment Colleen était morte. Mais la nouvelle soulevait trop de questions pour que je puisse rester tranquille. La seule chose que je pouvais supporter, c'était d'être en mouvement. Pendant la traversée, je restai sur le pont du bateau, agrippée à la rambarde, refusant de sourire aux soldats. « Allons, jeune fille, me siffla une vieille femme. C'est votre devoir de les laisser partir avec un bon souvenir. »

Je ne pensais qu'à une chose : rentrer à la maison auprès de Colleen. Je savais que c'était ridicule, mais j'étais déterminée à voir ma sœur. Et en même temps, j'avais l'étrange sensation qu'au moment où je me dirigeais vers l'Angleterre, elle était sur un autre bateau en direction de l'Irlande et que nous voyagions toutes les deux sur la mer déchaînée, dans des directions opposées, nous croisant sans nous saluer.

Quand j'arrivai à la maison, ma mère était au lit. Elle se redressa et me serra contre elle, mais refusa de dire un mot.

« Que s'est-il passé ? » demandai-je à mon père.

Il me prit par les épaules, ses doigts s'enfonçant dans ma chair d'une manière qui ne lui ressemblait pas.

« Elle a mal tourné.

— Colleen ? Mal tourné ? »

Je n'avais jamais rien entendu d'aussi absurde.

« Je refuse que vous finissiez comme elle. Tu m'entends, Nan ? » Il me lâcha. Son visage avait changé, irrémédiablement. Comme si quelqu'un d'autre avait pris possession de son corps. Une peur terrible s'empara de moi : et s'il m'arrivait la même chose une fois que je connaîtrais l'histoire de Colleen ?

Megs arriva et me prit par le coude. Nous nous ressemblions beaucoup : mêmes yeux sombres, mêmes traits anguleux, même taille. C'était Colleen qui était grande. Megs m'emmena marcher dans les rues de Londres dans le brouillard de l'été, de l'East End au pont de Waterloo. « La marche, c'est ce qu'il y a de mieux pour soulager le chagrin », dit Megs.

C'étaient les mots de ma mère. Quand elle avait prononcé cette phrase, Colleen avait levé les yeux de son livre et dit : « *Solvitur ambulando.* » Face à l'expression perplexe de ma mère, elle avait traduit le latin : « C'est en marchant qu'on trouve la solution. » Et maman avait ri et dit : « Ma petite fille tellement intelligente. »

À présent, confrontée au plus grand chagrin de sa vie, ma mère ne marchait plus. Elle était incapable de bouger. Louisa aussi s'était mise au lit et avait refusé de le quitter. Rien ne pouvait résoudre la mort de Colleen.

Mais Megs et moi marchâmes malgré tout.

« Papa ne veut pas qu'on organise de funérailles, me dit-elle.

— Pourquoi ? »

Le temps que l'on atteigne le pont, je connaissais toute l'histoire. Colleen était tombée enceinte. Le type était parti à la guerre et n'avait jamais répondu à ses lettres.

« C'était qui ? demandai-je en songeant à tous ces garçons qu'elle avait éconduits et qui l'avaient toujours laissée parfaitement indifférente.

— Il lui a dit qu'il était étudiant en philosophie. Elle l'a rencontré à la bibliothèque. Peut-être que c'était un goujat, ou peut-être qu'il a été tué à la guerre. Quoi qu'il en soit, quand papa a appris pour le bébé, il a chassé Colleen de la maison. »

Le visage de Megs était pâle, ses yeux ternes. Elle détestait me dire qu'il y avait quelque chose que nous pouvions faire – nous, les filles – qui nous priverait de l'amour de notre père. Je ne suis pas certaine d'avoir jamais revu mon père sourire après la mort de Colleen, mais peut-être ai-je simplement cessé de le regarder. En abandonnant l'une de ses filles, il s'était aliéné les autres. Et aussi sa femme.

Sous le soleil terne qui baignait le pont de Waterloo, je me tenais bras dessus bras dessous avec la seule grande sœur qu'il me restait.

« C'était juste de l'amour, reprit Megs. C'est ce qu'a dit Colleen. Papa lui a dit que c'était un péché et une honte. Elle a dit : "Non, papa." C'était juste de l'amour.

— Comment a-t-il pu faire ça ? »

Je n'ai jamais pensé : *Comment Colleen a-t-elle pu faire ça ?* Je savais ce qu'était l'amour, maintenant. Je n'avais aucun mal à imaginer suivre le même chemin que Colleen, car je comprenais son geste. Mais ce qu'avait fait mon père était impardonnable. Je fermai les yeux et essayai de visualiser un jeune homme assez brillant pour avoir ensorcelé ma sœur si intelligente et si belle, et pourtant assez insensible pour l'avoir abandonnée. Il avait dû être tué, décidai-je.

Megs gardait sa colère dirigée sur notre père. « Il a dû se dire qu'il en avait d'autres de rechange. » Sa voix était vide et résignée. De combien d'entre nous papa se débarrasserait-il avant qu'il n'en ait plus aucune ?

Megs et moi nous arrêtâmes pour nous pencher sur la rambarde et regarder couler l'eau. Colleen avait marché jusqu'ici, en passant par la rive sud, je savais que c'était ce qu'elle avait fait, sans que cela résolve quoi que ce soit. Megs et moi avions fait le même chemin, et pourtant notre sœur était partie à jamais. Quand je repense à ce moment aujourd'hui, je vois deux filles brunes, minuscules dans le tableau d'ensemble, et tout autour d'elles des machines de guerre se préparant à envahir leur monde. Mais à ce moment-là, Megs et moi ne nous doutions de rien. De mémoire d'homme, jamais une guerre n'avait atteint le sol anglais, et nous nous croyions intouchables.

Tout ce que je voyais alors, c'était ce que j'avais devant les yeux. Un jour d'été brumeux en ville. Megs et moi, épuisées par notre marche et par notre chagrin, appuyées l'une contre l'autre. J'aurais voulu pouvoir pleurer, mais mes entrailles étaient aussi vides que la voix de Meg. Si j'avais eu des fleurs, je les aurais lancées dans l'eau, afin qu'elles tombent à l'endroit exact où Colleen s'était jetée dans la Tamise.

Des années plus tard, je regarderais le film *Brigadoon*, et il me rappellerait l'image que j'avais gardée de Ballycotton dans mon esprit pendant la guerre : protégée, parfaite, intouchable. À l'abri des ravages du temps et du progrès. Cachée dans les nuages, attendant mon retour.

À Londres, le monde s'était vidé de ses jeunes hommes. Ma mère finit par sortir de son lit pour m'emmener me faire prendre en photo. Je fus surprise de la voir entrer dans la cuisine, habillée pour sortir.

« Mets ta plus belle robe, me dit-elle. Nous allons te faire prendre en photo à Forest Hill, pour envoyer à ton soldat irlandais. » Elle boucla mes cheveux avec ses doigts et me donna de la vaseline pour mes lèvres et mes cils.

Dans le bus, ma mère ne cessait de cligner des paupières, ses yeux n'étant plus habitués à la lumière naturelle qui se déversait par les vitres. Elle était restée si longtemps à l'intérieur.

« Oh, maman, dis-je.

— Ne t'en fais pas. » Elle s'accrocha à ma main. « On va prendre soin de toi, Nan. Ma petite fille chérie. Et tu ne dois pas pleurer. Il ne veut pas voir de larmes sur cette photo, crois-moi. »

Je songeai que cela n'aurait pas dérangé Finbarr de voir des larmes. Je ne l'avais jamais vu être dérangé par quoi que ce soit. Pourtant, je souris docilement à l'appareil, assise sur le tabouret du photographe, pleine d'un bonheur sincère tandis que j'imaginais regarder le visage joyeux de Finbarr. Quelques jours plus tard, j'allai chercher seule la photographie ; elle était très belle, j'étais tellement plus jolie que je ne l'étais dans la vraie vie que je craignais qu'il ne soit déçu quand il me reverrait. Mon sourire montrait la chance que j'avais d'avoir des dents blanches et droites. Je rédigeai la lettre que j'allais joindre au portrait en petits caractères serrés. Le papier était rare pendant la guerre, et je voulais lui dire la vérité sur tout. Au cours des quatre années qui suivirent, je lui écrivis régulièrement et diligemment. Je lui racontai ce qui était arrivé à Colleen et pourquoi je ne pouvais plus regarder mon père en face, ni lui regarder ses filles. J'écrivis des choses futiles au sujet de l'école et de mes amis. J'écrivis que la guerre était arrivée à Londres avec les bombardements de zeppelins, et que Megs voulait devenir infirmière mais que papa refusait, et que, pour une fois, maman était d'accord avec lui. J'admis que je savais que Finbarr courait de bien plus grands dangers que moi, mais que j'étais terrifiée par les attaques aériennes : « Il n'y a rien de plus cruel qu'une attaque venue du ciel. » Tandis que mon crayon se déplaçait avec prudence et parcimonie sur la page, je gardais à l'esprit le Finbarr d'avant la guerre. Dans ma tête, ses sourires éclairaient toujours aussi souvent son visage. Il me répondit, m'expliquant qu'il espérait obtenir bientôt une permission et économiser assez d'argent pour venir à Londres. Il gardait ma photo dans sa manche pendant les combats et punaisée à côté de sa couchette la nuit. J'imaginai les bords cornés et usés. Avant de dormir, il me touchait la joue et me souhaitait bonne nuit. J'aurais aimé avoir une photo de lui.

Ma sœur avait été abandonnée par deux hommes. D'abord l'étudiant en philosophie, puis mon père. Mais je savais que Finbarr ne m'abandonnerait jamais. Il s'accroupirait dans les tranchées avec mon visage souriant dans sa manche, et penserait à cette journée sur la plage de Ballywilling. Il se souviendrait de notre baiser d'adieu et se toucherait les lèvres du bout des doigts.

« Je t'aime, Nan », écrivait-il. Ces lettres étaient une fête. Il ne me l'avait jamais dit de vive voix. « Attends-moi. »

Comme s'il pouvait en être autrement.

Quatre années de guerre. Quatre sœurs devenues trois. Un de mes poèmes au sujet de Colleen remporta un concours, un prix de cinq shillings. Il fut publié dans le journal, mais mon père refusa de le lire. Un matin, alors qu'il était au travail, maman nous appela toutes les trois dans sa chambre.

« Regardez. » Elle ouvrit le dernier tiroir de sa commode et en sortit une boîte à thé, dont elle retira le couvercle pour nous montrer l'argent qu'elle avait économisé en travaillant chez Buttons and Bits. Ayant moi-même commencé à y travailler un jour ou deux par semaine, je savais qu'il avait dû lui falloir des années pour amasser cette somme. « Aucune de vous ne finira comme Colleen, c'est compris ? » Je ne l'avais jamais entendue parler d'une voix si sévère. « Si vous avez un jour un problème, venez me voir. On prendra cet argent et on s'enfuira. » Elle nous montra l'alliance de sa mère, qu'elle avait cachée avec les pièces et les billets. « Nous irons en Amérique ou en Australie et nous dirons que vous êtes des veuves de guerre. Puis nous reviendrons et nous dirons que vous vous êtes mariées là-bas et que votre mari est parti, ou décédé. Que votre père aille au diable. Maintenant, promettez-le-moi. Je refuse de perdre une autre fille. »

Nous le fîmes, toutes les trois. Je lui donnai les cinq shillings de mon poème pour ajouter à sa cagnotte.

Quand la nouvelle de l'offensive des Cent-Jours nous parvint, je me fis un sang d'encre, notamment parce que les lettres de Finbarr cessèrent soudain d'arriver. « Peut-être qu'il n'y a plus de courrier en provenance du front, disait ma mère pour essayer de me rassurer. Aucune raison de s'inquiéter pour le moment. »

Mais les raisons de s'inquiéter ne manquaient pas. Tous les jours, les petites amies, les mères et les pères recevaient des mauvaises nouvelles du front. J'avais à présent dix-neuf ans, mais je crois que dans mon cœur, j'étais beaucoup plus jeune. Le monde tremblait autour de nous. Un instant ma mère était celle que nous avions connue, gaie et aimante. Puis elle s'éteignait, soudain pâle et immobile, et regardait par la fenêtre.

« Qu'est-ce que tu guettes comme ça, maman ?

— Rien », disait-elle avant de retourner à ses occupations.

Mais je savais ce qu'elle espérait voir. Colleen rentrant à la maison, la main d'un enfant dans la sienne. L'amour et la raison vont rarement de pair.

Le jour de l'armistice, les rues de Londres grouillaient de monde. Je n'avais jamais vu autant de gens réunis en un seul endroit. Avec Megs, Louisa et notre amie Emily Hastings, je me joignis à la foule en liesse. Quel bruit il y avait, et quelle joie ! Nous ne pouvions pas avancer épaule contre épaule, tout le monde se déplaçait latéralement.

Nous essayions de nous tenir la main pour nous frayer un passage dans les rues, mais c'était impossible. Ç'aurait dû être effrayant, d'être ainsi piégées au milieu d'une foule aussi dense, mais la joie l'emportait sur tout le reste. Vous ne pouvez pas imaginer à quel point les gens étaient heureux et bienveillants. Si vous trébuchiez, cent mains se tendaient pour vous rattraper. Si vous éternuiez, mille voix disaient : « À vos souhaits ! » Un soldat saisit le bras de Megs lorsque son pied buta contre un trottoir, puis il inclina sa casquette et poursuivit sa route avec ses camarades. Je fouillai la foule du regard, comme s'il était possible que Finbarr soit là, comme si, ayant la chance qu'il m'aime, j'avais aussi celle de pouvoir le faire apparaître devant mes yeux.

Quelque part au milieu de la masse, Agatha Christie marchait elle aussi. Pendant cette période où elle avait été une femme mariée dont l'époux était parti à la guerre, elle avait meublé sa solitude en suivant des cours de sténographie. Quand l'armistice avait été annoncé au milieu d'une leçon, tous les élèves étaient sortis pour se joindre à la fête, s'émerveillant du spectacle de la foule comme nous l'avions fait. Des Anglaises – des Anglaises ! – dansant dans les rues. Pour autant que je sache, Agatha et moi nous étions peut-être retrouvées épaule contre épaule à un moment, ou même plusieurs, de cette journée inoubliable.

Je ne sais pas quand exactement Megs et moi fûmes séparées par la foule, je me souviens juste d'avoir lâché ses doigts et de ne pas avoir été terrifiée, mais amusée. Nous savions que nous finirions par nous retrouver. J'étais à Trafalgar Square. Un camion de livraison remontait Northumberland Avenue en grondant, avec tant de soldats drapés sur ses flancs que l'on ne distinguait même plus le logo de l'entreprise. Au moment où le véhicule s'arrêta, incapable d'aller plus loin à cause de la foule, un soldat sauta du capot et atterrit devant moi, sa casquette militaire couvrant ses cheveux noirs coupés court.

C'était un mouvement si agile, si léger. Quelques secondes plus tôt, le monde n'était qu'une foule indistincte, une grande masse de vie humaine dans laquelle je n'existais moi-même que comme une partie du tout, et soudain, malgré les dizaines de personnes entassées dans l'espace qui nous séparait, nous n'étions plus que deux dans tout Londres. Finbarr et moi. Face à face, les yeux remplis de joie. Comme si je l'avais réellement fait apparaître par la simple force de ma volonté. *Fais un vœu, Nan.* Le genre de miracle qui nous fait croire que la vie sur terre a un sens. Ses cheveux noirs avaient des reflets bleus dans la grisaille de Londres, comme sur son île émeraude.

« C'est bien toi ? » cria-t-il. Il tenait une bouteille de champagne dans une main. « Suis-je ivre ? Est-ce un rêve ?

— C'est moi. »

Ma voix était rauque à force de crier.

« Écartez-vous ! ordonna Finbarr à la foule. C'est ma fiancée. Je vois ma fiancée ! »

La mer Rouge aurait-elle pu dire non à Moïse ? La foule pouvait-elle dire non à ce beau soldat aux yeux bleus, rentré sain et sauf de la guerre ?

Dans son uniforme kaki et ses bottes de l'armée, Finbarr longea le chemin qui s'était dégagé pour lui et me prit dans ses bras. Lorsque la foule se referma autour de nous, il me hissa sur ses épaules, et je vis la multitude qui se répandait dans tout Londres, comme si un océan humain avait inondé la ville, déferlant dans ses rues. Les visages rayonnaient de joie sous un ciel exempt de danger.

« Tu ne m'as pas dit que tu venais à Londres ! » criai-je à son oreille.

Il me fit glisser de ses épaules pour me prendre dans ses bras. « Je ne l'ai appris qu'avant-hier. Je n'ai pas eu le temps de te prévenir. Et de toute façon, je savais que je te trouverais. » Comme si Londres était Ballycotton et qu'il n'avait qu'à longer les quais en demandant aux pêcheurs où vivait Nan O'Dea. « C'est comme un miracle, non ? Tu es un miracle, comme toujours. » Sa voix avait changé. Plus profonde, plus rauque, comme si quelque chose s'était brisé dans sa gorge, ce qui était le cas. Sur le moment, je crus que c'était à force de crier, mais j'apprendrais plus tard que c'était une altération permanente due à l'inhalation de gaz moutarde.

Il m'embrassa avec fougue et tout le monde nous applaudit, célébrant non seulement la fin de la guerre mais aussi nos retrouvailles. Nan et Finbarr, ensemble, comme nous aurions dû l'être si la vie ne nous avait pas séparés. C'était notre victoire. Le monde avait été réparé. Nous pouvions redevenir les jeunes gens heureux que nous avions été.

Alors que nous nous enfoncions dans la foule, je serrai sa main de toutes mes forces, craignant que nous ne soyons séparés comme Megs et moi l'avions été. Je voyais à peine dans quelle direction nous allions ou les boutiques devant lesquelles nous passions. Lorsque Finbarr m'entraîna dans le hall d'un grand hôtel, j'eus l'impression de pénétrer dans une bulle de silence. Il n'y avait aucun client en vue, et personne ne tenait la réception. Tous ceux qui auraient dû être là avaient abandonné leur poste pour festoyer dans les rues. Le hall était immense et somptueux, une extravagance que je n'aurais jamais pu m'offrir. Et il nous accueillait. À côté d'imposantes colonnes de pierre, de grands palmiers en pot tendaient leurs feuilles de velours vers le plafond. Le sol de marbre était froid à travers la semelle de nos chaussures. Même nos murmures auraient résonné dans cet immense espace vide.

Alors nous gardâmes le silence. Main dans la main, nous gravîmes en courant l'escalier majestueux. À la porte de chaque pièce, Finbarr tourna la poignée jusqu'à ce qu'il en trouve une qui accepte de s'ouvrir pour nous. Il m'entraîna dans la chambre, une bulle à l'intérieur d'une bulle. C'était là un des talents de Finbarr que je n'avais pas encore découverts mais finirais par bien connaître : il savait mieux que personne trouver des endroits où se cacher au milieu de l'agitation et du chaos.

Ce n'est que plus tard, après nous être rhabillés, que nous parlâmes un peu. Finbarr suggéra que nous nous mariions avant son retour en Irlande, mais je ne pouvais pas partir sans la bénédiction de ma mère. Il promit de m'envoyer de l'argent pour le voyage. Le lendemain, je le retrouverais à la gare pour l'embrasser et lui dire au revoir. Nous étions convenus que, d'ici à quelques mois, nous serions mariés. Même si ma mère l'interdisait, je lui donnerais un baiser et mille excuses, et je lui ferais mes adieux. Il n'y avait pas d'urgence. La guerre était terminée. Nous avions la vie devant nous.

Mais d'abord : nous deux, dans cette chambre. Combien de couples vivaient la même chose que nous, à ce moment précis, à travers le monde ? Toute une génération de jeunes gens qui n'avaient que quelques instants pour récupérer leurs années volées. Dans cette chambre d'hôtel, il n'y avait pas de temps pour les mots. Tout ce que dit Finbarr fut : « Je dois rejoindre mon régiment avant le coucher du soleil. » Nous passâmes un long moment à nous imprégner en silence de la vue de l'autre, à savourer sa proximité. La solitude et le calme. Il me tendit la bouteille de champagne et j'en bus une gorgée, la première de ma vie. Les bulles chaudes me montèrent au nez.

Puis nous nous embrassâmes et tombâmes sur le lit, le plus grand que nous ayons jamais vu. Mais le seul luxe dont nous voulions profiter, c'était celui de nos retrouvailles, sans chaperon ni entraves. L'euphorie d'être enfin réunis après tout ce temps.

Au cours de cet après-midi, ai-je un seul moment pensé à ce qui était arrivé à Colleen ? Non. Il n'y avait pas de comparaison possible entre son soldat disparu et celui qui était bien présent devant moi. C'était Finbarr. Je savais que jamais il ne m'abandonnerait. Que jamais il ne briserait la moindre promesse ni ne prononcerait le moindre mensonge.

Et il ne l'a jamais fait.

LA DISPARITION

DEUXIÈME JOUR
Dimanche 5 décembre 1926

Avis de disparition envoyé
à tous les commissariats de police d'Angleterre :

Disparue de son domicile à Sunningdale, Berkshire : Mme Agatha Mary Clarissa Christie, 36 ans, 1 mètre 70 ; cheveux roux légèrement grisonnants ; teint pâle, corpulence mince ; vêtue d'une jupe en jersey gris, d'un pull vert, d'un cardigan gris et d'un petit chapeau en velours ; porte une bague en platine sertie d'une perle ; pas d'alliance ; sac à main noir avec un portefeuille contenant 5 ou 10 livres. A quitté sa maison en voiture à 21 h 45 vendredi en disant qu'elle allait faire un tour.

L'inspecteur Frank Chilton voyageait dans le wagon fumeurs troisième classe d'un train qui devait le conduire de Brixham à Harrogate. Il était heureux de faire ce voyage. Ç'avait été une erreur de revenir s'installer dans le cottage de bord de mer de sa mère pendant les mois d'hiver, quand la mauvaise brise du large pouvait s'infiltrer dans vos os, réveillant le froid des nuits dans les tranchées, ce froid qui y résidait toujours et que rien ne pourrait jamais chasser.

« Ils veulent que la police mène des recherches dans chaque comté, lui avait expliqué Sam Lippincott. Je suis à court de personnel depuis ton départ, et avec Jim en lune de miel… »

Moins d'une heure après avoir reçu le télégramme de Lippincott, Chilton s'était rendu à bicyclette chez les Cooke pour utiliser leur téléphone. « Chaque centimètre carré du pays doit être passé au peigne fin, comme si la reine en personne avait disparu », avait dit Lippincott, sa voix crépitant au bout du fil. Ses paroles étaient méprisantes, mais son ton jovial. L'ancien chef de Chilton était ravi d'avoir une excuse pour faire revenir son ami dans le Yorkshire.

« Fini la retraite, pour toi. Tu peux faire circuler la photo de la dame et prendre une voiture pour sillonner la région. Tu n'auras jamais un travail plus facile que de chercher quelqu'un là où il n'est pas.

— Facile, mais frustrant », avait répliqué Chilton.

Pourtant, il avait déjà décidé d'accepter la mission. Si fastidieux que soit ce travail, cela valait toujours mieux que se tourner les pouces. Il avait quitté son emploi dans la police de Leeds trois semaines plus tôt pour se rapprocher de sa mère, et n'en avait pas encore décroché de nouveau. Et il se trouvait que son ancienne équipe manquait d'inspecteurs. Une écrivaine avait disparu, assez célèbre pour que toutes les forces de police d'Angleterre soient à pied d'œuvre pour la retrouver, même si Chilton n'avait jamais entendu parler d'elle. La police du Yorkshire ayant déjà déployé tous ses hommes à Huddersfield et à Leeds, ils n'avaient personne à envoyer à Harrogate et à Ripley. À part lui.

« Nous allons te loger à l'hôtel Bellefort, avait dit Lippincott. Tu sais qu'il appartient à mon cousin et son épouse ? Ils disent qu'ils seront heureux de te donner une chambre gratuitement. »

Bien sûr, Chilton connaissait le cousin de Lippincott. Simon Leech avait épousé une femme originaire d'Antigua, Isabelle, une personne charmante, dotée d'une rare combinaison de manières irréprochables et d'un caractère bien trempé. Mais leur union avait scandalisé la famille et mis en péril l'hôtel-spa de Simon : c'était une chose de voir une femme noire à la réception, c'en était une autre de découvrir qu'elle était mariée à son propriétaire. Si Lippincott avait besoin d'un homme supplémentaire pour chercher Mme Christie, son cousin avait quant à lui besoin de clients. Les chambres vides avaient tendance à engendrer d'autres chambres vides. Les cousins étaient aussi proches que des frères, et c'était l'occasion d'aider à la fois l'hôtel et Chilton. Quant à la femme disparue, personne ne s'attendait à la voir réapparaître dans le Yorkshire. Mais Chilton la chercherait malgré tout. Il accomplirait son devoir, même s'il s'agissait d'une tâche impossible.

« Tu peux voir ça comme des congés payés, avait ajouté Lippincott, qui semblait fier de pouvoir lui offrir une telle chose. Tu n'auras pas de meilleure opportunité avant longtemps, n'est-ce pas ? » Chilton et Lippincott avaient servi dans le même régiment pendant la guerre, et ils avaient combattu ensemble jusqu'à la fin. Lippincott était de ceux qui s'en étaient relativement bien sortis – relativement, car aucun homme ayant un cœur ne peut revenir indemne de la guerre, mais suffisamment pour faire son travail, aimer sa famille et ne pas sauter au plafond dès qu'il entendait une porte claquer.

Tandis que le train roulait vers le nord, Chilton regarda les ormes blancs et les haies qui défilaient derrière la vitre, le paysage presque désert, tout le monde s'étant réfugié à l'intérieur pour échapper aux violentes bourrasques qui soufflaient sur la région. Il avait autant de chances de trouver Agatha Christie ici, errant le long des voies ferrées, que n'importe où ailleurs.

Chilton avait perdu l'usage de son bras gauche après avoir reçu un éclat d'obus dans l'épaule. Sa main droite trembla quand il alluma sa cigarette. On pourrait penser que le métier de policier est peu adapté à un homme dont le seul bras valide tremble encore des souvenirs de la guerre, et il était évident que si Lippincott l'avait fait revenir au travail moins d'un mois après son départ, ce n'était pas parce qu'il s'attendait à ce qu'il résolve l'affaire, mais simplement pour lui faire un cadeau d'adieu.

« Profites-en pour faire trempette », lui avait-il dit, confirmant les soupçons de Chilton. Harrogate était réputée pour ses bains chauds naturels, un luxe dont Chilton n'avait jamais envisagé de profiter, même lorsqu'il vivait à proximité. « Ça te fera du bien. »

La fumée qu'exhala Chilton s'éleva pour se mêler à celle des autres passagers. Il n'était peut-être bon que pour une chasse aux chimères, mais cela valait toujours mieux que d'errer sur la plage près de la maison de sa mère, tel un vieil homme de quarante ans. Il avait eu deux frères, tous deux morts à la guerre. Le plus jeune, Malcolm, avait été tué à Gallipoli. Quant à Michael, il avait péri dans le labyrinthe de la bataille d'Arras, où Chilton avait combattu à son côté. Depuis ce jour, alors même que la puanteur des corps en décomposition qui l'avait suivi depuis les tranchées refusait de le quitter, il s'était promis de rester en vie pour le bien de leur mère.

Lorsqu'elle serait partie, en revanche, Chilton n'aurait plus aucune raison de rester. Peut-être suivrait-il l'exemple de cette Agatha Christie, dont tout laissait penser qu'elle s'était suicidée. On la repêcherait du fond d'un lac. Il était même probable qu'ils auraient déjà trouvé le corps d'ici à son arrivée à l'hôtel. Il y passerait une nuit, puis rentrerait chez lui.

Suicide. Ce mot hantait Chilton. Une décision difficile à prendre pour une mère. D'un autre côté, d'après ce que Lippincott lui avait dit – et le fait que toutes les forces de police d'Angleterre soient mobilisées pour la retrouver –, les Christie faisaient partie de ces nantis qui avaient suffisamment de personnel pour s'occuper de l'enfant, laquelle ne remarquerait peut-être même pas que sa mère n'était plus là. La mère de Chilton, en revanche, avait été présente pour ses fils à chaque coucher, chaque repas, chaque genou écorché.

Le sifflet du train signala un arrêt. Ce son faisait partie des quelques plaisirs qu'il lui restait dans cette vie, des choses qui lui manqueraient quand il la quitterait. Les voyages en train étaient un moment d'évasion, une chance de rassembler ses pensées ou au contraire de ne pas penser du tout. Ici, personne ne le chercherait, et personne ne le trouverait. C'était peut-être ce que faisait cette Agatha Christie. C'est en tout cas ce qu'il ferait s'il voulait disparaître du monde. Monter dans un train et traverser l'Angleterre. Sans jamais descendre. Il y avait ici tout ce dont on pouvait avoir besoin, qu'il s'agisse de toilettes ou de wagons-restaurants, d'un abri contre la pluie ou d'un endroit où se reposer. Si elle voulait s'échapper, disparaître, il lui suffisait de monter dans un train sans destination. Ce qui, en y réfléchissant, n'était pas très différent de ce qu'il faisait – chercher une femme dans un lieu où il ne la trouverait sans doute jamais.

Au bout d'un moment, Chilton s'assoupit, la tête penchée en arrière, la bouche entrouverte, sa cigarette se consumant entre ses doigts. La femme de l'autre côté du couloir, assez âgée pour être sa mère, ne souhaitait pas voyager dans le wagon fumeurs, mais c'étaient les seules places qu'il restait. Elle observa l'homme endormi avec bienveillance. Il avait cette expression, cette allure que beaucoup d'hommes de son âge avaient à l'époque. Et il était plutôt beau garçon quand on y regardait de plus près, un peu mou et chiffonné, mais avec un menton volontaire et de belles mains larges. Elle se pencha vers lui et prit la cigarette qui brûlait toujours entre ses doigts, tirant une petite bouffée avant de l'écraser dans le cendrier.

Dans le Surrey et le Berkshire, une centaine de policiers fouillaient toujours les broussailles et les haies dans le froid humide. Ils parcouraient les villages en distribuant des avis de recherche. Quand on en montra une copie à Archie, la description lui fit l'effet d'un coup de poignard dans le cœur. *Corpulence mince. Teint pâle.* Il repensa à elle dans leur jeunesse, à l'époque des salles de bal. Sa peau de pêche et ses délicates taches de rousseur. La manière dont elle souriait en virevoltant. Un jour, alors qu'ils faisaient de l'équitation chez des amis, elle n'avait même pas pris la peine d'enfiler une tenue adaptée, préférant garder sa robe rose. Au bout d'un moment, ses postiches – toutes les femmes en portaient à l'époque – avaient été emportés par le vent. Les longues boucles, si charmantes lorsqu'elles étaient encore attachées à sa tête, offraient un spectacle assez inquiétant tandis qu'elles gisaient dans l'herbe tels des restes humains. Agatha s'était laissée glisser au sol pour les récupérer pendant qu'Archie tenait les rênes de son cheval. Il participait à cette activité par devoir plutôt que par plaisir. Son père – qui avait travaillé au service de l'Empire britannique en Inde en tant que juge – était décédé après une chute de cheval, le coup qu'il avait reçu à la tête ayant causé une infection cérébrale. Mais à voir Agatha, il était difficile d'imaginer que cette activité pouvait entraîner des blessures ou des décès. Quel spectacle elle offrait, tenant ses jupes d'une main, ramassant ses cheveux égarés de l'autre, riant aux éclats et pourtant assez maîtresse d'elle-même pour faire ce qu'elle avait à faire puis remonter en amazone sur son cheval. Quel délice.

Je n'arrive pas à imaginer Nan faire face à une telle situation avec les mêmes éclats de rire joyeux, pensa Archie. *Sait-elle au moins monter à cheval ?* Elle n'avait pas reçu la même éducation, c'était certain.

En vérité, Archie avait du mal à m'imaginer tout court, à ce moment là. Tout ce à quoi il pensait, c'était à sa femme. Les choses qu'il aimait jadis chez elle. *Corpulence mince, teint pâle.* Était-elle réellement ainsi ? Il devait admettre qu'il ne la regardait plus vraiment, ces derniers temps.

Pourtant, il n'avait eu d'yeux que pour elle quand il l'avait croisée pour la première fois lors d'un bal à Chudleigh. Une semaine plus tard, il roulait à moto jusqu'à Torquay pour la voir. Il savait qu'elle était déjà fiancée à un autre, mais ne considérait pas cela comme un obstacle. Quand Archie voulait quelque chose, il l'obtenait. Avec son œil d'écrivaine, Agatha avait dû remarquer ce trait de caractère, qu'elle aurait pu lui attribuer en quelques mots bien choisis. Les histoires d'amour ne l'intéressaient pas, elle en plaçait dans ses livres car elles plaisaient aux lecteurs. Elle détestait particulièrement les histoires d'amour dans les romans policiers. C'était une distraction.

Et quelle distraction elle avait été pour Archie, à une époque ! Tout lui revenait en mémoire à présent, comme s'il fallait qu'elle disparaisse pour que ces souvenirs et ces sentiments resurgissent. Désormais, ce qui le distrayait, c'était son incapacité à la voir. Comme si son retour pouvait tout résoudre. Au moins, l'inspecteur Thompson – le directeur adjoint de la police – et ses sbires cesseraient de regarder Archie comme s'ils pouvaient voir du sang dégouliner de ses mains. Il dressa mentalement la liste de ceux qui savaient, pour Nan et lui, et de ceux qui n'avaient que des soupçons. Les Owen étaient au courant, mais il pouvait compter sur leur discrétion. Honoria en avait sans doute parlé à la cuisinière, qui était elle-même mariée au majordome. La nouvelle femme de chambre ne savait peut-être pas, mais le reste du personnel oui, et la police était en train de les interroger un par un.

« Une dépression nerveuse », avait immédiatement dit Archie à l'inspecteur Thompson, avant même que celui-ci ait eu le temps de poser la moindre question. Voyant les yeux du policier se plisser d'un air suspicieux, il ajouta : « Elle a les nerfs fragiles. » Comme si la reformulation pouvait refermer le trou qu'il avait creusé pour lui-même.

« Je vois. » Thompson avait la poitrine gonflée et saillante que certains hommes très athlétiques développent avec l'âge. Une moustache grise impressionnante et une expression de reproche perpétuelle. *Ne me prenez pas pour un con*, semblait dire son visage, *et je ne vous causerai pas d'ennuis.*

« A-t-elle consulté un médecin ?

— Grands dieux, non ! Elle ne croit pas plus que moi à ce genre de choses. De l'air frais et un peu d'exercice, voilà ce qui rétablit la santé mentale. »

Thompson acquiesça. À défaut d'apprécier l'homme, il approuvait sa philosophie.

Honoria observa cet échange, les bras enroulés autour de son corps comme pour garder tout ce qu'elle savait en elle. Agatha avait écrit deux lettres – l'une à Archie, qu'il était le seul à avoir lue, et l'autre à Honoria, dans laquelle elle disait : « Je pars à Torquay pour le week-end. » Honoria avait remis la sienne à la police, mais n'avait pas encore mentionné la dispute de vendredi matin, ni la liaison d'Archie. Elle avait beau être très attachée à Agatha, si celle-ci ne revenait jamais, son avenir dépendrait d'Archie. Cet homme était un goujat, mais pas un assassin. Honoria espérait rester à Styles pour s'occuper de Teddy, même si la maîtresse de maison ne revenait jamais. Et les lettres ne prouvaient-elles pas qu'Agatha avait planifié tout cela, qu'elle n'avait pas *disparu* mais était partie de son plein gré ? Personne ne se serait inquiété de son absence ni n'aurait vérifié si elle était réellement à Torquay (elle n'y était pas) sans cette voiture abandonnée : la preuve sinistre que quelque chose avait très mal tourné. Qui suggérait que, quelle que soit la destination d'Agatha, elle ne l'avait jamais atteinte.

Quand je me suis enfuie en Irlande, je n'ai laissé aucune lettre à mes parents. Ma mère avait trouvé sa boîte à thé vide de tous les pennies qu'elle y avait cachés. C'était tout ce qu'elle avait besoin de savoir. Je l'imagine la serrant contre sa poitrine, le cœur brisé, car j'avais mis son plan à exécution, mais sans l'emmener.

Au moment de ma disparition, juste après la guerre, il n'y avait plus beaucoup de policiers en Angleterre. Certains n'étaient jamais rentrés du front, d'autres n'avaient pas encore repris du service. Et je n'étais pas une écrivaine, ni même une épouse. Juste une fille déshonorée d'une famille modeste, comme il en disparaissait tous les jours. Il n'y avait pas assez de policiers dans le monde pour enquêter sur la disparition de chacune d'entre nous.

Mais pour Agatha Christie, les ressources ne manquaient pas. Des milliers d'hommes, policiers et civils, ratissèrent chaque forêt centimètre par centimètre. Même à la nuit tombée, munis de lampes torches. Fouillant sans relâche. La plupart des recherches avaient eu lieu dans le Surrey et le Berkshire, mais des inspecteurs avaient été dépêchés dans tout le pays. Comme si, par la seule force de son chagrin, elle était devenue la personne la plus importante sur terre.

LA DISPARITION

Troisième jour
Lundi 6 décembre 1926

Télégramme au *NEW YORK TIMES*

DISPARITION INQUIÉTANTE DE MME AGATHA CHRISTIE, ROMANCIÈRE

LONDRES, 5 décembre – Mme Agatha Christie, romancière, fille de feu Frederick Miller, de New York, et épouse du colonel Archibald Christie, a disparu de son domicile de Sunningdale, dans le Berkshire, dans des circonstances mystérieuses. Une centaine de policiers l'ont cherchée en vain pendant le week-end.

Tard dans la nuit de vendredi à samedi, Mme Christie a quitté seule sa maison dans son coupé, ayant laissé un message à sa secrétaire pour la prévenir qu'elle ne reviendrait pas ce soir-là.

Hier matin, à huit heures, la voiture de la romancière a été découverte abandonnée près de Guilford, au bord d'une carrière de craie. Tout laisse à penser que le véhicule a quitté la route et percuté une épaisse haie qui l'a empêché de plonger dans la carrière. Quelques vêtements et une mallette contenant des documents ont été retrouvés dans la voiture.

Tous les policiers disponibles ont été mobilisés et ont mené une recherche sur plusieurs kilomètres à la ronde, mais aucune trace de la romancière n'a été trouvée.

Le colonel Christie a déclaré que son épouse souffrait d'une dépression nerveuse. Une amie décrit Mme Christie comme une femme heureuse et épanouie, extrêmement dévouée à sa fille unique.

Le terrain de Styles avait grouillé de policiers tout le week-end. À présent, c'étaient les journalistes qui arrivaient. Lasse de leurs questions incessantes, Anna, la nouvelle femme de chambre, craqua et raconta à l'un des officiers les plus séduisants qu'Archie et Agatha avaient eu une violente dispute le matin de sa disparition.

« Elle n'était plus elle-même après, dit Anna en sanglotant. Et comment aurait-il pu en être autrement ? Il lui a parlé si cruellement. »

Le policier lui tapota maladroitement l'épaule. Anna se rapprocha de lui et il passa son bras autour d'elle. « Là, là, dit-il. Les hommes sont des rustres, n'est-ce pas ? »

Elle leva son joli visage baigné de larmes.

« Vous, vous avez l'air gentil.

— Je pense que je le suis », répondit-il, comme s'il venait tout juste d'en décider.

Après un intermède plutôt agréable (ils se marieraient en février), Anna et l'officier se rendirent au poste de police pour communiquer ces nouvelles informations à l'inspecteur Thompson. Ce dernier fronça les sourcils, agacé qu'un détail aussi important ne lui soit transmis qu'au terme d'un week-end de recherches intensives. Comme si ce n'était pas déjà assez grave que la presse ait eu vent de sa disparition.

« Vous pensez que le colonel a tué cette vieille dame ? » demanda l'officier.

Thompson ricana. Les jeunes considèrent quiconque a une minute de plus qu'eux comme des vieillards. Le pauvre garçon ne savait pas que ses trente-six ans arriveraient bien plus vite qu'il ne l'imaginait. Thompson avait une fille de l'âge d'Agatha, née la même année et le même mois, et il détestait l'idée qu'il puisse lui arriver quoi que ce soit.

« Difficile à dire, pour l'instant, répondit Thompson.

— Mais, monsieur l'inspecteur, fit timidement Anna, presque dans un murmure.

— Si vous avez quelque chose à dire, autant parler assez fort pour qu'on vous entende. »

Thompson ne voulait pas être aussi sec, mais il ne supportait pas les gens qui marmonnaient.

« Je crois qu'une dame est impliquée. Une autre dame. » Elle n'avait pas élevé la voix d'un iota, mais Thompson l'avait parfaitement entendue. Son visage s'assombrit. Si le mari de sa fille faisait une chose pareille, Thompson lui tordrait le cou. Il se leva.

« Je ferais bien de retourner à Styles pour discuter un peu avec le colonel Christie.

— Oh, dit Anna. Il est parti. Il est à Londres, il dit qu'il va faire appel à Scotland Yard.

— Scotland Yard ! »

Comme si n'importe quel homme suffisamment riche pouvait les engager d'un claquement de doigts. Pire encore : comme si la police du Berkshire ne pouvait pas se charger elle-même de l'enquête. Thompson avait déjà remarqué l'arrogance d'Archie Christie. Il savait maintenant qu'en plus d'être arrogant, c'était un goujat. Rien ne rendait un homme plus suspect que la découverte d'une maîtresse. Thompson craignait plus que jamais pour la vie d'Agatha Christie.

À ce moment-là, Archie ignorait encore que sa liaison avait été découverte. Tout ce qu'il savait, c'était que ces bons à rien de la police du Berkshire et du Surrey n'avaient toujours pas trouvé la moindre trace d'Agatha. Il était soulagé qu'ils ne semblent pas être au courant de sa relation extraconjugale, mais que fallait-il en déduire de leurs talents d'investigation ? Archie avait demandé à son avocat d'organiser une rencontre avec Scotland Yard, mais cela s'était avéré une autre impasse.

« Désolé, colonel », avait dit le jeune inspecteur en secouant la tête. Il n'occupait peut-être pas ce poste depuis longtemps, mais il savait que les histoires de femmes qui quittaient le domicile conjugal après une dispute avec leur mari n'entraient pas dans les attributions de Scotland Yard. « Si la police locale nous demande notre aide, nous serons tous à pied d'œuvre. Mais en attendant ? » Il avait levé les mains, indiquant que, pour l'heure, ils seraient tout sauf à pied d'œuvre.

Archie détestait trahir ses émotions, mais il craignait de l'avoir fait. Il avait, dans un moment d'égarement, levé une main vers son front pour cacher ses yeux. Il l'avait aussitôt retirée, horrifié que l'inspecteur puisse s'imaginer qu'il pleurait. Archie songea à sa dernière nuit avec sa femme – ce qu'il n'aurait jamais fait dans d'autres circonstances. Pourquoi s'était-il ainsi laissé aller ? N'aurait-elle pas mieux pris la chose s'il avait gardé ses distances ? Bien sûr, il n'en serait pas là s'il ne s'était pas entiché de moi après m'avoir remarquée sur le terrain de golf, le meilleur swing qu'il ait jamais vu chez une femme. L'après-midi, j'étais encore là, buvant un gin tonic sur le patio. Il s'était approché à grands pas comme s'il avait tous les droits sur moi, et je lui avais tendu la main en clignant des yeux, éblouie par le soleil, d'un air à la fois sage et complice, un sourire au coin des lèvres. Comme si je savais tout ce qui allait se passer. *Enchantée, colonel Christie.* Ma voix était si basse, si joliment modulée, qu'il avait eu du mal à y croire quand je lui avais dit que j'étais la secrétaire de Stan.

Quelle erreur, quelle terrible erreur il avait commise. Je m'étais servie de mes bonnes manières récemment acquises pour me lier d'amitié avec la fille de son employeur et me faire inviter au country club. J'aurais dû rester l'invitée de Stan et ne jamais devenir la sienne. Agatha n'avait pas eu besoin d'acquérir ses bonnes manières, elle était née avec. Elle venait du même monde qu'Archie. A. C. et A. C. Ils allaient bien ensemble. Au milieu de ce drame familial, je lui semblais être une étrangère, quelqu'un qui avait joué des coudes pour s'immiscer dans sa vie. Au mieux quelqu'un sans importance, au pire une source de problèmes.

Une fois dans la rue, Archie cligna des yeux dans la lumière de la ville. La foule se pressait autour de lui tandis qu'il demeurait sur le trottoir, indécis. De l'autre côté de la rue, une femme de grande taille avec une démarche particulière attira son attention. Il savait que ce n'était pas Agatha, mais se surprit malgré tout à traverser. La femme portait un manteau de fourrure, et il était certain qu'Agatha en avait un semblable. Elle tourna dans une rue, puis une autre, avant de disparaître à l'angle d'un bâtiment. Lorsqu'il voulut la suivre, elle n'était plus là. Elle semblait s'être volatilisée.

C'était ridicule. Elle était probablement rentrée dans un des bâtiments. N'ayant plus personne à suivre, Archie récupéra sa voiture et navigua dans les rues jusqu'à mon appartement. Il se gara devant chez moi et attendit, fixant ma fenêtre. Aucun signe de vie. Peut-être étais-je partie au travail. Au travail ! Au milieu de cette pagaille. Quel luxe ce serait, de pouvoir travailler comme si de rien n'était. Peut-être devrait-il aller au bureau. Peut-être que s'il se comportait comme si sa vie était normale, elle le redeviendrait. Agatha reviendrait – elle entrerait sans frapper comme elle l'avait fait la semaine précédente, quand elle s'était donné tout ce mal pour lui plaire, avec sa gaieté forcée et ses vêtements à la dernière mode. Cette fois, elle le trouverait seul. Il la prendrait dans ses bras et lui donnerait un vrai baiser. *Bien sûr, je serais ravi d'aller déjeuner avec ma belle épouse.*

Comment avait-il pu ne pas voir ce qu'elle s'apprêtait à faire ? Ou peut-être l'avait-il vu, mais ne s'en était-il pas inquiété plus que cela ? Il avait été si protecteur autrefois, si jaloux même, qu'il ne supportait pas de voir un serveur lui parler. Il lui avait dit qu'il ne souhaitait pas d'enfants car il ne voulait jamais la voir aimer quelqu'un d'autre. Son amour appartenait à Archie, et à lui seul.

Il sortit de la voiture. Les mains dans les poches. Les yeux toujours rivés à ma fenêtre, comme s'il attendait un signe. S'il voyait le moindre mouvement, il s'empresserait de monter et frapperait à la porte. Et si je l'ouvrais, il le savait – malgré ses sentiments bien réels, malgré son désir de retrouver sa femme et de changer la direction qu'il avait dans son inconséquence donnée à sa vie –, il ne pourrait s'empêcher de me prendre dans ses bras pour oublier l'espace d'un instant cette terrible agitation. Il le méritait. Un homme méritait d'oublier ses soucis. Jusqu'au retour d'Agatha, rien ne pourrait changer ce qu'il avait fait, et s'il avait su cette nuit chez les Owen que c'était la dernière fois qu'il me faisait l'amour, il aurait sans doute savouré un peu plus ce moment. Comme il l'avait fait avec Agatha.

Une jolie jeune femme passa d'un pas affairé, vêtue d'un manteau d'hiver usé. Elle regarda Archie d'un air méfiant, comme si elle avait lu dans ses pensées. Il détourna les yeux, les fixant de nouveau sur ma fenêtre dans l'espoir de voir passer une ombre.

Rien. Savait-il que je ne l'aimais pas ? Non. Archie n'était pas le genre d'homme à se douter d'une telle chose.

Il tourna les talons et marcha jusqu'à sa voiture, le bord de son chapeau pointé vers le trottoir. La pensée qu'Agatha puisse être morte, ou seule et blessée, lui était insupportable. Il s'était senti si chanceux, à l'époque, quand elle l'avait éclairé de sa lumière. Les années passant, ce sentiment s'était estompé, et il en était venu à croire qu'Agatha, comme le monde, lui appartenait.

Ce soir-là, à Styles, Archie fit une chose qu'il n'avait jamais faite au cours des sept années qui s'étaient écoulées depuis l'arrivée de Teddy. Il la mit lui-même au lit.

« Qu'est-ce qu'il y a ? » demanda-t-elle. C'était plus une gêne qu'un plaisir de voir son père assis sur son lit, en manches de chemise, les yeux voilés par le whisky et les remords. Peter était blotti à côté d'elle ; ce chien lui apportait toujours du réconfort. Elle enfouit sa main dans son pelage.

« Rien, ma chérie. » Archie lui caressa le front avec la ferveur d'un homme qui craint d'avoir tout perdu sauf son enfant. « Je voulais juste souhaiter bonne nuit à ma petite fille. Ça t'embête ?

— Non. »

Les draps remontés jusqu'au menton, Teddy clignait des yeux dans l'obscurité, espérant qu'il s'en irait bientôt et emporterait son étrangeté avec lui. Les enfants n'aiment pas se sentir responsables de l'état émotionnel des adultes. S'il n'avait pas été si lugubre, si elle n'avait pas senti cette désagréable agitation qui enflait en lui, elle lui aurait peut-être demandé de lui lire encore une fois *Winnie l'ourson*. Elle l'avait déjà lu en entier avec Honoria, mais Teddy voulait recommencer, et lire soi-même était une entreprise laborieuse.

« Est-ce que mère va revenir ?

— Bien sûr, répondit-il, trop sèchement. Elle revient toujours, n'est-ce pas ?

— Je voulais dire, ce soir.

— Pardon. Non. Non, je ne pense pas qu'elle revienne ce soir. »

Il n'avait mis en place aucun stratagème pour tenter de cacher à Teddy le fait que toute cette agitation autour d'elle était liée à la disparition de sa mère. Il s'était contenté de nier la vérité. Ce qu'il ne pourrait pas continuer à faire bien longtemps si tout le pays était à sa recherche.

« Allez. » Il l'embrassa sur le front. « Bonne nuit, Teddy. »

Elle ferma fort les yeux, feignant d'avoir été instantanément endormie par le baiser.

Pour moi, la même journée commença très loin de toute cette clameur. La veille au soir, j'étais arrivée à l'hôtel-spa Bellefort, un lieu discret et confortable, parfait pour ceux qui ont besoin de faire profil bas pendant quelque temps. La femme à la réception – d'origine antillaise, à en juger par son apparence et son joli accent – m'accueillit chaleureusement.

« Je suis Mme Leech, dit-elle. N'hésitez surtout pas à me prévenir si vous avez besoin de quoi que ce soit. »

Elle me tendit un stylo-plume pour signer le registre. J'eus un instant d'hésitation. J'avais réservé la chambre sous le nom de Mme O'Dea, car il n'aurait pas été correct pour une jeune femme célibataire de séjourner seule à l'hôtel. Cette fois, j'inscrivis aussi un prénom. « Mme Genevieve O'Dea », écrivis-je, avec une boule douloureuse dans la gorge. Genevieve était le prénom que j'avais donné à la fille que j'avais perdue. Peut-être aurais-je dû mettre Genevieve Mahoney, ne serait-ce que pour le voir écrit une fois dans ma vie.

« Merci, madame Leech. Serait-il possible de dîner dans ma chambre, ce soir ?

— Naturellement. Je vous ferai monter un plateau. »

Une femme qui s'apprêtait à prendre l'escalier, vêtue d'une robe de chambre de l'hôtel – elle devait revenir d'un traitement au spa –, accourut vers nous.

« Dîner en chambre ! dit-elle à Mme Leech. Quelle bonne idée. Nous ferons la même chose, s'il vous plaît.

— Bien sûr, madame Marston. »

Celle-ci se tourna vers moi. Elle avait à peu près l'âge d'Agatha – peut-être un an ou deux de plus –, un visage rond et jovial et les joues roses. « Nous sommes en lune de miel, M. Marston et moi, me dit-elle en me regardant sans vraiment me voir. Nous devons économiser nos forces, si vous voyez ce que je veux dire ! »

Mme Leech et moi échangeâmes un rapide coup d'œil, convenant que nous ne voulions pas en entendre davantage.

Le matin arriva très vite et, consciente que je ne pouvais pas rester dans ma chambre éternellement, je descendis pour le petit déjeuner. Le Bellefort était un hôtel confortable, mais pas particulièrement luxueux. Il n'aurait pas pu servir de décor à un roman d'Agatha. Mais E. M. Forster l'aurait aimé, avec ses fauteuils confortables dans lesquels on pouvait s'enfoncer et leurs accoudoirs usés. Je me dirigeai vers la salle à manger, m'installai à une table et demandai à la serveuse, une dame assez âgée, un supplément de crème.

« Puis-je me joindre à vous ? » s'enquit une jeune femme à l'accent américain.

Je levai les yeux. Elle avait à peu près mon âge, des cheveux blonds coupés au carré et un visage intelligent. Il y avait de nombreuses tables vides, mais au lieu de les lui signaler, je hochai la tête. Elle s'assit face à moi et me sourit.

« Je m'appelle Lizzie Clarke, dit-elle plus fort que nécessaire, en bonne Américaine. Je suis ici avec mon mari. Il dort encore, le paresseux. Les eaux chaudes l'ont assommé. » Elle éclata de rire, encore une fois bien trop fort.

Je jetai un coup d'œil alentour pour voir si les autres clients semblaient gênés, ce que Lizzie prit comme une demande d'informations sur nos compagnons. Elle désigna une femme incroyablement belle, assez jeune pour n'avoir été qu'une enfant pendant la guerre, aux cheveux si blonds qu'ils semblaient presque blancs. « C'est Mme Race. »

Elle était assise seule, regardant par la fenêtre d'un air triste.

« Elle est si jolie, dis-je. Elle n'est quand même pas seule, si ?

— Oh, non. Son mari est là aussi. Ils sont en lune de miel.

— J'ai rencontré une autre femme qui est en lune de miel.

— Oui, je l'ai rencontrée aussi. Elle semble beaucoup plus heureuse que celle-ci. »

Je jetai un nouveau coup d'œil à la jeune mariée. Sa lèvre inférieure tremblait, comme si elle était au bord des larmes.

« Elle et son mari passent tout leur temps à se disputer, reprit Lizzie. Les vieux mariés sont heureux, mais pas les jeunes. C'est triste de ne pas être heureux pendant sa lune de miel, vous ne trouvez pas ? »

Je souris.

« Vous aimez observer les gens, n'est-ce pas ?

— C'est mon passe-temps favori », admit Lizzie avec un rire d'autodérision qui me la rendit aussitôt sympathique.

C'est à ce moment-là qu'entrèrent M. et Mme Marston. Ils s'installèrent de l'autre côté de la salle à manger, et je me permis à mon tour de les observer un peu. Mme Marston était une femme corpulente aux cheveux bruns striés de quelques mèches grises. Je regardai par-dessus son épaule pour étudier son mari, un homme au visage rougeaud et joufflu. Il ne semblait pas me remarquer, toute son attention étant rivée sur sa jeune épouse. Comme c'était mignon.

« Dites, fit Lizzie lorsque nous eûmes fini de manger. Que diriez-vous d'aller aux bains ? On pourrait faire une petite promenade avant. Si nous avons un peu froid, l'eau chaude sera d'autant plus agréable. »

Lizzie était déjà debout. Je repoussai ma chaise et la suivis jusqu'au vestibule. Nous montâmes dans nos chambres respectives pour prendre des vêtements chauds avant de nous retrouver dehors. L'air était glacial et le ciel gris. C'était une bonne idée de nous exposer au froid avant de rentrer profiter des eaux chaudes de l'hôtel Bellefort, et nous eûmes effectivement froid malgré nos manteaux, nos chapeaux et nos gants.

« Comment est M. Clarke ? demandai-je tandis que nous marchions.

— Adorable. Je recommande les hommes américains. Ils sont différents des Britanniques. Plus émotifs et expressifs. »

Loin du regard de nos invités, elle glissa son bras dans le mien comme si nous étions des amies de longue date.

« Ça fait plaisir à entendre. Toutes les femmes ne parlent pas ainsi de leur mari. Beaucoup passent leur temps à se plaindre d'eux et à les calomnier, puis s'étonnent qu'ils s'enfuient avec une autre. »

Lizzie rit. Elle s'arrêta pour allumer une cigarette, protégeant de ses mains gantées la flamme de son allumette. « Si le mari mérite les critiques de sa femme, la personne avec qui il s'enfuit s'en plaindra aussi un jour. Probablement pour les mêmes raisons. Non ? »

Je remis mon chapeau en place. J'avais fait des efforts pour avoir l'air élégante et respectable – une vraie dame mariée en vacances, parfaitement insouciante qui ne fuyait rien mais prenait simplement un peu de temps pour elle.

Le regard de Lizzie se détourna de moi pour se fixer sur la route. Un jeune homme venait d'apparaître, qui marchait vers nous. Il était grand et son pas était gracieux. Même à cette distance, à plus de trente mètres, on voyait qu'il avait un but, se dirigeant droit sur nous comme s'il avait une nouvelle urgente à transmettre.

« Il n'a pas l'air bien », murmura Lizzie.

Je ne la regardai pas, restant concentrée sur l'homme. Mon impression était exactement l'inverse de celle de Lizzie. Il avait l'air très bien. Je ne crois pas avoir jamais eu besoin dans ma vie de la présence d'esprit et de la maîtrise de soi qu'il me fallut convoquer à ce moment-là pour parler d'une voix neutre.

« C'est drôle, il se trouve que je le connais. Tu veux bien nous excuser un moment ?

— Bien sûr, répondit Lizzie en frissonnant. Je suis prête pour un bain bien chaud. On se verra peut-être là-bas ?

— Peut-être, dis-je, mais j'avais déjà commencé à marcher dans la direction opposée.

— Sois prudente.

— Merci du conseil. »

Mes pieds avançaient rapidement, comme ils le faisaient quand j'étais jeune, me portant vers l'homme. C'était comme un retour vers la meilleure partie de mon passé. Un changement s'était produit dans l'atmosphère. Les cieux s'ouvraient pour m'accorder un cadeau au moment où je le méritais le moins.

Il portait un pull Aran et une vareuse déboutonnée malgré le froid. Ses cheveux noirs tombaient sur son front. Le sourire avait disparu de ses yeux, mais ils étaient toujours du même bleu magnifique. Je portais des talons épais, parfaits pour marcher, mais beaucoup moins pour courir, ce que je ne pus m'empêcher de faire. J'étais trop impatiente de le rejoindre. Mon manteau s'ouvrit aussi. Si je me jetais dans ses bras, je savais qu'il me soulèverait et me ferait tourner, mais je m'arrêtai juste devant lui. Je voulais le regarder, m'assurer qu'il était bien réel.

« Finbarr, dis-je. Quelle surprise.

— Salut, Nan. » Il tendit la main pour prendre la mienne, porta ma paume à ses lèvres et l'embrassa trois fois, trois battements de cœur. « Tu m'as manqué. »

Dans le Berkshire et le Surrey, on cherchait à présent une femme morte. Dans les étangs, les broussailles, les fossés. Les chiens aboyaient, la truffe près du sol. Si Agatha Christie était retrouvée près de sa maison, ce serait parce qu'elle y était morte, de sa propre main ou de celle d'un autre.

Ailleurs en Angleterre, en revanche, on cherchait une femme vivante qui se serait cachée. De Land's End à Coldstream, les policiers montraient la photographie d'Agatha aux clients et propriétaires d'hôtels. *Avez-vous vu cette femme ?* Chilton n'était qu'un inspecteur parmi tant d'autres à accomplir ce geste machinal. On l'avait chargé de chercher cette romancière, c'était donc ce qu'il ferait. À son arrivée la veille, il s'était comporté comme un client ordinaire, prenant son dîner dans la salle à manger avec les rares autres clients de l'hôtel. La femme de Simon Leech l'avait installé à une table, face à une jolie jeune femme à l'abondante chevelure brune, qu'elle lui avait présentée comme Mlle Cornelia Armstrong.

« Vous ne séjournez tout de même pas ici toute seule ? » ne put s'empêcher de dire Chilton à Mlle Armstrong.

L'intéressée sourit comme si elle voyait dans son incrédulité un compliment. « Bien sûr que si, dit-elle, avec une petite note de reproche bienveillant dans la voix. Nous sommes en 1926, n'êtes-vous pas au courant ? Les hommes partaient à la guerre à mon âge. Je peux bien aller au spa. »

Chilton sourit, et la gérante tapota la table comme si elle était satisfaite que la conversation démarre si bien. « N'oubliez pas de dire à tous vos amis quel est le meilleur hôtel d'Harrogate », glissa Mme Leech avant de s'éloigner, un sourire satisfait aux lèvres. Chilton passa une soirée agréable en compagnie de Mlle Armstrong, grâce à qui il était maintenant incollable sur le sujet du droit de vote.

Le lendemain matin, immédiatement après le petit déjeuner, Chilton se fit déposer en ville par M. Leech. Le poste de police n'avait pas changé depuis son départ. Lippincott laissait toujours sa porte ouverte. Il fit signe à Chilton d'entrer dans son bureau.

« Tu choisis bien ton moment pour prendre ta retraite, alors que le crime du siècle vient d'être commis ! »

Ils rirent, étant convenus que l'affaire n'avait rien de criminel. Une dame vaguement célèbre avait simplement disparu à un moment où il ne se passait rien d'autre dans le monde, et les journaux en avaient fait leurs choux gras. Lippincott remit à Chilton quelques bulletins de police et une photographie d'Agatha transmise par son éditeur, la même qui était en train de passer dans d'innombrables mains à travers toute l'Angleterre.

« Si elle est toujours en vie, elle sera mortifiée d'avoir créé tout ce tapage », remarqua Chilton. En regardant la photographie d'Agatha – si charmante et pensive –, il regretta ses paroles. C'était quelque chose de terrible, le suicide, mais il comprenait son geste. Elle avait sûrement ses raisons.

Lippincott révéla sa propre théorie, plus cynique, mais moins tragique :

« Ce qu'elle va faire, c'est vendre un tas de bouquins. Jusqu'à présent, son nom n'était connu que de quelques lecteurs anglais. Si elle ne se manifeste pas d'ici à la fin de la semaine, elle deviendra célèbre dans le monde entier.

— Tu penses que c'est un coup de pub ?

— Ça ne m'étonnerait pas. Mais c'est pour ça que je voulais que tu reviennes, Frank. Je savais que tu prendrais l'affaire au sérieux. Et nous devons la prendre au sérieux. Pour l'instant, personne ne sait où cette femme est allée. Elle pourrait être n'importe où, même ici. »

Chilton fit un salut militaire, à moitié en signe d'acquiescement, à moitié pour plaisanter, mais le geste les mit mal à l'aise. Ils avaient tous les deux été témoins de trop d'horreurs à l'époque où le salut faisait partie de leur quotidien.

« Mais écoute, Frank. Grâce à mon cousin, je peux te loger gratuitement. Et j'ai une voiture de police à te prêter pour que tu puisses te déplacer. Tu as pris ta retraite trop tôt pour qu'on t'offre un cadeau de départ, alors vois ça comme des vacances, d'accord ? Cherche Agatha Christie, mais profite aussi du spa. Profite de l'hôtel. Et fais-toi masser. »

Chilton n'arrivait pas à s'imaginer se soumettre à un massage.

« Tu sais que j'ai vécu sept ans dans le Yorkshire sans jamais mettre ne serait-ce qu'un orteil dans les bains ?

— Eh bien, il est grand temps que ça change », répliqua Lippincott, bien que Chilton soit convaincu que son collègue n'y avait lui-même jamais mis les pieds.

Il souhaitait peut-être voir prospérer l'établissement de son cher cousin, mais il était peu probable qu'il le fréquente un jour.

Pour moi, le froid de la journée avait disparu, ainsi que son ciel bleu sans nuages. Tout ce que je voyais, c'était Finbarr. Il posa délicatement la main sur mon coude et m'entraîna à l'écart, tout en regardant par-dessus son épaule pour vérifier que Lizzie Clarke était bien partie.

« Ne t'inquiète pas pour elle », dis-je, mais il ne semblait pas m'entendre. Il m'entraîna à travers une haie jusqu'à un bosquet de bouleaux argentés. Quand nous étions jeunes, en Irlande, ce genre de détour aurait pu m'amuser, mais plus maintenant.

« Finbarr. Que fais-tu ?

— Je pourrais te poser la même question.

— Je suis en vacances. Comment m'as-tu retrouvée ?

— Peu importe. Ce qui compte, c'est ce qui va se passer maintenant. Toi et moi, on part d'ici. Tu laisses tomber ce projet idiot et on rentre chez nous à Ballycotton.

— Ballycotton n'est pas chez moi. »

Je retirai mon bras de son étreinte. Quand je l'avais vu, mon cerveau s'était comme désintégré. À présent, ses atomes commençaient à tourbillonner et à se reformer, et je voyais les choses plus clairement.

« Ça ne l'a jamais été et ne le sera jamais.

— Ça l'a été et ça le sera. Mon père est mort, Nan. » À la façon dont il dit cela, je compris que sa mère aussi était décédée, depuis longtemps déjà. « J'ai économisé assez d'argent pour acheter une petite maison où je pourrai élever et dresser des chiens. On pourra rentrer chez nous. Toi et moi. »

J'imaginai le foyer qu'il me décrivait, et la route vers Sunday's Corner. Je savais que j'aurais dû lui dire que j'étais désolée pour la mort de ses parents. Mais je n'étais pas désolée, et ne le serais jamais.

« Nan, tu ne peux pas mettre ton plan à exécution. C'est mal. Ta place est avec moi, pas avec un homme déjà marié. »

Il avait donc bien reçu la lettre que je lui avais envoyée. Et c'était sa réponse. Ç'avait été une erreur de lui écrire, un moment de faiblesse.

« C'est trop tard, dis-je, d'un ton que j'espérais plus triste que réprobateur. Tu arrives trop tard. »

Il enroula sa main autour de mon poignet, fermement, mais sans brutalité, et m'entraîna plus loin dans le bois. Mon chapeau avait commencé à tomber et il le replaça sur ma tête, l'enfonçant bien sur mes oreilles, qui devaient être rouges sous l'effet du froid et de l'émotion. Finbarr ne voulait pas que j'aie froid. Il se souciait de mon confort. Après les célébrations de l'armistice, quand nous étions enlacés dans le lit d'une chambre d'hôtel, succombant à la passion qui couvait en nous depuis tant d'années, il avait pris le temps d'ajuster l'oreiller sous ma tête.

C'était la troisième fois que je le voyais depuis ce jour. La première, c'était à Ballycotton, quand il délirait dans son lit à cause de la grippe. La deuxième, c'était près d'un an plus tard, après que j'avais quitté l'Irlande pour toujours et qu'il était enfin venu me trouver à Londres. Il m'avait suppliée de partir avec lui en Australie. Mais je ne l'avais pas fait.

Le Finbarr qui m'avait fait l'amour le jour de l'armistice ressemblait à celui que j'avais toujours connu. Ou peut-être était-ce ce que je voulais voir – une illusion, délicieuse mais éphémère. Quand il était revenu me chercher, ni lui ni moi n'étions les jeunes gens que nous avions été. J'étais anéantie par le chagrin. Il était anéanti tout court. Il avait perdu dix kilos, et il n'y avait plus aucune trace de l'expression joyeuse qui avait été son trait le plus caractéristique. Sa voix, abîmée par le gaz moutarde, n'était pas celle du garçon dont je me souvenais.

(« Parfois, on ne peut s'empêcher d'être envahi par la rage quand on pense à la guerre », écrirait Agatha Christie des années plus tard.)

« Non, lui avais-je dit à l'époque. Je ne peux pas partir avec toi. Je ne peux partir nulle part. »

Aujourd'hui, six années plus tard, à Harrogate, Finbarr et moi n'étions toujours pas redevenus nous-mêmes. Mais au moins, nous pouvions discuter calmement. J'étais capable de le regarder sans ressentir la moindre rancœur. Rien de tout cela n'avait jamais été de sa faute.

« Ce dont on a besoin – il prit mes mains dans les siennes – c'est de partir d'ici. On peut repartir de zéro. Toi et moi.

— Oh, Finbarr. Ce n'est pas ce dont j'ai besoin. Loin de là. »

Je m'éloignai de lui et traversai les broussailles pour regagner la route. Sous l'immense ciel d'hiver qui s'ouvrait au-dessus de ma tête, je serrai mes bras autour de moi. *Inspirer, expirer.* C'est ainsi que je survivrais aux prochains jours. Une respiration après l'autre.

Finbarr était juste derrière moi. Quand il posa sa main sur mon épaule, je m'en dégageai. Mes entrailles s'étaient transformées en bouillie la dernière fois que je l'avais vu. J'avais encore tellement de choses à régler. Et puis, il y avait cet étrange changement en lui. Dans quelques jours, l'inspecteur Chilton me parlerait des hommes qui partaient à la guerre. Il m'expliquerait qu'ils voyaient le monde d'une certaine manière avant d'y aller, et que cette vision était irrémédiablement altérée une fois qu'ils avaient vu la Grande Tristesse. Finbarr n'avait pas une seule ride. Il avait toujours cette même silhouette élancée et agile. Mais le soleil l'avait quitté. De la même manière que la clarté de sa voix avait été remplacée par un grincement rauque, sa joie avait été remplacée par la Grande Tristesse. S'il ne m'avait pas fait penser à un navire ayant perdu son ancre, j'aurais pu l'en aimer encore plus. J'avais moi-même connu ma part de tristesse.

Il tendit la main et m'attira de nouveau dans ses bras. Trois battements de cœur. Puis il me lâcha, tourna les talons et s'éloigna sur la route, repartant par où il était venu. Peut-être pensait-il que je le suivrais, mais je n'en fis rien. Je le regardai simplement s'éloigner. Il savait que j'étais toujours là, car, quelques instants plus tard, il leva un bras et, sans se retourner, me dit : « Tu me reverras bientôt, Nan. Très bientôt. »

Plus d'une heure plus tard, juste avant d'entrer dans les bains avec Lizzie Clarke, je me posai la question à laquelle Finbarr n'avait pas répondu : comment avait-il su que j'étais à Harrogate ?

« Tout va bien ? » demanda Lizzie alors que je m'installais à côté d'elle dans l'eau chaude.

Je hochai la tête, un geste qui ne disait pas tant *oui* que *je te raconterai plus tard.* Je portais un maillot de bain qui m'arrivait aux genoux, celui que j'arborais en général à la plage, avec un short assorti en dessous. Bien que Lizzie ait de l'eau jusqu'au menton, je voyais que sa tenue était bien plus osée que la mienne, notamment parce qu'elle était de la couleur d'une tomate bien mûre. En revanche, elle portait comme nous toutes un bonnet couvrant entièrement ses cheveux. Une sorte d'uniforme.

La vapeur m'enveloppa et mon cerveau se sentit soudain bien plus léger. Peut-être avais-je réellement réussi à faire apparaître Finbarr. Une vie lucide. Ou peut-être l'avais-je simplement imaginé. J'avais presque envie de demander confirmation à Lizzie. *As-tu vu un homme aux cheveux noirs marcher vers nous ? M'as-tu laissée seule avec lui ? As-tu vraiment dit qu'il n'avait pas l'air bien ?* Serait-ce une bonne ou une mauvaise chose si elle me disait que rien de tout cela n'était arrivé ? Que Finbarr ne m'avait pas prise dans ses bras ?

Les bains naturels du Bellefort se trouvaient sous l'hôtel, dans des grottes humides aux plafonds si bas que même les plus petits d'entre nous devaient courber la tête jusqu'à ce que nous ayons de l'eau jusqu'au cou. Il n'était pas nécessaire de séjourner à l'hôtel pour en profiter, mais ce jour-là, nos compagnons de baignade étaient principalement des clients du Bellefort. Assise en face de nous, immergée jusqu'au menton, se trouvait la plus âgée des deux jeunes mariées, Mme Marston. Elle nous observait d'un air joyeux à travers la vapeur, mais il y avait quelque chose de superficiel dans son regard. Je suppose que si on lui posait des questions au sujet de Lizzie et de moi plus tard, elle serait incapable de nous décrire, incapable d'indiquer la couleur de nos cheveux, de nos yeux, ou une quelconque caractéristique à part peut-être notre sexe et notre âge approximatif. Nous n'existions qu'en tant que public pour ce qu'elle avait à nous raconter.

« Comment allez-vous, mes chéries ? demanda-t-elle avec une chaleur qui semblait authentique.

— Très bien, répondit Lizzie.

— Nous nous sommes rencontrées hier soir », dis-je avant que Lizzie nous présente. Je voyais que Mme Marston n'en avait aucun souvenir. « Je crois que les félicitations sont de rigueur ? »

Elle rit, et ses grands yeux marron se mirent à pétiller.

« En effet. Six jours de vie conjugale, et c'est un pur bonheur, je vous le dis. Un pur bonheur.

— Merveilleux, dit Lizzie. Et comment les tourtereaux se sont-ils rencontrés ?

— Oh, nous nous connaissons depuis longtemps, M. Marston et moi. Nous étions des amants maudits, pourrait-on dire. Nous avons traversé beaucoup d'épreuves, mesdames. Mais ça en valait la peine. Croyez-moi, tout s'arrange quand les étoiles finissent par s'aligner.

— Je crains de ne pas être d'accord. » Lizzie garda les yeux fixés sur Mme Marston. « Mon mari et moi avons eu notre lot d'épreuves et de souffrances. J'aurais pu m'en passer.

— Alors, vous savez ce que c'est », dit Mme Marston, comme si Lizzie ne venait pas de la contredire.

Je songeai à Agatha, à l'épreuve qu'elle était elle-même en train de traverser, et j'espérai qu'elle pourrait un jour être plus heureuse qu'elle ne l'avait jamais été grâce à la douleur que je lui avais causée. Je refusais toujours de considérer sa mort comme une possibilité. Nous étions liées, Agatha et moi. S'il lui arrivait quelque chose, je le ressentirais dans ma chair, comme je l'avais ressenti quand Colleen était morte.

Mme Marston s'enfonça un peu plus profondément dans l'eau, jusqu'à ce qu'elle recouvre son menton, nous regardant avec des yeux brillants de joie. Puis elle pencha la tête d'un air de conspiratrice et dit :

« J'ai été assez choquée de découvrir que cet établissement était tenu par une personne de couleur. Je ne suis pas certaine que nous aurions réservé ici si nous l'avions su.

— Mme Leech ? Je la trouve tout à fait sympathique », répondit Lizzie d'un ton sec et sans appel.

À sa décharge, ou peut-être en raison de son incapacité à percevoir les opinions divergentes, Mme Marston changea de sujet.

« Avez-vous des enfants ? demanda-t-elle à Lizzie.

— Nous en avions un. Il est mort peu après sa naissance.

— Oh, ma pauvre petite, dit Mme Marston du ton réconfortant d'une mère. Mais vous êtes jeune. Vous en aurez un autre. Beaucoup d'autres, même. N'est-ce pas ?

— Je l'espère. » L'expression de Lizzie était difficile à déchiffrer. « Mais ça ne veut pas dire que j'oublierai le premier.

— Bien sûr que non. Pour tout vous dire, j'espère qu'il n'est pas trop tard pour moi. Pour avoir des enfants. Des choses plus étranges sont arrivées. C'est tout ce que j'ai toujours voulu, vraiment. Un bébé. Enfin. Un bébé et M. Marston. »

Je me levai et attrapai une robe de chambre pour couvrir mon maillot de bain. « Je me sens un peu étourdie. On se verra peut-être pour le thé. »

Comme si j'étais déjà partie, Mme Marston dit à Lizzie :

« Un peu taciturne, votre amie. Elle a besoin de se trouver un mari, n'est-ce pas ?

— Qui dit que je n'en ai pas déjà trouvé un ? répliquai-je d'une voix soudain rauque en serrant la ceinture de mon peignoir.

— Allons, allons, fit Mme Marston, comme si elle avait l'habitude d'être en position de supériorité. Ne vous énervez pas, ma chère, ce n'était qu'une plaisanterie. »

Comme pour le prouver, elle partit d'un rire joyeux qui emplit la caverne de son écho – le son le plus sinistre que j'aie jamais entendu.

CI-GÎT SŒUR MARY

Partout dans le monde, des jeunes filles attendaient des nouvelles de soldats qu'elles ne reverraient jamais, mais j'avais la chance d'aimer un homme qui tenait ses promesses. Finbarr glissa un billet d'une livre dans la première lettre qu'il m'envoya.

Je pensais être mort à l'intérieur jusqu'à ce que je te voie sur cette place, écrivait-il.

Ce n'est pas seulement l'armistice qui m'a redonné espoir, écrivait-il.

Nous aurions dû attendre notre nuit de noces, c'est vrai, mais je sais dans mon cœur qu'il n'y aura jamais de moment plus parfait que celui-là. Et notre nuit de noces viendra, Nan, n'en doute jamais, écrivait-il.

Puis vint sa deuxième lettre. Il n'y avait pas d'argent. Elle disait seulement : *Je t'aime* et *Je crains d'être tombé malade.*

Je n'étais moi-même pas au meilleur de ma forme.

Mon père avait reçu des nouvelles d'Irlande. L'oncle Jack avait survécu à la guerre – dont il était revenu indemne mais malade de la grippe, qu'il avait transmise à sa femme et à son fils. Tante Rosie s'en remit. Pas l'oncle Jack. Ni Seamus. J'avais été si soulagée que mon petit cousin soit trop jeune pour être envoyé à la guerre, mais il en était mort malgré tout. J'avais l'impression que les vagues de ce conflit ne cesseraient jamais de déferler sur nos rivages. Je pleurai pour ma seconde famille perdue, pour ma ferme bien-aimée désormais vide. Ma mère me réconforta, sans pouvoir s'empêcher de presser sa paume contre mon front.

Quand Emily Hastings tomba malade, ma mère nous interdit à Megs, Louisa et moi de lui rendre visite. « Ce serait un miracle que vous ne l'attrapiez pas, dit-elle au dîner en essuyant ses larmes. Vous savez qu'Andrew Pennington en est mort hier ? Tous ces jeunes gens. Des garçons rentrés sains et saufs de la guerre, pour être finalement tués par la grippe. »

La foule immense et bienveillante qui nous avait réunis, Finbarr et moi, était infestée d'une maladie invisible. Ma mère renonça à son travail chez Buttons and Bits et insista pour que je fasse de même.

« Non, tu ne sortiras pas, dit mon père lorsqu'il me surprit un jour en train d'essayer de quitter notre appartement. C'est trop dangereux.

— Megs pense que nous l'avons déjà eue au printemps », dis-je.

Nous avions toutes les trois souffert d'une légère fièvre, dont nous nous étions vite remises.

« Penser et savoir, ce n'est pas la même chose, dit-il sèchement. Et je ne vous laisserai pas sortir sans en avoir la certitude. »

Pendant des années, nos relations avaient été glaciales. Mais à ce moment-là, je vis sur son visage la perte de sa fille aînée, de son frère, et du neveu qu'il connaissait à peine. Papa avait vieilli de cent ans depuis la dernière fois que je m'étais autorisée à le regarder. Alors je le pris dans mes bras et le serrai fort. Je pensai à la lettre de Finbarr. Y aurait-il encore quelqu'un à Ballycotton pour m'écrire s'il mourait ? Nous n'avions pas le téléphone. Les Mahoney non plus, il n'y avait pratiquement pas d'électricité à Ballycotton.

« Tu as mauvaise mine, Nan », me dit ma mère ce soir-là. Elle posa une nouvelle fois sa main sur mon front pour prendre ma température. C'était plus fort qu'elle. « Tu devrais te mettre au lit. Je vais t'apporter une assiette. »

Je me réfugiai dans ma chambre, les deux mains posées sur mon ventre. Je n'avais pas la grippe. C'était autre chose. La peur de la maladie avait remplacé dans l'esprit de ma mère sa peur d'une grossesse. Cette peur la rendait aveugle à ce qui m'affligeait vraiment. Elle ne pouvait pas savoir que pendant ce bref laps de temps, chaque fois qu'elle me touchait, elle touchait aussi sa petite-fille.

Colleen avait mon âge, presque jour pour jour, quand elle s'était jetée dans la Tamise. Je ne laisserais jamais ma mère connaître de nouveau un tel chagrin. Je ne dis pas à Megs et à Louisa que j'étais enceinte, car je ne voulais pas qu'elles s'inquiètent de ce que j'allais devenir. Et je ne donnerais pas à mon père une raison de me chasser de la maison. Je traverserais la mer d'Irlande et j'épouserais Finbarr. Même s'il était mourant, il valait mieux être la veuve d'un soldat que son jouet. Il suffisait d'un *Je le veux* et de la bénédiction d'un prêtre ou d'un vicaire pour faire la différence entre une héroïne et une paria. Tout ce que j'avais à faire, c'était passer de mon île à celle de Finbarr.

Le seul endroit où ma mère se rendait à cette époque était l'épicerie. Dès qu'elle passa la porte, je fonçai dans sa chambre et sortis la boîte à thé qu'elle nous avait montrée. Entre l'argent qu'elle avait caché et le billet d'une livre que m'avait envoyé Finbarr, j'aurais juste assez pour me rendre à Ballycotton. Je pris la bague de ma grand-mère dans mes mains et envisageai un instant de la glisser à mon doigt. Au lieu de quoi je la remis dans la boîte. Je n'avais pas besoin de me déguiser en femme mariée. J'en serais une vraie bien assez tôt.

Je donnai mes derniers pennies au pêcheur qui, dans sa charrette tirée par une mule, me transporta de la gare au cottage d'argile blanche des Mahoney. Les mâts des bateaux se balançaient dans le port et les mouettes planaient dans le ciel en criant. Je savais qu'Alby n'avait pas le droit d'être à l'intérieur et qu'il dormait sous la maison, je fus donc déçue de ne pas le voir accourir à ma rencontre. Mais peut-être cela signifiait-il que Finbarr s'était rétabli et qu'ils étaient en train de surveiller un troupeau.

C'est Mme Mahoney qui m'ouvrit la porte. Je l'avais déjà rencontrée, à l'office du dimanche. Mais à l'époque, elle souriait. C'était une femme minuscule, aux épaules si maigres que je discernais les pointes de ses os à travers son cardigan.

« Vous ne pouvez pas le voir, dit-elle avant que j'aie eu le temps de lui rappeler qui j'étais. C'est dangereux. » Elle s'effaça malgré tout pour me laisser passer, puis mit de l'eau à chauffer pour le thé. Il faisait froid dans la maison, et j'aurais aimé rapprocher ma chaise du feu, mais je ne voulais pas la vexer. Le sol sous mes pieds était en terre battue. Dans d'autres circonstances, la vue des bateaux à travers la fenêtre aurait pu me ravir, mais à ce moment-là, ils me semblaient représenter tout ce que Finbarr ne voulait pas dans ce monde. Remarquant mon regard, Mme Mahoney se leva, marcha jusqu'à la fenêtre et ferma les volets.

« Je suis la nièce de Jack O'Dea.

— Je sais qui vous êtes. »

Je voyais qu'elle voulait dire quelque chose au sujet de Seamus et de Jack. Peut-être me présenter ses condoléances. Ou peut-être les accuser d'avoir contaminé Finbarr. Elle fit glisser la tasse de thé devant moi sans me proposer de lait ni de sucre.

Je parcourus du regard la petite cuisine. Il y avait deux portes – celle par laquelle j'étais entrée, qui donnait sur l'extérieur, et celle menant au reste de la maison, fermée.

« Finbarr est là ? Est-ce qu'il va bien ?

— Il est ici, et non, il ne va pas bien et il n'a pas besoin que vous l'importuniez. »

Elle s'assit devant sa propre tasse de thé. À la manière dont elle refusait de laisser ses yeux se poser sur moi plus de quelques secondes, je voyais qu'elle se forçait à se montrer si dure. Savait-elle ? Pour moi ? Ou sa froideur n'était-elle due qu'à son inquiétude pour son unique enfant ?

« C'est la grippe ?

— Oui, et vous ne devez pas l'attraper. Vous devriez quitter cette maison immédiatement. Je m'occupe de lui nuit et jour, je pourrais l'avoir moi-même. C'est même certain.

— Si je pouvais juste voir Finbarr…

— Vous ne pouvez pas.

— Je pourrais rester sur le seuil.

— Vous êtes sourde, ma fille ? J'ai dit non.

— Nan. Je m'appelle Nan. Finbarr veut me voir. Je le sais. »

Elle détourna le regard vers la fenêtre aux volets fermés. Ses cheveux aussi noirs que ceux de Finbarr étaient striés de gris. Comme le seraient les siens un jour. Je crus d'abord que ses joues étaient rosies par le froid, mais de près, je distinguai de petits vaisseaux sanguins éclatés le long de ses pommettes. Le visage d'une femme rongée par le souci. Elle avait dû être belle autrefois. Finbarr m'avait dit qu'elle aurait aimé avoir une centaine d'enfants. Et j'étais là, avec sa future petite-fille.

« Où est Alby ?

— Nous l'avons échangé contre des provisions pendant la guerre. »

Avaient-ils écrit à Finbarr pour le prévenir ? Ou n'avait-il découvert qu'à son retour du front qu'Alby n'était plus là ? Je l'imaginais tourner autour de la maison en sifflant jusqu'à ce que son père trouve enfin le courage d'admettre ce qu'ils avaient fait. Finbarr avait dû proposer ses services dans toutes les fermes de la région, d'abord pour payer mon billet, puis pour racheter son chien.

Je fouillai dans mon sac pour en sortir une des lettres de Finbarr. « Regardez. » Je la tendis vers elle. « Il veut m'épouser. Il m'envoie de l'argent pour venir ici. Pour que l'on puisse se marier. » Je désignai les mots sur la page. « Il a promis. »

Elle me dévisagea, impassible. Je secouai la lettre devant ses yeux, mais compris très vite qu'elle ne détenait pas le pouvoir que j'imaginais.

« Et ne savez-vous pas que c'est ce que disent les hommes pour amener une femme à faire ce qu'ils veulent ? L'astuce, c'est de dire non. Pour qu'un homme vous épouse, il faut lui dire non. Avant. Pas après. »

Comment savait-elle ? C'était sans doute mon anxiété qui m'avait trahie. J'étais plus mince que je ne l'avais jamais été. Mais il était inutile de discuter. « Il m'a écrit ça après », dis-je simplement avant de poser la tête sur la table. J'étais si fatiguée. Et soudain, une faim terrible me tenailla.

« Ne pleurez pas. »

Comme si cela ne m'était pas venu à l'esprit avant d'entendre ces mots, je fondis en larmes. De grands sanglots gutturaux emplirent la petite maison. Pendant un instant, je me sentis gênée, puis je songeai que si Finbarr m'entendait, peut-être trouverait-il la force de sortir de sa chambre et de venir dans la cuisine. Il dirait la vérité à sa mère. Il insisterait pour m'épouser aujourd'hui même. Mais j'eus beau pleurer toutes les larmes de mon corps, il ne vint pas, pas plus que sa mère ne s'adoucit. Je pleurai jusqu'à m'endormir, la tête sur mes bras.

« Laisse-moi au moins lui donner quelque chose à manger », dit Mme Mahoney à son mari, prête à faire preuve de douceur quand elle pensait que je ne pouvais pas l'entendre.

Ouvrant les yeux, je vis les parents de Finbarr debout près de la porte qui menait au reste de la maison, comme pour me barrer le passage. Si Finbarr avait hérité son air joyeux de l'un ou l'autre de ses parents, il n'en restait plus trace. Pourtant, c'étaient eux qui l'avaient fait, c'étaient eux qui avaient conçu Finbarr et l'avaient élevé dans cette petite maison au sol de terre battue. Les mots *Je vous aime* et *Merci* montèrent dans ma gorge, mais je les ravalai. Ils ne voulaient pas les entendre de ma bouche.

« Laisse-moi lui donner un verre de lait et du pain, dit sa mère. Et il reste du ragoût d'hier soir. La pauvre, dans son état, elle doit être affamée. »

Je levai la tête, les yeux gonflés par le sommeil et les larmes. *La pauvre.* La soudaine compassion de Mme Mahoney ne m'inspirait rien de bon. Si elle n'avait plus besoin de se montrer dure envers moi, cela signifiait que mon sort n'était plus entre ses mains. Quelqu'un d'autre avait pris le relais.

M. Mahoney s'assit sur la chaise à côté de moi. Il portait un manteau en toile cirée et sentait le poisson et l'air salé. Sa femme commença à s'affairer, me préparant une assiette.

« Si vous vouliez bien me laisser le voir un instant. C'est tout ce que je demande. » Ensuite, ils comprendraient. Ils ne nous avaient jamais vus ensemble. Ils ne pouvaient pas savoir. S'ils nous voyaient, ils comprendraient.

M. Mahoney posa sa main sur mon bras. Aussi mince que sa femme mais bien plus grand, il avait le visage joufflu et rougeaud, tanné par des années passées sur la mer. Quand il parlait, c'était avec cet accent qui sonnait encore comme une musique à mes oreilles.

« Écoutez. Nan, c'est bien ça ? »

Je refusai d'acquiescer. Il connaissait mon nom.

« Je sais que vous aimeriez parler à Finbarr. Mais il n'est pas en état de le faire pour l'instant. Il peut à peine soulever sa tête de l'oreiller.

— Ça ne me dérange pas. »

Ils me regardèrent, tous les deux, comme si j'avais couché avec tous les soldats revenus de la guerre avant de venir frapper à leur porte pour piéger l'âme éternelle de leur fils.

« Vous ne comprenez pas, dit M. Mahoney. Le pauvre garçon, il ne vivra peut-être pas jusqu'à demain.

— S'il vous plaît. »

Ils échangèrent un regard.

« Vous promettez de ne pas le toucher ? demanda Mme Mahoney. Nous n'avons pas besoin que vous tombiez malade aussi. Vous ne devez plus penser qu'à vous, maintenant. »

Peut-être se souciait-elle de moi et de mon bébé, après tout. Je n'arrivais pas à imaginer me trouver dans la même pièce que Finbarr sans le toucher, mais j'opinai malgré tout.

La porte s'ouvrit avec un grincement pour révéler une pièce sombre, lourde de désespoir, aux rideaux tirés. Mes narines s'emplirent d'une odeur triste et âcre, un mélange de champignon et de sueur. La silhouette sur le lit était à peine visible sous les couvertures.

Je m'agenouillai à côté de lui pour voir son visage. « Finbarr, murmurai-je. C'est moi. Je suis venue. » Je tendis la main afin d'écarter les cheveux de son front fiévreux, mais sa mère se tenait derrière moi et m'intercepta avant que je puisse le toucher. Les yeux de Finbarr, ouverts, ne se posèrent pas sur moi mais demeurèrent perdus dans le vide. Même sans le toucher, je sentais la chaleur qui émanait de son corps, presque aussi brûlant que le poêle. Une odeur infecte, nauséabonde, comme s'il s'était souillé, se répandit autour de nous. Il bougea, et un chiffon humide qui avait peut-être servi à lui rafraîchir le front tomba sur le sol de terre. Il était couvert de sang séché, comme ses oreilles. Ses lèvres, qui avaient pris une étrange teinte bleu foncé, ne bougeaient pas ni ne prononçaient mon nom. Il ne me voyait pas. Je voulus arracher ma main à celle de sa mère pour pouvoir le toucher, mais elle avait une poigne de fer, qu'elle resserra encore.

« Si vous me laissez rester, murmurai-je, je pourrais m'occuper de lui pour vous.

— Et vous pensez que ce serait prudent ? »

M. Mahoney mit son bras autour de mes épaules. Il me releva, me fit tourner sur mes talons et me poussa délicatement hors de la pièce.

Ils me donnèrent à manger et m'installèrent une paillasse près du poêle de la cuisine. Quand je fus certaine qu'ils dormaient, je me glissai dans la chambre de Finbarr et m'allongeai à côté de lui. « Des chiens et des livres, murmurai-je, les mots désespérés m'écorchant la gorge. On va récupérer Alby et il y aura des chiens et des livres, et toi et moi et le bébé. »

Son corps bougea, et, l'espace d'un instant, je crus qu'il allait répondre, au lieu de quoi il toussa en tremblant sans reprendre connaissance. Je me figeai, craignant que sa mère ne l'entende et se précipite dans la chambre, mais elle n'en fit rien. La toux de Finbarr se calma. Je restai à côté de lui, éveillée toute la nuit, afin de pouvoir regagner ma paillasse avant l'aube, comme une bonne fille.

« Puis-je lui dire au revoir ? demandai-je avant que nous partions.

— Tu dois penser à ce qui est le mieux pour le bébé, ma chérie », répondit sa mère sur un ton de reproche.

Je hochai la tête, n'ayant pas encore compris qu'aux yeux du monde, ce qui était le mieux pour le bébé pouvait signifier quelque chose d'entièrement différent de ce qui était le mieux pour moi.

LA DISPARITION

Troisième jour
Lundi 6 décembre 1926

Peut-être n'est-ce qu'un tour de ma mémoire, une sorte d'illusion rétrospective, mais il me semble que ce soir-là, à l'hôtel Bellefort, quand j'ai vu pour la première fois l'inspecteur Frank Chilton, j'ai su qu'il cherchait Agatha. Je ne connaissais pas encore son nom, bien sûr, mais cette découverte était imminente. Il se tenait à la réception, discutant avec Mme Leech, notre propriétaire antillaise. Mes sens étaient exacerbés par ma rencontre avec Finbarr et son étreinte. Peut-être serais-je montée directement dans ma chambre pour éviter Chilton s'il n'avait pas jeté un coup d'œil dans ma direction. Maintenant qu'il avait croisé mon regard, je ne pouvais pas m'échapper sans éveiller les soupçons. Gardant les yeux baissés, je passai devant lui pour rejoindre la salle à manger.

« Pardonnez-moi, dit Chilton. Mademoiselle.

— Madame », le corrigeai-je avant de lui adresser un sourire trop crispé. Je sentis les commissures de mes lèvres s'étirer de manière excessive. « Mme O'Dea. »

Après m'être échappée des bains, je m'étais rendue dans un autre hôtel pour m'éclaircir les idées et j'avais acheté un nouveau châle à leur boutique, ainsi que du papier et un stylo-plume. Peut-être écrirais-je une histoire pendant mon séjour ici, ou un poème. Je resserrai le châle autour de moi, et l'étiquette avec le prix émergea du tissu sombre.

Chilton tendit la main pour la toucher. « C'est donc ce que vous valez ? » C'était le genre de plaisanterie que je détestais, mais quelque chose dans son visage me le rendit sympathique. Il semblait embarrassé d'avoir fait une blague aussi facile. Il avait l'air doux, gentil, même. C'était malheureux qu'il y ait un inspecteur de police à l'hôtel, mais je compris immédiatement que j'avais de la chance que ce soit celui-là.

« Tenez. » Mme Leech me tendit une paire de ciseaux. « L'inspecteur Chilton recherche une dame disparue dans le Berkshire.

— Seigneur. Elle a disparu dans le Berkshire et vous la cherchez dans le Yorkshire ?

— Toute l'Angleterre la cherche, expliqua-t-il. Des policiers ont été déployés dans tous les comtés. »

Cette nouvelle me fit grincer des dents. Je souris pour dissimuler mon malaise. « Eh bien. Ça doit être quelqu'un d'important. »

Chilton intercepta les ciseaux et coupa l'étiquette pour moi. « Si vous voulez bien m'accorder un moment, madame O'Dea. » Il plaça l'étiquette dans ma main. Ses doigts étaient crevassés et tachés par le tabac, ses vêtements froissés. Il tendit une photographie de sa main droite. La gauche pendait inerte le long de son corps.

« Voici la dame en question. Vous l'avez vue ?

— Puis-je ? »

Il hocha la tête et je retirai le cliché de sa main. Agatha me regardait, les cheveux coiffés en arrière, la tête penchée, portant des perles et une veste de tailleur. Cela me fit penser à ma mère qui, après la mort de Colleen, s'était arrachée à son chagrin pour m'emmener me faire prendre en photo pour Finbarr. J'avais beau porter ma plus belle robe ce jour-là, j'étais loin d'être aussi élégante.

« Elle est jolie. Mais non, je ne l'ai pas vue dans le Yorkshire. » J'espérais qu'il se souviendrait de ma réponse exacte si un lien venait à être établi entre nous. « J'espère qu'elle va bien. » Je lui rendis la photo.

« Bien sûr, dit Chilton, comme s'il n'attendait pas d'autre réponse. Merci d'avoir pris le temps de regarder. »

En pénétrant dans la salle à manger, je vis que Mme Race – la jolie mariée blonde – était maintenant accompagnée de son époux, aussi superbe et renfrogné qu'elle. Ils étaient assis près d'une fenêtre, trop absorbés par leur malheur pour remarquer mon regard inquisiteur.

Ma nouvelle amie, Lizzie Clarke, me fit signe de la rejoindre à sa table, et son mari se leva pour m'offrir une chaise. C'était un homme dégingandé, charmant et inélégant comme peuvent l'être les Américains, aux yeux sombres et au visage doux et sincère.

« Donny Clarke, dit-il.

— Bonjour, monsieur Clarke.

— Je vous en prie, appelez-moi Donny. Merci mille fois d'avoir diverti Lizzie ce matin. Je suis heureux qu'elle se soit fait une amie. »

J'avais à peine déplié ma serviette que j'entendis un éclat de rire reconnaissable entre tous. Un instant plus tard, Mme Marston entrait dans la pièce accompagnée de son mari. Elle s'était pomponnée pour le dîner : ses cheveux étaient bouclés et elle portait une veste élégante et un collier de fausses perles.

« Eh bien, regardez qui voilà, dit Mme Marston en s'arrêtant à notre table. Mes nouvelles amies. »

Le mari, M. Marston, se tenait à côté d'elle. Il avait plusieurs dizaines d'années de plus qu'elle, soixante ans passés, et le visage rougeaud et ridé. Il posa une main sur le dossier de la chaise de Donny, avec ce sourire complaisant qu'un certain type d'homme aime adresser aux jeunes femmes. Je baissai les yeux sur notre table, mais Lizzie le regarda fixement.

« Enchantée, monsieur Marston, dit Lizzie. Appréciez-vous votre nouvelle vie de jeune marié ?

— Bien sûr », dit-il avec un fort accent irlandais. Son expression changea brusquement, et il parut soudain impatient de retourner à sa table. « Êtes-vous prête à manger, à présent, madame Marston ? »

L'intéressée roucoula de plaisir en entendant son nom d'épouse. M. Marston posa sa main charnue au bas de son dos et la guida avec empressement vers une table libre.

« Tout va bien, Lizzie ? » demandai-je.

Elle hocha vigoureusement la tête.

La serveuse vint prendre notre commande. Nous avions le choix entre une tourte au poisson, du rôti de bœuf ou un ragoût de poulet, et tout le monde opta pour le rôti de bœuf. Je regardai à travers les grandes fenêtres, l'une après l'autre, m'attendant à voir Finbarr de l'autre côté, qui m'observait. Le soleil était couché depuis longtemps ; même s'il avait été là, je ne l'aurais pas vu. Où passait-il la nuit ? Mangerait-il un repas chaud ? Ou un repas tout court ? Ce matin encore, cela faisait des années qu'il ne m'avait pas tenue dans ses bras. À présent, cela ne faisait que quelques heures.

Je jetai un coup d'œil aux Marston, occupés à déplier leurs serviettes. Mme Marston semblait toujours aussi joyeuse. Les traits de son mari étaient plus difficiles à déchiffrer.

« Ne perds pas ton temps avec ces deux-là, dit Lizzie. Il y a des gens bien plus intéressants à observer, là-bas. » Elle désigna du menton les jeunes mariés. M. Race avait un air arrogant et irrité, et Mme Race était toujours au bord des larmes.

Comme si Lizzie avait su exactement ce qui allait se passer, une dispute éclata.

« Je m'en fiche ! » cria Mme Race, si fort que le silence se fit immédiatement dans la salle. Elle se leva d'un bond et jeta sa serviette sur la table. « Je me fiche de ce que le mariage a coûté ou de ce que les gens vont dire. Je ne peux pas continuer comme ça. Je ne peux pas, c'est tout !

— Ça suffit, répondit son mari dans un murmure non moins audible que les cris de sa femme, et bien plus glaçant. Assieds-toi et arrête un peu de te donner en spectacle. »

Alors que la jeune mariée se tournait pour quitter la pièce, son mari tendit la main et attrapa son poignet. Avant que j'aie eu le temps de m'inquiéter des dégâts qu'il risquait de causer à ces os si minces et délicats, elle leva le pied et le planta sur celui de son mari, si fort qu'il la lâcha immédiatement.

« Que vas-tu faire ? demanda-t-elle. Me frapper ? Devant tous ces gens ? »

La plupart des hommes présents dans la salle – y compris Donny et l'inspecteur Chilton – se levèrent et s'approchèrent de la table des Race, prêts à intervenir. Lizzie aussi se leva et s'avança pour mieux voir. Son audace m'impressionnait, mais pour ma part, malgré la masse de spectateurs inquiets qui m'obscurcissait la vue, je préférais rester à ma place.

La porte de la salle à manger s'ouvrit à la volée et le propriétaire de l'hôtel entra à grands pas.

« Que se passe-t-il, ici ? demanda-t-il.

— Cela ne regarde personne d'autre que nous, annonça M. Race à l'adresse de la salle.

— Dans ce cas, vous devriez éviter de vous disputer en public. »

La dernière chose dont M. Leech avait besoin, c'était que l'on cause du grabuge dans son hôtel. Les affaires étaient déjà bien assez mauvaises comme ça. Il parla d'une voix sévère, mais bienveillante. « Laissez-moi vous offrir une bouteille de champagne. Vous êtes de jeunes mariés, après tout. Vous devriez fêter ça, pas vous disputer. »

Je regardai Mme Marston, qui était toujours tournée sur sa chaise, dos à son mari, afin d'observer le spectacle. Une expression consternée passa sur son visage, comme si elle se disait qu'eux aussi, en tant que jeunes mariés, méritaient une bouteille de champagne. M. Marston se leva, mais son but n'était pas d'exiger le même traitement. Il s'était agrippé la gorge des deux mains et postillonnait furieusement, comme s'il n'arrivait pas à respirer.

« Chéri ! s'écria sa femme en se tournant vers lui. Oh, mon chéri. Aidez-le, je vous en prie, aidez-le ! »

M. Marston s'effondra sur le sol. Il avait les yeux exorbités, les mains serrées autour de la gorge, et ses pieds s'agitaient tels des poissons hors de l'eau. Presque tout le monde – le personnel de l'hôtel ainsi que les clients – se précipita vers l'homme en détresse.

La jeune Mme Race l'atteignit en premier. « Reculez », ordonna-t-elle. Elle semblait une femme totalement différente de celle qui venait de se disputer avec son mari. « Je suis infirmière. » Elle desserra la cravate et le col de chemise de M. Marston, puis prit son pouls. Elle avait posé la tête de l'homme sur ses genoux, et le spectacle de cette jolie jeune femme qui tenait ce gros visage rouge de grenouille si près de son corps avait quelque chose de grotesque.

Lizzie était revenue à sa place. Nous restâmes tranquillement assises, observant la scène de loin. Lizzie but une gorgée de vin et dit :

« Nous n'avons pas besoin d'être aussi nombreux.

— À mon avis, c'est trop tard », dis-je.

Le corps de M. Marston avait cessé de convulser. Il fixait le plafond d'un œil vitreux.

Le médecin qui pratiquait les massages avait terminé sa journée, mais il y en avait un autre, un client qui logeait dans la chambre 403. Quelqu'un courut le chercher. Impuissante, la pauvre Mme Marston s'accroupit à côté de son mari, l'air complètement hébétée. Le médecin arriva, à moitié vêtu. Il était relativement jeune mais ses cheveux grisonnaient déjà, et, en dépit de sa tenue indécente, il avait un air distingué et professionnel.

« Il n'y a plus rien à faire », annonça-t-il après un examen rapide. Il balaya la pièce du regard, s'adressant à chacun de nous avec l'expression solennelle de rigueur. Puis, d'un geste expert, il ferma les paupières de M. Marston.

Un son impie émergea de la gorge de Mme Marston. Elle s'agrippa le cou comme l'avait fait son mari plus tôt, et, pendant un instant, je crus qu'elle allait à son tour rendre l'âme.

« Venez », dit l'inspecteur Chilton en s'avançant. Il mit ses bras autour de ses épaules. Elle se laissa faire, ses cris faisant place à des sanglots. Chilton la guida vers une table de l'autre côté de la pièce et la fit asseoir, dos à son défunt mari.

« Donnez-lui une bonne dose de cognac, dit le médecin. Et couvrez cet homme d'un drap en attendant l'arrivée du coroner. Je ferais mieux d'appeler les autorités.

— Oh, vous n'avez pas idée, sanglotait Mme Marston. Combien de temps nous avons attendu, ce que nous avons enduré, ce que nous avons abandonné. Oh, mon pauvre chéri. Ce n'est pas possible. Je ne peux pas y croire. Où vais-je aller ? Que vais-je faire ? »

Elle se leva de table et retourna vers son mari, sur lequel elle se jeta en sanglotant de plus belle. Elle secoua si fort le cadavre que les yeux s'ouvrirent. Pendant un instant pathétique et plein d'espoir, Mme Marston retint son souffle, puis se remit à pleurer en comprenant qu'il n'était pas revenu à la vie et qu'elle l'avait perdu pour la seconde fois.

« Je crois que je vais monter cette assiette dans ma chambre », dis-je à Lizzie et à Donny. J'avais à peine pris une bouchée.

« D'accord, dit Lizzie. On se voit plus tard. Ça va aller ?

— Je crois, oui. Et toi ? »

Elle hocha la tête, mais elle avait les larmes aux yeux. Nous avions été témoins d'une scène choquante.

Comme je passais devant l'horloge de parquet dans le vestibule, je vis M. et Mme Race près de l'escalier, qui avaient cessé de se disputer. La tragédie semblait les avoir calmés. Elle avait la tête baissée, et bien que la main de son mari soit toujours sur son bras, son geste n'avait plus rien d'agressif. Leurs fronts étaient pressés l'un contre l'autre. Peut-être était-il en train de s'excuser, ou même de la réconforter. Je marquai un temps d'arrêt et, voyant qu'aucun d'eux ne regardait dans ma direction, poursuivis mon chemin.

Ma chambre était meublée d'un grand lit à baldaquin et d'un petit bureau. Je m'assis devant celui-ci et m'en servis comme table à manger. Il faisait face à une fenêtre, et, encore une fois, je scrutai l'obscurité comme si j'avais de nouveau quatorze ans et que j'étais de retour en Irlande, guettant Finbarr qui pouvait arriver d'un moment à l'autre pour jouer au tennis.

Le décès dont j'avais été témoin n'avait pas entamé mon appétit, ni pour la nourriture, ni pour l'amour. Je finis mon assiette, ayant appris pendant la guerre à ne pas gaspiller. Pour ce qui était de dormir, c'était une autre affaire. Le lit était confortable et le vacarme en bas avait fini par se calmer, mais trop de pensées se bousculaient dans ma tête pour que je parvienne à fermer l'œil. Je restai allongée, fixant le baldaquin, essayant de faire le vide dans mon esprit. Je finis sans doute par m'endormir, car, alors que la lumière du soleil commençait à se déverser entre les rideaux que j'avais oublié de fermer, je fus réveillée en sursaut par un cri.

LA DISPARITION

QUATRIÈME JOUR
Mardi 7 décembre 1926

J'enfilai ma robe de chambre et ouvris la porte pour jeter un coup d'œil dans le couloir. Plusieurs autres femmes avaient eu le même réflexe. J'entendis la voix du médecin à l'intérieur d'une chambre non loin de la mienne, d'où provenait vraisemblablement le cri. Il semblait essayer d'apaiser quelqu'un. Mme Leech, supposai-je. La porte juste en face de la mienne s'ouvrit en grand, d'un geste brusque et assuré. C'était Mlle Cornelia Armstrong, la jeune femme qui voyageait seule.

« C'était la chambre de Mme Marston », annonça-t-elle assez fort pour que tout l'hôtel l'entende. Mlle Armstrong était une jeune femme de dix-neuf ans à la posture impeccable, dont l'abondante chevelure noire tombait en cascade dans son dos. Lorsqu'elle parlait, elle levait le menton comme pour mettre au défi son interlocuteur de la contredire.

« Oh, non, fis-je.

— Je vais voir ce qui se passe. »

Personne n'aurait pu l'en empêcher. Mlle Armstrong longea le couloir d'un pas déterminé en direction de la chambre de Mme Marston. Elle avait mal serré la ceinture de sa robe de chambre, de sorte que son décolleté était sans doute bien plus échancré qu'elle ne l'aurait souhaité. Lorsqu'elle revint quelques minutes plus tard, elle était blanche comme un linge. D'une voix tremblante, elle raconta ce qu'elle avait vu : « Mme Marston est morte. J'ai vu le docteur remonter le drap sur son visage. »

D'autres clients nous avaient rejointes dans le couloir, dont une vieille fille d'une maigreur inquiétante qui se couvrit la bouche d'une fine main parsemée de taches de rousseur et s'exclama :

« Quelle horreur !

— Elle a dû mourir d'un cœur brisé », annonça Mlle Armstrong d'un air expert. Sa peau était blanche et délicate et ses yeux presque aussi noirs que ses cheveux. « C'étaient des amants maudits, vous savez, M. et Mme Marston. Avant d'être mariés. »

Je faillis répondre que je ne voulais plus jamais entendre cette expression – *amants maudits* – de ma vie. Que si l'on pouvait mourir d'un cœur brisé, je serais morte depuis longtemps. Au lieu de quoi je fermai ma porte sans un mot de plus. Eu égard à la situation, les règles de bienséance ne s'appliquaient plus.

Chilton était descendu pour appeler Lippincott. Il avait entendu le cri, mais tellement étouffé qu'il n'y avait pas prêté plus attention que cela. Peut-être une des dames avait-elle vu une araignée.

« Tu aurais un homme disponible pour enquêter ? demanda-t-il à Lippincott, faisant référence à la mort de M. Marston.

— Nous n'avons aucun homme disponible, c'est d'ailleurs pour ça que tu es là. Cette mort n'a rien de suspect. Une crise cardiaque, à mon avis. »

Il avait sans doute raison. Qui aurait pu vouloir faire du mal au vieil Irlandais ?

Au moment où Chilton raccrocha, Mme Leech dévalait l'escalier, l'air chamboulée. « Tout va bien, madame Leech ? » demanda-t-il.

Elle leva la main, trop bouleversée pour répondre, et fonça vers la cuisine, où son mari supervisait la préparation du petit déjeuner. Quelques instants plus tard, le médecin descendit, pas plus habillé qu'il ne l'était la veille, le front ruisselant de sueur malgré la saison. Chilton lui tendit un mouchoir. Les deux hommes avaient échangé quelques mots la veille et partagé une cigarette en attendant que le coroner vienne chercher le pauvre M. Marston, et ils avaient déjà fait le compte des batailles qu'ils avaient en commun.

Le médecin s'épongea le front.

« Et dire que je suis censé être en congé.

— Que se passe-t-il encore ?

— Un autre décès. L'épouse. Mme Marston. Sacrée lune de miel, hein ?

— Eh bien. Ils vivent peut-être l'ultime lune de miel. Réunis dans l'au-delà. »

Chilton n'y croyait pas un seul instant, mais quelque chose lui disait que les Marston auraient aimé cette idée. Ils avaient cet air suffisant des personnes très religieuses qui croyaient que le bonheur leur était dû, dans cette vie et celle qui suivrait. Il n'avait pas eu le temps de discuter avec M. Marston avant que le vieil Irlandais ne passe l'arme à gauche, mais même si beaucoup d'hommes âgés avaient participé à l'effort de guerre, Chilton savait qu'il n'était pas l'un d'entre eux.

Songeant que l'humour apporte souvent du réconfort, même dans les circonstances les plus terribles, Chilton envisagea de dire quelque chose comme *Qui pourrait bien en avoir après ces deux tourtereaux ?*, mais se ravisa. Une chose était certaine, la mort de l'épouse rendait le premier décès bien plus suspect qu'il ne l'avait semblé au premier abord.

« Une idée de la cause ?

— Il n'y a aucune marque sur son corps, du moins à première vue, et rien ne semble avoir été dérangé dans sa chambre. Un peu jeune pour une insuffisance cardiaque, même si la mort de son mari lui a causé un choc terrible.

— Elle a pris quelque chose ? Hier soir ?

— Je lui ai donné un simple somnifère. Parfaitement inoffensif.

— Bien sûr. Quelle tragédie.

— En effet. Je vais sans doute écourter ces vacances. Enfin, si on peut appeler ça des vacances. Ça ne me paraît pas très correct de rester après ce qui s'est passé. »

Chilton acquiesça et prit congé. Il se sentait un peu coupable, car il avait trouvé les Marston assez antipathiques au premier abord. Mais pour l'heure, il devait se consacrer à la tâche qu'on lui avait confiée : la recherche d'Agatha Christie. Il visiterait les hôtels, surveillerait les routes. Il accomplirait son devoir avec diligence.

Après ce malheureux incident, je sautai le petit déjeuner et m'emmitouflai dans mes vêtements les plus chauds. Alors que je passais devant la réception, Mme Leech me salua avec une bonne humeur quelque peu frénétique.

« Vous allez vous promener ? C'est une belle journée pour marcher, l'air froid vous fera du bien. C'est terrible, ce qui est arrivé aux Marston, lui mort d'une crise cardiaque et elle d'un cœur brisé.

— Le coroner a déjà rendu ses conclusions ?

— Je ne crois pas, mais qu'est-ce que ça pourrait être d'autre ? C'est bien triste, mais ça aurait pu arriver n'importe où. Rien à voir avec nous ! »

J'en déduisis que plus d'un client avait déjà réglé sa note et mis les voiles, les effets thérapeutiques des bains chauds ayant perdu de leur attrait à la suite de deux morts soudaines. La dernière chose dont l'hôtel des Leech avait besoin.

En descendant la route poussiéreuse, je songeai à ma conversation avec Ursula Owen à Godalming, la nuit de la disparition d'Agatha, au sujet des rêves lucides et du charmant corollaire que serait une vie lucide. J'avais cette capacité, quand j'étais plus jeune : il me suffisait de penser à Finbarr pour que soudain il apparaisse devant moi. Ce jour-là à Harrogate, pour la première fois depuis les célébrations de l'armistice, je sus que j'avais retrouvé ce pouvoir : si je marchais dans la même direction que Lizzie et moi hier, Finbarr apparaîtrait, j'en étais sûre.

Et effectivement, alors que je franchissais le tournant que j'avais visualisé, il était là : les mains dans les poches, son souffle formant de petits nuages blancs devant lui, les joues rougies par le froid. Cette fois, je ne courus pas vers lui mais continuai à marcher tranquillement jusqu'aux bras qu'il me tendait.

« Tu vas bien ? demandai-je. Tu as de quoi manger ? Un endroit où dormir ?

— Oui », dit-il dans mon oreille. Sa main dans mon dos ne tremblait pas, elle était parfaitement immobile. « Et toi ?

— Moi ? » Je m'écartai de lui. « Je suis à l'hôtel. J'ai un toit, de la nourriture, des feux de cheminée. Le grand luxe. Où est-ce que tu loges ?

— Là où il y a un toit et un âtre. Ne t'inquiète pas pour nous, Nan.

— Nous ? »

Quelqu'un marche sur ma tombe. J'eus la vision aussi merveilleuse qu'impossible de Finbarr assis devant un feu crépitant, avec notre enfant sur ses genoux.

Au même moment, Chilton roulait sur des routes constellées d'ornières dans la voiture que Lippincott lui avait fournie. Il ralentit en passant devant un couple. Ils semblaient relativement jeunes, mais ils ne devaient pas l'être tant que cela puisque l'homme avait l'apparence de quelqu'un qui revenait du front. Chilton pouvait les reconnaître d'un simple coup d'œil. Parfois, il lui semblait qu'il vivait toujours lui-même sous les plafonds tremblants des tunnels d'Arras, au milieu des racines et des gravats qui pleuvaient sur sa tête. La claustrophobie, et le fait de savoir que si vous obéissiez à votre instinct pour fuir cet endroit, vous vous retrouveriez sous le feu de l'ennemi. Et que l'on ramasserait votre corps criblé de balles de mitrailleuse. Si seulement Chilton avait su à l'époque qu'il en viendrait à souhaiter cette issue.

Ce jeune homme ne semblait pas avoir perdu toute envie de vivre, à en juger par la façon dont il tenait sa compagne – avec une telle ferveur que Chilton ralentit pour s'assurer que l'étreinte était bien consentie. Ils étaient tous les deux si absorbés par le visage de l'autre qu'ils ne remarquèrent pas la voiture de Chilton, ni son regard scrutateur. La jeune femme était une petite brune au visage trop expressif pour être britannique. Peut-être était-elle française. Quelle que soit sa nationalité, elle ne courait aucun danger – du moins de la part du garçon qui s'accrochait à elle. Peut-être avait-elle davantage à craindre de ses propres émotions.

Chilton changea de vitesse et continua sa route, le visage de la fille toujours présent dans son esprit. Il l'avait rencontrée. Oui, elle séjournait à l'hôtel Bellefort ; il lui avait montré la photographie d'Agatha Christie et elle l'avait examinée consciencieusement. Pas étonnant qu'il ne l'ait pas immédiatement reconnue. Elle lui avait paru très différente à ce moment-là, très sage – une dame anglaise de bonne famille. *Mme* O'Dea, avait-elle dit. Le jeune homme n'était pas son mari, et ce n'était pas un client de l'hôtel, voilà deux choses dont Chilton était certain. Cette façon qu'ont les gens de mener des vies secrètes le surprenait toujours.

Perdu dans ses pensées, Chilton prit un mauvais virage, puis un autre, et se retrouva sur une route de campagne particulièrement sombre. Il s'arrêta pour sortir la carte que lui avait donnée Mme Leech. Alors qu'il coupait le moteur, il remarqua une maison dont les volets fermés suggéraient qu'elle n'était pas habitée, et pourtant un panache de fumée s'échappait de sa cheminée. Il sortit de la voiture. L'air sentait le bois de chauffage et le paillis. En s'approchant, il vit une automobile garée à côté de la maison, cachée derrière des branches d'orme qui avaient été traînées jusque-là, comme si son propriétaire ne voulait pas qu'elle soit visible de la rue. C'était une grosse berline noire. Chilton n'étant pas spécialiste, il n'aurait pas pu dire la marque. Le perron de la maison était couvert de terre gelée, mais il n'y avait pas d'empreintes de pas. Il colla son oreille à la porte, qui était en bois épais – une maison de campagne modeste mais solidement bâtie, et plutôt spacieuse. Il y avait même de jolis pignons. À l'intérieur, il entendit un cliquetis qu'il mit un moment à identifier comme les touches d'une machine à écrire. Un son joyeux et industrieux, *tac tac tac, tac tac tac*. Il se servit du lourd heurtoir en laiton pour frapper et se sentit presque coupable lorsque le bruit s'arrêta soudain, suivi par un bruit de pas agacé. Il recula lorsque la porte s'ouvrit en grand.

La femme qui se tenait devant lui était plutôt grande, avec des cheveux roux et des yeux vifs. Son expression changea plusieurs fois quand elle le vit, passant de la surprise au désarroi puis à ce masque courtois que revêtent ceux qui s'efforcent de cacher leurs émotions. Elle portait des vêtements d'homme : un pantalon et un épais cardigan sur une chemise à col. Mais aussi, à peine visible, un collier de perles.

« Oui ? » fit-elle d'un ton poli quoique légèrement pincé. Ses cheveux ondulés tombaient sur ses épaules. Elle les ramena timidement derrière ses oreilles, puis tendit la main comme s'il avait été invité pour le thé.

Chilton prit sa main. Elle était plus jolie que sur le cliché qu'il avait laissé sur le siège passager de l'automobile. Elle paraissait aussi plus jeune, et plus expressive – bien qu'elle s'efforçât de demeurer impassible –, aucune photo ne pouvant capturer les subtils mouvements de son visage. Ses yeux n'étaient pas foncés comme il lui avait semblé, mais d'un bleu vif moucheté de vert. Pourtant, c'était indiscutablement la même femme.

« Madame Agatha Christie. Mon Dieu. Nous vous avons cherchée partout. »

DEUXIÈME PARTIE

« Il est une chose plus importante que de découvrir l'assassin[1]*. »*

Hercule Poirot

1. Traduction de Louis Postif (Ndlt).

LA DISPARITION

PREMIER JOUR
Samedi 4 décembre 1926

Agatha quitta Styles en voiture juste après minuit, sans se demander si elle la reverrait un jour. Cette maison portait malheur, elle l'avait senti dès l'instant où elle y avait mis les pieds. C'était Archie qui avait voulu l'acheter, pour pouvoir être plus près de son club de golf. Maudit golf. Maudit Archie. Elle avait abandonné l'espoir de lui faire entendre raison, mais peut-être aurait-elle plus de chance avec moi.

Elle avait déjà quitté la maison un peu plus tôt, à vingt et une heures quarante-cinq. Les rapports étaient corrects sur ce point. Agatha était sortie, avait conduit un moment pour se vider la tête, puis avait fait demi-tour et était rentrée chez elle. Tout le monde était couché, et la maison lui avait paru sombre, vide et silencieuse. Le malheur semblait s'accrocher aux plafonds comme des volutes de fumée. Elle avait l'impression que sa peau était trop étroite pour contenir tout son chagrin, sa rage et son anxiété, elle voulait la déchirer pour s'en échapper. Elle voulait exploser et répandre son corps et toute la misère qu'il renfermait sur les murs. Elle arracha son alliance et la jeta si violemment contre le mur qu'elle entailla la peinture avant de tomber sur le sol. Elle regarda l'anneau tourner plusieurs fois sur lui-même, puis s'immobiliser en vacillant. Qu'il soit balayé avec la poussière.

C'était insupportable. Insoutenable. Elle aurait pu noyer son chagrin dans l'alcool si elle avait aimé boire, mais ce n'était pas le cas, alors elle prit sa machine à écrire et quelques affaires, de quoi tenir deux ou trois jours. Elle irait à Ashfield pour se remettre les idées en place. Mais après avoir chargé ses affaires dans la voiture et grimpé derrière le volant, elle changea d'avis. Il était hors de question qu'elle laisse cette sale petite dévergondée chambouler sa vie. Pas sans se battre. Au lieu de se réfugier dans la maison de son enfance pour broyer du noir, elle se rendrait directement chez les Owen et ferait une scène. Tant pis s'il était minuit passé. Tant pis si elle réveillait tous les occupants de la maison. Archie verrait la chose d'un très mauvais œil, mais quelle importance ? Elle avait déjà imploré sa pitié et découvert qu'il n'en avait aucune. Mais il en allait peut-être autrement de sa maîtresse.

Agatha regrettait l'approche polie qu'elle avait adoptée avec moi devant chez Simpson. Elle s'imagina m'empoigner par les épaules, peut-être même me secouer un peu, pour me forcer à renoncer à son mari. Si cela ne fonctionnait pas, elle tomberait à genoux et me supplierait. Elle laisserait se déverser sa détresse, d'une manière visible et audible. Son *angoisse**, aurait dit sa mère – elle aimait utiliser le français pour parler des émotions, lors des rares occasions où elle jugeait qu'il fallait le faire. Mais Agatha ne voulait pas d'une traduction lénifiante. En imaginant la scène, elle se dit : *Nan aura peut-être pitié.* Cette fille était une traînée, pas un monstre.

---

* Les mots et expressions en italique suivis d'un astérisque sont en français dans le texte (Ndlt).

Il était difficile de voir au-delà du pare-brise, entre l'obscurité et ses yeux gonflés par les pleurs. Sans quoi elle l'aurait peut-être vu plus tôt, cet homme qui marchait au milieu de la route en agitant ses longs bras au-dessus de sa tête pour lui faire signe de s'arrêter. Elle crut que son heure était venue quand elle dut faire une embardée pour l'éviter, réalisant – encore une fois au dernier moment – que si elle ne freinait pas, elle foncerait droit dans la carrière de craie.

Mais elle ne voulait pas mourir. Pas du tout. C'est le genre de chose dont on prend conscience après un accident qui a failli vous coûter la vie. Du reste, elle en savait long sur les poisons, entre sa mission au dispensaire pendant la guerre et ses recherches pour ses romans. Si elle avait voulu être morte, elle le serait déjà.

On frappa à la vitre côté conducteur. L'homme qu'elle avait manqué de tuer se pencha, la regardant avec un calme déconcertant, comme si tout cela était parfaitement normal. Peut-être était-ce lui qui allait la tuer finalement, songea-t-elle, mais elle baissa la vitre malgré tout. Ses mèches noires tombaient devant ses yeux, et son souffle formait un nuage blanc dans l'air froid. Elle le reconnut à ses cheveux et à son manteau : c'était l'homme qui avait donné à Teddy le petit chien sculpté.

« Vous allez bien ? » demanda-t-il avec un accent irlandais. Il avait une voix rauque et des yeux bleus très expressifs.

« Je crois, oui.

— Désolé de vous avoir fait peur.

— Fait peur ? Mon cher, j'ai bien failli me tuer. »

Il ouvrit la portière de la voiture pour qu'elle puisse sortir. Elle se demanda à nouveau si elle ne devrait pas avoir peur de lui. La voiture vacilla, et elle vit que les roues avant étaient suspendues dans le vide. Une fois encore, le choc de la tragédie évitée lui rappela à quel point elle souhaitait vivre.

« Je suis venu pour vous parler de Nan O'Dea », dit le jeune homme.

Oh, quelle impudence. Le cauchemar ne finirait donc jamais ? *Réveille-toi,* s'ordonna-t-elle. *Réveille-toi, réveille-toi.* Elle ferma les yeux, espérant qu'en les rouvrant elle se trouverait chez elle, dans son lit avec son mari. Mais l'air froid lui rappela qu'elle était sur la route au milieu de la nuit, face à un inconnu qui voulait discuter du drame le plus intime de sa vie.

« Madame Christie, je pense que nous pourrions nous entraider. Vous et moi. » Il avait un visage avenant. *Très sympathique** aurait dit sa mère. Un beau jeune homme qui dégageait une aura de gentillesse, mais un peu trop sérieux. Elle leva les mains et les plaça devant son visage.

« Allons », dit l'Irlandais. Elle retira ses mains et il toucha délicatement sa joue, juste sous l'œil, là où une larme était tombée. « Nous aurons le temps de pleurer plus tard, n'est-ce pas ? Il fait froid, et nous avons de la route à faire.

— Je ne sais pas si ma voiture va démarrer. »

Comme si c'était l'unique raison pour laquelle elle ne devait pas partir avec cet inconnu. Il fallait qu'elle soit devenue folle pour ne pas au moins essayer de faire marche arrière et s'éloigner le plus vite possible.

« Nous la laisserons ici. Ça leur donnera une raison de s'inquiéter. Nous avons de la chance, il fait nuit. Et j'ai trouvé un véhicule que personne ne semble utiliser.

— Vous l'avez volé ?

— Non, il était abandonné au bord de la route. Je l'ai simplement emprunté.

— Donc vous allez le rendre ? demanda-t-elle d'un ton sceptique.

— Si je peux, oui. »

Il y avait dans sa voix une mélancolie qui pinça le cœur déjà vulnérable d'Agatha. Elle décida d'être indulgente. « La chance des Irlandais, je suppose. »

Un son rauque sortit de sa gorge, comme le triste écho d'un rire qui n'avait pas réussi à jaillir. « Je crains qu'il n'y ait pas beaucoup de vérité dans cette expression. »

Ah, songea-t-elle. Elle comprenait, à présent. C'était le jeune homme de Nan. Agatha avait à peine prêté attention à ce que la fille avait dit de son passé l'autre jour chez Simpson. Elle plissa les yeux, ne sachant pas quoi faire. La dernière chose dont elle avait besoin, c'était d'un autre homme amoureux de Nan O'Dea.

Pourtant, elle sortit de la voiture et plaça sa main dans la sienne. Il hocha la tête, comme s'il était fier d'elle pour avoir pris la bonne décision, et elle résolut de se laisser convaincre. Elle n'aurait rien gagné à faire une scène chez les Owen, mais cet homme pouvait peut-être l'aider.

« Prenez vos affaires, dit-il. Je vais chercher l'autre voiture. »

Toujours un peu hébétée, elle oublia sa valise faite à la hâte et transféra ce dont elle avait le plus besoin – sa trousse de toilette et sa machine à écrire – dans une spacieuse Bentley. Avant de monter à l'intérieur, elle s'arrêta un instant et observa avec nostalgie sa propre voiture. Il faut comprendre combien elle aimait cette voiture. Combien elle était fière de l'avoir achetée elle-même, avec l'argent gagné grâce à ses livres. Peut-être qu'en ce moment même, quelqu'un était assis au coin du feu, incapable de dormir, plongé dans son dernier roman, *Le Meurtre de Roger Ackroyd*. Et la merveilleuse petite voiture qui incarnait ce succès était, à l'instar de sa vie, suspendue au bord du gouffre.

Eh bien, tant pis. Elle la quitterait pour une autre.

L'Irlandais prit le volant. Il avait toujours paru normal à Agatha, lorsqu'un homme et une femme étaient ensemble dans une voiture, que ce soit l'homme qui conduise. La route se déployait devant eux, vide et désolée sous la pâle lumière des étoiles et d'un croissant de lune. Le vent léger qui filtrait par les vitres les faisait trembler dans leurs cadres. Cette voiture n'était pas aussi bien entretenue que la sienne.

Il était si rare qu'elle soit encore éveillée alors que le monde était déjà plongé dans l'obscurité. L'homme assis à côté d'elle, au volant, avait une présence très différente de celle de son mari. À ce moment-là, alors que, somnolente, elle fuyait les ruines de sa vie, Agatha prit conscience que sa peau lui allait de nouveau. Elle se surprit à penser : quelle aventure.

CI-GÎT SŒUR MARY

Des années après mon séjour au couvent, j'ai donné naissance à une autre petite fille, que j'ai appelée Rosie, en hommage à ma tante. J'aurais aimé avoir plus d'enfants, mais pour Archie, en avoir un de chacune de ses femmes était amplement suffisant. Il craignait que je n'aie pas assez de temps à lui consacrer. Déterminée à être l'épouse qu'il voulait, je passais mes journées à prodiguer de l'amour à mon enfant, et consacrais mes soirées à mon mari. Je ne suis jamais devenue écrivaine, contrairement à Agatha. Pour moi, cette possibilité s'est évanouie.

J'ai aimé être une mère et j'ai aimé ma petite Rosie. Mais mille bébés ne compenseraient jamais la perte du premier.

Dépravées. D'après les nonnes, c'était ce que nous étions. Des dépravées.

M. Mahoney parlait du couvent comme d'une organisation caritative. *Les sœurs s'occuperont bien de toi.* Mais pour moi, cet endroit ressemblait terriblement à l'hospice auquel j'avais eu la « chance » d'échapper. Plus tard, j'appris son histoire. Pelletstown, la première institution pour les mères célibataires, avait ouvert dans le comté de Dublin entre 1900 et 1906. Le couvent de Sunday's Corner avait suivi peu de temps après. En échange de ce qu'ils appelaient un refuge, nous devions travailler sans rémunération jusqu'à la naissance de nos bébés. Ensuite, nous devions rester deux ou trois ans de plus à travailler. Nos enfants demeureraient au couvent – d'abord à la nursery, puis de l'autre côté de ce haut mur de ciment – jusqu'à ce qu'ils soient adoptés, placés en famille d'accueil ou transférés dans un orphelinat. Nous étions censées nous rendre à l'hôpital du comté, dans la ville de Cork, deux semaines avant la date d'accouchement prévue, mais ce printemps-là, une fille perdit les eaux alors qu'elle tondait la pelouse au moyen d'une lourde faux. Elle accoucha sur un matelas près de la buanderie, sans médecin ni infirmières, aidée par d'autres pensionnaires. Ensuite, les religieuses les emmenèrent à l'hôpital, elle et son bébé, dans leur camionnette. Dix jours plus tard, elle était de retour sur la pelouse, à arracher les pâquerettes et les mauvaises herbes.

Certaines filles travaillaient à la ferme du couvent – elles s'occupaient des canards, trayaient les vaches et ramassaient les pommes de terre – sous la surveillance étroite des nonnes. Mais moi, on me gardait à l'intérieur. Peut-être les religieuses avaient-elles vu dans mon regard mon désir de fuite. J'entretenais le cimetière, faisais la lessive et frottais les sols à quatre pattes. Tous les soirs, je m'effondrais sur mon lit, épuisée jusqu'à la moelle. Par la vie qui grandissait en moi. Par l'inquiétude. Par le mal du pays. Épuisée de me lever chaque jour à cinq heures pour les prières et la messe, puis travailler jusqu'à six heures et demie du soir. Mais ce qui m'épuisait le plus était sans doute mon amour pour Finbarr. D'attendre qu'il se rétablisse, reprenne conscience et vienne me chercher. Une rumeur circulait parmi les filles selon laquelle, quelques années plus tôt, le petit ami d'une des pensionnaires s'était présenté au couvent et avait payé la mère supérieure pour qu'elle soit libérée. Le père Joseph avait marié le couple dans l'église paroissiale. Toutes les filles n'étaient pas enceintes de garçons qu'elles aimaient, mais pour celles qui l'étaient, comme moi, cette rumeur représentait notre seul espoir. Je refusais d'envisager la mort de Finbarr comme une possibilité. Nous n'avions pas le droit d'envoyer ou de recevoir des lettres, mais j'étais certaine que ses parents lui diraient où j'étais, et qu'il viendrait me chercher. Je n'ai commencé à souhaiter qu'il vienne *nous* chercher que le jour où mon bébé a donné son premier coup de pied.

Bess, Fiona, Susanna et moi travaillions dans la buanderie du sous-sol, penchées sur des chaudrons bouillonnants d'eau savonneuse. Le sol était pavé de grands carreaux gris et de plus petits bleus et roses, comme un rappel cruel des bébés que la plupart d'entre nous n'auraient pas le droit de garder. La chaleur des feux baignait mon front de sueur tandis que je remuais les draps et les serviettes avec un long bâton en bois. C'est à ce moment-là que je sentis pour la première fois mon enfant bouger en moi : un mouvement distinct et gracieux, sans équivoque. Je me figeai, paralysée par la puissance de l'amour qui m'envahit soudain. Les bébés bougent dans le ventre dans leur mère depuis l'aube de l'humanité, mais jamais aucun n'avait bougé de cette manière. Un saut périlleux, des orteils effleurant mes entrailles et faisant jaillir une fontaine de bulles. Surprise, je posai la main sur mon ventre.

Bess cessa de remuer son bâton et sourit. « C'est magique, pas vrai ? »

Nous n'étions pas censées devenir amies ni bavarder, ni même nous demander nos prénoms. Mais nous l'avions fait, bien sûr. Quand des filles se retrouvent enfermées ensemble, il est inévitable que des amitiés se nouent. J'avais insisté pour que Bess et Fiona mémorisent l'adresse de ma famille à Londres, pour que nous puissions nous écrire si nous sortions d'ici un jour.

« C'était réel ? demandai-je à Bess en frottant de ma main l'endroit où j'avais senti le mouvement.

— Bien sûr que c'était réel. » Bess était plus avancée que moi, mais elle était si menue que l'on devinait à peine son ventre sous son tablier et sa robe informe. « Tu croyais que tu t'étais attiré tous ces ennuis pour un simple mirage ? »

Je ris, ce qui me fit sursauter. Cela faisait si longtemps que je n'avais plus entendu ce son, que ce soit dans ma bouche ou celle des gens autour de moi.

« Vous pouvez faire moins de bruit ? » s'énerva Susanna, qui détestait enfreindre les règles. Âgée d'une trentaine d'années, elle était l'aînée des filles du couvent. C'était son deuxième séjour ici. La première fois, son bébé avait été adopté à six mois, et elle était restée un an de plus avant d'être envoyée comme bonne dans une famille locale, pour revenir cinq ans plus tard, de nouveau enceinte.

Sœur Mary Clare, la plus jeune et la plus bienveillante des nonnes, descendit nous voir. Elle était assez indulgente pour ne pas nous châtier pour avoir parlé. La pièce s'emplit de son fredonnement, une mélodie gaélique entêtante qui flottait comme une brume partout où elle allait. Contrairement aux autres nonnes, elle n'avait pas de lanière de cuir attachée à son habit. Contrairement aux autres nonnes également, elle n'était pas irlandaise, mais anglaise. Le son de sa voix me réconfortait. Un jour, peu après mon admission au couvent, je lui avais demandé comment elle était arrivée en Irlande.

« Mon père était irlandais. Quand j'étais petite, il m'a envoyée ici travailler chez des parents. »

Mon cœur bondit dans ma poitrine. Son histoire ressemblait à la mienne.

D'une voix triste et rêveuse qui contrastait avec sa bonne humeur habituelle, la religieuse ajouta : « Ça ne s'est pas passé comme je l'avais prévu. »

Depuis ce jour, je la voyais moins comme une nonne et davantage comme une autre pensionnaire. C'était l'adversité, j'en étais sûre, qui avait amené sœur Mary Clare au couvent. Quand elle entra dans la buanderie, je ne me remis pas immédiatement au travail, mais laissai mes doigts écartés sur mon ventre.

« Le bébé a bougé ? » Sœur Mary Clare s'approcha, mit un bras autour de mes épaules et une main sur mon ventre.

« Oui.

— Bravo, maman. »

Elle sortit son mouchoir et m'essuya le front. Bien qu'elle ait une dizaine d'années de plus que moi, aucune ride ne marquait son visage assez quelconque mais toujours illuminé par son sourire. Les autres nonnes ne nous appelaient jamais ainsi. Pour elles, nous n'étions que des filles.

Je me remis au travail. Le bébé recommença à bouger, et soudain, je n'étais plus, comme je l'avais cru, seule au monde. Quelqu'un d'autre était là avec moi, un membre de ma famille, la personne la plus proche de moi qui ait jamais existé. La chair de ma chair. Bess dirigea à nouveau son attention sur le linge, mais je vis un petit sourire se dessiner sur ses lèvres. Toutes les deux, nous étions réunies par l'amour que nous avions pour nos bébés.

Une autre religieuse, sœur Mary Declan, entra dans la pièce. « Le père Joseph te demande, Bess. » Contrairement à sa collègue plus jeune, sœur Mary Declan portait une lanière de cuir attachée à son habit et hésitait rarement à s'en servir, quels que soient l'âge de la fille ou la taille de son ventre.

Nous baissâmes les yeux. Le sourire de Bess s'effaça, mais elle s'essuya les mains sur son tablier et suivit docilement la nonne. Sœur Mary Clare les accompagna.

« La pauvre, dit Fiona en regardant Bess partir. Mais je suppose que le père sait ce qui est le mieux pour nous, n'est-ce pas ? »

Je n'aurais su dire si Fiona savait pourquoi le père Joseph avait convoqué Bess. Fiona avait grandi dans un orphelinat, et, à l'âge de treize ans, elle avait été envoyée travailler chez des parents éloignés. Quelques mois plus tard, le prêtre de leur paroisse l'avait amenée ici. Je ne l'ai jamais entendue parler du garçon responsable de son état. À cette époque, le couvent était rempli de filles tombées enceintes de jeunes hommes revenant de la guerre. Ces mêmes hommes étaient morts de la grippe, ou combattaient la guerre d'indépendance irlandaise, ou avaient simplement continué leur vie sans un regard en arrière.

Et bien sûr, certaines d'entre nous – dont je soupçonnais Susanna et Fiona de faire partie – n'avaient pas été abandonnées par le garçon qu'elles aimaient, mais victimes de quelque chose de bien pire. L'enfant de Fiona avait un an, maintenant. Il venait d'être transféré de l'autre côté du mur. Elle trouvait du réconfort dans la grande tache de naissance framboise qu'il avait sur le front, qui, croyait-elle, l'empêcherait d'être adopté. Elle semblait incapable de penser à ce qu'il adviendrait d'eux après leur séjour ici.

Fiona ne questionnait jamais le comportement des nonnes ou des prêtres. *Ils savent ce qui est le mieux*, murmurait-elle continuellement en elle-même. *Ils savent ce qui est le mieux.*

« Bess va s'en sortir, annonça-t-elle gaiement en remuant son chaudron telle une jeune sorcière, inoffensive et pleine d'espoir. Son petit ami viendra la chercher et ils se marieront. Je le sais, Nan. » Bien que je ne l'aie pas contredite ni ne lui aie demandé comment elle le savait, elle ajouta : « Je le sais, c'est tout. »

La joie d'avoir senti mon bébé bouger se dissipa.

Bess avait les cheveux roux et le visage constellé de taches de rousseur ; dans la vapeur brûlante du chaudron, sa peau blanche était rouge et luisante de sueur.

« Le petit ami de Bess est américain, dit Fiona à Susanna. Elle l'a rencontré à l'époque où elle soignait des soldats blessés dans un hôpital de campagne.

— Sa mère n'aurait jamais dû la laisser s'approcher des soldats, dit Susanna entre ses dents serrées. Et j'aimerais vraiment que vous arrêtiez de parler toutes les deux.

— Je pense que son homme va venir la chercher, dit Fiona, ignorant la demande de Susanna. Je prie pour cela. D'après ce qu'elle nous a dit, il a l'air d'être un bon gars. » Elle lâcha son bâton. « Prenons un moment pour prier pour Bess. Les sœurs ne vont quand même pas se fâcher parce que nous avons fait une pause pour prier. Prions pour Bess et son enfant, et pour leur bonheur.

— Les sœurs peuvent se fâcher pour ce qu'elles veulent, dit Susanna sans bouger de son poste de travail. Si tu ne le sais pas encore, c'est que tu es une idiote. »

Susanna avait raison, mais Fiona et moi joignîmes malgré tout nos mains et pressâmes nos fronts l'un contre l'autre. J'étais cependant trop inquiète pour prier. Inquiète à l'idée que le père Joseph ne dirige ses attentions sur moi. Je feignais normalement de ne pas savoir ce qui lui arrivait quand il la convoquait, mais ce jour-là, en pensant à son bébé qui bougeait dans son ventre comme le mien, je ne parvenais pas à chasser de mon esprit l'horreur de la chose. Je m'inquiétais aussi pour Finbarr. Je craignais qu'il ne soit mort, ce qui, je le savais, était la seule chose qui l'empêcherait de venir me chercher.

Le garçon magique. Si quelqu'un pouvait me sortir d'ici, c'était lui. Je fermai les yeux, m'appuyant contre Fiona, et je l'imaginai, une balle de tennis dans sa main.

Fais un vœu.

Nous deux – non, nous trois – quittant cet endroit ensemble.

Accordé.

C'est alors que sœur Mary Frances fit irruption dans la pièce et assena un coup de canne sur le dos de Fiona.

« Ça suffit, dit la vieille religieuse, comme si la prière était quelque chose qui ne nous appartenait plus, sauf à la discrétion des nonnes. Seul le travail acharné vous lavera de vos péchés. »

Fiona se redressa, souriant au lieu de grimacer de douleur. « Vous avez raison, ma sœur. » Sa voix était douce et pure. « Je sais que vous avez raison. »

Je retournai à mon chaudron. Fiona partit avec un chariot de draps trempés pour les mettre à sécher sur le toit. À cette heure de la journée, elle apercevrait peut-être son petit garçon dans la cour. Elle s'inquiétait qu'il ne marche pas encore. *Il ne devrait pas déjà marcher ?* me demanderait-elle assurément à son retour.

J'essayai de penser à Bess, débarrassée du père Joseph grâce à nos prières. Comme si j'étais capable, malgré toute ma sympathie et mon affection, de prier pour qui que ce soit sauf pour mon bébé et moi-même.

LA DISPARITION

Quatrième jour
Mardi 7 décembre 1926

Agatha retira sa main de celle de Chilton dès qu'il prononça son nom. Quelle idiote elle avait été d'ouvrir la porte. Finbarr lui avait conseillé de faire profil bas. Il ne lui avait pas dit de ne pas ouvrir, car il ne lui était sans doute pas venu à l'esprit que quelqu'un viendrait frapper, ou qu'elle serait assez bête pour ouvrir si c'était le cas. C'était pourtant ce qu'elle avait fait, d'instinct, car les habitudes ont la vie dure. Lorsque quelqu'un frappe à la porte en l'absence du majordome, une dame polie se doit d'aller ouvrir. *Quel pouvoir ces coutumes détiennent sur nous*, songea Agatha, et elle redressa le buste, comme si cela pouvait la sauver du bourbier dans lequel ses bonnes manières l'avaient plongée.

« Je crains que vous ne fassiez erreur. Je ne connais personne de ce nom.

— J'ai une photographie de vous. Elle est dans ma voiture. Voulez-vous que je vous la montre ?

— Une photographie. » Elle agita la main devant son visage, comme pour chasser de la fumée. « Tous les visages se ressemblent sur les photographies, n'est-ce pas ? »

Avaient-ils vraiment envoyé des policiers jusque dans le Yorkshire pour la retrouver ? C'était quelque peu excessif. Elle sentit un désagréable frémissement dans son estomac. S'ils la cherchaient ici – où nul n'avait aucune raison de le faire –, où d'autres chercheraient-ils ? Qui d'autre découvrirait qu'elle s'était enfuie, et pourquoi ? Oh, elle détestait l'idée que son nouvel agent et son nouvel éditeur apprennent cette histoire terriblement humiliante.

« Madame Christie, dit l'homme gentiment. Je suis l'inspecteur Chilton. Je représente la police de Leeds. J'ai été chargé de vous rechercher, même si je dois admettre que je n'imaginais pas vous trouver. »

Il avait un visage et des manières agréables. Doux et gentil. Agatha vit tout de suite qu'elle n'aurait aucun mal à se débarrasser de lui. « Je vous demande pardon, inspecteur Chilton. Mais je pense que vous ne m'avez pas entendue. Je ne m'appelle pas Agatha Christie. »

Elle vit Chilton regarder derrière elle, vers l'endroit où elle s'était installée à la longue table sur laquelle trônaient des piles de carnets et sa machine à écrire. Elle tira la porte pour lui bloquer la vue.

« Quel est votre nom, alors ? » Son ton était toujours aimable, mais suffisamment ferme pour lui rappeler qu'elle parlait à un inspecteur de police.

« Cela ne vous regarde pas. Mon mari va bientôt arriver. Ah, tenez, le voilà. »

Elle se sentit sourire lorsque Finbarr apparut sur le trottoir, les mains dans les poches, les joues rosies par le froid. Une réaction tout à fait involontaire : ils avaient été très peu séparés ces derniers jours, et elle était heureuse de le revoir.

Elle se surprit à vouloir que Chilton croie qu'elle pouvait être mariée à un homme aussi jeune et aussi beau.

« Que se passe-t-il ? » demanda-t-il en atteignant le perron. Le sac en toile de jute sur son épaule semblait être rempli de pommes. Ce matin encore, elle lui avait dit combien elle aimait les pommes, et il lui en avait rapporté. Des pommes de reinette, supposa-t-elle, à cette saison. Elle saliva d'avance à l'idée de mordre dans le fruit croquant.

« Chéri. » Ce n'était pas la première fois qu'elle l'appelait ainsi. Il faisait des cauchemars. Quand elle était réveillée par ses cris, elle allait le voir et le calmait. *Là, là, mon chéri*, disait-elle. *Tu es en sécurité.* Finbarr sursauta légèrement en l'entendant utiliser cet appellatif en plein jour, et devant un étranger.

« Voici l'inspecteur Chilton. Il semble m'avoir confondue avec une dame qui a disparu. Comment avez-vous dit qu'elle s'appelait, déjà ?

— Madame Agatha Christie.

— Ah, oui. La pauvre. J'espère qu'elle va bien. Et je vous souhaite bonne chance pour la retrouver. »

Ses bonnes manières l'avaient peut-être contrainte à ouvrir la porte, mais elles lui étaient très utiles quand il s'agissait de se débarrasser de visiteurs indésirables. Tout ce qu'elle avait à faire, c'était de suivre le script.

« Ce sera tout, dans ce cas », dit Finbarr à l'inspecteur d'un ton sec. Il passa devant l'homme, salua Agatha d'un signe de tête poli et déférent qu'aucun homme n'utiliserait avec sa femme et commença à fermer la porte, mais Chilton leva la main pour l'en empêcher.

Finbarr glissa un bras autour des épaules d'Agatha. Elle sourit à nouveau. En quelques jours, ils s'étaient trouvé un nombre étonnant de points communs. Leur amour des chiens, par exemple. *Je les préfère de loin aux gens, pas vous ?* Et il avait acquiescé avant d'ajouter : *Enfin, la plupart des gens.* La nuit dernière, quand elle l'avait réveillé d'un de ses terribles cauchemars, elle avait même failli l'embrasser pour le réconforter. Nan l'aurait bien mérité, non ?

À présent, alors qu'elle regardait Chilton, elle fut surprise de constater que lui aussi, elle aurait pu l'embrasser. Malgré la menace qu'il représentait pour sa cachette, il lui semblait être un homme très doux. Il lui rappelait Tommy, le fiancé qu'elle avait rejeté pour Archie. Elle refusa de rougir. Peut-être était-ce ce que faisaient les femmes quand elles se retrouvaient abandonnées par leur mari. Peut-être pensaient-elles à embrasser d'autres hommes. Seulement, cette impulsion semblait contredire ce qu'elle avait dit à Finbarr quand elle lui avait assuré qu'ils avaient tous les deux la même mission : convaincre Nan de renoncer à Archie. Une partie d'elle-même se disait que rien ne pourrait apaiser la douleur de savoir Archie avec une autre femme aussi efficacement qu'être elle-même avec un autre homme.

« Je vous demande pardon, dit Chilton, mais compte tenu de la ressemblance, je crains de devoir insister pour que vous me donniez votre nom.

— Son nom est Nan Mahoney. »

Le sourire d'Agatha s'effaça. C'était logique que ce soit le premier nom qui lui vienne à l'esprit, mais non moins exaspérant.

« Donc, si je vérifie le cadastre, je verrai que cette maison appartient aux Mahoney ?

— Bien sûr, dit Agatha, au moment exact où Finbarr disait :

— Nous la louons. »

Ils échangèrent un regard. Pris en flagrant délit de mensonge. Mais quelle importance ? Elle n'avait commis aucun crime, si ce n'est occuper la maison de quelqu'un d'autre, ce qui ne semblait pas si grave.

« Écoutez, madame Christie. Je sais que c'est vous. Mais je peux vous accorder une journée pour réfléchir et vous préparer. Je reviendrai demain matin et nous pourrons décider ensemble de ce que vous voulez dire à votre mari. Il est très inquiet, vous savez. »

Agatha rit, si fort qu'elle craignit d'avoir dissipé les derniers doutes qu'il pouvait encore avoir sur son identité.

« Bonne journée, inspecteur », dit Finbarr. Et il ferma la porte. Avant de retirer son bras de ses épaules, il la serra légèrement dans un geste de réconfort. Son protecteur.

« Ne vous inquiétez pas », dit-il.

Chilton retourna à sa voiture, essayant de comprendre ce dont il venait d'être témoin. L'Angleterre était une botte de foin, et, parmi les centaines de policiers qui la passaient au crible, c'était lui qui avait trouvé l'aiguille. Il souleva la photographie et l'étudia à nouveau. C'était bien la même femme, il en était certain. Elle était vivante, son corps ne serait pas repêché dans un lac. C'était un soulagement, malgré la myriade de nouvelles questions que sa découverte soulevait, la principale étant l'identité du jeune Irlandais qu'il avait, en l'espace de quelques heures, vu tenir dans ses bras deux femmes différentes.

Mais qu'aurait dû faire Chilton ? L'escorter sous la menace d'une arme jusqu'à sa voiture ? Et devait-il maintenant se rendre directement à Leeds pour informer son ami Sam Lippincott qu'il l'avait trouvée ?

Non. Mieux valait qu'il tienne sa promesse. Lui laisser un jour de plus pour se ressaisir. Et se laisser un jour de plus pour retourner à l'hôtel Bellefort, profiter des bains chauds, manger du yorkshire pudding et dormir dans le lit le plus grand et le plus confortable qu'il ait jamais connu. Si Mme Christie était en danger, ce serait différent. Mais elle semblait s'être réfugiée dans un nid d'amour avec un bel Irlandais.

Non. Il ne révélerait pas le secret d'Agatha Christie aujourd'hui. Il ne savait pas exactement comment il en était arrivé à cette décision. Peut-être changerait-il d'avis demain. Mais pas aujourd'hui.

LA DISPARITION

CINQUIÈME JOUR
Mercredi 8 décembre 1926

Le mariage détient un pouvoir bien plus grand qu'on pourrait le croire. Je ne l'ai jamais pleinement compris avant d'en faire moi-même l'expérience. Qu'il s'agisse d'un mariage d'amour ou de raison, qu'il commence dans la passion ou dans le ressentiment, un lien se forme qui n'est pas facile à briser. Même lorsque l'amour se dissout au fil des ans. Sa femme disparue, Archie plia sous la pression d'un joug dont il avait cru s'être libéré. Au cours des deux dernières années, depuis que j'étais entrée dans sa vie, sa femme était devenue « Agatha », pour lui. Maintenant qu'elle avait disparu, et qu'elle était peut-être en danger, il pensait de nouveau à elle, non sans une certaine ferveur, comme à « sa femme ».

L'inspecteur Thompson ne fut pas impressionné par les manifestations de détresse du colonel Christie. « Nous savons pour la fille », avait annoncé Thompson, arrivé à Styles à la première heure.

Archie avait sans doute été tenté de répondre *Quelle fille ?*, mais il était assez intelligent pour savoir qu'il ne servait à rien de nier. « Je sais de quoi ça a l'air, avait-il admis, adoptant par erreur un ton autoritaire davantage que contrit. Mais j'aime ma femme et je ne lui ferais jamais de mal. » Archie savait qu'il n'avait jamais blessé Agatha, du moins physiquement, mais le regard sévère du policier lui donnait l'impression que c'était le cas. Se souvenant de la douleur émotionnelle à laquelle il avait soumis sa femme, Archie éprouvait à la fois l'indignation d'un innocent accusé à tort et la honte de celui qui se sait malgré tout coupable.

« Nous verrons cela », avait répondu Thompson en considérant Archie avec une rage à peine contenue. Si Agatha Christie était retrouvée morte, ce serait une tragédie, dont il tirerait malgré tout une certaine satisfaction : celle d'envoyer son mari en prison. Thompson donna l'ordre d'intensifier les recherches.

À présent, Archie était assis à son bureau, devant le manuscrit de la nouvelle qu'Agatha avait écrite, tapée à la machine à l'exception du titre, *Le Point de non-retour*, qui semblait avoir été gribouillé par la main d'une folle, le stylo ayant presque transpercé le papier. Il la relut. Le mari s'en tirait à bon compte. Et la femme vainquait sa rivale, qu'elle tuait en la poussant du haut d'une falaise. Archie pensa à sa propre épouse avec une sorte de respect teinté de crainte : *Je ne la connais pas*, se dit-il. *Je ne la connais pas du tout.*

S'ils cherchaient Agatha dans tous les recoins de l'Angleterre, la plupart des efforts étaient concentrés sur le Berkshire et le Surrey. Dès le mercredi, les comtés grouillaient de chiens et de policiers. Et même d'avions, utilisés pour la première fois pour rechercher une personne disparue. Le personnel de Coworth House, le plus grand domaine de Sunningdale, prit un jour de congé pour mettre à contribution ses connaissances de la région, qui étaient bien supérieures à celles des policiers. En vrais professionnels, ils ne répétèrent aucun des ragots relayés par les employés de Styles (ils ignoraient qu'Anna s'en était déjà chargée, comme on pouvait s'y attendre d'une femme de chambre de second ordre). Ils étaient tous certains que Mme Christie était morte et n'auraient pas apprécié que quelqu'un découvre le cadavre avant eux.

Leur déception fut donc amère lorsque le corps que trouvèrent deux valets se révéla être celui de la pauvre Mlle Annabel Oliver, coincé dans un enchevêtrement de ronces dans un ruisseau. Ils donnèrent aussitôt l'alerte, mais comprirent très vite qu'il ne pouvait s'agir d'Agatha Christie : la victime était beaucoup plus âgée, et moins grande. Ce corps, qui appartenait à une femme dont la disparition n'avait même pas été signalée, n'intéressait personne.

Archie marchait le long de la route avec Peter en laisse. Il entendait le vrombissement des avions qui survolaient la région et les aboiements des chiens de chasse, un son devenu omniprésent depuis que sa femme avait disparu.

Si Agatha avait agi ainsi pour le rendre fou, elle avait réussi. Quand Peter tira impatiemment sur sa laisse, Archie le ramena à ses pieds d'un mouvement brusque. Ce chien ne l'avait jamais aimé. Mais l'inspecteur Thompson lui avait demandé d'emmener Peter sur le site où avait été trouvée la Morris Cowley. Il aurait pu le faire en voiture, mais il espérait que l'air – ce vent glacial qui lui fouettait les joues – apaiserait le tumulte dans sa poitrine. *Qu'ai-je fait, qu'ai-je fait ?* ne cessait-il de se demander. Il avait fait voler sa vie en éclats, voilà ce qu'il avait fait. Il avait lui-même causé cet effroyable tumulte, cette agitation incessante dont il était le centre. Ces recherches étaient comme l'incarnation de la douleur d'Agatha. Une douleur qu'il avait provoquée pour l'amour d'une fille douée au golf. Les journaux du monde entier parlaient de la disparition d'Agatha. La police était au courant pour sa liaison, bien qu'ils n'aient pas réussi à localiser Nan pour l'interroger (il m'était reconnaissant d'avoir fait profil bas, comme je l'avais promis). Mais combien de temps s'écoulerait avant que le reste ne se sache, avant que le monde n'apprenne ce qu'il avait fait ? Une fois qu'Agatha verrait l'histoire d'Archie et de Nan à la une de tous les journaux, voudrait-elle toujours le récupérer ? Quand le monde entier saurait ? Ou avait-il détruit son mariage, sa vie entière, pour ce qu'il avait commencé à considérer comme une amourette passagère ?

La police attendait près de la voiture d'Agatha, toujours à Newlands Corner, à l'endroit où elle avait été remorquée depuis la carrière de craie. Les officiers lancèrent à Archie un regard mauvais, comme s'ils étaient convaincus qu'il l'avait tuée. Comme si c'était possible. Comme s'il avait cela en lui. Ne voyaient-ils pas à quel point il était désespéré ? À quel point il espérait que sa femme soit retrouvée ?

« On y est, Peter », dit Archie. Le chien tira encore une fois sur sa laisse, en direction de la maison. Agatha l'avait trop gâté en l'autorisant à monter sur les meubles, lui donnant à manger dans son assiette, le promenant sans laisse. Agacé, Archie se baissa pour le prendre dans ses bras. En voyant Peter se débattre en couinant, deux des policiers les plus jeunes échangèrent un regard. Étaient-ils amusés ou écœurés ? Le fringant colonel n'était pas plus capable de contrôler sa femme que son chien.

« Allez, Peter. » Archie posa le chien près de la voiture, mais Peter ne renifla pas, il ne fit rien d'autre que tourner en rond en gémissant.

« Bon, je pense que ça suffira, soupira l'un des officiers d'un air désapprobateur.

— Je pense aussi », dit Archie.

Il détacha la laisse de Peter, qui s'élança à toute vitesse vers la maison.

« Attendez », lança une voix alors qu'Archie s'apprêtait à poursuivre le chien. C'était Thompson, l'air encore plus sévère que d'habitude. Par moments, le colonel avait le sentiment que l'homme se retenait de l'étrangler.

Archie ouvrit la bouche pour parler, mais Thompson l'interrompit pour prononcer les mots qu'il redoutait le plus d'entendre :

« Il y a du nouveau. Nous avons trouvé un corps. »

Un corps. Agatha ? Non, impossible. Avec horreur, Archie sentit ses genoux flancher. Son propre corps, qui avait toujours été un serviteur si loyal, commettait la plus humiliante des trahisons. Il dut tendre le bras et attraper le col de Thompson pour ne pas s'effondrer au sol.

L'inspecteur plia les genoux sous le poids d'Archie, s'efforçant de le maintenir debout. Il arborait une expression à la fois indécise et consternée. Était-ce du chagrin qu'il lisait sur le visage du colonel, ou de la culpabilité ?

Ma femme, pensa Archie. *Un corps.* C'était impossible. Il ne pouvait pas le supporter. Le monde lui apparut soudain comme un lieu inhospitalier et sans pitié. S'il avait été un autre genre d'homme, il aurait lâché l'officier et se serait effondré sur la route en sanglotant.

Tôt ce même matin, dans le Yorkshire, Chilton entrouvrit la porte de sa chambre et vit l'Américaine, Lizzie Clarke, longer le couloir en tenue de voyage. Elle frappa à une porte, un petit coup discret destiné à ne réveiller que l'occupant de cette chambre. Dès que Mme Clarke eut disparu dans la pièce, Chilton retira ses chaussures et s'avança à pas de loup pour écouter.

« Donny a reçu un télégramme, dit la voix américaine. Il faut qu'on écourte notre séjour. Qu'on rentre aux États-Unis. »

Aux oreilles de Chilton, la voix qui répondit – féminine, britannique – semblait savoir que quelqu'un les épiait. Un peu trop forte et pas tout à fait authentique.

« J'espère que tout va bien.

— Oui. Tout est parfait. *Parfait.* »

Chilton imagina les deux femmes, assises côte à côte sur le lit défait, les mains jointes. Malgré la note de fausseté dans la voix de l'autre femme, il sentait une certaine intimité entre elles. Il regagna sa chambre et s'assit sur le banc au pied de son lit pour lacer ses chaussures, dont il remarqua que les coutures étaient en train de se défaire. Il allait devoir dire la vérité à Lippincott ce matin. *J'ai trouvé Agatha Christie*, dirait-il. *Elle se porte comme un charme. Tout ce qu'elle veut, c'est qu'on la laisse tranquille.*

Peut-être Lippincott et lui pourraient-ils élaborer un plan qui conviendrait à l'écrivaine. Ils pourraient par exemple prévenir seulement le mari, suspendre les recherches et la laisser réapparaître quand elle serait prête.

Le problème était la presse, qui ne laisserait jamais tomber l'affaire. C'était du pain bénit pour les journaux. Mme Christie pouvait s'estimer heureuse que ce soit un policier qui l'ait trouvée, et pas un journaliste. Elle semblait avoir choisi le seul endroit en Angleterre où personne ne s'attendait à la trouver.

Et pourtant, il l'avait trouvée. Tel était le monde. Nul ne pouvait rester caché bien longtemps. Il finit de s'habiller et descendit pour le petit déjeuner. Les Clarke étaient en train de régler leur note à la réception.

« Bonjour », dit-il à leur adresse. Il sortit une cigarette et la porta à ses lèvres, mais ne l'alluma pas. Mme Clarke parut un instant mal à l'aise, mais elle se ressaisit aussitôt, affichant un visage parfaitement impénétrable.

« Bonjour, répondit-elle avec son fort accent américain, tandis que son mari glissait des billets dans les mains de Mme Leech.

— Merci, monsieur Clarke. C'est très aimable à vous de payer la totalité de votre séjour. » Plus d'un client s'était enfui depuis les deux décès, et tous ne s'étaient pas montrés aussi généreux. « Je vous souhaite un bon voyage. »

M. Clarke se tourna vers Chilton, sortit une boîte d'allumettes de sa poche et lui alluma sa cigarette. « J'ai hâte d'y être, en fait, dit sa femme. Sur le bateau, je veux dire. Je pense que les bains chauds sont surfaits. Sans vouloir vous offenser. » Elle lança un regard contrit à Mme Leech. « Je préfère l'eau froide, c'est tout. Je préfère largement me baigner en pleine mer que dans une grotte étouffante. »

Le jeune mari remit la boîte d'allumettes dans sa poche intérieure et plaça une main entre les omoplates de sa femme, la guidant vers la porte comme si leur sortie était une danse.

« *Bon voyage** », dit Chilton doucement en les regardant partir. Le portier les suivit, poussant un chariot contenant leur modeste collection de bagages. Puis l'inspecteur se tourna vers Mme Leech. « Étrange qu'ils aient fait tout ce chemin pour ne rester que quelques jours. Ils auraient pu en profiter pour visiter le continent. »

Elle lui demanda s'il avait besoin du téléphone. Il devait effectivement appeler Lippincott, mais répondit que non.

« Pas pour l'instant. Mais à tout hasard, est-ce que vous savez s'il y a beaucoup de maisons abandonnées à Harrogate ?

— Abandonnées, non. Inoccupées, oui, quelques-unes. Des maisons de campagne pour les gens de la ville, ils viennent si rarement que je me demande pourquoi ils ne séjournent pas simplement à l'hôtel. Je n'ai jamais trop aimé la ville moi-même, monsieur Chilton.

— Moi non plus. »

Il tira sur l'ourlet de sa veste en tweed, qui lui semblait lâche, comme s'il avait encore perdu du poids. *Il est important de manger*, se rappela-t-il. *Important de travailler. Important d'accomplir les gestes quotidiens, même si ce n'est que mécaniquement.*

Il se rendit dans la salle à manger presque vide. Parmi les rares clients, une jeune femme était assise seule, regardant par la fenêtre tandis qu'une tasse de thé pleine refroidissait sur la table devant elle. Chilton se dirigea vers elle.

« Puis-je ? » demanda-t-il en tirant une chaise. Je n'avais d'autre choix que de répondre : « Oui. »

L'inspecteur Chilton avait un avantage sur moi, comme c'est souvent le cas des policiers : il ne savait pas comment j'étais liée à Agatha Christie, mais il savait que je l'étais. J'ignorais qu'il possédait de telles informations. J'étais toujours sous le choc de la nouvelle que Finbarr m'avait annoncée : que ce *nous* faisait référence à Agatha et lui, qu'elle se cachait ici, à Harrogate, avec lui. Mon choc aurait été encore plus grand si j'avais su que Chilton était au courant. Mais je l'ignorais, je n'avais donc aucune raison de m'inquiéter de sa présence.

Ce qui me préoccupait, en revanche, c'était Finbarr, et l'effet que sa réapparition aurait sur mon avenir. Comment pourrais-je retourner dans les bras d'Archie après avoir été dans ceux de Finbarr ? *Il faut respecter la psychologie.* J'avais dû énormément travailler sur ma propre psychologie, surmonter mes émotions contradictoires afin de mener à bien mon projet de devenir l'épouse d'Archie. Maintenant que Finbarr était revenu dans ma vie, tout risquait de tomber à l'eau.

Trois ans plus tôt, quand j'avais jeté mon dévolu sur Archie, je savais que je n'arriverais à rien en l'abordant moi-même. Alors je m'étais placée dans son champ de vision. J'avais découvert ce qu'il aimait et j'étais devenue cette personne, détournant le regard au lieu de le laisser croiser le sien. Un swing parfait sur le terrain de golf, un sourire timide. Comme lorsqu'on suit une recette à la lettre afin d'obtenir un gâteau parfait, chaque étape de mon plan s'était déroulée comme prévu.

Chilton ne semblait pas être le genre d'homme pour lequel il fallait mettre en œuvre de tels jeux. Il était abordable. Humble, mais pas d'une manière qui inspire la pitié. D'une manière sympathique. Il sourit d'un air presque penaud en dépliant sa serviette. Tout en lui semblait usé – ses vêtements, son visage, et ses cheveux qui avaient besoin d'un bon coup de peigne. Il se servit du thé.

« J'ai la main qui tremble, parfois, expliqua-t-il en tendant sa main valide, qui, de fait, tremblait légèrement. Depuis la guerre.

— Je suis navrée. »

Finbarr ne souffrait pas de tremblements. Chaque homme portait la guerre à sa manière. J'aimais que Chilton annonce sa faiblesse au lieu d'essayer de la cacher.

« Je vois que votre amie est partie, dit-il.

— Mon amie ?

— La jeune Américaine, Mlle Clarke.

— Oui, elle m'a dit qu'elle partait. Mais nous ne sommes pas vraiment amies. Je ne l'ai rencontrée qu'il y a quelques jours.

— Vraiment ?

— Oui. Je ne suis jamais allée en Amérique.

— Et c'est son premier voyage en Angleterre ?

— Nous n'en avons pas discuté. »

La façon dont Chilton me fixait me déstabilisa. Il m'examinait, sans chercher à s'en cacher. Ce n'était pas un regard lubrique, loin de là, mais scrutateur, comme s'il sondait mon esprit puis évaluait ce qu'il avait trouvé. Je n'avais pas trop apprécié ses questions sur Lizzie Clarke, mais en même temps je le trouvais attachant, et, face à son regard, je ne pus m'empêcher de lui adresser un petit sourire, comme si j'avais besoin de le réconforter.

La serveuse s'approcha de notre table, mais il lui fit signe de partir.

« Comment savez-vous que je ne veux rien ? » demandai-je. C'était quelque chose que je n'aurais jamais dit à Archie. Ni d'ailleurs à Finbarr, car il n'aurait pas renvoyé la serveuse sans me demander au préalable si j'avais faim.

« Souhaitez-vous quelque chose ? » Je fis signe que non. « C'est une affaire assez incroyable, dit Chilton.

— Vous parlez de la disparition ? De cette dame romancière ?

— Non. Ce n'est pas ce que je voulais dire. Mais c'est aussi une histoire incroyable.

— Est-ce qu'ils l'ont trouvée ?

— Non. Sa disparition reste un mystère.

— Je trouve ça fantastique. Pour une dame, de devenir écrivain. »

Il parut surpris par le changement de sujet.

« Heu, oui. Je suis d'accord.

— À une époque, je rêvais d'écrire, moi aussi. Mais la vie en a décidé autrement. »

Chilton hocha la tête. Il n'était pas surpris par mes confidences. La vie à l'hôtel, loin de son quotidien, est propice à ce genre d'épanchements. C'est pourquoi il n'y avait rien de suspect à ce que je me sois si rapidement liée d'amitié avec Lizzie Clarke.

« Mais vous êtes encore jeune. Vous avez le temps d'écrire des dizaines de livres, si c'est ce que vous voulez.

— Sans doute. »

Je reposai ma tasse de café sur sa soucoupe.

« Enfin bon, ce que je trouve incroyable, dit-il, revenant au sujet qui l'intéressait, c'est ce qui est arrivé aux Marston.

— Oui. C'est étonnant. Si vous voulez bien m'excuser, monsieur Chilton. J'ai terminé. Je vous souhaite une bonne journée. » Je posai ma serviette sur la table et me levai. « Sans vouloir être impolie, je dois dire que vous ne semblez pas être le genre d'homme à passer ses vacances dans un spa.

— Ai-je dit que j'étais en vacances ? »

Il inclina la tête, et, soudain, il ne parut plus si inoffensif.

« Non, bien sûr. Vous cherchez Agatha Christie. Je vous souhaite bonne chance dans cette entreprise, monsieur Chilton. Bonne journée. »

Je sortis de la salle à manger, incertaine de ce que je devais faire. La conversation avec M. Chilton m'avait épuisée. Comme il est difficile de se mouvoir dans le monde sans le laisser vous ronger les entrailles.

Quand je repense à cette période, pas seulement mon séjour à Harrogate mais aux années entre les deux grandes guerres, je me dis souvent que tout aurait dû être parfait. Nous nous sommes autorisés à croire que nous avions vaincu le mal, comme si le mal ne pouvait frapper qu'une fois. Nous jouissions déjà de certaines commodités du monde moderne – le téléphone, les automobiles, l'électricité –, mais elles n'étaient pas encore aussi nombreuses qu'elles le deviendraient plus tard, quand nous serions inondés de bruit et de lumière. Même les étoiles s'effaceraient dans les villes saturées d'éclairages. Nous serions tous trop faciles à joindre et il deviendrait impossible de faire ce que je venais de faire : s'échapper de sa vie ordinaire et disparaître sans laisser de traces.

Je montai dans ma chambre et m'assis sur mon lit en attrapant *Gatsby le magnifique* pour lire les derniers chapitres. Mes yeux parcouraient le texte, mais c'était ma propre histoire qui remplissait mon esprit. Les Clarke avaient fait leur valise et quitté les lieux. Et si je faisais la même chose ? Je ne pourrais jamais retourner en Irlande. Mais je pourrais dire à Finbarr : *Oublie Ballycotton. Allons ailleurs. N'importe où sauf en Irlande. N'importe où sauf en Angleterre.* Je pourrais laisser Agatha et Archie Christie dans le passé et enfin prendre en main mon propre avenir. Repartir de zéro. Comme si une telle chose était possible.

Un son distinct me parvint par la fenêtre, que je ne me souvenais pas d'avoir ouverte. Peut-être était-ce mon imagination. En tout cas, il ne pouvait pas provenir de l'hôtel. Peut-être d'un landau roulant sur la route. Mais j'étais certaine d'avoir entendu un bébé pleurer. Ce gémissement aigu d'un nourrisson affamé qui réclame sa mère. Une douleur me transperça la poitrine, comme si mes seins étaient soudain gonflés de lait. Je jetai mon livre sur le lit, me levai et fermai la fenêtre. Jamais je ne pourrais quitter l'Angleterre. Pas même avec Finbarr.

Chilton savait qu'il ne pouvait pas continuer à taire la découverte de Mme Christie. La police gaspillait ses ressources. Des gens s'inquiétaient. Il se dit que ce serait peut-être moins embarrassant pour elle – qu'elle pourrait rectifier les choses plus discrètement – si elle le laissait la ramener chez elle, et décida d'aller la voir immédiatement pour le lui proposer. Il s'imagina rouler avec elle à travers la campagne, se surprenant à penser non pas au moment où il apparaîtrait avec elle à Sunningdale – en héros –, mais au trajet lui-même. De quoi parleraient-ils tandis que la voiture filerait sur les routes de campagne ?

Lorsqu'il arriva à la maison où il avait découvert Agatha, déterminé à la convaincre de suivre son plan, aucune fumée ne s'échappait de la cheminée. Il ne restait plus, à l'endroit où la voiture avait été cachée, que les traces de pneus qu'elle avait laissées, et les branches qui l'avaient recouverte qui gisaient désormais sur l'herbe. Chilton poussa doucement la porte d'entrée sans toucher la poignée. Elle s'ouvrit sans résistance. Les pièces qu'il traversa étaient vides. Les cendres dans la cheminée étaient froides. Une légère odeur de lavande flottait toujours dans une des chambres. Sur la commode se trouvait un billet de cinq livres.

Chilton s'assit sur le lit et plaqua un oreiller contre son visage. Il inhala profondément. Lorsque les véritables occupants de la maison reviendraient, il n'y aurait plus aucune trace du parfum dans l'air, mais la personne qui dormirait sur cet oreiller rêverait inexplicablement de champs de fleurs mauves.

S'il ne se souciait plus vraiment de sa carrière, il lui restait malgré tout un minimum de fierté, et il devait penser à Lippincott. À moins qu'il ne parvienne à trouver Agatha une seconde fois, il ne pouvait révéler à quiconque qu'il l'avait trouvée une première fois.

CI-GÎT SŒUR MARY

Nous dormions dans un dortoir au deuxième étage du couvent, sur des couchettes étroites serrées les unes contre les autres. La journée, la pièce était fermée à clé afin que personne ne puisse venir s'y reposer. La nuit, une fois que nous étions au lit, les portes étaient de nouveau verrouillées, et seules les nonnes possédaient les clés. Il m'arrive encore aujourd'hui de rêver que le couvent prend feu et que nous sommes piégées dans cette pièce, sans aucune chance d'en sortir.

Nous avions beau être épuisées, il était difficile d'y trouver le sommeil. La nursery était juste en dessous et nous entendions les bébés se réveiller et pleurer. Lors du dernier séjour de Susanna ici, il y avait une autre mère supérieure. La nuit, les nonnes attachaient les bébés dans leur lit et les y laissaient jusqu'à ce qu'ils puissent être allaités le matin. « C'est la pire souffrance que j'aie jamais ressentie, dit Susanna. Entendre mon bébé pleurer sans pouvoir le consoler. » Bien sûr, ce n'était pas un hasard si elles nous faisaient dormir là où nous pouvions les entendre. Ce n'était qu'une autre forme de punition.

La nouvelle mère supérieure était moins cruelle, du moins en ce qui concernait les bébés. Je ne l'avais jamais aperçue qu'à la messe, de si loin que je n'avais aucune idée de ce à quoi elle ressemblait. En arrivant, elle avait décidé de nommer deux filles préposées de nuit. Lorsque les pleurs inconsolables nous parvenaient, nous savions au moins que les bébés n'étaient pas seuls, mais qu'il y avait quelqu'un pour les prendre et les bercer. Tous les matins, les blouses des mères ayant accouché le plus récemment étaient trempées de lait, qui coulait pour les nouveau-nés qu'elles ne pouvaient pas nourrir.

Les filles aussi pleuraient, la nuit. Pas seulement les mères allaitantes, mais les filles qui venaient d'arriver et se lamentaient sur leur sort. Celles dont les bébés avaient été adoptés, placés en famille d'accueil ou transférés dans l'orphelinat voisin alors même qu'ils n'étaient pas orphelins, que leurs mères n'étaient qu'à quelques mètres de là, à travailler et se languir et rêver de les revoir un jour. Nous étions désespérées, et les personnes désespérées dorment rarement bien.

Le lit de Bess était à côté du mien. Une nuit, réveillée par ses pleurs, je me redressai, scrutant l'obscurité pour m'assurer que c'était bien elle. Je portai instinctivement mes mains à mon ventre rond, au bébé qui donnait des coups de pied et culbutait, dansait et tapait. Je ne pensais pas encore à mon bébé comme à une petite fille, mais dans mon souvenir, c'était elle : mon bébé, ma petite fille. Je la vois, qui me sourit et me fait signe. J'agite la main à mon tour. Je lui envoie des baisers.

« Bess, murmurai-je. C'est toi qui pleures ? » Je repoussai ma fine couverture et m'approchai d'elle. Elle sursauta comme un ancien combattant quand je posai la main sur son épaule. « Du calme, Bess, ce n'est que moi. Nan. »

Elle plaqua une main tremblante sur sa bouche, s'efforçant de se ressaisir.

Je m'assis au bord du lit. « Tu n'as pas à t'arrêter de pleurer à cause de moi. » Je caressai les mèches des cheveux courts sur son front. Elle avait un visage doux, aux traits agréables. Il était facile d'imaginer un jeune soldat tombant amoureux d'elle. Elle aurait dû être dehors, en liberté, avec les cheveux longs et de jolis vêtements. En train de rire.

« Je n'en peux plus. Je pensais qu'une fois que mon ventre aurait grossi, il me laisserait tranquille. Qu'il passerait à quelqu'un d'autre. Mais non, il ne veut pas me laisser tranquille. » Bess se souleva sur ses coudes. Elle était enceinte de huit mois, au moins, mais elle faisait partie de ces femmes dont le corps change très peu pendant leur grossesse. Toute sa silhouette était frêle et menue, à l'exception de son ventre arrondi.

Je pris la main de Bess et y posai un baiser, fouillant mon esprit en quête de paroles utiles ou réconfortantes. « On pourrait en parler à sœur Mary Clare. »

Bess n'eut pas le courage de me le dire, mais sœur Mary Clare était déjà au courant. *Allons, ce n'est pas comme si tu n'avais jamais fait ça*, lui répondait la nonne d'une voix chantante. Il lui arrivait de changer son histoire, comme si elle ne se souvenait pas de ce qu'elle lui avait dit. *Le père Joseph ne ferait jamais une chose pareille. C'est un homme de Dieu.*

J'aurais voulu que Bess me le dise, mais c'est par bienveillance qu'elle ne l'a pas fait. Elle voulait que je m'accroche aux maigres réconforts que je pouvais encore trouver. À la place, elle demanda :

« Et que pourrait faire sœur Mary Clare ? Ce n'est qu'une femme. Aucune d'entre elles ne peut rien faire. J'aurais dû avoir le courage de jeter mon corps du haut d'une falaise avant qu'ils m'amènent ici.

— Ne dis pas ça. »

En quelques phrases courtes, je lui racontai ce qui était arrivé à Colleen.

« C'était une fille intelligente, ta sœur.

— Je t'en prie. Je suis sérieuse. Ne dis pas ça.

— Je suis désolée, Nan. Vraiment. J'ai cinq frères et une sœur à Doolin. Chaque jour, je pense à ma petite sœur, Kitty. Pour autant qu'elle sache, je me suis bien jetée d'une falaise. Quoi que papa lui ait dit, ce n'est pas qu'il m'a amenée ici. »

Bess se rallongea sur le côté. Elle joignit ses mains et les posa entre son oreiller et sa joue. « Kitty veut faire du cinéma. Elle est plutôt jolie. Elle n'a que douze ans. Je déteste ne pas être là pour elle. J'aimerais pouvoir lui écrire et lui dire : si jamais tu as des problèmes un jour, ne le dis pas au prêtre, et ne le dis pas à papa. Ne le dis à personne. Enfuis-toi. »

S'enfuir ? Pour aller où ? pensai-je, mais je ne dis rien. S'il y avait un endroit dans ce monde où les filles enceintes non mariées étaient les bienvenues, je n'en avais pas entendu parler.

« Je ne supporte pas l'idée que le père Joseph puisse toucher Kitty, dit Bess avec férocité. Il faudrait que je le tue. Je n'hésiterais pas. »

Elle se remit à pleurer. Je m'en voulais terriblement, mais j'étais terrifiée à l'idée que le père Joseph redirige ses attentions vers moi s'il venait à se lasser de Bess. Quelques jours plus tôt, je m'étais cachée de lui, me réfugiant dans les cuisines quand je l'avais vu marcher dans le couloir avec sœur Mary Clare.

« Les filles sont toutes les mêmes, l'avais-je entendu grommeler, comme si cela le mettait en colère.

— Mon père, vous ne pouvez pas dire ça », avait répondu la jeune nonne de son trille léger et joyeux. J'aurais pu croire qu'elle flirtait si je n'avais pas su qu'elle parlait toujours ainsi.

« Mes sœurs et moi n'avons rien en commun avec ces filles, n'est-ce pas ? »

Le père Joseph s'était arrêté et lui avait touché le bras. « Non, bien sûr. Vous êtes les anges les plus purs, qui s'occupent des démons les plus misérables. Des lys immaculés à côté de mauvaises herbes. C'est une chose merveilleuse à contempler. »

Nous, les filles, étions donc à ses yeux les mêmes démons. Et les nonnes, les mêmes anges, qu'attendaient les mêmes tombes : CI-GÎT SŒUR MARY. J'avais vu sœur Mary Frances flageller les paumes de filles à peine plus âgées que la petite sœur de Bess. Au cours des mois que j'avais passés ici, personne n'avait touché mes paumes. Je n'avais pas reçu le moindre coup de fouet. Je gardais la tête basse et faisais ce qu'on me disait. L'obéissance semblait le plan le plus sûr. J'étais encore très naïve. Je n'avais pas encore appris que dans ce monde, ce sont les filles les plus obéissantes qui courent les plus grands dangers.

Bess dégagea une main de sous sa joue et la tendit. Si nous étions toutes les mêmes à ses yeux, le père Joseph pourrait me choisir lorsque le ventre de mon amie deviendrait trop gros à son goût. Cette idée m'obsédait, et, dans mon esprit, cela revenait à la sacrifier pour me sauver. L'un des pires aspects de la vie en prison, c'était la façon dont elle pouvait faire de vous des mercenaires sans merci, qui ne combattent que pour eux-mêmes.

« Je suis désolée, dis-je à Bess. J'aimerais pouvoir t'aider.

— Ce n'est rien. » Elle s'écarta pour me faire de la place et je m'allongeai dos à elle, assez proche pour qu'à travers son ventre pressé contre mon dos je puisse sentir un grand coup de pied qui, l'espace d'un instant, nous fit oublier tout le reste. « Qu'il est fort, ce bébé, murmura Bess.

— C'est peut-être un garçon. Peut-être que quand il sera grand, il réglera son compte au père Joseph pour toi.

— Non. Je ne le laisserais jamais faire. C'est mon travail de le protéger. Il ne connaîtra jamais de prêtre et il n'ira jamais à la guerre. Je le jure.

— Tu as choisi un nom ? »

Nous savions que les noms que nous choisirions ne seraient que temporaires. Nous les voyions, les couples qui arrivaient pour adopter nos bébés. À l'époque, la plupart des femmes n'accouchaient pas à l'hôpital, mais chez elles. Elles préféraient passer les derniers mois enfermées plutôt que de se montrer enceintes. Il était donc facile non seulement de voler nos enfants, mais aussi de les faire passer pour les leurs.

« Si c'est une fille, dit Bess, je l'appellerai Genevieve. Si c'est un garçon, Ronan. Ça veut dire "bébé phoque". Il y a des phoques d'où tu viens, Nan ?

— Non. »

Il y avait des phoques sur les rochers de la plage de Ballywilling, mais je ne voulais plus venir de là. J'avais abandonné l'idée que l'Irlande m'appartenait ou que moi je lui appartenais. Je venais de Londres. J'étais la fille de ma mère. Pas celle de mon père.

« S'il y a des problèmes sur la terre, Ronan sautera dans l'eau. Et s'il y a des problèmes dans l'eau, il retournera sur la terre.

— Et pourquoi Genevieve ?

— C'est la sainte patronne des jeunes filles. Pour qu'elle puisse s'occuper d'elle-même. » Je serrai mon propre ventre, charmée par cette idée. « Il n'arrivera jamais aucun mal à ce bébé, dit Bess. J'y veillerai. »

Nous voulions y croire. Peu importait où nous étions, nous voulions croire que la chance nous sourirait. Nos jeunes hommes viendraient nous chercher. Nos enfants resteraient toujours près de nous et nous les verrions grandir. Je m'imaginai assise à une table de cuisine, mon bébé jouant avec Alby à mes pieds, Finbarr préparant du thé pendant que je remplissais un carnet d'histoires. Nos rêves ne nous avaient pas encore été arrachés. Pas encore.

Les filles sont toutes les mêmes. La proclamation du père Joseph nous hantait, au point que nous étions presque arrivées à y croire. Il y avait des rébellions de temps en temps – comme quand une pensionnaire s'échappa par le portail qui avait été laissé ouvert pour le camion de lait. Les cloches sonnèrent et les nonnes se mirent à courir en tous sens, ordonnant d'ouvrir telle porte et de verrouiller telle autre. Nous applaudîmes, au risque d'être punies. À notre grande déception, la fugitive revint le soir même, le visage strié de larmes et de poussière. Après une journée de marche inutile, elle avait compris qu'elle n'avait nulle part où aller.

« Estimez-vous heureuses d'avoir un toit au-dessus de vos têtes, disaient les nonnes. C'est plus que ce que la plupart des gens vous donneraient. »

Un matin, Bess et moi étions occupées à récurer le hall d'entrée. Les planchers qu'ils nous faisaient nettoyer étaient souvent déjà impeccables, mais le début de l'été avait été pluvieux et les filles qui travaillaient à l'extérieur avaient mis de la boue sur les carreaux. Je laissai Bess à quatre pattes pour aller remplir nos seaux d'eau chaude, et, en revenant, je trouvai sœur Mary Clare qui fredonnait dans le couloir.

« Ma sœur, j'ai une faveur à vous demander.

— Ma rose anglaise. » Elle sourit. « Tu peux me demander n'importe quoi. J'espère que tu le sais.

— Pourriez-vous envoyer une lettre à Finbarr Mahoney, à Ballycotton ? Juste quelques lignes pour lui dire où je suis. » Une expression triste et hésitante passa sur son visage. « Vous n'avez pas besoin de lui dire de venir me chercher. Vous n'avez pas à dire quoi que ce soit, à part "Nan est au couvent de Sunday's Corner". Il viendrait me chercher s'il le savait, ma sœur, il m'épouserait, je le sais.

— Bien sûr, j'en suis certaine. »

Elle enfonça sa main dans mon épaule, maigre malgré la grossesse. Notre régime alimentaire était assez frugal : du pain le matin et un ragoût inconsistant le midi. « Je vais écrire à ton Finbarr, Nan. Il est possible que tu fasses partie des chanceuses, après tout. »

La nonne me raccompagna jusqu'à l'entrée. Elle n'offrit pas de porter un de mes seaux, dont l'eau brûlante m'éclaboussait les tibias et les pieds.

« Ma sœur », dit Bess en se levant avec difficulté. Le sol de pierre luisait d'humidité, tout comme elle. De la sueur perlait sur son front.

Sœur Mary Clare s'approcha d'elle avec sollicitude, levant sa main dodue pour toucher sa joue.

« Je me sens mal. J'ai des crampes et je transpire. »

La nonne déplaça sa main de la joue de Bess à son front.

« Tu n'as pas l'air d'avoir de fièvre.

— Je vous en prie. Je sens que j'approche du terme. J'ai des douleurs dans le ventre comme si j'étais indisposée. Vous devez me transférer à l'hôpital.

— Vraiment, c'est ce que je dois faire ? » fit sœur Mary Clare d'une voix amusée, mais teintée de menace.

Même elle ne tolérerait pas la moindre impudence de notre part.

« Il faut que j'aille à l'hôpital, s'il vous plaît, se corrigea Bess d'un ton las, comme si elle savait que c'était perdu d'avance.

— Tu es toute maigre. On remarque à peine que tu es enceinte. Tu es loin du terme, ma chérie, crois-moi, j'ai l'habitude. Tu ne vas quand même pas rester allongée pendant des semaines comme une reine, n'est-ce pas ? »

Le regard de la nonne passa du visage de Bess au mien, et elle dut être frappée par la consternation qu'elle y vit.

« Je te propose une chose. Je vais te faire monter discrètement à l'étage pour que tu te reposes. Ce sera notre petit secret. Qu'en dis-tu ?

— Merci, ma sœur. »

Je pris la brosse à récurer de ses mains humides. C'était la première fois qu'une fille était autorisée à se reposer pendant la journée. Je me sentais non seulement heureuse pour Bess, mais aussi optimiste pour moi-même. Peut-être sœur Mary Clare allait-elle vraiment écrire à Finbarr. Je le voyais déjà franchir le portail à grands pas et passer devant les filles à genoux dans l'herbe pour aller voir directement la mère supérieure et exiger ma libération.

Bess et sœur Mary Clare s'éloignèrent ensemble. Aucune autre religieuse n'aurait accepté de faire ça. Nous avions une chance immense qu'au moins l'une d'elles soit bienveillante.

Bess savait que la présence d'une nonne à son côté ne la protégerait pas du père Joseph. Son estomac se noua quand elle le vit émerger du bureau qu'il utilisait lorsqu'il visitait le couvent. Bess ne croyait plus à la prière, mais les habitudes ont la vie dure. Tous les jours, elle priait pour que son ventre devienne un obstacle. Elle priait pour que son ventre fasse cent kilomètres, pour être la femme la plus enceinte que la Terre ait jamais connue.

« Te voilà, Bess ! » lança sans vergogne le prêtre d'une voix tonitruante.

Dans les couloirs du couvent comme à l'église, le père Joseph affichait toujours un visage souriant.

« Bess se sent mal, mon père, dit sœur Mary Clare. Je l'emmenais s'allonger à l'étage.

— Elle peut s'allonger ici. »

Le désespoir est comme un filet de pêche qui, lancé en l'air, se déploie pour mieux retomber sur sa proie. Bess se tourna vers la nonne et lui attrapa le bras. Sœur Mary Clare baissa les yeux sur la main, puis les leva vers le prêtre, qui se tenait les bras croisés, tel un père face à une enfant insolente.

« Je vous en prie, dit Bess. Il ne m'écoutera pas. Mais vous, peut-être. »

Sœur Mary Clare éclata de rire, bien décidée à prouver qu'elle était la personne la plus joyeuse sur terre. « Allons, allons. On pourrait croire que vous allez à l'échafaud, plutôt qu'à une séance de prière avec l'homme le plus vénéré du comté de Cork. »

Bess était incapable de regarder le père Joseph qui, c'était certain, devait être ravi d'entendre ainsi chanter ses louanges. Comme si l'homme le plus vénéré du comté pouvait être en charge de mauvaises herbes telles que nous. Bess était certaine que cela ne faisait que renforcer son désir d'être seul avec elle. Elle regarda sœur Mary Clare, la joie forcée sur son visage, le refus obstiné de voir ce qui était juste devant elle. Ou pire, le refus d'admettre qu'elle savait parfaitement ce qu'il se passait.

« Ma sœur, croyez-vous vraiment que vous irez au paradis quand tout ça sera terminé ? »

La nonne arracha son bras à la main de Bess qui la tenait toujours, une ombre passant enfin sur son visage. « Allons, Bess, siffla-t-elle. Le père sait ce qui est le mieux pour nous toutes. Tu le sais. » Elle posa sa main dans le dos de la jeune femme et la poussa dans le bureau.

Dès que la porte se fut refermée, l'expression sur le visage du prêtre changea. Il était furieux. Comme si Bess était fautive, comme si c'était elle qui le forçait à souiller une fille déjà souillée.

« Tu as dit que tu voulais t'allonger. Alors allonge-toi. Ici. » Il désigna le sol derrière son bureau et retira son col, qu'il jeta au sol avec mépris.

« Mon père », fit Bess d'une voix tremblante. Elle détestait l'appeler ainsi. « Je ne me sens vraiment pas bien.

— C'est ce que tu dis à chaque fois. »

Il était vain d'insister. Le moyen le plus sûr d'être envoyée à l'étage était de faire ce qu'il lui disait. Elle s'allongea et ferma les yeux.

« Arrête ça. Ouvre les yeux. En grand. »

Elle obéit. Quand Bess était arrivée au couvent, quand le père Joseph l'avait violée pour la première fois, elle avait enduré le supplice en silence. Maintenant, bien qu'elle espérât toujours qu'elle et son bébé s'en sortent indemnes, elle savait que le supplice ne serait jamais terminé. Même après les derniers râles du prêtre. Après qu'il eut redressé sa soutane et qu'elle se fut enfuie dans les couloirs. Même si elle quittait un jour cet endroit, même si elle vivait jusqu'à cent ans. Elle verrait à jamais le visage du prêtre au-dessus du sien, assombrissant tous les moments à venir qui auraient pu être les plus heureux de sa vie, s'immisçant jusque dans son passé. Quand elle pensait à ses frères, elle les imaginait la livrant au père Joseph. Quand elle pensait à Kitty, elle imaginait le père Joseph lui ordonnant de s'allonger et de garder les yeux grands ouverts. Jusqu'à ce que Bess soit contrainte de bannir de son esprit le visage bien-aimé de sa petite sœur pour la sauver de cette horreur, même si elle n'existait que dans son imagination.

« Je vous hais », murmura Bess avant même de comprendre que les mots franchissaient ses lèvres. Elle tressaillit, craignant qu'il ne s'énerve et la frappe, mais ses mots eurent sur le prêtre un autre effet, mettant un terme au supplice de la journée.

Pendant tout ce temps, sœur Mary Clare était restée dans le couloir. À l'attendre. Elle souriait comme si de rien n'était lorsque Bess sortit, tremblante, pour être conduite à l'étage.

« Tu vois, chantonna la nonne, sa voix musicale rebondissant sur les murs de pierre. Ton repos n'en sera que meilleur. Le père Joseph sait toujours quoi faire, n'est-ce pas, pour restaurer l'âme d'une fille. »

Dans notre dortoir, Bess s'allongea sur son lit. Elle entendit la clé tourner dans la serrure et le fredonnement de sœur Mary Clare tandis que la nonne s'éloignait dans le couloir. En bas, dans la nursery, un bébé se mit à pleurer, puis un autre. Une des deux filles affectées au service de nuit avait été libérée du couvent la semaine précédente et l'autre était débordée. Mais la journée, il y avait bien plus de mains, y compris celles des nonnes, les gémissements se calmaient donc rapidement.

Depuis combien de temps Bess ne s'était pas retrouvée seule dans une pièce ? Cela ne lui était pas arrivé souvent, même dans sa vie d'avant, car elle venait d'une famille nombreuse. Une douleur lancinante lui déchirait les entrailles. La prochaine fois, elle refuserait. Qu'il en ait fini ou non avec elle, elle ne se laisserait plus faire. Nous étions peut-être à sa merci, mais il ne voulait pas de scandale. Il ne voulait pas que nous disions à voix haute les choses qu'il nous faisait en secret. Il voulait marcher parmi nous comme une figure paternelle, un homme pieux et jovial. Mais il n'était pas jovial quand elle tressaillait sous ses mains charnues. Il n'était pas jovial quand il s'enfonçait en elle en grognant de plaisir. Parfois, alors qu'elle était allongée sous lui, le regard de Bess errait vers des objets qu'elle pourrait attraper et lui plonger dans le cou. Elle s'imaginait planter ses dents dans sa jugulaire et tirer jusqu'à ce que le sang jaillisse, se déversant sur elle tandis que lui, réduit au silence, tomberait sur le côté, les mains agrippées à sa gorge. Aurait-elle le temps d'attraper un objet – le presse-papiers en verre épais sur son bureau, peut-être, ou une lampe, ou le coupe-papier – et de l'achever ?

Pendant ce temps, en bas, je passais la brosse sur les joints sales en pensant à Bess, m'efforçant d'ignorer la douleur dans le bas de mon dos. J'imaginais sœur Mary Clare laissant volontairement, ou par accident, la porte du dortoir déverrouillée. Bess, le pas léger malgré sa grossesse avancée, s'enfuyant. Un portail ouvert quelque part. Son soldat américain attendant à l'extérieur du couvent. Elle ne nous parlait jamais de lui, si bien que je ne connaissais ni son nom ni son apparence. Mais il arriverait en uniforme. Une fois qu'elle aurait accouché, je ne la reverrais jamais, mais je ne m'autoriserais pas à en souffrir. Car son évasion serait la preuve. La preuve que n'importe laquelle d'entre nous pouvait être secourue. Et un jour, je serais de retour chez moi à Londres et une lettre arriverait, à l'adresse qu'elle avait si consciencieusement mémorisée. Et nous pourrions nous écrire pour nous raconter comment tout s'était arrangé, finalement.

En réalité, Bess ne s'était pas enfuie, mais elle avait sombré dans un sommeil tourmenté dont elle ne parvenait pas à émerger. Elle vit Kitty, debout dans un coin de la pièce. *Tu dois te réveiller, Bess*, disait sa petite sœur, et Bess essayait désespérément d'ouvrir ses paupières, de trouver la voix dans sa gorge pour répondre : *Tu dois partir, Kitty, tu dois t'enfuir d'ici.* Au loin, elle entendait les pas de sœur Mary Declan, ses talons claquant sur le sol du dortoir, furieuse d'apprendre qu'elle avait été autorisée à s'allonger. Bess avait l'impression d'être au fond d'un étang, à plusieurs mètres de profondeur. Loin au-dessus de sa tête elle discernait de faibles lumières et des sons étouffés. Mais elle ne parvenait pas à nager jusqu'à la surface. Elle imagina que les pas de sœur Mary Declan appartenaient à Kitty, qui ne courait pas dans sa direction, mais loin d'elle, aussi vite que possible sur ses petites jambes d'enfant, vers la sécurité. À présent que sa sœur ne craignait plus rien, Bess se dit qu'elle était bien, en fin de compte, au fond de l'eau. Le monde à la surface était vil et brutal. *Laissez-moi rester sous l'eau*, pensa-t-elle. *Ne me faites jamais remonter.*

Elle ne savait pas que son soldat américain s'était finalement présenté à la porte de son père. « Je l'épouserai dès l'instant où ils la laisseront partir », avait-il promis lorsqu'il avait appris où se trouvait Bess.

« Bess ! » cria sœur Mary Declan. Elle lui gifla une joue, puis l'autre, non sous l'effet de la colère, mais d'une peur véritable. Sœur Mary Clare la regardait faire, serrant son crucifix. Les nonnes voulaient croire ceux qui les appelaient des anges. Le soir, elles s'accorderaient le pardon, leurs doigts égrenant les perles du rosaire. Elles nommeraient leurs péchés et les oublieraient aussitôt, prêtes à en commettre d'autres dès le lendemain.

Il était trop tard pour l'emmener à l'hôpital, ou même la descendre sur le matelas près de la buanderie. Susanna et sœur Mary Declan firent de leur mieux pour l'aider à accoucher, là, dans le dortoir. Le lendemain matin, Bess réussit enfin à remonter à la surface, vivante et bien portante. Un miracle.

Et ce ne fut pas le seul. Ce même matin, son petit ami se présenta au couvent, demandant à voir la mère supérieure. Il arrivait à temps pour faire sortir Bess, mais trop tard pour sauver leur enfant. Le petit Ronan fut l'un des rares bébés à quitter le couvent de Sunday's Corner dans les bras de leur mère, emmailloté dans une couverture jaune, son beau visage rond raidi par la mort.

LA DISPARITION

Sixième jour

Jeudi 9 décembre 1926

Les limiers du Berkshire ne s'en sortirent pas mieux que le terrier d'Agatha. L'inspecteur Thompson avait pourtant fait appel à une éleveuse belge dont les chiens avaient la réputation d'être les meilleurs chasseurs d'Europe. Ils suivirent l'odeur d'Agatha en cercle, se concentrant sur l'endroit où Finbarr lui avait fait signe de sortir de la voiture, où des perles de sueur à la lavande étaient tombées sur le sol de terre. L'odeur s'arrêtait là où elle commençait, comme si Agatha avait sauté dans la voiture de la pauvre Mlle Oliver et s'était enfuie avec. Les chiens reniflèrent et aboyèrent en vain, jusqu'à ce qu'ils finissent par détecter l'odeur d'un lapin et entraînent les enquêteurs dans une nouvelle recherche infructueuse.

« Agatha, Agatha », gémissait Archie en arpentant la maison, puis le terrain. Il trouva le cerceau de Teddy, abandonné sous un buisson à la limite de la propriété, et le fit tourner. Il roula sur quelques mètres puis vacilla avant de tomber dans l'herbe. Il ne s'était pas joint aux recherches, non seulement pour éviter les regards suspicieux de ses voisins, mais aussi parce que chercher revenait à admettre qu'il y avait quelque chose à trouver – un autre corps, celui d'Agatha cette fois –, et il refusait d'envisager cette possibilité. Elle était en vie. Ce serait un des policiers d'un comté improbable qui les préviendrait et leur annoncerait la bonne nouvelle : elle avait été trouvée, saine et sauve, prête à rentrer chez elle.

Noel Owen vint lui tenir compagnie. Ils burent jusque tard dans la soirée et dînèrent dans le salon.

« Quand ça a commencé avec Nan, confia Archie, tout était si nouveau et excitant. Le genre de nouveauté et d'excitation que je croyais disparues de ma vie à jamais. Et je ne vais pas te mentir, c'est le caractère interdit de la chose qui la rendait tellement… tellement…

— Irrésistible ? »

Noel n'était pas insensible aux plaisirs de la chair, même si, pour autant que je sache, il avait toujours été fidèle à Ursula, du moins aussi fidèle qu'un homme puisse l'être.

Mais je suis cynique. *Aussi fidèle qu'un homme puisse l'être.* Ce n'est pas ce que je ressens, ni ce que je crois, au fond de mon cœur. Certains hommes sont capables d'être fidèles. Finbarr, par exemple. Il a toujours été sincère avec moi, et l'aurait toujours été si on nous avait donné une chance d'être ensemble, dans un monde sans guerres ni églises. Il y aurait eu tant de rires. Tant de joie. Des chiens et des livres et des enfants à nous, en commençant par notre aînée, notre chère Genevieve, que j'aurais secrètement considérée comme ma préférée, même si je ne l'aurais jamais avoué aux autres.

« Irrésistible, admit Archie, prononçant le mot comme s'il s'agissait d'un poison. Toutes ces choses que je me suis racontées à moi-même. À propos de Nan. À propos de mon mariage. Si j'avais su ce qui arriverait, je crois que j'aurais agi différemment. Je le crois vraiment, Noel. »

Noel, qui était un ami de longue date, n'avait jamais vu Archie aussi désemparé. « Tu ne pouvais pas savoir qu'Agatha réagirait ainsi. » Il se leva pour servir un autre whisky à Archie. « Des hommes quittent leur femme tous les jours, n'est-ce pas, sans tout ce cinéma. Agatha a toujours semblé avoir la tête sur les épaules. »

Archie bourra sa pipe et regarda par la fenêtre. Tout était immobile et silencieux, comme si le froid avait gelé le vent. Aucune branche ne bougeait. Si Agatha brisait cette immobilité, si elle apparaissait au bout de l'allée, marchant vers lui, calme et résolue... Il savait qu'il se précipiterait hors de la maison et courrait vers elle, mais serait-ce pour l'enlacer dans une étreinte ou l'étrangler pour ce qu'elle lui avait fait subir ? Il se rappela, ce qui ne lui ressemblait guère, de ce qu'il lui avait lui-même fait subir.

Maintenant qu'elle était partie, et qu'il n'avait aucun moyen de la localiser – impuissant, impotent, pour la première fois de sa vie –, elle occupait ses pensées, comme le beau visage qu'il avait porté avec lui pendant la guerre. Sa peau de pêche. Sa silhouette mince comme un roseau. Ses yeux pleins d'adoration. Les histoires qu'elle écrivait n'étaient alors qu'une plaisante excentricité, rien qui ne puisse éclipser ses propres accomplissements.

Ils avaient traversé tant d'épreuves, Agatha et lui. Même sa relation avec Nan, ils l'avaient traversée ensemble, à leur manière. Agatha en avait fait partie, malgré elle certes, mais tout de même. Sans elle, sa liaison n'aurait pas eu ce caractère secret, délicieusement illicite. Et quand elle avait compris, elle s'était tue, attendant qu'il y mette un terme. Ce qu'il avait fini par faire, mais ce n'était pas la fin qu'elle avait si patiemment espérée, et elle n'avait pu le supporter. Elle avait quitté sa vie, quitté le monde. Tout ce qu'il voulait, c'était qu'elle revienne.

« Oh, A. C. », dit Archie à voix haute lorsque Noel eut quitté la pièce. Il pressa sa main contre la fenêtre. « Ma chère femme. Je ferais n'importe quoi. J'expirerai mon péché. Je ne t'en voudrai pas pour toute cette inquiétude que tu as causée, toute cette agitation, toute cette honte. Je renoncerai à la fille. Je ferais n'importe quoi pour que tu me reviennes. »

Archie n'avait aucun talent pour la magie. La route demeura déserte, la pièce silencieuse. L'incantation n'avait rien accompli.

Pendant ce temps, à Harrogate, le légiste qui pratiqua l'autopsie de M. Marston découvrit du cyanure de potassium dans son sang.

« Il y avait une marque », expliqua-t-il dans le bureau de Lippincott, dont la porte était pour une fois fermée. Lippincott et Chilton avaient tous les deux préféré ne pas revoir le corps.

« Une marque minuscule sur la hanche de l'homme. Le cyanure a dû être injecté à travers son pantalon. Ce n'était pas une mort naturelle.

— Et la femme ? demanda Chilton.

— De la strychnine. Une dose létale. Ingérée, pas injectée.

— Deux poisons relativement faciles à obtenir, dit Lippincott. Toute femme au foyer ayant déjà eu un problème de guêpes ou de rats en a chez elle.

— En effet. »

Chilton repensa au couple, des gens tout ce qu'il y a de plus ordinaires. Qui aurait pu vouloir tuer ces deux-là ? « Ça doit être quelqu'un qui était présent dans la salle à manger. »

Le légiste acquiesça.

« Tout laisse penser que c'est l'épouse », déclara Lippincott, qui tenait peut-être simplement à protéger le gagne-pain de son cousin. Rien ne ferait fuir les clients plus efficacement qu'un double meurtre. « Elle a tué son mari en lui injectant du cyanure de potassium, puis s'est donné la mort avec la strychnine. Est-ce qu'elle t'a paru perturbée ? demanda-t-il à Chilton. Avant la mort de son mari, bien sûr.

— Bien au contraire. Elle respirait la joie de vivre. Joviale. Insouciante. Assez agaçante, en fait.

— Allons, allons, fit Lippincott. Je vais devoir te considérer comme un suspect si tu continues. »

Les trois hommes éclatèrent de rire, oubliant un instant la nature tragique de leur discussion.

« Mais pourquoi aurait-elle voulu tuer son mari ? demanda Chilton.

— Visiblement, vous n'avez jamais été marié, dit le coroner, que sa femme accueillait chaque soir avec un dîner brûlé et une nouvelle liste de griefs.

— Est-ce que les envies de meurtre commencent souvent pendant la lune de miel ? Cette femme adulait son mari, ça sautait aux yeux.

— C'est d'autant plus suspect, dit Lippincott. Ça me paraît évident, mais puisque tu es déjà sur place, autant que tu en profites pour fouiner un peu et confirmer ma théorie. Discrètement. Vois si Mme Marston a confié quoi que ce soit d'utile aux autres clientes. Histoire qu'on ne te paie pas à rien faire. »

Chilton acquiesça, mais au lieu de se rendre directement à l'hôtel pour commencer à interroger les clients, il emprunta quelques routes secondaires, les yeux rivés sur le paysage hivernal. Les arbres à feuilles caduques laissaient entrevoir l'intérieur de la forêt, mais il n'y avait aucun signe du jeune Irlandais, de Mme O'Dea ou d'Agatha. Il regagna l'hôtel bredouille. Il se ferait masser, décida-t-il, puisqu'il était là, autant en profiter, et enverrait une carte postale à sa mère pour lui dire qu'il l'avait fait. Elle serait ravie de l'imaginer heureux et détendu.

Mme Leech tenait la réception avec une bonne humeur de façade. Chilton supposa que d'autres clients avaient décidé d'écourter leur séjour en apprenant le décès de Mme Marston. N'importe lequel d'entre eux pouvait être le tueur, mais, à bien y réfléchir, Chilton était plutôt d'accord avec Lippincott : il était presque certain que la mort du couple était un drame familial.

« Je souhaiterais réserver un massage », lui dit-il.

Elle sourit chaleureusement et prit son stylo. « Je suppose que vous savez que ce n'est pas inclus avec votre chambre. Il vous faudra payer un supplément. »

Soudain, la perspective d'un inconnu pétrissant sa peau nue lui sembla bien moins attrayante. Chilton préféra se rendre aux bains. Bien qu'il ait l'endroit pour lui seul, il lui fut impossible de se détendre. Son esprit revenait sans cesse aux routes qu'il avait empruntées, désertes et gelées, sans aucun signe de l'automobile noire ; toutes les maisons dont s'échappait de la fumée, occupées par leurs propriétaires légitimes. Il n'arrivait pas à croire qu'il ait pu commettre une telle erreur de calcul. Il l'avait eue sous les yeux et l'avait laissée lui filer entre les doigts. Lippincott l'avait chargé de retrouver Agatha Christie pour plaisanter. Mais que dirait-il s'il apprenait que Chilton l'avait malgré tout trouvée, et qu'il l'avait laissée s'échapper en rêvassant ? Ne pouvait-il donc rien faire de bien des jours qu'il lui restait sur terre ?

Après le dîner, Chilton emporta sa pipe dans la petite bibliothèque de l'hôtel afin de chercher une confirmation de la théorie de Lippincott concernant les Marston. Les dames se plaignaient souvent de la fumée des cigarettes, mais rarement de celle des pipes – les hommes fumant la pipe leur rappelaient leur père –, et cela lui permettait de satisfaire son besoin de nicotine tout en se donnant de la contenance. Les livres sur les étagères dataient pour la plupart du siècle dernier. Il parcourut les tranches et prit *La Maison d'Âpre-Vent*, puis il s'installa sur le canapé afin que quiconque entrerait doive s'asseoir soit à côté de lui, soit face à lui, dans l'un des fauteuils usés mais confortables qui meublaient la pièce. Il avait vu Mme O'Dea avec un livre et espérait qu'elle viendrait en chercher un nouveau, les lecteurs en vacances en faisant généralement une consommation assez effrénée. Si elle s'aventurait dans la bibliothèque, il pourrait essayer de découvrir son lien avec Agatha Christie, faisant d'une pierre deux coups.

Bientôt, une jeune femme brune entra dans la pièce, un épais châle rose sur les épaules. Mlle Armstrong, se rappela Chilton, la jeune femme avec laquelle il avait dîné l'autre soir. Elle lui adressa un sourire de pure forme et se dirigea directement vers les étagères.

« Il n'y a rien de contemporain, dit-il tandis qu'elle examinait les livres. Je crains que vous ne trouviez pas le nouveau Dorothy Sayers.

— Oh, je ne suis pas très portée sur les romans policiers. Je préfère les histoires d'amour. »

Elle sortit un exemplaire poussiéreux de *Jane Eyre*, essuya la couverture et s'assit, comme il l'avait espéré, sur le fauteuil en face de lui.

Mme Leech passa la tête par la porte.

« Vous avez tout ce qu'il vous faut, tous les deux ? demanda-t-elle d'une voix enjouée, soucieuse de satisfaire les rares clients qui n'étaient pas encore partis. Souhaitez-vous une tasse de thé ?

— Volontiers », dit Mlle Armstrong. Lorsque l'aubergiste eut disparu, elle dit à Chilton : « J'adore voir ça. M. et Mme Leech, je veux dire. Ensemble, sans que cela semble choquer personne. »

Chilton hocha la tête, n'ayant pas à cœur de lui avouer que la vérité était tout autre.

« Les gens peuvent dire des choses assez cruelles sur des sujets qui ne les concernent en rien, remarqua-t-il.

— En effet. Mais cela n'a pas empêché M. et Mme Leech de vivre leur amour au grand jour. C'est très romantique, n'est-ce pas ? »

Mme Leech revint avec le plateau à thé, l'air très affairé, pas une once de romantisme en vue. Lorsqu'elle fut repartie, Chilton dit :

« C'est terrible, ce qui est arrivé aux Marston.

— Oh. » Mlle Armstrong referma son livre d'un coup sec, comme si elle brûlait d'envie d'en parler. « N'est-ce pas affreux ? Mais aussi magnifique, d'une certaine manière ? Mme Marston m'a dit qu'ils étaient des amants maudits. Cela faisait si longtemps qu'ils désiraient être ensemble. Et puis, juste au moment où ils l'étaient enfin… »

Les yeux sombres de la jeune femme s'embuèrent de larmes.

Chilton n'avait pas perdu son sens de l'observation. Il avait remarqué le charme de Mlle Armstrong, ses manières impeccables, ses yeux si sombres qu'on en distinguait à peine les pupilles. Cette douceur typique des jeunes femmes si impatientes que l'amour entre dans leur vie, alors même qu'elles affirment courageusement leur indépendance. Chilton savait qu'il n'était pas le genre d'homme qui occupait ses rêveries ; il savait aussi qu'il aurait dû ressentir certaines émotions. Un désir qu'il aurait dû réprimer, non sans un soupir de regret. Pourtant, face à Mlle Armstrong, il n'éprouvait rien de plus intime que s'il avait lu un journal. Il voyait tout, mais ne ressentait rien.

« Avez-vous rencontré Mme Marston ? Elle était très sociable et bavarde, n'est-ce pas ? Oh, je l'appréciais beaucoup, monsieur Chilton. Et je suis certaine qu'elle est morte d'un cœur brisé. » Là-dessus, elle posa sa tasse de thé et leva ses mains pour se couvrir le visage.

Mme Marston s'était apparemment donné beaucoup de mal pour faire connaître son histoire. Y avait-il de la méthode dans sa volubilité ? Chilton sortit son mouchoir du fond de sa poche et le tendit à Mlle Armstrong.

C'est ainsi que je les trouvai en entrant dans la bibliothèque. Chilton m'avait parfaitement cernée. Ayant terminé *Gatsby*, j'avais besoin d'un autre livre pour me distraire de l'agitation qui régnait à l'hôtel Bellefort. Je serais rentrée chez moi comme l'avaient fait les Clarke si j'avais été plus maligne, au lieu de quoi j'avais décidé de prolonger mon séjour, annonçant à Mme Leech que je souhaitais louer la chambre pour une durée indéterminée. Comment aurais-je pu partir alors que Finbarr était si près ?

Mlle Armstrong se retourna pour me regarder, les yeux écarquillés d'embarras, mais elle se reprit aussitôt en levant le menton, comme pour me mettre au défi de la juger. J'aurais presque pu croire que j'avais interrompu un moment intime si Chilton n'avait pas paru si détaché. Il semblait davantage intéressé par mon apparition soudaine que par la jolie fille en larmes devant lui. Ce qui me mit immédiatement sur mes gardes.

« Madame O'Dea. » Il désigna sa compagne éplorée.

Je m'assis à côté d'elle et posai ma main sur son épaule.

« Tout va bien, mademoiselle Armstrong ?

— Vous êtes très gentille. » Elle se tamponna les yeux avec un mouchoir trop froissé pour être le sien. « C'est idiot. Je ne les connaissais pas jusqu'à il y a quelques jours. Mais d'avoir discuté avec Mme Marston, entendu son histoire… Je la considérais déjà comme une amie. Et ils étaient destinés à être ensemble, ces deux-là. Vous connaissez la légende chinoise du fil rouge ? Selon elle, quand nous naissons, les dieux nouent un fil invisible autour de notre petit doigt, qui nous relie à notre seul véritable amour. Et aucune force ne peut rompre ce lien.

— C'est charmant. »

Même à mes propres oreilles, ma réponse sonnait faux. Je n'étais pas insensible à ce genre de romantisme. Je pouvais croire à un millier de fils rouges nous liant, Finbarr et moi. J'avais simplement du mal à appliquer cette légende aux Marston.

« C'est tellement triste et affreux, sanglota Mlle Armstrong. Qu'ils soient morts ainsi, sous notre nez, juste au moment où leurs fils s'étaient enfin trouvés. Alors qu'ils allaient enfin être heureux.

— Ils l'ont été. »

Je retirai doucement le mouchoir de sa main et le rendis à M. Chilton, puis je lui donnai le mien, qui était en soie et portait un monogramme, bien plus adapté à sa peau délicate. Un cadeau d'Archie, commandé spécialement chez Harrods. « Ils ont eu quelques jours de bonheur. Peut-être plus qu'ils n'en méritaient. »

Mlle Armstrong cessa brusquement de pleurer et me dévisagea, les yeux pleins de reproches.

« Que voulez-vous dire par là ?

— Vous l'avez dit vous-même, vous les connaissiez à peine. Nous ne savons pas si c'étaient des gens bien. »

Chilton laissa échapper un petit rire caustique.

« Mais enfin, Mme Marston semblait être la dame la plus gentille au monde, dit Mlle Armstrong sur un ton de reproche.

— Sembler et être, ce n'est pas la même chose. Mieux vaut ne pas pleurer pour des gens dont nous ignorons les péchés. »

Mlle Armstrong me considéra comme si j'étais la femme la plus froide et la plus dure qu'elle ait jamais rencontrée. Et peut-être était-ce le cas. Mais j'aurais dû mieux le cacher. Rien n'est plus suspect qu'une femme insensible.

Je me levai pour examiner la sélection de livres. Mlle Armstrong voulut me rendre le mouchoir, mais je le repoussai du geste. « Gardez-le, j'en ai des tonnes. »

Chilton et la jeune femme se plongèrent dans leurs livres respectifs, même s'ils ne semblaient pas absorber quoi que ce soit, fixant les mots sur la page en attendant que je parte pour pouvoir discuter de ma réaction. J'aurais dû être plus prudente, mais je ne savais pas que Chilton m'avait vue avec

Finbarr, et encore moins qu'il savait qu'Agatha se cachait dans les environs.

Finalement, je portai mon dévolu sur un roman de Willy qui avait fait fureur quand j'étais petite, le premier *Claudine*. C'était une édition originale française, mais l'effort de traduction ne le rendrait que plus divertissant. Je dis sèchement au revoir à Chilton et à Mlle Armstrong.

En m'entendant sortir de la bibliothèque, Mme Leech leva les yeux de son poste de travail derrière la réception. « Madame O'Dea. Un petit garçon vient de passer pour vous déposer un message. »

Je lui arrachai le papier des doigts, avec peut-être un peu trop d'empressement. Je craignais qu'il ne révèle mon véritable prénom, mais l'écriture sur l'enveloppe – une écriture masculine – disait *Mlle O'Dea*. Si Mme Leech avait remarqué qu'il était écrit « Mlle » et non « Mme », son visage n'en laissait rien paraître. Je sentis mon cou rougir. J'avais pris un risque en utilisant mon vrai nom, mais cela en valait la peine rien que pour pouvoir ouvrir cette enveloppe et lire ce qui était écrit sur le morceau de papier épais, un emballage de boucherie.

Ma chère Nan. Retrouve-moi à dix heures ce soir devant la porte de l'hôtel. Si je ne suis pas exactement à l'heure, attends-moi et ne t'éloigne pas de la porte. C'est dangereux pour les femmes de sortir seules après la tombée de la nuit.

Je montai dans ma chambre et attendis sagement que la nuit tombe.

Pendant ce temps, dans la bibliothèque, Chilton demanda à Mlle Armstrong s'il pouvait voir mon mouchoir. Elle s'empressa de le lui donner, comme si elle était impatiente de s'en débarrasser.

« C'est un très joli mouchoir, songea-t-il à voix haute. Trop joli pour qu'on en ait trop.

— Je ne comprends pas comment elle peut être aussi cruelle, déclara farouchement Mlle Armstrong. Je ne sais pas vous, monsieur Chilton, mais moi, on m'a appris à ne pas dire du mal des morts. »

Chilton hocha tristement la tête, comme s'il était d'accord, bien qu'il en ait vu assez au cours de sa vie pour savoir que certains morts méritaient tout le mal que l'on pouvait dire d'eux. Il ne m'en tenait pas rigueur. Bien plus tard, il me dirait qu'il s'était demandé pourquoi mon mouchoir portait un grand N en écriture cursive alors que mon nom était censé être Genevieve O'Dea.

Les clients courageux qui n'avaient pas encore quitté l'hôtel Bellefort devaient être épuisés par les bains chauds, les massages et la récente tragédie, car je ne croisai personne quand je descendis ce soir-là. Même Mme Leech avait quitté son poste. L'horloge de parquet sonna ses dix coups, puis tout redevint calme comme une nuit d'hiver. Même les oiseaux et les insectes s'étaient tus. Ayant enfilé mes bottines à lacets et mon manteau de laine ainsi que mes mitaines, un bonnet et une écharpe, je sortis en prenant soin d'ouvrir et de refermer la porte sans un bruit. Par chance, c'était un hôtel bien entretenu, et la porte avait été récemment huilée. Elle resterait déverrouillée, je le savais. La criminalité était presque nulle dans la campagne anglaise à cette époque, entre les deux guerres. Sans doute était-ce en partie la raison pour laquelle la plupart d'entre nous avaient du mal à croire que les Marston avaient été assassinés. Surtout quand on savait que des milliers d'hommes battaient la campagne à la recherche d'une romancière disparue.

À ce moment-là, bien sûr, j'ignorais que les recherches avaient pris une telle ampleur. Les Leech ne mettaient pas de journaux à la disposition de leurs clients, à moins que ceux-ci ne le demandent. Les gens venaient ici pour oublier les problèmes du monde, disait Mme Leech.

Mon souffle formait un nuage blanc devant moi. L'air était agréable, il me rappelait que Noël approchait. Quand mes sœurs et moi étions petites, nous attendions dehors ensemble, les yeux rivés vers le ciel dans l'espoir d'apercevoir le Père Noël avant que notre mère ne nous envoie au lit. « Si vous êtes réveillées, il passera devant notre maison sans s'arrêter. » Nous mangions des marrons grillés sur le feu et allions nous coucher les doigts collants et le sourire aux lèvres. Jusqu'à ce que les étés en Irlande commencent et que Finbarr entre dans ma vie, c'était la période de l'année que j'attendais avec le plus d'impatience.

Au moment où son nom se formait dans mon esprit, il émergea des ombres, les mains dans les poches. Je fis un pas en avant et jetai mes bras autour de son cou. Il me serra en retour, trois battements de cœur.

« Marchons », murmura-t-il de sa voix rauque.

Je glissai mon bras au creux du sien et nous nous éloignâmes de l'hôtel, descendant la route, nous enfonçant dans l'obscurité presque totale, une de ces nuits noires comme il n'en existe presque plus aujourd'hui. Les éclairages électriques n'étaient pas encore très répandus à la campagne, et il était rare que des voitures prennent la route une fois la nuit tombée. Nous avions fait un petit bout de chemin quand un chien courut vers nous d'un air menaçant. Finbarr s'agenouilla et, en quelques secondes, le molosse – un croisement entre un collie et une créature monstrueuse – se tortillait sur ses genoux, sa queue hirsute s'agitant joyeusement tandis que Finbarr ébouriffait sa crinière blanche. Nous reprîmes notre chemin et le chien nous suivit un moment, jusqu'à ce que Finbarr ordonne : « Rentre à la maison. » Le chien baissa les oreilles, dépité mais docile, et repartit au petit trot d'où il était venu.

« Tu as un chien à toi, maintenant ? » demandai-je.

La question était trop chargée de souvenirs d'Alby pour qu'il réponde autrement qu'en me parlant de lui. L'homme qui l'avait acheté avait rejoint l'IRA. Il s'était servi du chien pour faire sauter une caserne de la police royale irlandaise, et Alby avait été réduit en miettes en même temps que sa cible. « Tu te souviens comment je lui ai appris à s'accroupir et ne plus bouger sous aucun prétexte ? C'est ce qui l'a tué, Nan. Je ne dresserai plus jamais un autre chien comme ça. »

Une douleur atroce explosa dans ma poitrine. J'aurais tout donné pour oublier ce que Finbarr venait de me dire. À partir de ce moment et pour le restant de ma vie, je rêverais d'Alby nous regardant jouer au tennis, couché, parfaitement immobile, puis se faire engloutir par les flammes avant que nous ayons eu le temps de l'autoriser à bouger.

« On a l'impression que ça remonte à loin, dit Finbarr, mais ce n'est pas le cas. Huit ans que la guerre est terminée, douze qu'elle a commencé. C'est juste que le monde a trop changé, et pas pour le meilleur. Et ça a bouleversé la manière dont le temps passe. Les tranchées, c'était hier, ou il y a une heure. Elles reviendront demain. Toi, moi, Alby et l'Irlande, c'était il y a cent ans, mais aussi tous les jours depuis.

— Et Genevieve ?

— Il y a mille ans, et ce matin.

— Mais pas demain ?

— Non, Nan. Pas demain. »

Les larmes que Mlle Armstrong avait voulu me voir verser embuèrent mes yeux.

Nous continuâmes à marcher, assez loin pour que je comprenne que je ne rentrerais pas à l'hôtel Bellefort cette nuit. Qui remarquerait mon absence ? L'inspecteur Chilton, avec ses yeux tristes et attentifs et son unique bras valide ? Que pensait-il savoir sur moi ? Rien qui puisse être assez compromettant pour effacer la magie de marcher avec Finbarr. Quand j'avais quitté le couvent, tout ce que je voulais faire, c'était marcher. J'aurais pu parcourir toute l'Irlande, puis l'Angleterre, j'aurais pu marcher de Land's End à Thurso. Je ne savais pas où chercher, mais je savais qu'il n'y avait rien d'autre à faire dans ce monde que chercher, chercher et chercher.

Finbarr n'a pas parcouru toute l'Angleterre avec moi, mais une longue allée conduisant à un manoir, flanquée d'arbres suffisamment dénudés pour que je puisse apercevoir la bâtisse au loin, dans le clair de lune. Qui nous attendait. C'était grand, mais ce n'était pas non plus un château. La maison de campagne d'un riche Londonien, vraisemblablement.

« Comment as-tu trouvé cet endroit ? Tu as la permission de rester ici ? » Alors même que je posais la question, je compris qu'il l'avait trouvé de la même manière qu'il avait trouvé notre chambre au milieu des célébrations de l'armistice. La magie de Finbarr.

« La maison m'a donné la permission de rester. C'est plus important que la permission des propriétaires. »

Les chênes dessinaient une voûte chauve au-dessus de nos têtes, s'affaissant dans le souvenir de leurs feuilles perdues. La lumière des étoiles filtrant à travers les branches créait une sorte de brume qui se mêlait à nos souffles blancs.

« On fait la course jusqu'à la porte ? » demanda Finbarr.

Je ris, mais mon corps réagit avant que ma voix puisse objecter. Je me donnai une longueur d'avance en m'élançant sans prévenir, mes muscles rouillés se réveillant au contact de l'air froid. Finbarr me dépassa rapidement, mais j'étais malgré tout fière de moi car j'étais presque sur ses talons, et j'éprouvai de nouveau cette sensation grisante du sang et de l'oxygène circulant à travers mon corps et nourrissant chacune de mes cellules.

Finbarr arriva le premier, s'écrasant contre la porte d'entrée. Nous entrâmes, haletants, passant devant le feu qui couvait dans le vestibule.

« Mme Christie est là ?

— Oui. »

Je suivis Finbarr dans l'escalier qui menait à ce qui devait être la plus grande chambre à coucher, dans laquelle il avait déjà dispersé ses rares possessions : une écharpe sur une chaise, une sacoche abîmée avec les initiales de son père à peine visibles posée dans un coin. C'était gentil de la part d'Agatha, pensai-je, de lui avoir laissé cette chambre. Il s'agenouilla et raviva le feu pendant que je restais debout, observant son visage à la lueur des braises. Mes mains se refermèrent sur mes coudes. J'aurais dû frissonner dans cette chambre glacée, mais, étrangement, je n'avais jamais eu aussi chaud.

Finbarr se leva. Il retira son manteau et le jeta dans un coin. Puis il mit ses bras autour de moi et m'attira contre lui.

« Nan, je sais que tu souffres. Je souffre aussi. Nous ne l'oublierons jamais, mais nous pouvons en avoir une autre. On peut être ensemble.

— On ne peut pas être ensemble, dis-je, tout en le laissant ôter mon manteau et poser ses lèvres sur mon cou. Parce que je dois être avec elle. Je ne peux pas partir vivre dans un hémisphère différent de mon propre enfant.

— Nan », dit-il d'une voix plus dure. Il donna une petite secousse à mes épaules, comme pour essayer de me réveiller. « Je suis là. Mais elle est partie. Il est vain de chercher quelque chose que tu ne trouveras jamais, de s'accrocher à quelque chose qui est déjà perdu. »

Finbarr n'avait jamais vu ni touché notre bébé. S'il pouvait l'aimer, il ne pouvait pas comprendre. Mais je ne dis rien. Je ne voulais pas que l'on se dispute. Cette nuit était un cadeau inespéré, arrivé sans crier gare, et je voulais juste qu'elle continue, hors du temps, une petite bulle séparée du monde et de tout ce qu'il nous avait fait. J'aurais sacrifié ce moment avec Finbarr sans hésiter pour pouvoir changer le passé. Mais ce n'était pas possible. Alors je le saisis, sans me soucier des conséquences qu'il pourrait avoir sur le futur. Je n'avais pas emporté mon éponge contraceptive en quittant Londres. Pourquoi l'aurais-je fait ? Quoi qu'il arrive, ce serait différent de la dernière fois.

« Chut, Finbarr. Ne dis rien. »

Je le fis taire avec un baiser qui nous entraîna vers le lit, vers un lieu et un moment rien qu'à nous, où nous pouvions enfin être ensemble comme nous aurions toujours dû l'être.

Chilton avait appris à se mouvoir en silence pendant la guerre. L'un des avantages d'être un homme de petite taille et de faible corpulence était que s'il posait d'abord le talon en déplaçant sa jambe à partir de la hanche, le bruit de ses pas était presque imperceptible. Et de toute manière, même s'il avait marché d'un pas lourd, sans chercher à cacher sa présence, nous n'aurions peut-être pas su qu'il nous suivait tant nous étions absorbés l'un par l'autre. Mais il nous avait bel et bien suivis sans que nous remarquions rien, même lorsque Finbarr s'était retourné pour faire fuir le chien. Chilton s'était figé, les bras le long du corps, comme s'il pouvait se rendre invisible, même pour un animal. Quand Finbarr s'était retourné et que nous avions repris notre marche, Chilton avait continué à nous suivre. Nous formions un triste couple, n'est-ce pas ? Chilton s'en rendait compte, il savait que nous avions été séparés par la guerre et que nous venions de nous retrouver. Ce qu'il n'arrivait pas à comprendre, c'était notre lien avec Agatha Christie. Il savait juste que nous le conduirions directement à elle. Et c'est ce que nous fîmes.

Après nous avoir vus tourner dans l'allée menant au manoir, une fois qu'il fut certain de connaître notre destination, Chilton se montra plus prudent. Il attendit près du portail que Finbarr avait tiré derrière nous – en vrai garçon de la campagne, il ne laissait jamais une clôture ouverte. Lorsque nous fûmes suffisamment loin pour qu'il soit sûr que nous ne l'entendrions pas grincer, Chilton ouvrit le portail et descendit l'allée. Il remarqua sans doute, comme je l'avais fait, la canopée de branches nues, songeant que l'endroit devait être charmant au printemps et en été, quand tout était en fleurs. Il inhala l'air nocturne pour se calmer – l'anxiété le prenant comme si souvent au dépourvu, le sentiment que quelqu'un pouvait le voir, tapi dans l'obscurité. Le Yorkshire était un comté très agréable, mais Chilton avait grandi près de la mer. C'était la seule chose qui lui manquait : entendre les vagues se briser sur le rivage. Marcher sur les rochers de Churston Cove et voir les phoques se chauffer au soleil. Plonger la tête dans l'eau salée, même pendant les mois les plus froids, et laisser le choc glacial lui vider l'esprit.

Il se tenait à présent devant la maison, un vieux bâtiment charmant, aux pierres apparentes, dont les fenêtres scintillaient sous la faible lumière des étoiles. Alors qu'il contemplait la façade, une lueur vacillante s'alluma à l'étage. Ça devait être l'Irlandais, qui attisait le feu pour sa soirée avec Mme O'Dea, si tel était effectivement son nom. Chilton ne savait pas ce qui nous avait séparés, mais il espérait que cela s'arrangerait et que nous pourrions être ensemble. Il avait perdu sa propre fiancée à cause de la guerre. Katherine l'avait attendu patiemment, priant pour son retour, mais ses prières n'avaient pas suffi, car l'homme qui lui était revenu n'était pas celui qu'elle avait aimé. *Je te reconnais à peine, Frank*, avait-elle dit dans un sanglot. Peu après avoir rompu avec lui, elle avait épousé le fils du fleuriste, qui devait hériter de l'entreprise et n'avait pas fait la guerre car il était aveugle d'un œil. C'était une des raisons pour lesquelles Chilton avait quitté Brixham pour Leeds, des années plus tôt. Un jour, alors qu'il passait devant le magasin de fleurs, il avait vu Katherine en train d'arranger une composition de pivoines, et remarqué son ventre arrondi. Il avait alors décidé de partir, comme si ne pas voir une chose pouvait atténuer la souffrance qu'elle vous causait.

Torquay était suffisamment proche de Brixham pour qu'Agatha Christie ait acheté des fleurs dans cette boutique, peut-être même à Katherine elle-même. Quoiqu'elle avait sans doute des domestiques qui s'en chargeaient pour elle.

Il franchit le seuil du manoir et referma doucement la porte derrière lui. L'intérieur était froid et parcouru de courants d'air. Il y avait si peu de meubles – si peu de signes de vie, en fait – que Chilton pensa qu'elle devait être à vendre ou à louer. Elle ne semblait pas attendre le retour de ses occupants. Il resserra son écharpe, puis commença son inspection. La maison était grande, mais pas immense. Il descendit jeter un œil dans la cuisine, la cave à vin (amplement approvisionnée pour une maison qui paraissait déserte) et le bureau de la gouvernante. Puis il revint au rez-de-chaussée et inspecta le salon et la bibliothèque. Il regarda dans chaque pièce à l'exception de celle qu'occupait le couple, qu'il reconnut à la lueur qui filtrait sous la porte. Des voix discrètes lui parvenaient, et un rire doux qui lui fit chaud au cœur. Il était difficile d'imaginer l'un ou l'autre de ces jeunes gens en train de rire, tant leurs visages lui avaient paru soucieux et sérieux.

Au grenier, il trouva les quartiers des domestiques et une rangée de portes closes. Il perçut sous l'une d'elles un peu de mouvement et une faible lumière, comme provenant d'une unique bougie. Il frappa doucement, avec deux doigts.

« Oui, chéri », répondit la voix, lasse et légèrement inquiète, comme une mère s'adressant à un enfant sorti de son lit au milieu de la nuit. Dans sa propre famille, ce n'était pas lui mais son plus jeune frère qui réveillait leur mère quand il faisait des cauchemars. Elle ne s'énervait jamais. Elle aimait tellement ses trois garçons.

Chilton savait que l'affection d'Agatha, et son invitation implicite à entrer, ne lui était pas adressée. Pourtant, il poussa la porte. Et il la trouva, assise sur une chaise en bois dur, vêtue d'un pyjama d'homme, ses cheveux bouclés détachés, ravissante dans la faible lueur de la pièce. Il y avait deux lits simples, dont un seul était fait. Sur la coiffeuse, qui lui tenait lieu de bureau, trônaient une machine à écrire et deux bougies allumées dont la cire coulait sur les supports en argent terni. Des piles de papiers étaient entassées sur une commode. D'autres sur le lit nu. Agatha fixa Chilton, son stylo-plume à la main, suspendu au-dessus du papier comme si elle avait cessé d'écrire au milieu d'une phrase.

« Oh, c'est pas vrai », fit-elle, sans poser son stylo.

Il pénétra dans la chambre et s'assit au pied du lit nu, en prenant soin de ne pas déranger ses papiers. Il n'enleva pas son manteau. Un petit poêle était installé dans un angle, mais il doutait qu'il tienne jusqu'au matin. Il imagina Agatha se réveillant en frissonnant dans l'air glacial. Raviverait-elle le feu elle-même ou appellerait-elle l'Irlandais, ayant échangé avec lui sa place dans la maison mais pas son statut social ?

« Madame Mahoney », dit Chilton avec une bonne dose de sarcasme. Elle dut se pencher en arrière sur sa chaise pour lui faire face.

« Est-ce ainsi que se conduisent les policiers du Yorkshire ? » Sa voix était teintée de l'indignation exercée de la haute société, mais il voyait que le cœur n'y était pas. « Vous entrez dans la chambre d'une dame au milieu de la nuit ?

— J'ai frappé. Vous attendiez votre mari ? »

Elle parut soudain triste. Chilton ne voulait pas la faire pleurer. Du moins en tant qu'homme. En tant qu'inspecteur, il savait que la fragilité émotionnelle pouvait délier les langues des témoins les plus récalcitrants.

« Je déteste être porteur d'une si mauvaise nouvelle, mais je crains que votre mari ne soit dans une des chambres en dessous, avec une autre dame. »

Enfin, elle lâcha son stylo, qu'elle posa sur la table de nuit avec le soupir de quelqu'un dont la concentration a été irrémédiablement perturbée.

« Ne jouons pas à ce jeu. Vous savez pertinemment que ce n'est pas mon mari.

— Mais n'est-ce pas à lui que vous vous adressiez quand vous avez dit *chéri* ? Ce n'est pas non plus votre…

— Comment osez-vous ? Je suis loin d'être assez vieille pour être la mère de Finbarr.

— J'allais dire *votre frère.*

— Il est devenu comme un frère pour moi, mais je ne vois pas en quoi cela vous regarde.

— Cela me regarde, madame Christie – Chilton passa à son vrai nom, bien qu'elle n'ait pas encore confirmé son identité –, parce que je travaille pour la police du Yorkshire. De nombreux officiers ont été déployés pour vous chercher.

— Nombreux ? Pour me chercher ? Dans le Yorkshire ?

— Dans le Yorkshire et partout ailleurs en Angleterre. »

Agatha fronça les sourcils. Elle ne pouvait même pas maudire sa malchance d'avoir fini dans le Yorkshire. Même si elle s'était enfuie dans le Derbyshire, le Cumberland ou le Norfolk, des policiers auraient fini par venir frapper à la porte de sa cachette.

« Grands dieux, soupira Agatha.

— Vous admettez donc que vous êtes Agatha Christie ?

— Absolument pas », répliqua-t-elle sans conviction.

Si Mlle O'Dea (il avait commencé à me considérer comme une mademoiselle presque sans y penser) ou toute autre femme avaient fait ce qu'Agatha fit ensuite, Chilton aurait été sur ses gardes, convaincu qu'il s'agissait d'une tentative de manipulation. Mais quand elle tendit la main, toucha son bras et referma ses doigts autour de l'épais tissu de laine, il vit ce geste non pas comme celui d'une femme envers un homme, mais d'un humain envers un autre humain. Une supplication sincère et urgente.

« Monsieur Chilton. Avez-vous déjà eu des ennuis ? De vrais ennuis, qui ne viennent pas seulement de l'extérieur, mais aussi de quelque part au fond de soi ? D'un endroit dont vous ne soupçonniez même pas l'existence ? »

Son regard était plein d'une vulnérabilité et d'une tendresse désarmantes. Trente-six ans est un âge qu'avec le recul on considère comme jeune. Mais sur le moment, lorsque l'on est dans la peau d'une personne de trente-six ans, on ne se sent pas jeune. Les femmes commencent à se croire vieilles très tôt, n'est-ce pas ? Agatha ne se rendait pas compte que c'était sa jeunesse qui lui permettait de rester assise des heures durant sur cette chaise inconfortable, fixant ses pages sans avoir besoin de lunettes ni souffrir du dos. Un jour, loin dans le futur, elle repenserait à cette période de sa vie et comprendrait qu'elle n'était pas vieille alors, qu'elle n'était pas une femme d'âge moyen mais une *jeune femme*, avec la majeure partie de sa vie devant elle, pour ne pas dire la meilleure.

Elle lâcha sa manche et le jaugea d'un regard perçant.

Quelle vie différente elle menait depuis qu'elle s'était enfuie avec Finbarr. Quelle personne différente elle était devenue, déjà. Aurait-elle pu imaginer qu'un jour elle occuperait une maison vide sans permission, sans même connaître le propriétaire, comme une criminelle ? Cette fois, elle ne prendrait pas la peine de laisser de l'argent, même si elle profitait de la maison et vidait ses placards. Elle avait choisi une chambre de domestique pour son austérité, mais aussi pour son intimité. Seule dans cette pièce avec un étranger, elle ne ressentait aucune peur, aucune inquiétude quant à l'inconvenance de la situation. Elle avait quitté le monde tel qu'elle l'avait toujours connu et atterri dans un lieu où rien ne semblait avoir d'importance, pas même les centaines de policiers qui battaient la campagne à sa recherche.

« Monsieur Chilton. »

Il fut de nouveau frappé par la sincérité dans sa voix, une absence totale de stratagème. Avait-elle toujours eu cette charmante spontanéité en elle ou était-elle le résultat du traumatisme qu'elle avait vécu, quel qu'il soit ?

C'était l'une des conséquences de la guerre : l'impossibilité d'apprécier les traumatismes des autres au premier regard. Tous leurs problèmes lui semblaient si insignifiants. Pourtant, il ne pouvait nier qu'il était touché par la jolie mine soucieuse d'Agatha.

« Y a-t-il quelqu'un d'autre ici, à Harrogate, qui me cherche ?

— Non. Juste moi. Et comme vous pouvez l'imaginer, le plus gros des recherches a lieu plus près de chez vous. Où l'on drague des étangs pour vous retrouver.

— Ils n'ont rien dit à Teddy, au moins ? Ma fille. Ils ne l'ont pas inquiétée, n'est-ce pas ? »

Elle se leva, l'espace où elle était assise ne suffisant plus à contenir le flot de son angoisse.

« Je l'ignore », dit-il. Puis, prenant conscience que l'apaisement pouvait être utile dans ces circonstances (même s'il n'avait pas encore identifié précisément comment caractériser ces circonstances), il ajouta : « Mais je suppose que non. » Il n'avait jamais vu l'enfant mais n'avait aucun mal à l'imaginer, choyée, protégée de toute nouvelle ou information susceptibles de la bouleverser, pour le bien des parents peut-être davantage que pour le sien. Qu'y a-t-il de plus gênant que la détresse d'une autre personne ?

Il se demandait si Agatha Christie avait jamais laissé ses émotions transparaître aussi ouvertement sur son visage.

Elle s'efforça de les masquer. « Ne jouons pas à ce jeu, monsieur Chilton. » Elle semblait vouloir insuffler à sa voix l'autorité dont elle avait l'habitude, et pourtant elle tremblait. La flamme de la bougie sur son bureau vacillait. Le poêle avait besoin de plus de charbon.

« C'est la deuxième fois que vous dites cela. Inutile de le répéter une troisième fois. Je n'aime pas les jeux. Tout ce que je veux, c'est vous ramener saine et sauve chez vous. » Voyant qu'elle ne répondait pas, il ajouta : « Madame Christie. N'en avez-vous pas assez ? Vous avez fait peur à votre mari. Il se languit de vous voir. Il est temps de rentrer chez vous.

— Vous avez vu cette fille ? Celle qui, d'après vous, est arrivée avec M. Mahoney ? »

Enfin, ils entraient dans le vif du sujet. Un mystère sur le point d'être résolu. « Il se trouve qu'il s'agit de la maîtresse de mon mari. Mon vrai mari, le colonel Christie. Elle s'imagine qu'elle va bientôt être sa femme. » Les choses commençaient à prendre forme, quoiqu'une forme assez étrange. « Mais je n'ai pas l'intention de la laisser faire. »

La maison était plongée dans le silence, mais il y avait quelque chose d'électrique dans l'air, une conscience de l'étage sous leurs pieds et de ce qu'il renfermait. Ces deux jeunes amoureux, enfin réunis. Ce n'était pas seulement ce qui se passait physiquement, mais l'émotion qui tourbillonnait autour d'eux et suintait de sous la porte, se répandant dans la maison comme une nouvelle forme d'oxygène enivrante. Il avait à peine remarqué s'il s'était mis à penser à elle comme Agatha plutôt que Mme Christie. Peu à peu, la brume les enveloppa, et leur proximité prit un caractère soudain beaucoup plus intime.

(Le Manoir hors du Temps, c'est ainsi qu'Agatha et moi l'avons baptisé plus tard. Je ne suis jamais retournée à Harrogate, ni dans ce manoir. Mais parfois je me dis que si je le faisais, si je suivais les coordonnées avec précision, je trouverais une étendue déserte de lande, de bruyères et de ronces, la maison s'étant tapie dans la brume pour cent ans de plus.)

« Vous la trouvez belle, demanda Agatha, cette… fille ? »

Elle s'était retenue d'utiliser un autre mot, Chilton le voyait. Il répondit avec l'impertinence et la sincérité dont elle semblait avoir besoin : « Pas aussi belle que vous. »

L'espace d'un instant, face à l'ardeur qui figeait les traits d'Agatha, il crut qu'elle allait se pencher pour l'embrasser.

Mais elle n'en fit rien. Elle se contenta de répondre : « Je vous en prie, ne dites à personne que vous m'avez trouvée. Pas encore. Donnez-moi un jour ou deux. »

Chilton savait qu'il aurait dû objecter, insister, essayer de la persuader. Rejeter entièrement l'idée qu'elle puisse rester cachée. Au lieu de quoi, il se leva d'un air résigné. Ce n'était pas comme si un meurtre avait été commis, après tout. Pourquoi déranger les gens à cette heure-ci avec une sonnerie de téléphone stridente ? Agatha était adulte, et elle était libre de prendre ses propres décisions. Du reste, il passait un assez bon moment. Il n'était pas certain de vouloir qu'il se termine. S'il faisait son devoir et signalait qu'elle avait été retrouvée, il risquait de ne jamais la revoir.

« Je promets que je ne dirai rien à personne, pour l'instant. Si vous promettez de ne plus bouger. Restez ici, s'il vous plaît, où je pourrai vous trouver si besoin.

— Très bien. C'est promis. »

Elle lui tendit la main pour qu'il la serre. Sa peau était douce et froide.

« Pauvre Finbarr. J'espère que Nan ne joue pas avec lui.

— Vous avez le cœur tendre. »

Agatha rit. Car elle était d'accord, comprit-il.

« Nous sommes deux, je suppose », dit-elle.

Cela faisait si longtemps qu'il n'avait pas senti son cœur battre qu'il fut surpris de la croire.

« Vous savez, tout à l'heure, quand vous me regardiez si intensément, j'ai presque cru que vous alliez m'embrasser.

— Je n'ai embrassé personne d'autre que mon mari depuis le jour de notre rencontre.

— Vous avez été une bonne épouse. »

Agatha hocha vigoureusement la tête. L'idée qu'elle ait été une si bonne épouse la rendait furieuse. Aux yeux de Chilton, c'était une jeune femme charmante dont l'âme était pleine de pensées insondables. Elle lui rappelait sa petite amie, Katherine, avant la guerre. Il sentit son esprit se mettre en quête, par habitude, de la prochaine idée noire, attiré par le côté sombre du monde. Mais il l'en empêcha.

« Madame Christie.

— Appelez-moi Agatha. »

Elle s'approcha de lui et l'embrassa, un baiser hésitant mais long et très agréable. Chilton n'osait pas lever le bras vers sa taille. S'il bougeait, il craignait qu'elle ne prenne conscience de ce qu'elle était en train de faire et que le charme ne soit rompu – ses lèvres douces contre les siennes, ses mains posées très légèrement sur son torse. Leurs bouches s'ouvraient juste assez pour inhaler le souffle de l'autre. Elle avait un goût de roses et d'herbe au printemps.

« Agatha, dit Chilton, lorsqu'elle finit par s'écarter.

— Vous devriez partir, maintenant. »

Il se sentit presque blessé par le ton de sa voix, si égal et imperturbable. « Oui. » Il était loin d'être aussi calme. Sa voix tremblait comme celle d'un garçon de douze ans.

« Mais vous tiendrez votre promesse ? De ne rien dire à personne ?

— Oui. »

Chilton referma la porte derrière lui. Alors qu'il descendait l'escalier et franchissait la porte d'entrée, il se sentit comme un fantôme ; comme si, au lieu de marcher, il glissait, les pieds immobiles, flottant quelques centimètres au-dessus du sol.

LA DISPARITION

Septième jour

Vendredi 10 décembre 1926

Sir Arthur Conan Doyle n'avait jamais entendu parler d'Agatha Christie avant sa disparition, mais il aimait trop les mystères pour ne pas s'intéresser à cette affaire. La rumeur disait qu'il s'agissait d'un coup de pub, et alors ? Si c'était réellement le cas, c'était du génie.

Les êtres humains aiment résoudre des problèmes. Et plus ils sont nombreux à s'y essayer, plus leur satisfaction est grande quand ils y parviennent.

Donald Fraser, le nouvel agent d'Agatha, annula plusieurs rendez-vous pour recevoir Conan Doyle. Le célèbre créateur de Sherlock Holmes ! Même si Fraser ne voyait pas comment sir Arthur pouvait aider à retrouver Agatha, peut-être l'auteur se laisserait-il persuader d'abandonner son agent actuel pour se faire représenter par lui ?

Non que Fraser soit motivé par des intérêts purement mercantiles. Il était inquiet pour Agatha. Et il compatissait aux souffrances de M. Christie. La propre épouse de Fraser s'était enfuie avec un de ses écrivains au printemps dernier. Il supposait qu'Agatha avait fait quelque chose de similaire. Elle s'était toujours comportée comme une dame bien sous tous rapports, mais c'était aussi le cas de sa femme.

Fraser doutait fort que Conan Doyle réussisse là où tous les policiers d'Angleterre avaient échoué. C'était un écrivain, pas un détective. Qu'y a-t-il de plus simple que de résoudre une énigme de sa propre invention ? Les écrivains inventaient des problèmes, ils ne les résolvaient pas. Une autre auteure de romans à énigme contemporaine, Dorothy Sayers, s'était déjà invitée à Sunningdale pour chercher des indices et *tester l'énergie.* Agatha Christie ne croyait pas à ce genre d'idioties. Elle ne voudrait pas que des charlatans soient impliqués, Fraser en était sûr.

À soixante-sept ans (soit quatre ans avant qu'il rejoigne le monde spirituel), Conan Doyle était un homme beau et sûr de lui. Fraser trouvait presque charmant qu'une personne aussi robuste puisse croire aux messages de l'au-delà. Lorsqu'il fut manifeste qu'il ne parviendrait pas à le convaincre de délaisser son agent actuel, Fraser décida d'écourter au plus vite le rendez-vous. Toute cette affaire l'attristait. Il voulait retrouver Agatha Christie autant que n'importe qui et ne supportait pas l'idée de perdre du temps avec de pareilles sottises.

« Avez-vous un objet lui appartenant ? » Quelle que soit l'expression que prenait son visage, la moustache de Conan Doyle demeurait remarquablement immobile. « Des effets personnels qu'elle aurait pu laisser derrière elle ? L'idéal, ce seraient des vêtements. Une note écrite à la main pourrait faire l'affaire. »

Fraser ouvrit le tiroir de son bureau, où une jolie paire de gants en cuir reposait depuis neuf mois, attendant le retour de sa propriétaire. Il hésita un instant avant de les lui donner.

« Puis-je m'enquérir de vos projets ? Les chiens de chasse connaissent déjà son odeur, vous savez. Il y a une véritable armée dans le Berkshire qui est à sa recherche. » Fraser mentionna également l'implication de Dorothy Sayers.

Conan Doyle balaya cette dernière remarque d'un geste, comme s'il la jugeait ridicule. « Elle n'a aucune idée de ce qu'elle doit chercher. » Il tira sur les gants lorsque Fraser essaya de les lui reprendre. « Une empreinte spirituelle, voilà ce qu'il faut. J'ai été en contact avec Horace Leaf. »

Fraser cligna des yeux, indiquant que le nom ne lui parlait pas.

« Mon bon monsieur, c'est le voyant le plus puissant d'Europe ! » Fraser trouvait fascinant que le créateur de Sherlock Holmes préfère recourir au spiritisme – médiums et divination – qu'à la méthode déductive. « Et pour notre grande fortune, il se trouve qu'il réside à Londres. Ces gants ont-ils été portés récemment ?

— Oh, très récemment, oui. Mme Christie est venue ici la veille de sa disparition. Elle s'est assise dans ce même fauteuil. »

Conan Doyle hocha la tête, caressant les accoudoirs comme pour recueillir les molécules qu'Agatha avait laissées derrière elle. Il brandit les gants comme s'il les avait découverts lui-même et qu'ils pouvaient à eux seuls éclaircir le mystère. « Ces gants feront parfaitement l'affaire. Horace Leaf va résoudre cette énigme. Nous allons trouver Agatha Christie, morte ou vivante. D'ici à demain matin, nous saurons où elle se trouve. Vous pouvez en être certain. »

Fraser n'éprouva pas une once de culpabilité. Si M. Leaf avait le moindre pouvoir, il aurait dû immédiatement sentir que les gants appartenaient à Mme Fraser, laquelle avait appartenu à M. Fraser avant de s'enfuir dans le Devonshire et de briser le cœur de son mari dévoué.

La lourde porte se referma. Fraser la fixa, plein de mélancolie. Peut-être irait-il chez Harrods pour en acheter une nouvelle paire à Mme Fraser, qu'il lui enverrait dans le Devonshire. En cadeau. Pour qu'elle n'ait pas froid aux mains.

Fraser était surpris de ne pas avoir été plus impressionné par sa rencontre avec le créateur de Sherlock Holmes. Il se sentait seulement ému par l'impermanence de la vie sur terre. Le nouveau roman d'Agatha Christie, *Les Quatre*, sortait en janvier. Peut-être aurait-elle la courtoisie de revenir auprès de son mari d'ici là. À moins que les imaginations les plus macabres ne s'avèrent avoir raison, et qu'elle soit découverte morte. Dans tous les cas – que quelqu'un la revoie ou non –, en janvier, elle serait connue dans toute l'Angleterre, voire dans le monde entier. Ce qui ne pouvait nuire aux ventes de ce livre.

Fraser soupira, gêné par son avarice. Rien dans la vie ne se déroule jamais comme on le pense, n'est-ce pas ?

Dans le lit du Manoir hors du Temps, je m'appuyai sur un coude, les yeux rivés sur la forme endormie de Finbarr afin de voir son visage dans les premières lueurs du jour. La brique que nous avions chauffée dans le feu pour nous tenir chaud était froide à nos pieds. Les lourds rideaux étaient tirés et la pièce était plongée dans l'obscurité matinale de l'hiver. Quand la lumière du soleil commença à filtrer dans la pièce, ses yeux étaient ouverts, et ils me regardaient. Je songeai à cette nuit en Irlande que j'avais passée allongée à côté de lui, la seule autre fois où nous avions dormi toute une nuit dans le même lit.

« La dernière fois qu'on a dormi ensemble, tu n'as pas ouvert les yeux le matin. »

Il prit mes mains et les posa sur son cœur.

« Si je l'avais fait, je t'aurais épousée ce jour-là. » Mes yeux s'emplirent de larmes. « Nous serions ensemble aujourd'hui.

— Nous *sommes* ensemble aujourd'hui.

— Pas pour longtemps. Et il manque quelqu'un. »

Il se redressa. Je remarquai pour la première fois un détail qui m'avait échappé la veille. Ses épais cheveux noirs étaient bien coiffés et coupés court, sa nuque rasée, ce qui lui donnait une apparence soignée qui ne lui ressemblait pas. C'était la preuve de ce qui m'avait semblé une impossibilité : Agatha Christie était ici, elle était vraiment ici. Dans cette même maison. Avec nous. Vivant – comme je n'avais jamais eu la chance de le faire – avec Finbarr Mahoney.

« C'est elle qui t'a coupé les cheveux ? » J'imaginai Agatha soufflant sur sa nuque. Tenant entre ses doigts les épaisses mèches soyeuses pour les couper, puis les relâcher. Ses mains, époussetant les derniers cheveux sur ses épaules.

« Oui. » Il passa ses mains sur son crâne, comme s'il venait de s'en souvenir. « Ça te plaît ?

— Je les préfère longs. »

Ma tête retomba sur l'oreiller nu. La maison était si mal équipée que j'avais l'impression de faire du camping. Des hors-la-loi et des vagabonds, voilà ce que nous étions. Finbarr se leva pour mettre une autre bûche dans le feu. Je fixai le plafond, sculpté de médaillons, excessivement orné. Je n'avais jamais pensé aux mains d'Archie sur sa femme avec jalousie. Mais je haïssais l'idée des mains d'Agatha sur Finbarr. Je comprenais un peu mieux ce qu'elle devait ressentir en imaginant les mains d'Archie sur moi, faisant bien plus que me couper les cheveux.

« Et elle est ici, dans cette maison, en ce moment ?

— Bien sûr. Je te l'ai déjà dit. Où pourrait-elle être, autrement ?

— Dans sa propre maison à Torquay. Ou un hôtel de luxe. Elle a beaucoup d'argent, tu sais, elle peut se le permettre.

— Comme toi tu peux te le permettre ? »

Je ne répondis pas. Finbarr se rallongea.

« Elle aime son mari, Nan. Elle veut le récupérer. Rends-le-lui, et pars avec moi. Nous pouvons faire ce que nous aurions dû faire juste après la guerre.

— Oh, Finbarr.

— Nous pouvons aller à Ballycotton.

— Tu es fou si tu penses que je remettrai un jour les pieds en Irlande.

— Tu peux haïr l'Irlande pour ce qu'elle t'a fait. Mais je suis l'Irlande, moi aussi. Est-ce que tu me hais, Nan ?

— Bien sûr que non. Tu le sais bien.

— Et l'Irlande n'est pas le seul pays où ce genre de chose arrive.

— Mais c'est là que ça m'est arrivé. »

Il ferma les yeux. Je caressai les mèches courtes sur son front, mes ongles effleurant son cuir chevelu, comme si, par ce geste, je pouvais leur rendre leur longueur et les faire retomber en mèches ondulées sur ses sourcils. Mes sentiments pour lui n'avaient pas changé. Je l'aimais toujours autant, et je savais que ma place était auprès de lui. Mais j'aimais Genevieve encore plus.

« Finbarr, murmurai-je pour effacer la dureté de ce que je venais de dire. Tu es mon préféré. Tu seras toujours mon préféré. »

Il ouvrit les yeux. Même si son monde intérieur s'était assombri, le soleil était toujours là, quelque part. Peut-être pouvais-je le lui rendre. Je m'abandonnai de nouveau à ses mains et à ses lèvres, et au bonheur fugace.

Nous n'entendions pas Agatha, à l'étage, qui tapait sur sa machine à écrire. Elle savait que c'était de la folie de rester ici, cachée dans ce grenier. Elle aurait dû prendre la voiture de Mlle Oliver et aller directement au commissariat pour se rendre à la police.

Se rendre à la police ! Cette pensée l'indigna. Quel crime avait-elle commis ? Absolument aucun. Si elle voulait fuir le monde, c'était son droit le plus strict.

Et pourtant. Avec tous ces gens qui la cherchaient et s'inquiétaient, elle savait qu'elle devait rentrer chez elle immédiatement. Mais c'était pour cette même raison qu'elle ne pouvait pas le faire. Comment pourrait-elle les affronter ? Quelle explication allait-elle leur donner ? Sans parler d'Archie. L'idée de regarder son visage et de voir qu'il était entièrement dépourvu d'amour pour elle lui était insupportable.

Elle espérait pouvoir faire confiance à Chilton pour tenir parole. La nuit dernière, elle avait senti le corps du policier trembler de désir, qu'il s'était efforcé de réprimer car c'était un homme respectueux. Ses lèvres étaient plus douces que celles d'Archie. Il ne sentait pas le savon et les émollients hors de prix, juste lui-même, une agréable odeur d'herbe, avec une touche d'eau salée. Elle-même savait qu'elle avait changé d'odeur à mesure que les derniers effluves de lavande s'estompaient, pour laisser place à ceux de la fumée de bois et de la transpiration.

Peu importait que M. Chilton soit un inspecteur de police. Elle pouvait lui faire confiance pour garder son secret. Elle le savait.

Chilton aussi était réveillé aux premières lueurs du jour. Il s'était couché tout habillé et n'avait pas fermé l'œil de la nuit. Cela faisait si longtemps qu'il n'avait pas embrassé une femme. Il avait honte de se sentir heureux. Le monde entier cherchait quelqu'un qu'il avait trouvé, et qu'avait-il fait à part l'embrasser et lui promettre de garder son secret ? Si les années l'avaient changé, une chose était certaine : elles ne l'avaient pas rendu plus intelligent.

Il sursauta quand un bruit sourd retentit à l'étage, qui le plaça dans un état de vigilance extrême. On ne se réveille pas en entendant un cri sans s'attendre à en entendre d'autres. Mais après quelques instants de silence, il s'autorisa de nouveau à respirer. Aujourd'hui, il allait se concentrer sur les Marston afin de confirmer la théorie de Lippincott et de s'assurer qu'il n'y avait pas de meurtrier en liberté. L'inaction pouvait faire autant de ravages que l'action. Et depuis la guerre, Chilton s'était fait le serment de ne plus causer le moindre dégât au monde.

Ce n'est pas une chose que l'on imagine petit garçon, même en faisant semblant de manier une épée ou un fusil. Tuer quelqu'un de ses propres mains. C'était un jeune soldat allemand qui revenait le plus souvent à l'esprit de Chilton. Alors que le garçon se glissait hors d'une tranchée à quatre pattes, Chilton s'était penché pour lui plonger sa baïonnette dans le cœur. Le jeune homme avait semblé si surpris, comme si personne ne lui avait dit que partir à la guerre pouvait conduire à ce résultat. Chilton s'en était tellement voulu qu'il s'était agenouillé pour le faire boire à sa gourde, même si le garçon n'avait plus besoin d'eau, ni de quoi que ce soit. *Que faites-vous, soldat ?* avait dit un caporal en lançant une bombe dans la tranchée. Chilton avait revissé le bouchon de sa gourde. Le soldat allemand était si jeune que ses joues étaient encore roses, sa peau lisse et translucide, comme s'il ne s'était jamais rasé de sa vie. Plus tard, quand il avait appris que son frère cadet avait été tué de la même manière, les visages des deux hommes s'étaient intervertis, et c'était désormais Malcolm, son petit frère, le favori de tous, qui le regardait avec des yeux vitreux. Assez jeune pour se croire immortel au milieu du fracas des canons. Quels idiots nous étions, songea Chilton. Nous marchions sur des cadavres et nous pensions encore que nous pourrions être épargnés par la mort.

À l'étage, le silence fut de nouveau interrompu par un cri étouffé, suivi d'une porte s'ouvrant et se refermant. Il sortit de sa chambre et monta rapidement, sans courir pour éviter que le martèlement de ses pas ne réveille tout l'hôtel. Dans le vestibule à l'étage, il trouva M. et Mme Race, leurs beaux visages empourprés – lui de colère, elle de détresse. M. Race tenait le poignet de Mme Race, assez fort pour laisser une marque.

« Allons, lâchez-la. » Chilton avait parlé d'une voix basse et calme, comme s'il s'adressait à un chien dangereux. Puis il s'approcha d'un pas.

« Cela ne vous concerne pas, monsieur, dit Race. Je vous suggère de retourner dans votre chambre.

— Enfin, est-ce une façon de traiter son épouse ? »

Mme Race arracha son poignet à l'emprise de son mari et le porta à sa poitrine. Quand il tendit la main comme pour l'empoigner de nouveau, Chilton se rapprocha encore de lui.

« Avant que vous ne réveilliez tout l'hôtel, dit-il d'une voix toujours posée, pourquoi n'accompagnerais-je pas Mme Race à la cuisine pour boire une tasse de thé ? Pendant ce temps, vous pourriez retourner dans votre chambre et essayer de vous calmer. »

Le couple porta pour la première fois son attention sur Chilton. Il les vit remarquer qu'il était entièrement vêtu, y compris de son pardessus, alors qu'ils étaient tous les deux en vêtements de nuit – leur tenue, à défaut de leur comportement, étant bien plus appropriée que la sienne à cette heure de la matinée.

« D'accord. » Mme Race se recoiffa d'un mouvement gracieux. « Une tasse de thé me ferait du bien. Merci, monsieur Chilton. »

Chilton lui avait promis du thé, mais le personnel de cuisine n'était pas encore arrivé. Alors il l'emmena dans le salon, à côté du vestibule. Chilton avait les nerfs à vif – bien trop à vif, craignait-il, pour pouvoir calmer ceux de la jeune femme qui faisait les cent pas dans la petite pièce, les bras serrés autour de sa taille. Il plongea la main dans la poche intérieure de sa veste pour prendre une cigarette. Quand il l'alluma, elle tourna brusquement la tête vers lui, comme si elle avait oublié sa présence. Chilton tint l'étui à cigarettes ouvert devant elle. Elle en prit une. Il replaça l'étui dans sa poche et l'alluma pour elle, un geste qui avait toujours quelque chose d'intime. Il remarqua que son poignet ne portait aucune marque, comme il l'avait craint. Elle n'était pas encore coiffée, et ses cheveux blonds et soyeux tombaient en cascade sur ses épaules. Une de ces femmes qui ignorent sans doute qu'elles sont plus belles quand elles ne sont ni maquillées ni coiffées. Comme Agatha Christie. Un sourire surprenant, involontaire, fit tressaillir sa lèvre à cette pensée.

Mme Race tira longuement sur sa cigarette, puis souffla la fumée sur le côté comme une fumeuse aguerrie.

« Vous auriez peut-être davantage besoin d'un cognac. Je sais que Mme Leech en garde une bouteille derrière le bureau de la réception, même si je ne peux pas garantir sa qualité.

— Excellente idée. » Mme Race marcha jusqu'au canapé et s'y effondra. « Autant devenir le genre de personne qui boit et fume avant même le lever du soleil. Vous voyez ce que j'ai laissé ce mariage faire de moi, monsieur Chilton ?

— Je crains que vous ayez épousé une brute.

— J'en ai bien peur, oui. » Elle parlait entre ses dents serrées, fixant un point derrière lui. « Et maintenant, je suis coincée avec lui. Ma famille ne tolérera jamais un divorce. Ils n'aiment pas les scandales.

— Saviez-vous quel genre d'homme c'était ? Avant de l'épouser ? »

Mme Race tira une nouvelle bouffée sur sa cigarette.

« J'avais des soupçons.

— Puis-je vous demander pourquoi vous êtes allée jusqu'au bout, dans ce cas ?

— Non. Non, vous ne pouvez pas, monsieur Chilton.

— Peut-être pourriez-vous me renseigner sur un autre sujet, alors. Je me pose des questions sur ce qui s'est passé l'autre jour. Dans la salle à manger. Pauvre M. Marston. Vous avez été assez héroïque.

— Je n'ai fait que mon travail.

— Je me demandais si vous aviez eu l'occasion de parler à l'un ou l'autre des époux. Avant tous ces… malheurs.

— Non. J'étais bien assez préoccupée par les miens. »

Elle écrasa sa cigarette, plus fort que nécessaire, dans le cendrier en porcelaine sur la table basse. Puis elle se leva. « Merci pour votre sollicitude, monsieur Chilton, mais je dois affronter la tempête. La vie n'est pas un conte de fées. Je pensais que c'était une chose que les hommes de votre âge avaient apprise pendant la guerre. »

Là-dessus, elle glissa hors de la pièce, la tête haute, comme si elle était une danseuse étoile et non une infirmière. Chilton tira sur sa cigarette et constata qu'elle s'était déjà consumée jusqu'à ses doigts. La légère brûlure le réveilla en sursaut, presque aussi efficacement que l'aurait fait une bonne nuit de sommeil.

Pendant ce temps, au Manoir hors du Temps – c'était désormais ainsi qu'elle pensait à cet endroit –, Agatha était assise en bas, à la longue table à manger des domestiques. Elle n'envisageait pas de retourner à Sunningdale. Contrairement à Styles, cette maison dégageait une énergie positive. Ou peut-être cette énergie émanait-elle d'elle. Pas seulement d'elle, d'ailleurs, mais aussi de Finbarr qui débordait d'enthousiasme et d'allégresse depuis qu'ils avaient quitté Newlands Corner, laissant les responsabilités derrière eux. Elle aurait pu s'inquiéter pour Teddy, mais avait choisi de ne pas le faire. Elle savait qu'Honoria s'en occuperait diligemment. Elle refusait aussi de se faire du souci pour Archie et devait admettre que cela lui procurait un certain plaisir de savoir que, pour une fois, c'était lui qui s'inquiétait pour elle.

Son monde avait changé de bien des manières, mais elle écrivait comme elle l'avait toujours fait, sans penser aux lecteurs, aux agents ou aux éditeurs. Agatha écrivait pour se divertir, de la même manière qu'elle inventait des histoires et des personnages dans sa tête quand, enfant, elle faisait tourner son cerceau autour de l'araucaria. Quand elle écrivait un livre, elle vivait dans un autre monde. Et en ce moment, elle avait désespérément besoin d'un autre monde.

Ces derniers jours, elle s'habillait toujours avec les vêtements d'homme qu'elle avait trouvés dans la maison précédente, ainsi qu'avec le manteau chaud et usé de Mlle Oliver. Sa vanité s'était envolée. Elle portait aussi son collier de perles, qui avait appartenu à sa mère, mais pas sa bague sertie d'une perle, qu'elle avait rangée au fond d'un tiroir vide dans la chambre de bonne où elle s'était installée. Ce matin, alors qu'elle contemplait dans le miroir la femme aux cheveux sales habillée comme un homme qui la regardait, elle avait songé que seuls ceux qui la connaissaient bien auraient pu la reconnaître, et qui étaient ces gens ? Elle ne voyait pas une seule personne, pas même Honoria – davantage une compagne rémunérée qu'une amie, pour être honnête –, qui la comprenait aussi bien, ou avec qui elle était aussi à l'aise que l'Irlandais qui l'avait enlevée.

Même dans cette maison, pourtant immense, Agatha entendait les cauchemars de Finbarr. Chaque nuit depuis qu'ils s'étaient enfuis ensemble, jusqu'à ce que Nan arrive, elle avait quitté son lit pour aller poser ses mains sur ses épaules. *Finbarr, chéri, réveille-toi.* Aussitôt, ses yeux s'ouvraient, la voyaient, et il soupirait de gratitude. À deux reprises, il avait passé ses bras autour d'elle et l'avait serrée contre lui. Elle avait d'abord été choquée qu'il la tienne si proche de lui, mais elle avait apprécié ce moment d'intimité. Si elle avait cru en la réincarnation, elle aurait pu penser qu'ils s'étaient déjà rencontrés dans une vie antérieure. Un couple improbable en théorie, et qui pourtant fonctionnait.

Elle prit conscience de l'emprise que son mari avait eue sur sa vie. La façon dont il la regardait en était venue à refléter pour elle la façon dont elle apparaissait à tous les hommes. Finbarr représentait une espèce entièrement différente, et, ici, elle avait noué avec lui une relation étrange, mais parfaitement naturelle.

Ce qui signifiait qu'elle pouvait nouer une relation avec un autre. Sa mère n'aurait pas aimé l'idée qu'elle soit mariée à un inspecteur de police. Mais sa mère n'était plus là pour s'y opposer, n'est-ce pas ? Agatha se surprit à rire – à la fois horrifiée et soulagée d'être capable de rire en pensant à sa défunte mère.

« Quelque chose de drôle ? »

C'était moi, qui me tenais dans l'embrasure de la porte. Les joues rouges d'avoir fait l'amour, les cheveux en bataille, le menton levé en signe de défi. Mon apparition la laissa de marbre. Elle ne m'enviait pas ni ne me voulait le moindre mal. Elle ne voyait même pas ma présence comme une intrusion. Nous étions toutes les deux des fugitives. Tant que j'acceptais de garder le silence, j'étais libre de monter à bord. Elle semblait avoir déjà oublié la mission dont Finbarr l'avait investie.

« Bonjour, Nan.

— Bonjour, madame Christie. »

À ce moment-là, j'étais moins bien disposée à son égard qu'elle ne semblait l'être au mien. La voir assise à la table des domestiques me rendait étrangement furieuse. Elle qui avait grandi dans des maisons immenses qui avaient leur propre nom. Qui pensait savoir ce qu'étaient les difficultés financières parce qu'elle gagnait cent livres par an pour ne rien faire. Qui vivait dans un appartement de cinq pièces avec un majordome et une femme de chambre. Une vie à vouloir des choses – une carrière d'écrivain, un mari, un enfant – et se les voir offrir sur un plateau d'argent, comme s'il lui suffisait de les vouloir pour les obtenir. Pour qu'une femme comme elle puisse mener ce train de vie, il y en avait cent autres qui devaient lutter pour survivre.

« Allons », dit-elle. Je ne parvenais pas à m'expliquer son humeur si joyeuse. « Appelez-moi Agatha, d'accord ? Au point où nous en sommes, je pense que nous pouvons nous passer de formalités. Nous sommes toutes les deux en fuite.

— Je ne suis pas en fuite. Je suis en vacances.

— Des vacances plutôt inhabituelles. Je me demande ce qu'en dirait Archie. » Je ne répondis pas. « Voilà. Je savais que vous ne l'aimiez pas. »

Je m'assis à la table. Agatha se leva pour prendre une autre tasse.

« Je crains qu'il n'y ait pas de lait, dit-elle en me servant.

— Archie n'a pas le droit de me dire quoi que ce soit. Pas encore.

— Ce n'est pas faux. »

Elle aurait pu me parler de sa dernière nuit avec Archie, mais elle ne le fit pas. C'était la première fois qu'elle et moi étions seules depuis que les masques étaient tombés. Je suppose qu'elle aimait avoir ses propres secrets. Je m'attendais à ce qu'elle commence par exiger que je renonce à Archie, mais elle resta là, à siroter son thé et à me regarder faire de même. Je m'adoucis un peu à son égard. Peut-être que si je cessais d'envier sa bonne fortune, la mienne tournerait enfin.

« Est-ce qu'il y a des provisions, ici ? Vous en aurez suffisamment ?

— Il y a des conserves de fruits. De la langue en boîte, du hareng fumé. Des sardines. Beaucoup de vin, si c'est ce qui vous intéresse. Finbarr est allé récupérer des produits frais en ville. Des pommes et du fromage. Nous avons de quoi tenir un moment. Mais pas pour toujours, bien sûr. Et nous ne savons pas quand reviendront les propriétaires.

— Je n'ai pas l'impression qu'ils comptent revenir de sitôt.

— Moi non plus, mais on ne peut pas en être certains.

— Une partie de moi voudrait monter à l'étage et y rester pour toujours, sans boire ni manger. Dépérir jusqu'à être un squelette dans ses bras.

— Comme Elvira Madigan et Sixten Sparre ? Une histoire terrible. Si nous pouvions parler à leurs fantômes, je suis sûre qu'ils nous diraient que ça n'en valait pas la peine. Je n'ai jamais été très portée sur les histoires d'amour. En particulier les histoires d'amour tragiques.

— Moi non plus », mentis-je.

Si l'idée que je meure dans les bras de Finbarr – ou que je meure tout court – lui plaisait, la laissant libre de récupérer son mari, son visage n'en trahissait rien.

« Finbarr dit que vous voulez être écrivain.

— Vraiment ? »

Quelle humiliation. Je me demandais ce qu'il lui avait dit d'autre. « C'était vrai autrefois, je suppose. »

À cet instant, Finbarr entra dans la pièce, l'air affairé, débordant d'énergie.

« Bonjour, Agatha, dit-il comme si nous étions égaux, les meilleurs amis au monde.

— Bonjour, cher Finbarr », dit-elle avec une chaleur sincère qui me rappela que tout le monde se prenait toujours d'affection pour lui.

Autrefois, je pensais que c'était dû à sa bonne humeur perpétuelle, mais il l'avait perdue, et l'amour qu'il inspirait demeurait.

Ils entreprirent ensuite de préparer le petit déjeuner. Finbarr sortit une miche de pain du garde-manger, et Agatha trouva de la confiture et lui versa du thé. C'était assez fascinant à regarder. Je restai assise, sans aider, et finalement de la nourriture apparut devant moi.

« Alors, avez-vous des nouvelles de notre homme ? » me demanda Agatha lorsque nous fûmes tous installés.

Je jetai un coup d'œil à Finbarr, qui refusait de reconnaître un autre homme comme le mien.

« Non. Pas depuis plusieurs jours. Il ne sait pas où je suis.

— Nous sommes deux.

— Il est terriblement inquiet pour vous, dis-je.

— Comment le savez-vous, si vous n'avez pas de nouvelles ?

— Eh bien, il l'était la dernière fois que je lui ai parlé.

— J'aurais été heureuse de l'apprendre il y a quelques jours. Maintenant, pour être honnête, ça m'est égal. »

Je n'avais aucun moyen de savoir que le sourire sur son visage était dû, au moins en partie, au baiser qu'elle avait échangé la nuit dernière avec Chilton. Je pensais seulement : *Pauvre Archie. La semaine dernière, deux femmes se disputaient son attention, et cette semaine elles ont toutes les deux disparu de sa vie.*

« Finbarr m'a demandé de vous parler, reprit Agatha.

— Vraiment ?

— Avant de commencer, j'aimerais préciser une chose. De toute ma vie, personne ne m'a jamais fait autant de mal que vous. »

Gênée que Finbarr assiste à cette interaction, je levai les mains pour couvrir mon visage. Agatha tendit le bras en travers de la table et les écarta. « Non. Je ne vais pas vous réconforter pour tous les torts que vous m'avez causés. »

Je regardai Finbarr. Il avait les yeux fixés sur Agatha, comptant sur elle pour dire ce qu'il voulait et tout arranger.

« Moi aussi, j'ai souffert, dis-je d'une voix sourde, presque sinistre. J'ai perdu quelque chose de bien plus précieux qu'un mari.

— Finbarr m'a raconté une partie de votre histoire. Des choses que j'ignorais. Je suppose qu'Archie non plus n'est pas au courant. N'est-ce pas ? »

Était-ce une menace ? Je m'apprêtais à lancer un regard accusateur à Finbarr pour avoir raconté à Agatha ce que si peu de gens savaient, lorsqu'elle dit quelque chose qui me surprit : « Je suis désolée pour ce qui vous est arrivé en Irlande. » Ses mains étaient toujours sur les miennes. « Terriblement désolée. C'est une honte. Une abomination. »

Il me vint à l'esprit que c'était la première fois que quelqu'un s'excusait pour ce qui m'était arrivé à Sunday's Corner. Et je savais – et je sais encore aujourd'hui – que ce n'était pas lié à ce qu'elle me demanda ensuite.

« Vous ne direz à personne où je suis ?

— Non, promis-je. Je ne le dirai à personne. »

Au cours des années qui ont suivi la disparition d'Agatha, alors que le monde entier se livrait à des conjectures sur son état d'esprit, ses activités et ses motivations, pas une seule personne ne s'est adressée à moi pour avoir des réponses. Les gens ont souvent du mal à voir au-delà des schémas préétablis. Il n'est jamais venu à l'esprit de personne qu'elle et moi pourrions, après tout, être amies. Que si elle n'a jamais donné la moindre explication, ce n'était pas pour se protéger elle, mais pour me protéger moi.

Elle finirait par mettre tout cela derrière elle. Elle se remarierait (à un homme bien plus jeune) et connaîtrait un succès au-delà de ses rêves les plus fous. La chance lui sourirait bien plus qu'elle ne me sourirait à moi. Bien plus qu'elle ne sourirait à quiconque.

Pour l'heure, nous étions assises face à face, nous regardant fixement par-dessus la table étroite alors que le feu crépitait dans le poêle. Refusant de prononcer les mots que l'autre voulait entendre. Tandis que Finbarr, assis avec nous, était convaincu qu'il était sur le point d'accomplir sa mission, sans se douter qu'un jour, bientôt, quoi qu'il se soit passé entre nous, je m'appellerais moi aussi Mme Christie.

CI-GÎT SŒUR MARY

Le père Joseph aimait l'Angleterre. Ce qui, en 1919, était une chose rare chez un Irlandais. Au mois de juin cette année-là, une petite patrouille britannique fut attaquée à Rathclaren, et pendant son sermon, il interrompit sa diatribe habituelle contre la luxure pour rugir son indignation. « Nous avons fait la guerre, clama-t-il en martelant le podium, pour défendre la Couronne et le pays, et voilà que ces imbéciles essaient de tout chambouler. »

« C'est un soulagement, n'est-ce pas ? me dit sœur Mary Clare un après-midi. Qu'ils ne nous en veuillent pas d'être anglaises. J'ai parfois pensé à rentrer chez moi, dans un ordre anglais. Mais avec le père Joseph aux commandes, cela ne me paraît pas nécessaire. » Elle sourit, plus pour elle-même qu'à mon intention. « En vérité, je crois que cela fait de moi sa préférée. Le fait que je sois anglaise. »

Elle marchait à côté de moi tandis que les filles longeaient le couloir en file indienne pour l'Heure sainte, un rituel qui avait lieu le premier vendredi de chaque mois. Sœur Mary Declan se tourna vers moi et fronça les sourcils, mais c'était une religieuse qui me parlait, pas une autre fille, je me permis donc de répondre.

« Vraiment ? » Je m'efforçai de prendre un ton nonchalant, mais je sentis le sang quitter mon visage, inquiète à l'idée que, me sachant anglaise, le prêtre tourne ses attentions vers moi.

« Ce n'est qu'un feu de paille, cette histoire d'IRA, poursuivit sœur Mary Clare, sans remarquer mon malaise. Dans un mois, ce sera terminé. On pourrait penser que ces garçons se sont assez battus, n'est-ce pas, qu'ils ont vu assez d'horreurs pour ne pas vouloir en causer davantage dans leur propre pays.

— Le père Joseph est-il au courant, pour moi ? Est-ce qu'il sait que je suis anglaise ?

— Je ne l'ai jamais entendu dire quoi que ce soit à votre sujet. »

Ses paroles auraient dû me soulager. Et j'avais effectivement l'impression d'être invisible pour le père Joseph – comme si une cape magique me protégeait de son regard –, mais j'étais malgré tout terrifiée à l'idée que cela puisse changer.

Sœur Mary Clare serra ma main et s'éloigna avant que nous pénétrions dans la chapelle, fredonnant toujours cette mélodie entêtante. Elle avait une jolie voix, même si elle n'attachait jamais de mots à ses chansons. Je l'entendais toujours alors que je me tenais avec mes compagnes de pénitence, aussi immobiles que possible, les bras tendus sur les côtés comme si nous étions suspendues à une croix. Nous devions rester ainsi quinze minutes, et si une fille ne faisait que tressaillir, sœur Mary Declan nous ordonnait de recommencer. Ce jour-là, nous restâmes dans la chapelle pendant une heure entière. Il était difficile de ne pas trembler en pensant à l'amour du prêtre pour l'Angleterre. Je sentais les petites mains de mon bébé pressées contre les parois de mon utérus, et j'étais reconnaissante qu'il n'ait encore jamais vu le monde extérieur.

Une nouvelle fille arriva un mardi, qui s'échappa dès le vendredi. Comment, personne ne le sut. Elle se volatilisa sans s'être jamais confiée à aucune d'entre nous. Les cloches sonnèrent et les nonnes s'affolèrent. Elle ne revint pas, et son évasion me redonna de l'espoir et du courage. Le lendemain, alors que je travaillais dans le cimetière, je regardai à travers la clôture pour déterminer le chemin qu'elle avait pris. Je voyais l'entrée du couvent, le portail en fer forgé qui s'ouvrait pour laisser entrer les visiteurs. Et je remarquai, au niveau de l'angle où le portail rencontrait le mur en ciment, qu'un barreau avait rouillé et était tombé dans l'herbe haute. L'espace qu'il avait laissé était trop petit pour m'y glisser avec mon ventre de femme enceinte. Mais je ne serais pas enceinte pour toujours.

Les deux autres filles travaillaient dans un silence docile, arrachant les mauvaises herbes et nettoyant le lichen sur les pierres tombales. Je m'agenouillai et remis la barre en place, la positionnant de manière que les fissures ne soient pas visibles, à moins d'y regarder de près.

Cet après-midi-là, sœur Mary Clare s'assit à côté de moi dans la salle de couture, où j'étais occupée à raccommoder de vieux uniformes. Mes camarades – qui, contrairement à moi, étaient douées avec une aiguille à tricoter – travaillaient sur les minuscules manteaux que l'on mettait aux nouveau-nés pour leur tenir chaud. Pourvu que mon bébé n'ait jamais à en porter un, pensai-je. Je partirai d'ici trop tôt pour que les nonnes aient le temps de l'habiller. Quels que soient les vêtements que porterait mon enfant, ils ne seraient pas fabriqués dans ce couvent.

« Ma chère Nan, dit sœur Mary Clare, perchée sur le même tabouret sans dossier que le reste d'entre nous. Tu n'as pas l'air dans ton assiette. » Elle me tapota le bras. Deux religieuses entrèrent avec des bébés, et leurs mères mirent leur tricot de côté pour les allaiter.

« Qu'auriez-vous fait si vous n'étiez pas entrée dans les ordres ? demandai-je à sœur Mary Clare en exécutant un point maladroit.

— Eh bien, j'aurais été une mère, bien sûr. » Elle sourit en regardant les nourrissons, puis cita Coleridge, même si, à l'époque, je crus que c'étaient ses propres paroles : « Une mère est toujours une mère, la créature la plus sainte qui soit. »

Je laissai mon ouvrage tomber sur mes genoux et couvris mon visage de mes mains en pensant à Bess. Était-elle toujours la créature la plus sainte qui soit, maintenant que son bébé était mort ?

« Bess. Pauvre Bess.

— Allons, allons. Ne t'inquiète pas pour Bess. C'est une épouse, maintenant. Elle peut avoir un autre bébé, qui pourra être baptisé. Elle peut même en avoir dix, bien joufflus et en parfaite santé, qui joueront autour de ses pieds. »

Je fondis en larmes, et sœur Mary Clare me frotta doucement le dos. Elle aurait été une bonne mère. « Courage. Le jeune homme de Bess est venu la chercher. Il se peut que le tien fasse de même. Il doit déjà avoir lu la lettre que je lui ai envoyée. » Elle me tendit un mouchoir et je me mouchai.

« Tiens. » Elle fouilla dans sa manche. « Je t'ai apporté un petit quelque chose. » Elle enfonça une miche de pain dans ma main, encore chaude et badigeonnée de beurre frais, un luxe que je n'avais pas connu depuis que j'avais quitté la maison. Je regardai les autres filles d'un air gêné.

« Vas-y, mange. Tes amies ne t'en voudront pas, n'est-ce pas, les filles ? »

Aucune n'osa lever les yeux. *J'aurais dû savoir.* Mais la tentation était trop grande. Je mordis dans le pain, savourant la sensation du beurre fondant sur ma langue. Il était tellement délicieux que je dus me retenir de dire à la nonne que je l'aimais.

Cette nuit-là, je rêvai du visage flasque du père Joseph flottant au-dessus du mien. De ses mains veineuses qui me tripotaient. De ses râles et ses gémissements.

« Non, non, non ! »

Je me réveillai en sursaut, déjà assise. Mes mains, qui couvraient mon visage, avaient une odeur bizarre, comme si elles appartenaient à quelqu'un d'autre. Cet endroit m'était totalement étranger. Fiona, assise à côté de moi, me tapotait le dos sans poser de questions. Nous faisions toutes les mêmes rêves et les mêmes cauchemars. À cet égard, et peut-être seulement à cet égard, la théorie du père Joseph sur notre similitude était correcte.

« Dis-moi », murmurai-je. Fiona récita l'adresse de mes parents à Londres de sa voix légère et gaie comme celle d'une fée.

Nous étions tellement plus nombreuses qu'eux. Et si nous nous rebellions ? Une centaine de filles contre quelques nonnes et un vieux prêtre lubrique. Nous avions plus de raisons de nous battre que n'importe quel soldat de l'IRA. Nous aurions pu vaincre nos geôliers et retourner dans le monde pour reprendre la jeunesse et les enfants qu'ils nous avaient volés.

Bess et son Américain se marièrent avant de traverser l'Atlantique, lors d'une cérémonie célébrée par un prêtre anglican à Londres. Ils s'installèrent à Philadelphie. Ses parents ont-ils pleuré en prenant conscience qu'ils ne la reverraient jamais ? Ou se sont-ils réjouis d'en avoir fini avec son péché et l'opprobre qu'elle avait jeté sur sa famille ?

Elle ne s'en souciait plus. Ses frères et sa petite sœur lui manqueraient, mais les seuls péchés auxquels elle croyait encore étaient ceux qui avaient été commis contre elle. Aussi longtemps qu'elle vivrait, elle ne remettrait plus jamais le pied dans une église.

La nuit, elle s'accrochait à son mari. Jamais elle ne lui reprocha d'être arrivé trop tard. Ils étaient une seule et même personne, unis dans leur perte et dans les crimes qui avaient été commis contre eux deux. Mais le crime qui avait été perpétré contre Bess seule, elle en portait seule le fardeau. Elle le portait chaque jour et chaque nuit, incapable de chasser le souvenir de l'offense du prêtre.

Et puis il y avait ses bras, qui la faisaient souffrir comme seuls le peuvent ceux d'une mère quand ils sont vides de l'enfant qu'ils auraient dû tenir, et le resteront à jamais.

« Ronan », disait-elle tout au long de la journée, surtout quand personne ne pouvait l'entendre. Sur différentes intonations. Avec tendresse, colère ou fierté. En haussant la voix ou en riant. Comme si son fantôme l'accompagnait, comme s'il avait été là, à ses côtés, reflet de toutes les émotions qu'elle aurait dû éprouver.

LA DISPARITION

Septième jour

Vendredi 10 décembre 1926

Il pleuvait à Sunningdale le vendredi matin, mais le temps s'était réchauffé. Teddy se tenait à la fenêtre de sa chambre avec Touchstone, le lapin en peluche qu'Agatha lui avait offert avant qu'elle et Archie partent faire le tour du monde. « Une partie de mon amour est en lui, avait-elle dit à la petite fille en nouant un ruban bleu autour du cou du lapin. Tant que tu le tiens, mon amour sera toujours avec toi. Chaque fois que tu le serreras dans tes bras, je te serrerai dans les miens. »

« Touchstone est une fille », avait répliqué Teddy. Elle n'aimait pas beaucoup les hommes. C'étaient des femmes qui avaient toujours pris soin d'elle. Tous ses jouets avec un visage étaient donc des filles, même Sonny, le petit chien sculpté.

Malgré le mauvais temps, Sunningdale grouillait de monde. Teddy voyait à travers la pluie battante des gens en imperméable aller et venir sur le terrain, mais ne s'en alarmait pas : elle avait l'habitude qu'il se passe des choses sur la propriété qui n'avaient rien à voir avec elle. Elle posa Touchstone. Le chien de sa mère se tenait à ses pieds, et elle le souleva pour qu'il puisse regarder par la fenêtre, lui aussi. Peter jappa deux fois à la vue des inconnus, puis se calma, résigné, dans les bras de la petite fille. Généralement, quand Agatha voyageait, elle emmenait le chien avec elle. Teddy était heureuse que sa mère l'ait laissé à la maison, cette fois-ci ; elle aimait l'avoir pour elle seule, toujours à son côté. Il poussa son mignon petit *wouf* en voyant une nouvelle personne remonter l'allée.

« Chut, chut, dit Teddy à Peter. Tout va bien. » Elle se détourna de la fenêtre et entreprit de s'habiller pour aller à l'école. Vu le temps qu'il faisait, Honoria allait sans doute l'emmener en voiture.

La presse avait surnommé la recherche d'Agatha Christie « la grande traque ». Comme s'il s'agissait d'un roman ou d'un film. Un événement sportif, un passe-temps national. Ou une guerre. Des officiers de police et des citoyens à l'esprit civique déployés dans toute l'Angleterre, accomplissant leur devoir.

« Comment osez-vous parler de *grande* traque ? tonna Archie à l'adresse de Thompson en brandissant un journal où l'expression était inscrite en gros titre. Vous n'avez pas trouvé la moindre empreinte. »

Thompson croisa les bras et considéra Archie, qui était entré au pas de charge dans son bureau du quartier général de la police du Berkshire et lui parlait maintenant comme à un subalterne. Thompson espérait naturellement qu'Agatha Christie serait retrouvée saine et sauve, mais cela semblait de moins en moins probable. Les personnes vivantes étaient retrouvées rapidement. Les morts prenaient leur temps, en particulier si le meurtrier s'était donné la peine de cacher le corps.

« Vous avez retrouvé toutes les femmes mortes d'Angleterre, poursuivit Archie assez injustement : une seule avait été trouvée, la pauvre Mlle Annabel Oliver. Sauf celle que vous cherchez. »

Thompson tenta d'arquer un sourcil, en vain. C'était une mimique d'Archie, et l'officier se sentit quelque peu exaspéré en comprenant qu'il avait essayé de l'imiter.

« Donc nous cherchons une femme morte ? demanda-t-il, rappelant à Archie qu'il s'adressait à un officier de police.

— Non, insista Archie. Elle est vivante. Je le sais.

— Vous avez raison quand vous dites que nous ne sommes pas très doués pour retrouver les femmes disparues. Vous savez qui d'autre nous n'avons pas réussi à localiser ? Une certaine Mlle Nan O'Dea. Elle ne s'est pas rendue à son travail depuis plusieurs jours, et personne ne l'a vue à son appartement. »

Thompson ne dit pas à Archie qu'il ne s'inquiétait pas pour moi. Un officier était passé à l'Imperial British Rubber Company et avait appris que j'avais téléphoné pour les prévenir que mes vacances dureraient quelques jours de plus que prévu. Et de toute manière, Thompson préférait attendre que le meurtre soit confirmé pour m'interroger.

« Inutile de déranger Nan, dit Archie. Elle est la dernière personne à savoir où Agatha se trouve.

— Et qui, selon vous, est la première ? »

Le visage d'Archie s'assombrit soudain, et, au grand dam de Thompson, il fondit en larmes. Même s'il s'avérait que le colonel n'était pas impliqué dans la disparition de sa femme, il ne méritait pas sa pitié. Archie avait donné une interview plutôt malheureuse au *Daily Mail* la veille, pendant laquelle il avait déclaré que son épouse ne mettrait jamais fin à ses jours, mais ajouté que si elle le faisait, ce serait très certainement avec du poison. Comme tant d'hommes qui se croyaient irréprochables en actes et en paroles, Archie avait parlé sans réfléchir. Et Thompson, comme tant d'hommes en position de pouvoir qui se trouvaient néanmoins subordonnés de façon tacite aux Archie de ce monde, se plaisait à imaginer la chute du colonel. Il ne souhaitait pas éprouver la moindre sympathie envers cet homme, aussi était-il très embarrassé que les larmes d'Archie Christie semblent le fruit d'une souffrance authentique et irrépressible.

Archie roula jusque chez sa mère sous la pluie en frissonnant. Il avait quitté Styles sans son manteau, ce qui ne lui ressemblait pas du tout. Pire encore : il avait fondu en larmes devant un autre homme et n'avait ressenti aucune honte ou gêne ou quoi que ce soit d'autre. Tout ce qu'il avait à l'esprit, c'était cette question lancinante, obsédante, exaspérante : *Où est-elle ?*

Il regrettait l'interview qu'il avait donnée au *Mail.* Comme si la police ne le regardait déjà pas d'un œil assez soupçonneux. Plus de presse, se jura Archie, en pensant non pas à lui-même, mais à son épouse. C'était une femme discrète. *Discrète.* L'idée évoquée par certains officiers selon laquelle il pourrait s'agir d'un coup de publicité était parfaitement absurde. Agatha ne ferait jamais une telle chose. Elle serait horrifiée de voir les unes de journaux étalées dans toute l'Angleterre – le monde entier, même ! – qui hurleraient son nom – et son âge ! Dès qu'elle les verrait, elle appellerait Archie ou se rendrait à la police ou, tout simplement, monterait dans un train et rentrerait à la maison. C'était ce qui l'inquiétait le plus. Où pouvait-elle être pour avoir échappé à ce cirque médiatique ? Le seul endroit qui lui venait à l'esprit, c'était l'au-delà.

Dorothy Sayers, qui se prenait pour une médium en plus d'une romancière, était venue au Silent Pool et avait affirmé sentir l'absence d'Agatha dans la région. Si ça, ce n'était pas un coup de pub… Une femme atroce, qui profitait d'un scandale qui semblait fait sur mesure pour vendre en masse des romans policiers. Sir Arthur Conan Doyle avait appelé pour annoncer une triste nouvelle : il avait consulté un médium qui lui avait assuré qu'Agatha n'habitait plus notre royaume mortel. « Nous essayons d'entrer en contact avec elle », avait dit Conan Doyle, et Archie avait raccroché sans un mot. Que l'ordre de l'Empire britannique aille au diable. C'était absurde, cette idée que les esprits puissent élucider un mystère que des centaines d'hommes vivants n'avaient pas réussi à percer.

Pourtant, quand Archie atteignit la maison de sa mère, il coupa le moteur et appuya sa joue contre la vitre. Il ferma les yeux et essaya de sentir si Agatha avait bel et bien quitté ce monde. Un homme peut-il vivre avec une femme pendant tant d'années, dormir à son côté pendant tant de nuits, sans que les molécules de son corps se réarrangent de manière palpable après la mort de celle-ci ? Il oublia qu'ils s'étaient séparés, à la fois physiquement et émotionnellement. Il oublia l'existence même du mot *divorce*.

Elle est vivante, pensa-t-il. *Je le sais.*

Agatha était une femme discrète, charmante, attentionnée et bien sous tous rapports. Elle était également réfléchie et prévenante. Elle serait horrifiée de découvrir le tapage qu'elle avait causé en disparaissant. Si elle était en vie, elle avait nécessairement vu les journaux. Mais si elle avait vu les journaux, elle se serait empressée de rentrer chez elle.

Pourtant, elle *était* en vie. Il le savait.

« Je n'ai jamais voulu que tu épouses cette femme. »

Peg Helmsley prononça ce bel euphémisme en pointant sa canne à pommeau d'argent vers lui comme une épée. Des années plus tôt, quand Archie avait annoncé ses fiançailles à sa mère, celle-ci s'y était formellement opposée. Il n'était alors qu'un jeune subalterne et ne pouvait pas espérer un shilling d'elle. Du reste, elle désapprouvait les cols Claudine d'Agatha, qu'elle jugeait bien trop osés. Peg venait d'une famille catholique irlandaise extrêmement stricte qui comptait douze enfants. Agatha, qui exposait son cou au regard de tous et avait déjà été fiancée, aurait aussi bien pu être une chanteuse de music-hall. Quand ils s'étaient mariés au mépris de ses objections, elle avait fondu en larmes et était restée alitée pendant plusieurs jours.

« Ce n'est pas la faute d'Agatha », dit Archie, alors même qu'une partie de lui pensait le contraire. Si seulement elle avait accepté sa liaison avec plus de sang-froid, comme on lui avait appris à le faire. Tout ce qu'il aurait eu à affronter alors, de la part de sa mère, aurait été sa réaction inévitablement violente en apprenant sa liaison avec Nan.

Peg baissa sa canne. Son second mari, William, était parti se promener. Ils étaient donc seuls, Archie et elle : c'était le moment idéal pour une confession. Elle s'approcha de son fils et posa sa main sur son revers.

« Tu n'as rien fait d'épouvantable, n'est-ce pas, Archie ?

— Doux Jésus. Bien sûr que non, mère. »

Il recula si brusquement que la vieille dame faillit perdre l'équilibre. Archie la prit par le coude et l'aida à s'asseoir sur une chaise.

« J'ai dû demander à William d'arrêter d'apporter les journaux, dit Peg avec un coup de canne indigné. On pourrait avoir une crise cardiaque en lisant ce genre d'histoire sur sa propre famille. C'est une humiliation, voilà ce que c'est. Oh, si Agatha n'est pas morte, je serai tellement en colère contre elle. »

Archie s'enfonça dans le canapé en face d'elle. Il aurait acquiescé s'il n'avait pas été aussi ébranlé à l'idée que sa propre mère puisse croire qu'il avait tué sa femme. D'un autre côté, la réponse qu'il lui avait donnée, *Bien sûr que non*, n'était pas tout à fait vraie. Il avait bien fait quelque chose d'épouvantable à Agatha, et c'était ce qui avait provoqué sa disparition. Il se souvenait des marques sur ses poignets et de la brutalité avec laquelle il les avait serrés. La seule chose qu'il n'avait pas fait subir à sa femme, à ce stade, c'était un meurtre.

Ce soir-là, chez lui, Archie fuma sa pipe et but whisky sur whisky jusqu'à ce que l'émotion le submerge. Il monta dans la chambre de Teddy, qui dormait d'un souffle profond et paisible. C'était la première fois qu'il la voyait de la journée – peut-être même depuis plusieurs jours –, tous deux vivant dans différentes parties de la maison, ce n'était pas à lui de s'en occuper. Il s'assit sur le lit. Peter était allongé à côté d'elle. Archie aurait bien caressé le front de Teddy, mais il ne voulait pas la réveiller, alors, à la place, il attrapa le lapin en peluche qu'Agatha lui avait donné et sanglota dans la fourrure veloutée.

Teddy demeura immobile, les yeux fermés afin qu'il ne sache pas qu'elle était réveillée. La présence d'Archie la mettait mal à l'aise. Et ses pleurs, pour l'amour de Dieu ; les pères ne sont pas censés pleurer.

Non qu'elle eût peur de lui. Teddy n'avait peur de personne. Grâce à la vie qu'Agatha et Archie lui avaient donnée, elle ignorait ce dont les hommes étaient capables.

Mais revenons-en au matin.

Il pleuvait aussi à Harrogate, de lourdes trombes qui s'abattaient sur les fenêtres du Manoir hors du Temps. Après le petit déjeuner, Agatha monta au grenier pour continuer à écrire. Je voulais retourner dans notre chambre, mais Finbarr secoua la tête.

« Ils vont s'inquiéter pour toi à l'hôtel. Mieux vaut ne pas trop attirer l'attention. À moins que tu ne préfères quitter l'Angleterre avec moi aujourd'hui.

— Bien sûr que c'est ce que je préférerais faire », répliquai-je sur un ton qui indiquait clairement que ce n'était pas ce que je ferais.

Il me raccompagna à l'hôtel dans la Bentley de Mlle Oliver. Quand je pénétrai dans le hall, Mme Leech lui donna raison en disant :

« Vous voilà, madame O'Dea. Nous étions presque prêts à lancer les chiens à votre recherche.

— Je suis navrée. J'aime tellement me promener dans votre belle campagne.

— Par ce temps ? Vous allez attraper la mort. Pourquoi ne pas réserver une séance de soins, madame O'Dea ? »

Je promis que je le ferais plus tard et elle m'invita à m'installer dans la salle à manger. Le petit déjeuner était terminé, mais il restait du thé et des scones. Bien que je n'aie pas particulièrement faim, je m'assis, regardant par les longues fenêtres. Mon corps entier frémissait toujours du souvenir de Finbarr. Je bus une gorgée de thé tiède.

« Madame O'Dea. Puis-je me joindre à vous ? »

C'était Chilton, dont émanait toujours ce charme négligé qui me le rendait si sympathique. Je ne l'avais pas entendu entrer – un fantôme plus qu'un homme.

« Vous m'avez fait peur.

— Désolé. » Il s'assit, bien que je n'aie pas donné mon approbation. « Mme Leech m'a dit que vous prolongiez votre séjour.

— Vraiment ? Quelle indiscrétion de sa part.

— Elle s'inquiétait pour vous. Et apparemment, je suis un expert en femmes disparues. »

Chilton avait une façon de parler qui faisait que tout ce qu'il disait sonnait comme une songerie. Une beauté intérieure, une volonté de se remettre en question que reflétaient ses manières. Je l'apprécierais sans doute jusqu'au moment où il me mettrait les menottes aux poignets. Peut-être même après. M. Chilton n'était pas le genre d'homme à qui on pouvait en vouloir. Ce n'était qu'une victime de plus du monde, qui faisait de son mieux pour survivre. Il me semblait si peu menaçant que je fus décontenancée de l'entendre dire :

« Je suis allé voir le coroner.

— Ah oui ?

— Oui. Pauvres M. et Mme Marston. Je n'ai pas eu la chance de leur parler. Et vous ?

— Non. Une histoire épouvantable. On entend souvent parler de ce genre de choses, n'est-ce pas ? La moitié d'un couple marié meurt, et l'autre meurt à son tour de chagrin. Si vous voulez bien m'excuser, monsieur Chilton. J'aimerais aller m'allonger un moment. »

Je me levai et repoussai ma chaise trop brusquement. Elle grinça horriblement sur le plancher. Derrière mes tempes palpitantes, je sentais poindre un mal de tête. Personne ne peut tenir en ayant si peu dormi.

« Bonne nuit, monsieur Chilton, dis-je avant de rectifier : Je veux dire, bonne journée. »

Chilton me regarda partir, pensif. Il alluma une cigarette, puis attrapa le scone auquel je n'avais pas touché et mordit dedans. Déçu, étrangement, que je ne semble pas savoir qu'il était au manoir hier soir. S'imaginait-il Agatha et moi en train de discuter de leur baiser en piaillant comme des écolières ?

La pluie se calma. Il se toucha les lèvres et se leva pour quitter la salle à manger. Il envisagea de dormir un peu, mais se ravisa et décida de faire un saut à la bibliothèque d'Harrogate. Le petit bâtiment douillet était tenu par une dame aux cheveux blancs, qui salua Chilton quand il entra. Il lui demanda si, par hasard, ils avaient des livres d'Agatha Christie.

« Ils sont tous empruntés », répondit la bibliothécaire, Mlle Barnard. Elle souleva le journal du jour et lui montra la photographie d'Agatha, une petite fille aux yeux écarquillés assise sur ses genoux. « On s'intéresse beaucoup à cette dame en ce moment. Avec sa disparition tragique. »

Mlle Barnard lui indiqua une table sur laquelle était présentée une sélection de nouveaux romans. Chilton les examina, en quête d'un livre plus à mon goût que celui de Willy qu'il m'avait vue prendre sur les étagères du Bellefort. Il avait remarqué que j'avais choisi le livre sans enthousiasme et pensait qu'il serait dans son intérêt de se lier d'amitié avec moi, malgré ma réticence. Au bout de quelques minutes, son œil s'arrêta sur *La Cuillère d'argent*, le dernier volet de la saga des Forsyte de John Galsworthy. Alors qu'il coinçait le livre sous son bras valide, il remarqua une femme assise à une table dans la pièce voisine, une pile de livres devant elle, qui n'était autre qu'Agatha Christie. Elle avait revêtu ses propres vêtements pour cette sortie en ville : une jupe et des bas. Ils étaient en piteux état, froissés et tachés de boue au niveau de la couture, ce qui lui donnait l'air aussi suspect que si elle avait porté ses vêtements d'homme.

Chilton traversa la pièce d'un pas rapide pour la rejoindre. Elle était tellement absorbée dans sa lecture qu'il lui fallut un moment pour remarquer sa présence et lever les yeux vers lui.

« Oh, monsieur Chilton. » Elle s'empourpra d'une manière charmante. Comme surprise par la chaleur qui lui montait au visage, elle se toucha les joues, pour aussitôt retirer sa main, encore plus embarrassée d'être aussi transparente.

« Je vous en prie, appelez-moi Frank. »

Sans qu'il lui demande rien, Agatha se leva. Elle enfila un long manteau de laine qui n'était pas du tout à sa taille, trop large et trop court. Chilton l'aida à rassembler sa pile de livres et ils se dirigèrent ensemble vers l'accueil. Il sursauta de surprise en entendant Agatha se présenter comme Mme O'Dea.

Mlle Barnard leva les yeux avec un sourire. Et soudain, son expression changea. « Mon Dieu. Vous ressemblez comme deux gouttes d'eau à cette romancière disparue. Celle dont il cherchait les livres. » Elle désigna l'inspecteur, puis tourna le journal vers eux, montrant une nouvelle fois la photo.

C'était la faute de Chilton. Il aurait dû la prévenir, l'empêcher de se montrer à la bibliothécaire. Il regarda Agatha porter ses mains à son collier de perles, pâlissant de manière presque aussi spectaculaire qu'elle avait rougi un peu plus tôt. Il plaça son bras autour de ses épaules pour venir à son secours. « Chérie, c'est vrai que tu lui ressembles un peu, n'est-ce pas ? » Puis, à la bibliothécaire : « Ma femme déteste qu'on lui dise qu'elle ressemble à quelqu'un d'autre. Elle veut être unique. »

Sceptique, Mlle Barnard examina de nouveau la photo, puis Agatha.

« Eh bien, fit-elle, à moitié convaincue. J'espère qu'ils retrouveront cette pauvre dame vivante. Mais cela semble peu probable, à ce stade, n'est-ce pas ?

— Oui, en effet », dit Chilton.

Agatha, oubliant sa pile de livres, avait déjà tourné les talons et se dirigeait à présent vers la porte. Chilton rassembla les ouvrages – y compris mon Galsworthy – et prit congé de la bibliothécaire.

« Vous n'êtes pas faite pour ce genre de vie, dit-il en rattrapant Agatha à l'extérieur. Vous ne devez pas non plus être très bonne au poker.

— Vous avez vu ce gros titre ? Ma photo ? “La grande traque” ? Comment pourrais-je rentrer chez moi ? Comment pourrais-je affronter le monde après ça ? »

Elle couvrit son visage de ses mains gantées, puis s'avança et pressa le sommet de sa tête contre la poitrine de Chilton. Il n'était pas beaucoup plus grand qu'elle, elle dut donc se baisser pour le faire. De là où il se tenait, il voyait la bibliothécaire, debout à la fenêtre, qui les observait.

« Agatha.

— Vous voulez bien me raccompagner au manoir ? Je ne me sens pas en état d'y retourner seule. »

Chilton tourna la manivelle de la Bentley pendant qu'Agatha s'installait sur le siège passager. Le manteau de Mlle Oliver sentait l'eau de rose. La Bentley était trop grosse au goût d'Agatha. Sa petite voiture lui manquait tant. Elle l'avait abandonnée au bord d'un précipice et espérait qu'une bonne âme – peut-être même Archie – l'avait remise sur la route et ramenée chez elle, à sa place. Elle songea à l'époque où elle était petite et aux difficultés financières que sa famille avait connues après la mort de son père, et à d'autres moments de sa vie, au début de son mariage, par exemple, quand planait encore le spectre des problèmes d'argent et que les plus sombres prédictions de sa belle-mère menaçaient de se vérifier. Jamais elle n'aurait imaginé qu'elle gagnerait elle-même un jour assez d'argent, grâce à son propre travail, pour acheter une Morris Cowley. La reverrait-elle un jour ? Cela valait-il la peine de la laisser derrière elle, ou de perdre sa fille, pour ne jamais avoir à affronter les questions que poserait le monde entier si elle réapparaissait ?

Quand Chilton s'assit derrière le volant, elle dit :

« Je ne supporte pas l'idée de rentrer chez moi et de devoir affronter le monde. Mais comment pourrais-je ne pas le faire ? Plus ils passent de temps à me chercher, pire ce sera. Vous devriez me conduire immédiatement au commissariat. Mettre fin à tout ça ici et maintenant.

— Je ne m'en sens pas capable. Pas encore. »

Tant de policiers, tant de gens s'étaient lancés à sa recherche. Quelle chance elle avait que ce soit une si charmante personne qui l'ait trouvée. Elle tendit la main pour prendre celle de Chilton.

« Je n'aime pas les histoires d'amour. Elles sonnent toujours faux, pour moi. En particulier quand les gens tombent amoureux au premier regard.

— Et après plusieurs regards ? »

Elle rit et lâcha sa main. Ils restèrent tous deux immobiles et silencieux pendant plusieurs minutes, fixant le pare-brise.

Puis elle dit : « Elle nous observe toujours. La bibliothécaire. Vous feriez mieux de rouler. »

De mon côté, je n'étais pas montée pour m'allonger, comme je l'avais dit à Chilton, mais pour me changer. Ayant fait une apparition à l'hôtel et montré que j'appartenais toujours au monde des vivants, je m'en échappai presque aussitôt. Le temps s'était réchauffé. La pluie avait cessé. *Solvitur ambulando.* Quand j'atteignis l'allée du Manoir hors du Temps, je parcourus les derniers mètres en courant.

« Regarde ce que j'ai trouvé », dit Finbarr en me rejoignant sur la pelouse, comme s'il avait su que je reviendrais aussitôt partie. C'était un filet de tennis, des raquettes et des balles. Il l'installa et nous jouâmes deux sets, que je gagnai tous les deux haut la main.

Au bout d'un moment, une grosse voiture noire s'engagea dans l'allée dans un crachotement de moteur. La main en visière pour protéger mes yeux du soleil, je vis que M. Chilton était au volant. Toutes les fonctions de mon corps s'arrêtèrent. Aucun souffle dans mes poumons, ni de sang dans mon cœur. Agatha avait été retrouvée. Chilton venait-il arrêter Finbarr ? Ou nous tous, pour violation de domicile ? Mais ce que je redoutais le plus, indépendamment de ce qui allait se passer ensuite, c'était que ce moment hors du temps ne prenne fin et que nous devions tous retourner à nos vies en ruine.

À ma surprise, Finbarr les interpella tous les deux tandis qu'ils émergeaient de l'automobile. D'un ton jovial et amical, comme s'il connaissait l'inspecteur depuis des lustres, il demanda : « Vous jouez, monsieur Chilton ? »

Et celui-ci répondit, en toute décontraction : « J'ai joué une ou deux fois avant la guerre. Je crains d'être plus un boulet qu'autre chose, maintenant. » Il désigna son bras invalide.

« Juste pour le plaisir », dit Finbarr.

Chilton hocha la tête. Il me regardait comme s'il s'attendait à me trouver ici. « Bonjour, mademoiselle O'Dea », dit-il en insistant bien sur le *mademoiselle.*

« Je suis nulle au tennis, dit Agatha. Je l'ai toujours été. » Malgré tout, elle monta enfiler ses vêtements d'homme pendant que Finbarr, Chilton et moi l'attendions sur la pelouse. Je voulais demander à l'inspecteur depuis quand exactement il avait découvert Agatha, mais quelque chose m'en empêcha. Sans doute la peur de briser le sort qui avait permis que nous soyons tous découverts sans que nos vies soient détruites. J'éprouvai un élan d'amour pour Chilton, qui l'avait trouvée mais ne semblait pas avoir la moindre intention de prévenir le monde.

« Cet endroit est assez magique, dis-je, au lieu de poser des questions.

— En effet », acquiesça Chilton.

Agatha revint. Comme j'étais la meilleure joueuse, je fis équipe avec Chilton. Pour une fois, je réprimai mon besoin de gagner, laissant mon partenaire frapper des balles que j'aurais pu facilement atteindre. Malgré son avertissement, Agatha ne se débrouillait pas si mal. Les filles de la haute société étaient généralement des joueuses assez médiocres. Nous jouâmes jusqu'à ce que nos mains et nos joues soient rouges et desséchées par le froid. La même magie qui nous avait tous réunis ici sans provoquer de désastre semblait nous tenir au chaud tandis que nous frappions les balles et criions les scores dans un joyeux tintamarre.

Combien de temps avons-nous joué ? Comment mesure-t-on le temps dans un lieu où le temps n'existe plus ? À un moment donné, le chien hirsute du bout de la rue surgit des buissons. Il attrapa une balle au vol, s'enfuyant avec, et alors que nous aurions facilement pu la lui laisser, Finbarr et moi nous élançâmes à sa poursuite comme dans notre adolescence, l'interpellant et courant en cercles fous jusqu'à ce que le chien se fatigue et dépose la balle aux pieds de Finbarr. Nous nous jetâmes sur l'herbe en ébouriffant le pelage du chien et en le laissant nous lécher le menton. Puis Finbarr ramassa la balle et se leva.

« Fais un vœu. »

Il le voyait à mon visage. Je savais comment fonctionnait ce jeu. On peut déclarer qu'un vœu est exaucé sans qu'il se réalise pour autant. Il laissa tomber la balle, soudain sérieux. Les pouvoirs magiques de Finbarr avaient leurs limites, et elles étaient fatales. Je regardai au loin, entre les arbres. Je n'étais pas encore prête à rompre le charme.

Quand nous finîmes par regarder autour de nous, Agatha et Chilton avaient disparu. Sans un mot, ils étaient montés au dernier étage, où Agatha s'était allongée sur le lit qu'elle n'avait pas pris la peine de faire ce matin-là, habituée qu'elle était à ce que quelqu'un accomplisse pour elle cette basse besogne. Chilton ralluma le feu, puis s'allongea à côté d'elle. Elle n'émit pas d'objection. La réalité n'existait plus. C'était un moment hors du temps, sans conséquence. Elle savait qu'elle aurait dû se réjouir de mes retrouvailles avec Finbarr, qui pourraient lui permettre de reconquérir Archie, mais ce qu'elle éprouvait était quelque chose de très différent et bien plus satisfaisant.

Ce qu'elle ressentait, c'était la liberté de faire ce qu'elle voulait. Elle pouvait embrasser Chilton. Elle pouvait le laisser la dévêtir, elle pouvait même l'aider avec les vêtements qui nécessitaient plus d'une main. Elle pouvait le laisser la prendre et en tirer du plaisir. Si elle tombait enceinte et retournait auprès d'Archie, elle pourrait faire passer l'enfant pour le sien, et ce ne serait que justice. Si elle tombait enceinte et que Chilton disparaissait de sa vie, et qu'Archie et elle divorçaient, son mariage la protégerait toujours, tout comme son argent, celui qu'elle était tout à fait capable de gagner seule. Parmi les qualités enviables d'Agatha, la plus significative était sans doute sa capacité à s'épanouir dans un monde d'hommes. En suivant les règles tout en parvenant à s'élever au-dessus d'elles.

Son nouveau roman paraissait dans un mois. Si horrifiée qu'elle fût par les manchettes de journaux qui lui étaient consacrées, elle avait trouvé une certaine sérénité dans son rejet des conventions sociales. Elle s'autorisa à penser : *Combien de personnes supplémentaires reconnaîtront mon nom, maintenant, lorsqu'elles verront* Les Quatre *dans la vitrine d'une librairie ?* La curiosité conduisait souvent les gens à dépenser leur argent.

Mais c'était une considération secondaire. Tout ce qui comptait pour l'heure, c'était cette bulle, loin de toute préoccupation du quotidien.

Un peu plus tard, alors que Chilton contemplait le plafond et qu'Agatha était blottie nue dans ses bras, sous plusieurs couches d'épaisses couvertures, il dit :

« Je dois te poser une question. Tu m'as dit que Mlle O'Dea était le nom de la maîtresse de ton mari.

— Oui. »

Elle soupira. Personne ne veut voir le passé ou le reste du monde s'immiscer dans un tel moment.

« Mais ce n'est pas le seul lien entre vous, n'est-ce pas ?

— Non. Mlle O'Dea est devenue la maîtresse de mon mari parce qu'elle croit que ma fille est la sienne. »

Et c'est ainsi qu'elle lui raconta tout ce que Finbarr lui avait dit au sujet de mon séjour en Irlande, et de la manière dont il s'était terminé.

CI-GÎT SŒUR MARY

Ma petite fille est née le 6 août 1919 à l'hôpital du comté, dans la ville de Cork. On dit que le premier accouchement est long et douloureux, mais ce ne fut pas le cas du mien. Quelques heures, c'est tout. Susanna m'avait prévenue que je ne serais pas recousue ensuite – toutes les punitions étaient bonnes pour les filles du couvent de Sunday's Corner, même à l'hôpital –, mais la sage-femme qui s'occupa de moi n'était pas cruelle. Ses yeux verts et ses taches de rousseur me rappelaient ma mère et Colleen. Rien dans la façon dont elle me traitait n'indiquait qu'elle savait d'où je venais, même s'il était impossible qu'elle l'ignore, entre mes cheveux courts et mon uniforme gris, sans parler du désespoir avec lequel je tendais les bras vers mon enfant, comme si je savais que je ne serais plus jamais autorisée à la tenir.

« Comment allez-vous l'appeler, alors ? demanda la sage-femme, si gentiment que j'aurais presque pu croire que le nom que je choisirais resterait le sien pour toujours.

— Genevieve », murmurai-je en passant mes doigts sur son petit nez aplati par son combat pour venir au monde.

Nous mémorisions le visage l'une de l'autre tandis qu'elle tétait mon sein pour la première fois. *Une mère est toujours une mère, la créature la plus sainte qui soit.*

« Pourriez-vous envoyer une lettre pour moi ? » demandai-je tout bas à la sage-femme tout en passant en revue mes options puisque la lettre que j'avais chargé sœur Mary Clare de poster n'avait pas reçu de réponse. Ma mère. Megs ou Louisa. Tante Rosie.

Le visage de la sage-femme s'assombrit de tristesse. « Profitez de votre bébé, dit-elle en manière de refus. Donnez-lui tout l'amour que vous pouvez. »

Et c'est ce que je fis pendant les dix jours merveilleux que je passai à l'hôpital. Il y avait un lit d'enfant à côté du mien, mais Genevieve ne l'occupa pas une seule fois. Nous dormions blotties l'une contre l'autre, l'odeur du colostrum puis du lait s'échappant de ses lèvres lorsqu'elle poussait son petit soupir satisfait sur mon menton.

Vous vous dites peut-être que j'aurais dû profiter de ces dix jours pour m'enfuir. Il n'y avait pas de portail en fer. La nuit, je n'étais pas enfermée. Et j'y ai effectivement pensé. Mais je m'imaginais errer le long d'une route dans le noir avec un nouveau-né dans les bras. En voyant mes cheveux et mes vêtements, n'importe qui aurait compris d'où je venais et m'aurait aussitôt renvoyée au couvent, ou dans un endroit encore pire.

J'attendis donc sagement le bon moment. Je retournai au couvent et passai la première nuit allongée dans le dortoir sans Genevieve, qui dormait à l'étage inférieur, inaccessible. Je pensais savoir ce que ressentaient les autres filles quand elles entendaient leurs bébés pleurer sans pouvoir les réconforter. Je pensais avoir partagé leur chagrin. Mais j'étais très loin du compte. Si j'avais pu passer par la fenêtre et descendre jusqu'à la nursery, je l'aurais fait. Mes seins étaient durs comme de la pierre, mais je refusais de laisser échapper la moindre goutte avant de pouvoir la rejoindre. Puis j'entendis des pleurs à travers les lattes du plancher, et je sus que c'étaient les siens, et le lait s'écoula sans que mon bébé puisse le boire.

« Quelle bonne nourrice », s'extasia sœur Mary Clare le matin en voyant Genevieve téter goulûment mon sein, ses petites joues se creusant sous l'effort, son visage rougi par les pleurs après cette première nuit loin de sa mère.

« Je vous en prie, implorai-je. Vous n'avez plus qu'une préposée de nuit. Vous n'avez pas besoin d'une deuxième ? Ça pourrait être moi.

— Ce ne sont généralement pas les nouvelles mères qui obtiennent ce travail, dit sœur Mary Clare, dubitative.

— S'il vous plaît. Je travaillerai dur. Je serai bonne. Je vous le promets.

— Je vais voir ce que je peux faire. »

Elle me caressa le menton, les yeux brillants de tendresse.

Cette nuit-là, je fus incapable de trouver le sommeil dont j'avais tant besoin, ne pouvant qu'écouter les pleurs de mon bébé. Je sortis du lit, marchai jusqu'à la porte et secouai frénétiquement la poignée, bien que j'aie entendu la clé tourner des heures plus tôt. Elle demeura obstinément fermée.

« Ça ne sert à rien », murmura Susanna depuis son lit. Elle devait accoucher d'un jour à l'autre. Des années plus tard, quand je serais enceinte pour la deuxième fois, mariée à Archie, je dormirais avec pas moins de cinq oreillers disposés tout autour de moi. Susanna était couchée sur le côté, le mince oreiller destiné à sa tête serré contre son ventre.

Je me perchai sur son lit et lui frottai délicatement le bas du dos. Je pensais qu'elle me repousserait, mais, à ma surprise, elle soupira de soulagement. En fermant les yeux, je songeai au futur que j'avais sabordé en venant en Irlande à la recherche de Finbarr. Celui où j'avais pris l'alliance de ma grand-mère et m'étais enfuie avec cette preuve de ma vertu à mon doigt. Où j'avais embarqué sur un bateau pour l'Amérique, donné naissance à New York, ou San Francisco, en tant que veuve de guerre. J'aurais pu être n'importe qui, sauf la fille qui avait placé son destin et celui de son enfant dans les mains d'étrangers.

Le matin, sœur Mary Declan nous escorta, moi et les autres mères allaitantes, jusqu'à nos bébés pour que nous les nourrissions avant les prières. Comme je m'installais sur un tabouret avec Genevieve, sœur Mary Clare entra à grands pas, un sourire triomphant aux lèvres.

« J'ai réussi, Nan. La mère supérieure a donné sa permission. Tu es la nouvelle préposée de nuit, à partir de ce soir. »

Je serrai si fort Genevieve que mon mamelon sortit de sa bouche. Contrariée, elle ouvrit les yeux et me regarda en clignant des paupières, et je remarquai que ses yeux n'avaient plus cette couleur gris acier qu'ont tous les bébés à la naissance, mais le bleu incroyable de ceux de son père.

« Là, là. » J'essuyai la salive sur son menton et la rapprochai de mon sein pour qu'elle puisse continuer à téter. « Tu as entendu ça ? Ça va aller. On va être ensemble. »

Je refusai de signer les papiers que sœur Mary Declan plaça un jour devant moi, par lesquels j'acceptais que l'Église mette Genevieve en adoption.

« C'est donc ce que tu veux ? me sermonna sœur Mary Declan. Qu'elle grandisse dans un orphelinat ? Si tu l'aimais vraiment, tu la laisserais avoir de vrais parents.

— Elle a déjà de vrais parents. »

Ma réponse me valut un coup de fouet de la part de la nonne, mais elle avait agi sans conviction. Elle avait encore assez d'humanité en elle pour compatir à ma souffrance. Quand je repense à la bienveillance dont faisaient parfois preuve les religieuses à mon égard, je bouillonne de colère. C'était à cause de ces petits actes de bonté – comme si c'en était un de ne pas me frapper – que j'étais restée là-bas si longtemps.

J'étais tellement reconnaissante pour ces petites faveurs. Comme lorsque le père Joseph passait devant moi sans me regarder. Ou quand on m'autorisait à rester debout toute la nuit pour m'occuper de Genevieve et des autres nourrissons de la nursery. Chaque fois qu'un bébé pleurait, je pensais à sa mère, qui écoutait à l'étage, et je le câlinais et le berçais jusqu'à ce qu'il se calme. Après mon service de nuit, j'allaitais et baignais Genevieve, j'allais à la prière et à la messe, puis je montais dormir jusqu'au repas de midi, après quoi je retournais au travail, récurant les sols et lavant des vêtements jusqu'au soir.

Sœur Mary Clare continuait de me donner de la nourriture en cachette. « Ne t'inquiète pas, disait-elle en plaçant un biscuit ou un œuf dur dans ma main. Je garderai Genevieve cachée pour toi. Personne ne l'adoptera, je te le promets. Ton fiancé va arriver d'un jour à l'autre. Je lui ai dit que tu étais toujours aussi jolie. Tu feras partie des chanceuses. Je le sais. »

Susanna se rendit à l'hôpital du comté pour accoucher et revint chez nous pour trois semaines avant d'être envoyée dans un couvent de la Madeleine à Limerick. Son petit garçon resta au couvent.

« On ne peut pas garder une récidiviste trop longtemps ici, elle risquerait de contaminer les autres filles », expliqua sœur Mary Declan quand ils transférèrent Susanna.

Sunday's Corner et Pelletstown étaient des inventions du xxe siècle, spécifiquement destinées aux mères célibataires et à leurs bébés. Les couvents de la Madeleine avaient à l'origine été créés pour incarcérer les prostituées, mais, à mesure que l'État irlandais se rapprochait de son indépendance, on avait commencé à y envoyer toutes les filles soupçonnées de mœurs légères : celles qui étaient jugées trop jolies ou aguicheuses, celles qui avaient fait l'erreur de confier à un prêtre ou à un membre de la famille qu'on avait abusé d'elles. Des filles qui n'avaient nulle part où aller après avoir remboursé leur dette. Des filles comme Susanna, qui avaient prouvé qu'elles étaient irrécupérables en finissant deux fois à Sunday's Corner. Des dépravées.

Pour autant que je sache, Susanna a passé toute sa vie au couvent de la Madeleine. Elle n'aura pas été la première, ni la dernière.

Entre-temps, le petit garçon de Fiona avait été adopté, et les religieuses refusèrent de lui dire où il était parti. Pourtant, elle persistait dans son optimisme et sa bonne humeur. Quand elle disait : « Les nonnes savent ce qui est le mieux. Il aura une meilleure vie que celle que je pourrais jamais lui donner », ses mains tremblaient, et sa peau claire semblait encore plus pâle qu'à l'accoutumée. Parfois, elle s'avançait pour monter le linge sur le toit, puis se figeait, se souvenant qu'elle ne pouvait plus observer son petit garçon de là-haut.

« Dis-moi », disais-je, quand je voyais qu'elle était sur le point de s'effondrer. Et elle récitait l'adresse de mes parents à Londres, un mantra apaisant, symbole de la vie que nous pourrions avoir après le couvent.

Une fois par semaine, dans le cimetière des nonnes où l'on sentait déjà l'air froid de l'automne, je vérifiais que la barre qui était tombée n'avait pas été réparée. L'hiver précédent, j'étais arrivée avec des mains de jeune fille. Bientôt, je partirais avec celles d'une vieille femme, sèches et craquelées. Mais j'étais forte, et je savais qu'il valait mieux m'enfuir dans les semaines fraîches de l'automne, avant que le froid glacial ne s'installe. Mes mains avaient vieilli, mais pas moi. Sous ma robe informe, mon corps s'était affiné sous l'effet du travail, de l'allaitement et des repas frugaux.

Demain, me disais-je, jour après jour. *Demain, je m'échapperai de la nursery et rejoindrai le cimetière. Je ferai passer Genevieve entre les barres du portail, la déposerai sur l'herbe, puis je me glisserai au travers. Je la ramasserai et nous trouverons un moyen de rallier le bateau qui nous ramènera en Angleterre.* Si je devais voler ou vendre mon corps, je le ferais. Je ferais n'importe quoi pour nous sauver de cet endroit.

Genevieve et le fils de Susanna étaient les seuls bébés de moins de quatre mois. La nuit, nous parvenions à calmer les enfants plus âgés en les berçant ou en les laissant téter nos doigts. Pendant la journée, les religieuses nourrissaient le fils de Susanna avec du pain imbibé de lait, bien qu'il eût à peine six semaines. Quand il pleurait la nuit, je le prenais dans son berceau et l'allaitais moi-même.

Un matin, après la messe, sœur Mary Clare regarda par-dessus mon épaule pendant que je donnais le bain à Genevieve et s'exclama : « Comme elle est rose et potelée ! »

La plupart des bébés étaient maigres et pâles à cause des tétées trop espacées. Mais Genevieve paraissait en aussi bonne santé que n'importe quel nourrisson élevé et choyé par sa propre mère. Elle clignait de ses grands yeux bleus quand je l'éclaboussais en faisant sa toilette, tamponnant délicatement son visage. Un jour, alors que je la soulevais du bassin savonneux, la tenais en l'air et la redescendais pour mordiller sa joue, elle rit pour la première fois.

« Oh, fit la nonne. Y a-t-il au monde un son plus doux que le premier rire d'un bébé ? »

Je recommençai, soulevant Genevieve puis la redescendant pour la mordiller, et elle rit de plus belle, gloussant de plaisir. Mon propre rire écorcha ma gorge. Soudain, je me souvins combien j'avais aimé ma mère quand j'étais petite fille. La joie débordante et le sentiment de sécurité que me procurait sa présence. J'aurais tant voulu voir les yeux verts et le visage plein de taches de rousseur de ma mère, j'aurais tant aimé qu'elle me voie maintenant, avec mon propre bébé, qui m'aimait comme je l'avais aimée.

Je refis le même geste, encore et encore, soulevant Genevieve, la redescendant, tandis qu'elle riait, que la nonne riait, et que moi aussi je riais, inhalant l'odeur de mon bébé chaque fois que ma bouche s'approchait de sa joue, jusqu'à ce que mon tablier soit trempé. Je jetai un regard complice à sœur Mary Clare. Elle ne pouvait pas remplacer ma mère, mais c'était agréable d'avoir quelqu'un qui riait avec nous, un témoin de ce moment de bonheur.

Finalement, la nonne me prit Genevieve des mains et l'enveloppa dans une serviette. « Va te reposer. Je t'apporterai un petit quelque chose plus tard. »

Sœur Mary Declan arriva pour escorter l'autre préposée de nuit et moi jusqu'à nos dortoirs, où nous serions enfermées pour nos quelques heures de sommeil. Je jetai un dernier regard par-dessus mon épaule pour voir sœur Mary Clare s'éloigner avec Genevieve en chuchotant à son oreille.

Cet après-midi-là, je poussai un chariot de linge mouillé jusqu'à la terrasse, où j'étendis les draps pour les faire sécher au soleil. De là-haut, je vis un homme sortir de la voiture. Il avait une allure distinguée et ses cheveux lisses étaient plaqués en arrière. De cette hauteur, je ne voyais pas son visage, mais seulement sa silhouette et la richesse qui semblait émaner de lui. Un certain type de fille aurait été séduite par son élégance. Mais l'élégance ne m'intéressait pas. Elle ne m'intéresserait jamais.

Pourtant, il y avait chez cet homme un je-ne-sais-quoi de particulier, de sorte qu'il resta gravé dans mon esprit bien que j'aie à peine entrevu son visage. Quand je montai de nouveau sur le toit pour étendre un autre chariot de draps, sa voiture avait disparu. En redescendant, je décidai de passer à la nursery. D'ordinaire, je n'allais jamais là où je n'étais pas censée être la journée de crainte de croiser le père Joseph, ou de perdre mes nuits avec Genevieve. Mais une intuition, un sentiment d'urgence, me poussa à le faire, à traverser les couloirs voûtés jusqu'à la pièce aux carreaux multicolores, marchant délicatement afin que mes sabots de bois ne claquent pas. J'aurais des problèmes si une des nonnes âgées était dans la nursery, mais s'il n'y avait que sœur Mary Clare, elle ne m'en voudrait pas d'avoir enfreint les règles. Elle me comprendrait, car elle avait entendu le rire de Genevieve.

Quand j'arrivai, le lit de mon bébé était vide. Pas de draps, rien qu'un minuscule matelas taché sur lequel avaient dormi d'innombrables bébés. Sœur Mary Clare s'approcha de moi, les bras tendus, avec un air de consternation sur son visage d'ordinaire si jovial. Il y avait autre chose, aussi. Une étincelle étrange dans ses yeux. Comme si ce qu'elle s'apprêtait à me dire la réjouissait d'avance. Cette prise de conscience me transperça le cœur, et déclencha la première pulsion meurtrière.

« Où est mon bébé ? » grondai-je.

Dans un autre lit, un petit garçon en âge de se tenir debout se hissa sur ses pieds, ses cheveux roux tout ébouriffés, et tendit les bras vers nous. Alors que sœur Mary Clare se détournait de moi pour aller le voir, j'empoignai sa manche.

« Où est Genevieve ? Amenez-moi à elle tout de suite, s'il vous plaît. »

La nonne était un peu plus petite que moi, mais bien plus robuste. « Oh, Nan. Ma pauvre Nan. Ne t'inquiète pas pour ce bébé. »

Les autres religieuses appelaient toujours nos enfants « le bébé » ou « ce bébé », comme s'ils ne naîtraient vraiment que lorsqu'ils seraient livrés à leurs faux parents ou transférés dans l'orphelinat voisin. Mais jusqu'à présent, devant moi, sœur Mary Clare avait toujours appelé mon bébé par son prénom : Genevieve.

« Ton bébé est parti. Dans une excellente famille, Nan. Ils lui donneront une vie merveilleuse.

— Vous ne pouvez pas la faire adopter. Elle est à moi.

— Allons, ma chérie. Elle te portera toujours dans son cœur.

— Où est-elle en ce moment ?

— Bon, je ne suis pas censée te le dire. Je pourrais avoir de gros ennuis, mais je pense que ça te fera plaisir. C'est une famille anglaise qui l'a adoptée. Une famille anglaise parfaitement charmante, qui l'élèvera comme il se doit.

— Où ça, en Angleterre ? »

C'était presque un cri. Un rugissement à peine contenu. À mes propres oreilles, on aurait dit un animal. Je devais avoir l'air si féroce que sœur Mary Clare recula d'un pas, doutant soudain de sa capacité à me calmer.

Comment aurais-je pu lui faire confiance ? J'avais l'impression d'avoir été manipulée. Ma main était toujours agrippée au tissu de sa manche. Je me rapprochai jusqu'à ce que mon nez touche presque le sien.

« Amenez-moi à mon bébé immédiatement. » Ce n'était pas un cri cette fois, mais un grognement. Je terminai la phrase dans ma tête : *Ou je jure devant Dieu que je vous tuerai.*

À présent, elle comprenait. Et elle avait peur. Comme si j'avais prononcé la menace à voix haute. La jovialité disparut de son visage en même temps que la compassion. Je m'approchai encore. Elle recula. Elle était maintenant assez près du mur pour sentir la pierre froide à travers son habit. Les molécules de Genevieve flottaient encore dans cette pièce. Son rire résonnait toujours entre ses pierres.

C'était l'homme que j'avais vu plus tôt. Je le savais. L'avaient-elles amenée directement à lui ? Où l'avaient-elles laissé choisir, comme s'il achetait un chiot ? Peut-être avait-il longé les rangées de berceaux, les examinant tour à tour jusqu'à ce que son regard se pose sur les yeux bleu vif de Genevieve. Si alerte. Si belle. Si rose et potelée grâce au lait de sa mère. Elle valait le prix que demandaient les nonnes, quel qu'il soit. Peut-être lui avait-elle montré son nouveau tour et gloussé de plaisir pour lui. Un enchantement. *Je prendrai celui-ci.*

Et sœur Mary Clare lui avait remis mon bébé. Genevieve, tout emmitouflée, emportée dans les bras d'un étranger alors que sa mère se trouvait dans ce même bâtiment.

La nonne me regardait droit dans les yeux. Les traits de mon visage seraient restés gravés à jamais dans sa mémoire si elle m'avait réellement regardée. Mais tout ce qu'elle voyait, c'était sa fausse gentillesse qui se retournait contre elle. Son regard n'était pas plus authentique que le froncement étudié de son front, à présent, comme si elle se souciait de moi. Comme si ce n'était pas elle qui avait joyeusement organisé l'enlèvement de mon enfant.

Une criminelle. Je vous ai présenté dans cette histoire toute une variété de crimes. Mais aucun – *aucun* – n'est plus odieux, plus violent, plus impardonnable que celui-ci. Rien de ce que je pourrais faire subir à sœur Mary Clare ne pourrait égaler ce qu'elle venait de me faire.

Mes doigts tremblaient. Ils se levèrent, presque malgré moi. Je plaçai deux mains autour de son cou. La voir hoqueter, d'abord de terreur puis de douleur, me procura une satisfaction immense. Elle voulut prendre une inspiration, mais je ne la laissai pas faire. Aucun oxygène n'atteindrait ses poumons, mes doigts y veilleraient. Ses yeux étaient exorbités. Ses mains essayèrent de s'agripper à mes bras, mais j'agissais avec la force d'une mère protégeant son enfant – même s'il était trop tard, ma férocité n'en était pas moins grande. Elle tenta de me repousser mais ses coups n'étaient que de l'air, comme si elle savait qu'elle n'avait aucun droit de se défendre.

C'était une sensation agréable. Le début de quelque chose. Je la tuerais, puis je quitterais le couvent et trouverais l'homme riche aux cheveux gominés, et je récupérerais mon bébé. Mais d'abord, j'avais cette délicieuse tâche à accomplir : étrangler sœur Mary Clare jusqu'à ce que son visage vire au bleu. Une fois qu'elle serait morte, je fracasserais sa tête contre le mur de pierre, d'un seul coup sec. Quand elle tomberait au sol, je cognerais une dernière fois son crâne, et sa cervelle se répandrait sur le carrelage dur, sur ce bleu et ce rose si cruels. Sœur Mary Clare émit des gargouillements désespérés qui ne firent qu'accroître le plaisir que je prenais à lui faire du mal. *Bientôt, tu seras morte.*

Je sentais son pouls sous mes mains qui ralentissait peu à peu. Contre mes paumes, sa gorge se contracta comme si elle essayait d'inspirer ou de déglutir, en vain. Je serrai encore. Ses yeux semblaient sur le point de sortir de leurs orbites. Bien. Excellent. Je ne savais pas que je possédais une telle force. C'était la première expérience religieuse que je vivais entre ces murs sacrés.

Puis un bébé pleura. Peut-être était-ce celui de Susanna. Ce vagissement aigu, reconnaissable entre tous, d'un nouveau-né affamé. Le lait jaillit douloureusement de mes seins, trempant ma blouse et mon tablier. Je lâchai la nonne. Elle leva les mains et frotta sa gorge comme pour effacer les dégâts que j'avais causés, avalant de grandes goulées d'oxygène dans un étrange sifflement. Déjà, des marques rouges apparaissaient sur sa peau ; d'ici à ce soir, elles seraient noir et bleu. Elle fixait ma poitrine, le lait qui se répandait à travers ma robe et mon tablier, son odeur douce emplissant la pièce.

À quelle distance se trouvait Genevieve à ce moment-là ? Chaque seconde l'éloignait un peu plus de mes bras. Si je levais de nouveau les mains, si je tuais sœur Mary Clare, je finirais en prison. Il y aurait un procès. Mes parents l'apprendraient par les journaux. La catin qui avait étranglé une épouse du Christ. Je passerais le reste de ma vie en prison, si j'avais la chance de ne pas être exécutée.

Alors je retirai mes sabots et m'enfuis de la nursery dans mes bas et mon tablier souillé. Je sortis du couvent, émergeant dans le cimetière des nonnes. Les enfants de l'orphelinat jouaient dans la cour, j'entendais leurs voix s'élever dans les airs. Quand j'atteignis le portail en fer, je n'eus qu'à donner un coup de pied dans la barre rouillée, me tourner et me glisser au travers comme je m'y étais entraînée. Je quittai immédiatement la route, filant à travers champs. Au bout d'un moment, au loin, j'entendis sonner les cloches du couvent, puis une sirène de police.

Les cloches sonnaient pour moi. Je savais que les nonnes étaient en train de courir inutilement d'un bout à l'autre du couvent en criant. Mais les sirènes retentissaient pour une autre raison. Heureusement pour moi, la police était occupée ailleurs. Une patrouille de la RIC était tombée dans une embuscade à Cobh, et tous les officiers disponibles se précipitaient dans cette direction. Toutes les filles du couvent auraient pu s'échapper sans être capturées, mais je n'avais aucun moyen de les prévenir.

Je n'avais jamais couru si vite. Je jetai mon bonnet et mon tablier sans m'arrêter, cavalant loin de la route, au milieu des champs. Sans jamais glisser ni me tordre la cheville. Des foulées propres et rapides, comme si je m'y étais entraînée. Je passai devant une ferme où du linge séchait à une corde, se balançant dans l'air frais de l'après-midi. J'aurais dû m'arrêter pour voler des vêtements, me déguiser. L'avant de ma robe était trempé de lait, qui commençait à sécher. Mais je ne m'arrêtai pas. Je courus et courus.

« Holà, jeune fille ! » lança une femme.

Je ne l'avais pas vue, adossée à une grange. Vêtue d'un pantalon et d'une veste épaisse, une cigarette dans une main, l'autre levée tandis qu'elle s'avançait vers moi, m'arrêtant dans ma course. Elle avait des cheveux gris ondulés et un visage buriné par le vent, et se tenait si près de moi que je pouvais sentir le whisky dans son haleine.

« Je vous en prie, laissez-moi passer. »

Ses yeux se posèrent sur ma poitrine, les taches de lait maintenant sèches, puis descendirent jusqu'à mes pieds et mes bas déchirés. Elle souffla un panache de fumée, puis jeta dangereusement sa cigarette sur le foin.

« Et où vas-tu comme ça ? demanda-t-elle en piétinant le mégot.

— Ça ne vous regarde pas. »

Je voulais dire ça d'un air de défi, mais mon ton était plus larmoyant qu'autre chose. Je ne pouvais pas me permettre de rester là à papoter. Je devais courir, fuir cet endroit et en rejoindre un autre.

La femme retira son manteau et le posa sur mes épaules. « Je sais où tu vas, dit-elle d'une voix rauque en se forçant à prendre un ton sévère. Tu cours chez le garçon qui t'a envoyée ici. Mais tu ne dois pas y aller, ma chérie. Écoute-moi. Tu es anglaise, n'est-ce pas ? C'est là qu'est ta place. »

Elle s'appelait Vera et elle m'invita chez elle, me donna des vêtements de rechange et me nourrit. Elle me parla aussi sans doute de sa vie, de l'amie avec laquelle elle vivait et de ce qu'elle pensait des nonnes et de leur prétendue charité. Je n'entendis rien de tout cela. Pendant très longtemps, je n'entendis pas un mot de ce qu'on me disait. J'étais une fille aux pieds nus qui espérait gagner une course contre des voitures et des bateaux. Condamnée à courir. Dès le moment où j'avais découvert que j'étais enceinte, c'était tout ce que j'avais fait : courir.

Une autre femme arriva, qui portait elle aussi des vêtements de travail d'homme et sentait le tabac et le whisky.

« Doux Jésus, fit-elle en me voyant.

— Je te présente Martha », me dit Vera.

Le regard de Martha se posa sur mes seins douloureusement gonflés de lait. « Viens avec moi, ma belle. Je peux t'aider. »

Elle m'emmena dans leur petite chambre et déroula une bande de tissu pour que je l'enroule autour de mes seins. « Tu dois laisser sortir un peu de lait, de temps en temps. Assez pour soulager la pression mais pas trop, ou tu n'arrêteras jamais d'en produire. »

En y repensant aujourd'hui, je me demande qui étaient les femmes dont elle avait dû bander les seins pour tarir le lait. Mais je ne me posai pas la question à l'époque. Vera et Martha vidèrent la boîte à biscuits où elles avaient caché leurs économies. Elles m'emmitouflèrent dans ce qui était sans doute un de leurs meilleurs manteaux. Vera me donna une paire de bottines en cuir souple, qui étaient à peu près à ma taille. Puis elles me firent monter à l'arrière de leur charrette.

« Allonge-toi et ne bouge pas », m'ordonna Vera.

Je quittai donc Sunday's Corner de la même manière que j'y étais arrivée, dans une charrette tirée par des chevaux. Martha chantait en conduisant l'air que fredonnait sœur Mary Clare, qui avait résonné comme une cornemuse dans les cages d'escalier et les couloirs du couvent. Et j'appris enfin les paroles :

Come, all you fair and tender girls
That flourish in your prime
Beware, beware, keep your garden fair
Let no man steal your thyme

Écoutez-moi, tendres jeunes filles
À la beauté fraîchement éclose
Prenez garde, prenez garde aux hommes
Qui veulent cueillir votre rose

La chanson et les femmes m'accompagnèrent jusqu'à la gare, où ces dernières m'achetèrent un billet pour Dublin et me donnèrent le reste de l'argent pour payer le bateau qui me conduirait en Angleterre.

« Comment vais-je vous rembourser ? demandai-je.

— En te portant bien, dit Vera. Et en étant heureuse. »

La robe de Martha était bien trop grande. Je gardai le manteau boutonné jusqu'au menton. Quand le bateau accosta à Liverpool, je vis un groupe de soldats anglais qui attendaient d'être envoyés en Irlande. Je me demandai si, dans l'histoire du monde, un soldat avait déjà été chargé de récupérer un enfant volé à sa mère. Au cours des mois qui suivraient, je chercherais Genevieve des manières les plus illogiques qui soient. Je marcherais de Londres à Croxley Green à travers la nuit, jusqu'à ce que les semelles de mes chaussures soient usées et pleines de trous. Je regarderais dans tous les landaus, d'un œil si inquisiteur que les mères et les nounous reculeraient d'un air méfiant en remontant la capote.

Quand vous avez perdu un bébé, vous avez l'impression d'entendre ses pleurs n'importe où. À travers des kilomètres de parc. Par une fenêtre ouverte à deux rues de là. Vous vous réveillez au milieu de la nuit et constatez que vous êtes au mauvais endroit : vous êtes censée être ailleurs, *avec elle.* Où qu'elle soit, vous savez qu'elle est aussi réveillée, ses yeux bleus s'ouvrant dans l'obscurité, cherchant la seule personne au monde qu'elle puisse appeler sa mère. La vraie. Sa seule et unique mère. Le corps sait ce que l'esprit ignore.

Quand je rentrai enfin chez moi, épuisée et hagarde, je trouvai une pile de lettres de Finbarr qui m'attendaient, certaines avec de l'argent – pour le voyage jusqu'en Irlande qu'il ignorait que j'avais déjà entrepris.

« Pourquoi ne réponds-tu pas, Nan ? » écrivait-il encore et encore.

Ses parents ne lui avaient jamais dit que je m'étais présentée chez eux. Il ne savait rien de la nuit où je m'étais allongée à côté de lui, me serrant contre son corps fiévreux. Sœur Mary Clare ne lui avait jamais écrit, j'en étais sûre, et même si elle l'avait fait, les Mahoney auraient jeté la lettre.

« Si tu ne m'aimes plus, écrivit-il finalement dans une lettre qui arriva en Angleterre avant moi, je veux que tu me le dises en face. Je viendrai à Londres pour te l'entendre dire. »

Je pris un crayon et du papier pour lui répondre. Mais il y avait trop à dire. Trop de chagrin pour une seule lettre.

Quand ma mère écrivit à tante Rosie pour lui raconter ce qui s'était passé, celle-ci fit le voyage de Dublin à Sunday's Corner et insista pour parler à la mère supérieure, qui la fit asseoir et lui montra un certificat de décès.

Mère : *Nan O'Dea.*

Enfant : *Décédé.*

Suivi d'une date, celle de ce jour de novembre où ils l'avaient donnée à l'homme que j'avais vu depuis le toit.

C'était l'œuvre de sœur Mary Clare. Je le savais.

« Je suis tellement désolée, Nan », dit ma mère en sanglotant. Elle n'avait pas vu Genevieve ce jour-là, respirant la santé et la joie.

« Elle n'est pas morte », lui assurai-je.

Ma mère me regarda, attristée par ma perte, et peut-être par mon refus d'accepter la vérité.

Que pouvais-je faire alors sinon marcher, dans tout Londres et au-delà, refusant de profiter de ma liberté, déterminée à chercher Genevieve mais ne sachant pas par où commencer ? Je serrai mon propre corps, qui avait cruellement repris sa forme d'avant, mon ventre plat et lisse, mon lait tari.

Si j'avais été assez lucide pour garder la notion du temps, je pourrais vous dire la date à laquelle je rentrai chez moi et trouvai Finbarr, assis sur le trottoir devant notre immeuble, une sacoche à ses pieds. La seule fois de ma vie où mon cœur n'a pas fait un bond à sa vue. Je ne pouvais rien faire d'autre que lui briser le cœur, une première fois en lui parlant de Genevieve, et une seconde en le renvoyant chez lui.

Si seulement il était venu un peu plus tard, quand j'étais au moins capable de faire semblant d'être celle qu'il avait connue. Dès le printemps suivant, je travaillais quelques après-midi par semaine à Buttons and Bits. Megs suivait déjà une formation pour devenir infirmière. Louise, toujours à la maison mais déjà fiancée, suivait des cours de secrétariat. À la table de notre cuisine, elle m'apprit la sténographie et la dactylographie, qui me permettraient un jour d'obtenir un emploi à l'Imperial Rubber Company. L'été suivant, j'étais capable d'affronter le monde et de présenter un visage normal, et non celui d'une femme brisée qui cherchait constamment du regard l'enfant qu'on lui avait volée.

C'était le cas, pourtant. Je la cherchais constamment. Je n'ai jamais arrêté de chercher ni même envisagé de le faire, je n'ai jamais pensé qu'il y aurait un moment où j'admettrais ma défaite et l'impossibilité de ma quête.

Quatre ans après mon retour en Angleterre, tout à fait par hasard, je la trouvai. Il n'y avait pas d'erreur possible. J'étais allée rendre visite à ma sœur Megs dans sa nouvelle maison à Torquay, où elle travaillait comme infirmière.

Megs avait pris un jour de congé et nous étions allées nous promener sur la plage. Une petite fille courut vers nous en zigzaguant comme le font souvent les jeunes enfants. Je crus d'abord qu'elle était seule, mais en cherchant dans la lumière du soleil je vis deux femmes derrière elle, si loin que je distinguais à peine leurs formes. Lorsque la petite fille nous trouva, Megs et moi, sur son chemin, au lieu de nous contourner, elle jeta ses bras autour de mes jambes.

« Oh », fis-je en regardant ses yeux bleu vif, son front haut et ses cheveux noirs soyeux qui tombaient en cascade derrière elle tandis qu'elle levait la tête vers moi. Un petit menton pointu. Je la reconnus dans l'instant. Et elle me reconnut aussi. J'en suis sûre.

« Nan, fit Megs d'un ton sec tandis que je me baissais pour serrer la petite fille dans mes bras. Tu ne peux pas prendre les enfants des autres gens comme ça. »

La petite fille n'était pas de cet avis. Elle me rendit mon étreinte comme si elle se souvenait de la dernière fois que sa mère l'avait tenue dans ses bras. Sa vraie mère.

« Teddy, lança une des femmes. Reviens, Teddy, nous devons rentrer à Ashfield. »

L'esprit de l'enfant retourna à sa vie actuelle. Elle se dégagea de mes bras et courut vers les deux femmes, qui tournèrent les talons et partirent dans l'autre direction. J'attrapai le bras de Megs pour me stabiliser.

« Allons, allons, dit Megs. Tu en auras une à toi un jour, Nan, je le sais.

— J'en ai déjà une à moi », dis-je à voix haute.

Intérieurement, je répétai *Ashfield* encore et encore, gravant le nom dans ma mémoire et me jurant de découvrir tout ce qu'il y avait à savoir sur les gens qui y vivaient.

Elle était belle ?

Oui. Plus que tu ne peux l'imaginer.

Le jour où Finbarr vint finalement me chercher, je refusai de le suivre et, malgré ses protestations, je lui rendis l'argent qu'il avait joint à ses lettres. Nous avions à peine parlé une heure qu'il s'en allait d'un pas traînant, accablé par le chagrin supplémentaire que je lui avais causé.

« Tu sauras toujours où me trouver, dit-il avant de partir, le visage inondé de larmes. Je n'irai jamais vivre ailleurs sans te prévenir avant. Tu changeras d'avis, un jour. Je le sais. »

Une mère chauve-souris est capable de retrouver son petit dans une grotte qui en contient des milliers, même sans pouvoir le voir. Quand votre bébé vous a été enlevé, vous scrutez le visage de tous les enfants pour être sûre. Vous le faites si souvent que vous savez, de tout votre être, que vous ne vous trompez pas quand vous finissez par le retrouver.

Parfois, je me demande si Agatha l'a appris de moi, ce type de violence, la pire que l'on puisse infliger à une autre personne. Ce que la souffrance peut vous conduire à faire. Les guerres qui peuvent être déclenchées, la justice qui doit être rendue. Tout cela pour venger un enfant.

TROISIÈME PARTIE

« Le mal ne peut rester impuni, monsieur,
mais il arrive que le châtiment demeure secret[1]. »
Hercule Poirot

1. Traduction de Louis Postif (Ndlt).

Le 16 septembre 1926,

Mon cher Finbarr,

J'espère que cette lettre te trouvera en bonne santé après toutes ces années. J'espère qu'elle te trouvera tout court, en fait, et que tu seras heureux d'avoir de mes nouvelles. Je dois admettre que même après tout ce qui s'est passé, bien que je n'aie pas répondu à tes lettres, chaque fois que je vois ton nom sur une enveloppe (chaque fois que je vois les mots *Je t'embrasse, Finbarr* écrits au bas d'une page), mon cœur fait des sauts périlleux dans ma poitrine.

Je dois donc t'annoncer quelque chose, même si je m'étais promis de ne pas le faire, car je prends un risque énorme en partageant cette information avec toi. J'ai trouvé notre bébé, notre petite fille, notre chère Genevieve. Je l'ai vue et même tenue dans mes bras. Elle était heureuse et en bonne santé. Elle vit avec ses « parents » dans une maison appelée Styles, à Sunningdale, dans le Berkshire. Si seulement tu pouvais la voir ! Elle a tes yeux, Finbarr. Elle est intelligente, courageuse et belle. Elle aime les chiens et les livres. À cet égard, au moins l'un de nos souhaits s'est réalisé.

Les gens qui l'ont adoptée s'appellent Archibald et Agatha Christie. Et voici la partie la plus difficile : Archie Christie prévoit de quitter sa femme pour m'épouser. Est-ce quelque chose que j'ai planifié, manigancé, même ? Oui. À toi seul, je l'avoue. Mais je l'ai fait pour une excellente raison, la seule qui puisse excuser mon geste : pour faire partie de la vie de ma propre enfant.

Si je recevais une telle lettre de ta part, si tu me disais que tu étais sur le point de te marier, j'en concevrais un grand chagrin, mais je te serais reconnaissante de me l'avoir dit. J'espère que tu comprends que je n'ai pas le choix. Il est trop tard pour l'enlever à la seule famille qu'elle ait jamais connue. Au moins, ainsi, je pourrai être sa belle-mère. Au moins, je pourrai poser chaque jour les yeux sur elle et l'embrasser et l'appeler par son vrai nom quand elle dort.

Je n'aime pas Archie. Mais je ne peux pas me permettre de le haïr, malgré le rôle qu'il a joué dans cette histoire. Il est le seul qui puisse me conduire à Genevieve. Je fais donc ce qui doit être fait.

Et sache que rien ne sera jamais comme nous, Finbarr. Mon cœur, comme toujours, t'appartient.

Je t'embrasse,

Nan

LA DISPARITION

HUITIÈME JOUR
Samedi 11 décembre 1926

Finbarr trouva Agatha en haut des escaliers et l'arrêta en posant une main sur son coude, pressante mais délicate. Minuit venait de sonner et la maison était plongée dans l'obscurité. Elle et Chilton avaient manqué le dîner. Elle descendait simplement chercher quelques conserves car ils commençaient à avoir faim.

« Agatha, dit Finbarr, sa voix rauque pleine d'urgence. Je vous en prie, ne me dites pas que vous avez décidé de ne pas m'aider, finalement ? »

Elle le regarda, et le visage du jeune homme, à peine visible dans la lueur vacillante de la bougie qu'elle tenait, la surprit par son sérieux. Elle songea : *Nan est une idiote. N'importe quelle femme sensée s'enfuirait avec lui sans hésiter une seconde.* La conviction avec laquelle elle pensait cela, alors que Chilton l'attendait à l'étage, la faisait presque compatir à la détresse d'Archie : son désir était, comme sa loyauté, partagé entre deux femmes.

« Il suffirait d'un mot de votre part. Dites-lui. Que votre fille est bien votre fille. Que ce n'est pas Genevieve.

— Un mot ! Je pourrais lui en offrir dix mille et elle ne me croirait toujours pas. Je pourrais lui montrer un certificat de naissance et elle dirait que c'est un faux. Vous ne voyez pas qu'elle est convaincue que c'est la sienne depuis des années, maintenant ? Accepter la preuve du contraire reviendrait à perdre une nouvelle fois son enfant. »

Finbarr a-t-il pris un moment pour se demander, à ce moment-là ou à un autre, s'il croyait Agatha quand elle affirmait que Teddy et Genevieve n'étaient pas la même personne ? J'en doute. Cela l'aurait détourné de son objectif premier. Je lui avais déjà dit que l'anniversaire de Teddy coïncidait avec celui de Genevieve. Que la mère d'Archie était originaire du comté de Cork, et qu'il connaissait donc l'endroit parfait où aller chercher un bébé à faire passer pour le sien.

Les nonnes n'auraient pas donné un bébé à des protestants, avait répliqué Finbarr.

La mère d'Archie est catholique. Et je sais mieux que toi de quoi ces nonnes sont capables.

Il avait pourtant vu son visage. Quand il s'était agenouillé devant Teddy pour lui offrir le petit chien sculpté. Ses propres yeux, qui le regardaient. Comment avait-il pu ne pas le voir ?

Peut-être était-il aveuglé par l'objectif qu'il s'était donné. Nous croyons en ce qui sert notre propre cause. Je n'en veux pas à Finbarr. Ce qui m'a été volé lui a été volé à lui aussi, mais contrairement à moi, il n'avait pas connu Genevieve, il n'avait donc jamais compris pourquoi il devait réellement se battre. Il pensait qu'il ne devait se battre que pour moi.

« C'est pour ça que vous devez la convaincre, dit-il à Agatha. Vous n'avez même pas essayé. » Agatha détourna le regard, ses yeux se perdant dans l'obscurité au loin tandis qu'elle se murait dans un silence frustrant. « Alors dites-lui combien ça vous fait mal. De perdre votre mari. » Je n'ai jamais entendu Finbarr prononcer le nom d'Archie, pas une seule fois. « Nan n'est pas cruelle. Dites-lui que vous ne pouvez pas vivre sans lui.

— Mais je pense pouvoir vivre sans lui. Et vous pouvez vivre sans elle aussi.

— Je sais que je peux. Je l'ai fait pendant tout ce temps. Mais je ne veux pas. Agatha, vous ne voulez plus de votre mari ?

— Je dois dire que non. Pas entièrement. » Puis elle ajouta, sans doute davantage pour l'apaiser que parce qu'elle le pensait : « Je ne sais pas, Finbarr. Je suis désolée, je ne sais pas. »

Il lâcha son coude et toucha sa joue de sa main rugueuse. Puis il tourna les talons et s'éloigna, les épaules voûtées. Elle détestait le voir si dépité. Elle aurait voulu lui donner de l'espoir, vraiment. Mais pas au point de renoncer au sien.

Quand le jour se leva, la première chose qu'Agatha ressentit fut une bouffée de bonheur. Tout cela était délicieusement étrange, et tellement libérateur. Affranchie des convenances, elle avait presque cessé de se demander : *Que faire à présent ?* Mais pouvait-elle espérer retourner discrètement dans le monde après l'avoir quitté d'une manière si tapageuse ?

« Est-ce qu'une femme qui a causé autant de désordre peut rentrer chez elle sans aucune explication ? demanda-t-elle à Chilton ce matin-là, dans ses bras, sous une montagne de couvertures de laine piquante.

— Absolument pas. »

Chilton avait une façon compliquée de l'entourer de ses deux bras, en se servant du bon pour placer le mauvais. L'étreinte était si serrée qu'elle ne pouvait pas se redresser pour regarder son visage. « Il est évident que tu ne peux pas y retourner. Tu vas devoir rester avec moi. »

Elle posa ses doigts sur les lèvres de son amant, les yeux rivés au plafond.

« J'ai un meurtre à résoudre, tu sais », lui dit-il.

Elle se libéra de son étreinte et se redressa pour lui faire face. C'était la première fois qu'elle entendait cette histoire. Chilton lui expliqua ce qui était arrivé aux Marston.

« Comme c'est triste. » Les larmes lui montèrent aux yeux. Prise dans tous ces dilemmes, elle avait presque oublié le reste du monde et ses habitants.

« Qu'est-ce que tu en penses ? Tu écris des romans policiers. Faut-il que j'accepte la théorie de Lippincott sans enquêter davantage ?

— Oh, je serais bien incapable de résoudre un crime que je n'ai pas inventé. Le secret d'un bon roman policier, c'est de rendre la solution évidente. Tout en semant assez de fausses pistes pour que le lecteur doute de sa propre théorie et, à la fin, soit fier d'avoir trouvé lui-même la solution. Dans la vraie vie, j'imagine qu'il faut appliquer le principe du rasoir d'Ockham. La solution la plus simple est généralement la bonne. »

Chilton sourit. Il aimait beaucoup l'écouter parler.

« Et toi, qu'en penses-tu ? demanda-t-elle. Tu crois que ton Lippincott a raison au sujet de la femme ? Il n'y a pas de raison de soupçonner quelqu'un d'autre, n'est-ce pas ?

— Pour être tout à fait honnête, je ne m'en soucie pas autant que je le devrais. » Elle l'embrassa. « J'aimerais lire tes livres. J'aimerais lire tous les mots que tu as jamais écrits. »

Agatha sourit et pressa son front contre le sien. « Je ne suis pas du tout prête à rentrer chez moi. » Ils s'embrassèrent de nouveau, plus passionnément cette fois.

Elle n'aurait jamais imaginé qu'il était possible de faire l'amour avec une telle ferveur tout en ayant l'esprit si plein de pensées. Elle garda les yeux ouverts. Observant la chambre spartiate, et l'homme qui était pour elle un étranger à peine quelques jours plus tôt. Elle songea qu'elle serait toujours reconnaissante pour ce laps de temps, et puis elle se dit qu'elle pourrait le faire durer pour toujours. Elle pourrait commencer à se faire appeler Mme Chilton dès aujourd'hui, et ils pourraient partir ensemble, quelque part où personne ne les connaissait. Elle n'aurait plus jamais à penser à ce terrible mot qu'est *divorce* ni à faire face aux conséquences de sa disparition. Teddy en souffrirait, bien sûr, mais Nan remplirait son rôle de mère avec une dévotion que peu d'enfants ont eu la chance de connaître.

Au bout de quelque temps, si Agatha demeurait cachée, le monde oublierait sa disparition et même son existence. Elle s'imagina se dépouiller de tout ce qu'elle avait été, tout ce qu'elle avait possédé. Son ancienne vie dispersée au vent, se dissolvant dans l'air comme la brume sur la mer. Nan pouvait tout avoir – la maison, le mari, l'enfant. Ce serait un coup dur pour Finbarr. Mais parfois, il faut savoir penser à soi.

Elle pouvait commencer une nouvelle vie et n'emporter avec elle que son écriture. Elle pouvait repartir de zéro sous un nouveau nom. Elle pouvait changer de coiffure, s'affamer ou se goinfrer jusqu'à devenir méconnaissable, laissant la femme qu'elle était jusqu'alors devenir un mystère non résolu. Pendant que Mme Chilton pianoterait sur sa machine à écrire et ferait de longues promenades sur la plage et se roulerait sous les couvertures avec son merveilleux mari, qui l'adorait – non, la *vénérait.*

« Agatha, ma chérie », dit Chilton, ses lèvres contre son oreille. Ça valait la peine de se perdre pour être aimée ainsi, songea-t-elle.

Un peu plus tard, Chilton retourna au Bellefort dans le matin froid et humide, son manteau de laine usé sur le siège à côté de lui, une main sur le volant. La pluie de Sunningdale s'était déplacée vers le nord et tombait doucement. Un sourire s'esquissa sur son visage, frémissant aux commissures de ses lèvres. Il ne savait pas quelle tournure avaient prise les fantasmes d'Agatha, il ignorait qu'elle rêvait de s'enfuir avec lui et de devenir Mme Chilton. Mais il aurait accepté sans l'ombre d'une hésitation.

Pour la première fois depuis la guerre, il avait le sentiment d'avoir recouvré une partie de lui-même. Pas son innocence, ni ses frères, mais quelque chose de merveilleusement important. Un désir de vivre au-delà du besoin d'épargner à sa mère une douleur supplémentaire. À peine quelques jours plus tôt, s'il avait appris la mort de sa mère, il aurait pu prendre un train jusque chez lui pour embrasser le front de son cadavre, puis retourner le vieux fusil Purdey de son père contre lui-même et presser la détente avec soulagement. Enfin.

Mais tout avait changé. Maintenant, il se disait qu'il pourrait rester sur terre quelques jours de plus, juste pour voir ce qu'il se passait. Quand il tenait Agatha dans ses bras, Chilton avait le sentiment, comme tout homme qui connaît pour la première fois le miracle de la passion réciproque, qu'une nuit d'amour pouvait durer éternellement. Pourquoi ne pas s'enfuir avec elle ? Aux yeux du monde, elle avait déjà disparu.

En se garant, Chilton vit M. Race faire les cent pas devant l'hôtel en fumant, les fines volutes de fumée se mêlant aux nuages plus épais que formait son souffle dans le froid. Il prit conscience qu'il n'avait pas fumé depuis plusieurs heures, voire une journée entière. Il plongea la main dans la poche intérieure de son manteau pour en tirer son étui à cigarettes, puis il interrompit son geste. Il ne voulait rien avoir en commun avec M. Race, qui, à ses yeux, appartenait à la même espèce qu'Archie Christie. Le genre d'hommes pour lesquels Chilton ne ressentait que du dédain. Non qu'ils se soucient de son avis, ni même qu'ils le remarquent. Ils avaient élevé le dédain au rang d'art. Ils étaient belliqueux et ne se souciaient que d'eux-mêmes, même dans leurs moments les plus généreux. *Des hommes qui ont servi dans les tranchées, et des hommes qui ont servi dans les airs.* Race était peut-être trop jeune pour appartenir à l'un ou l'autre groupe, mais Chilton le plaçait sans l'ombre d'un doute dans le second.

Je dois dire que l'opinion de Chilton sur Archie était injuste, dans la mesure où il ne l'avait jamais rencontré et venait en outre de passer la nuit et la matinée à faire l'amour à sa femme. Chilton le savait, mais il est assez naturel, quand on s'attache à une femme, de se représenter son mari sous le jour le plus négatif possible.

Alors qu'il sortait de la voiture, il vit Race faire quelque chose qui le surprit. Le jeune homme laissa tomber sa cigarette par terre, l'écrasa avec son pied, puis ramassa le mégot, le gardant dans sa main comme s'il avait l'intention de le jeter plus tard. Il n'avait pas l'air d'être le genre d'homme qui nettoie après son passage. Mme Race sortit de l'hôtel un instant plus tard, vêtue d'un chapeau et d'un épais manteau. Dès qu'elle vit son mari, elle afficha un sourire radieux et se jeta dans ses bras en le regardant avec une joie évidente.

Chilton connaissait suffisamment le monde pour ne pas s'étonner de voir une femme retourner auprès d'un mari violent. Mais il y avait dans ce spectacle quelque chose d'étrange. La femme semblait une personne tout à fait différente de celle qu'il avait vue jusqu'alors, et M. Race, qui avait remarqué le policier, paraissait conscient de cette anomalie. Il posa les mains sur les épaules de sa femme et elle regarda dans la direction de Chilton. Aussitôt, elle recula brusquement.

« Bonjour, madame Race, lança Chilton de son ton le plus jovial. Monsieur Race. »

Ils marmonnèrent un bonjour, soudain moroses.

Une fois à l'intérieur de l'hôtel, Chilton attendit un moment. Puis il ressortit. Les Race avaient disparu. Il se dirigea tranquillement vers l'arrière du bâtiment, où il les trouva côte à côte, se tenant par le coude. Ils semblaient non seulement heureux d'être ensemble, mais très amoureux et complices.

Il n'osa pas s'approcher davantage pour entendre ce qu'ils se disaient, de crainte qu'ils ne le voient. Mais il les observa de loin en tendant l'oreille. Bien qu'aucun mot ne lui parvînt distinctement, il aurait pu jurer qu'ils parlaient tous les deux avec un accent irlandais.

Un peu plus tôt, Finbarr m'avait ramenée à l'hôtel dans l'aube grise de l'hiver.

« J'ai réfléchi, dis-je. On ne peut pas dresser des chiens en Angleterre aussi bien qu'en Irlande ? »

Il arrêta la voiture sur le bord de la route et se tourna vers moi. « Où veux-tu en venir, Nan ? »

Je vis que je lui avais donné de faux espoirs. Je ne pouvais pas lui offrir exactement ce qu'il voulait, mais j'avais une idée qui lui conviendrait peut-être.

« Je dis… » Je me tus, cherchant comment formuler la chose. « Je pourrais mener à bien mon plan. Et tu pourrais en faire partie. Réfléchis, Finbarr. Archie voyage beaucoup. Il travaille toute la journée. Il y a deux ans, il a même quitté l'Angleterre pour une année entière. On pourrait se voir souvent. Je pourrais même t'amener Genevieve, parfois.

— Mon Dieu, Nan, qu'es-tu devenue ? »

La flamme de la honte, toujours prête à jaillir, crépita en moi. Je l'éteignis avec ma colère. « Je suis devenue ce que je suis depuis août 1919. Une mère qui aime son enfant. Et une femme qui est prête à faire ce qui est nécessaire. Voilà ce que je suis devenue. »

Durant un long moment, il ne bougea pas.

« Nous pourrions l'emmener, alors, dit-il finalement. Tous les deux. Quitter l'Angleterre avec elle, aller où tu veux, et l'élever comme la nôtre.

— Comment pourrais-je lui faire ça, Finbarr ? La kidnapper ? Si elle était encore bébé, d'accord, mais maintenant ? Imagine les conséquences que ça aurait sur elle. Et s'ils ont déployé toutes les forces de police du pays pour chercher Agatha, qu'est-ce que ce sera pour son enfant ? Je n'ai aucun moyen de prouver que c'est ma fille. C'est trop tard pour ce genre de justice. J'aimerais que ce ne soit pas le cas, mais ça l'est.

— Et si, dans un mois, tu découvres que tu portes à nouveau mon enfant ? Que feras-tu, alors ? »

(Oh, Finbarr. Oh, cher lecteur. Faut-il que j'aie réponse à tout ?)

Je fermai les yeux pour refouler les larmes, et il m'attira dans ses bras. Me serrant fort, il parla dans mon oreille : « Comment peux-tu supporter que cet homme te touche si tu crois vraiment qu'il a volé notre enfant ? »

Je restai un moment silencieuse, comme si je réfléchissais à sa question seulement maintenant, alors qu'en réalité j'y réfléchissais depuis longtemps. Je ne tenais pas Archie pour responsable de ce qui m'était arrivé, du moins pas entièrement. Il n'avait fait que saisir une opportunité qui lui était offerte, sans se demander d'où venait cette opportunité. Comme tous les hommes de son rang, il pouvait vivre dans ce monde sans trop se poser de questions. Mais Archie n'avait pas inventé ce monde, il y était simplement né, comme nous tous.

« De la même manière qu'on fait la paix après la guerre, dis-je. Et m'avoir pour épouse sera une punition bien suffisante. Surtout si tu vis à proximité.

— Je ne suis pas destiné à ça. Je ne veux pas être ton amant, je veux être ton mari. Tu le sais, Nan. En plus, je ne suis pas sûr de pouvoir poser les yeux sur cet homme sans le tuer. »

C'était peut-être une hyperbole, mais c'était une pulsion que je connaissais assez bien pour le prendre au mot. Je ne pouvais courir le risque que Finbarr perde sa liberté pour avoir tué Archie. Ou qu'Archie soit tué, d'ailleurs. Rien de ce qu'il avait fait n'était assez terrible pour mériter la mort.

« La seule solution, dit-il, c'est qu'on quitte cet endroit ensemble. »

Je n'acquiesçai pas à voix haute. Mais je ne refusai pas non plus. Quelque part dans notre étreinte, dans ses bras qui se resserraient autour de moi, je sentis que mon silence lui donnait de l'espoir.

Quand Chilton revint au Bellefort, j'avais déjà regagné ma chambre. Il frappa à ma porte, et, dès que j'ouvris, il pressa dans mes mains le roman de Galsworthy.

« Merci. C'est très gentil. Même si je ne pense pas que j'aurai le temps de le lire avant la date de retour. Je dois bientôt rentrer à Londres.

— Vraiment ? Je pensais que vous retourneriez peut-être en Irlande, avec M. Mahoney.

— Je ne retournerai jamais en Irlande. »

Chilton dut remarquer que je n'avais pas dit que je ne partirais jamais avec Finbarr. « En parlant d'Irlande, j'ai été témoin d'une scène assez curieuse. Je viens d'entendre M. et Mme Race discuter, et j'ai eu l'impression de voir deux personnes totalement différentes. Non seulement ils étaient gentils l'un envers l'autre, mais on aurait dit qu'ils venaient de débarquer d'un bateau en provenance de Dublin. »

Mon visage s'empourpra et mes yeux s'embuèrent. Je ne voulais pas de lui dans ma chambre.

« Si vous avez choisi de ne pas révéler l'endroit où se trouve Mme Christie, ne devriez-vous pas rentrer chez vous, vous aussi ?

— J'imagine que mes raisons de rester sont similaires aux vôtres. »

Il dit cela gentiment. Il disait tout gentiment. Mais cette gentillesse ne se traduirait pas nécessairement dans ses actes, j'en avais conscience.

« Ne craignez-vous pas d'avoir de terribles ennuis quand ils découvriront qu'elle était ici depuis le début ?

— Pas si je ne me fais jamais prendre. »

Je me souvins de mes mains autour de la gorge de sœur Mary Clare. J'imaginai une pierre tombale derrière le couvent, marquée des mêmes mots que les autres : CI-GÎT SŒUR MARY. Mais celle-ci aurait été juste pour elle.

Au bout du couloir, une porte s'ouvrit. La jeune Mlle Armstrong apparut, ses cheveux noirs lâchés, le visage lumineux et serein, dénué de tout traumatisme passé. Si seulement j'avais pu faire sortir mon âme de mon corps pour la faire entrer dans le sien, et vivre une vie totalement différente…

« Oh, monsieur Chilton », dis-je, et les lattes du plancher se précipitèrent à la rencontre de mon visage.

Chilton n'avait pas voulu me contrarier, du moins pas à ce point. Cela faisait partie de son travail de désarmer les gens, les rendre vulnérables pour les inciter à parler. Il le faisait presque sans y penser, par la force de l'habitude. Ce dont il avait moins l'habitude, c'était de se désarmer lui-même. Avant que je heurte le sol, il tendit son bras valide – ce qui ne servit qu'à protéger ma tête d'un choc bien plus violent.

« Mon Dieu, fit Mlle Armstrong en se précipitant vers moi. Faut-il que nous la mettions au lit ?

— Non. » Je m'assis et tirai sur le col de ma robe. « Je vais bien. » Je chassai d'un haussement d'épaules leurs deux paires de mains. « J'ai juste besoin d'air. D'air et d'espace.

— Laissez-moi au moins vous accompagner en bas pour le déjeuner, dit Mlle Armstrong. La combinaison de l'air froid et de l'eau chaude est censée être bonne pour la santé. Mais je me sens un peu étourdie depuis que nous sommes arrivés. Peut-être est-ce ce qui a tué les Marston. Ça doit être pire, pour les personnes âgées. »

Elle jeta un coup d'œil inquiet à Chilton, comme pour l'avertir du danger qu'il courait. Celui-ci resta concentré sur moi.

« Vous êtes sûre que ça va ?

— Très bien, oui. Je me sens juste un peu ridicule.

— Est-ce que l'infirmière est là ? demanda Mlle Armstrong. Mme Race ?

— Je ne crois pas, dit Chilton. Peut-être pourrez-vous la consulter plus tard.

— Ce ne sera pas nécessaire », dis-je.

Acceptant la main de Mlle Armstrong, je me levai. Je mangerais pour leur faire plaisir. Puis je m'éclipserais pour voir Finbarr. J'aurais déjà dû être rentrée à Londres. Un jour de plus, me répétais-je sans cesse. Donnez-moi juste un jour de plus.

Elle passa son bras autour de mes épaules avec une sollicitude sincère, et Chilton nous regarda nous éloigner. *Les gens peuvent être si gentils*, pensa-t-il. *En particulier les femmes, qui semblent toujours prêtes à se soutenir dans les moments de détresse.*

LA DISPARITION

Jour de la disparition
Vendredi 3 décembre 1926

Peut-être serez-vous surpris d'apprendre que la plupart des femmes, voyant Finbarr et Archie côte à côte, auraient trouvé ce dernier plus séduisant. En particulier après que la guerre avait privé Finbarr de sa joie de vivre si touchante.

En revanche, les années m'avaient rendue plus jolie que je ne l'étais jeune fille. La manière dont j'avais appris à dissimuler mon âme brisée me rendait fascinante aux yeux des hommes.

« Oh, Nan », dit Archie en me prenant dans ses bras cette nuit chez les Owen, avant que nous sachions ce que demain nous réservait. Si vous parvenez à passer outre le fait qu'il avait enlacé sa femme de la même manière moins de vingt-quatre heures plus tôt, vous pourrez peut-être le comprendre : il m'aimait, il m'aimait vraiment.

Pensez-vous, comme Finbarr, que j'aurais dû haïr Archie ? Peut-être était-ce le cas. Quand tout a commencé, je le haïssais, j'en suis sûre. En y repensant aujourd'hui, c'est difficile à dire. Je l'ai épousé, après tout. Je lui ai donné un enfant, que j'aime aussi tendrement et profondément que celui que j'ai perdu. J'ai passé des milliers de jours et des millions d'heures auprès de lui, à la fois éveillée et endormie. Avec le recul, la seule réponse que je puisse donner quant à savoir si je le détestais est : parfois. Et d'une certaine manière. Si c'est ce que vous voulez appeler de la haine.

La façon dont certains hommes se déplacent dans le monde comme sur un terrain de chasse. Si, à cette époque et dans ce pays, Archie avait eu le droit d'avoir plusieurs épouses, il en aurait peut-être eu dix, qu'il aurait toutes aimées, même si ses préférences auraient varié selon les jours. Ce qui ne signifie pas qu'il nous considérait, Agatha et moi, comme des possessions. Il nous voyait à sa manière. Sur le terrain de golf, il se tenait en retrait, les bras croisés, évaluant mon swing, ma posture, l'arc de la balle que j'envoyais. « Épatant », disait-il d'une voix forte pour que tout le monde puisse l'entendre. Et, quand nous étions seuls : « Épatant, tout comme toi, ma beauté. »

J'aurais pu battre Archie au golf, mais je ne me suis jamais autorisée à le faire. Il voulait que je sois bonne, mais pas meilleure que lui. Il aimait me regarder jouer au tennis au club contre d'autres femmes. Et cela me plaisait qu'il aime cet aspect de ma personne. Mon projet de séduire Archie était né de l'urgence et de la nécessité, mais cela ne signifiait pas que je n'y trouvais jamais de plaisir. Je pouvais de nouveau courir, manier une raquette, gagner.

Funktionslust. C'est un mot allemand faisant référence à la joie d'accomplir ce que l'on fait le mieux. Séduire Archie, le voler à sa femme, avait un but précis. Mais il s'est avéré que j'étais douée pour ça. Plus que douée, même. Ç'aurait pu être un match de tennis. Aucune autre femme du club, aucune autre femme nulle part, n'aurait pu faire aussi bien.

« Oh, Nan », dit Archie en caressant de ses mains douces tous les recoins de mon corps. J'aimais ses lèvres, qui avaient un goût de whisky le soir. Je savais maintenant ce qu'il aimait, et j'avais appris à me cambrer et à chuchoter, à chevaucher et à conquérir. La nuit que nous avions passée ensemble avant la disparition de sa femme m'avait rendue plus déterminée que jamais à le posséder. Il avait pris sa décision, et il ne pouvait plus y avoir d'hésitations ou de remords. Tel un requin qui meurt s'il cesse de nager, je n'avais plus d'autre choix que d'avancer.

Je plaquai ma main sur la bouche d'Archie, assez fort pour lui faire mal.

« Chut, ordonnai-je.

— Nan », fit-il dans un gémissement étouffé. Puis, lorsque nous eûmes terminé : « Je t'aime. »

Les couvertures étaient par terre, et ma tête reposait sur sa poitrine lisse que soulevait encore son souffle haletant. « Nan, ma chérie. Comme je t'aime. »

Ce n'est que neuf jours plus tard qu'Archie finit par se demander sérieusement où j'étais partie. L'après-midi, il s'échappa du chaos des recherches qui se poursuivaient inutilement à Styles et se rendit à Londres.

Remontant son col contre le froid, il arpenta les rues de la ville jusqu'à mon appartement. Il grimpa les marches et frappa à ma porte. Il y colla son oreille en voyant que je n'ouvrais pas, et n'entendit que le silence d'un lieu inhabité depuis longtemps.

Il n'y a pas de meilleur remède aux maux causés par une épouse que les baumes d'une maîtresse. Pourtant, alors qu'Archie tendait l'oreille dans l'espoir de m'entendre, il songea que si je devais ouvrir la porte et l'accueillir avec un sourire séduisant, je ne serais qu'un substitut, que la satisfaction que je lui offrirais ne serait que temporaire, fugace. Juste de quoi l'aider à traverser ce terrible chagrin jusqu'à ce que sa femme soit retrouvée.

Ma porte demeura close, la pièce de l'autre côté plongée dans le silence. Ma voisine, la vieille Mme Kettering, ouvrit la sienne. Ce n'était pas la première fois qu'elle voyait Archie, et elle le regarda en fronçant les sourcils, comme elle le faisait toujours. Il répondit avec un sourire rassurant, conscient que les gens comme elle, qui nous avaient vus ensemble, pourraient nous causer des ennuis.

Pourtant, la question enfla en lui, et il ne put s'empêcher de la poser.

« Bonjour, madame Kettering. Je me demandais, auriez-vous vu Mlle O'Dea ?

— Pas depuis plusieurs jours. Plus d'une semaine, je dirais. Je ne l'ai ni vue ni entendue. J'espère qu'elle s'est enfuie avec un gars de son âge. »

Mme Kettering le gratifia d'un dernier regard noir avant de claquer la porte derrière elle et de descendre l'escalier. S'il y a des femmes qui sont prêtes à aider les hommes dans leur sale besogne, il y en a bien davantage qui sont prêtes à se soutenir mutuellement, même dans les moments les plus inattendus.

De façon tout aussi inattendue, Archie trouverait le répit qu'il avait tant souhaité. Pour la première fois depuis des jours, il se sentit parfaitement lucide. La question éclipsa l'émotion, juste un instant. *Où Nan est-elle partie ?*

Il descendit les escaliers en vitesse jusqu'à la rue. Il marchait rapidement, le souffle haletant. Il força ses mains à ne pas se lever pour couvrir son visage – si des larmes coulaient, elles pouvaient s'expliquer par le froid. À des kilomètres de là, à Harrogate, je ne pensais pas à Archie. Pas du tout.

L'ère des femmes disparues, songea-t-il. *Comme c'est curieux, et quelle en est la cause ?*

L'ère des femmes disparues n'avait pas commencé avec Agatha Christie. Elle avait commencé bien avant que cette dernière grimpe dans une voiture et quitte Newlands Corner avec Finbarr. Et elle était loin d'être terminée. Nous disparaissions des écoles. De nos villes natales. De nos familles et de nos lieux de travail. Un jour, nous vaquions à nos occupations, assises dans une salle de classe, riant avec nos amies, ou marchant main dans la main avec un prétendant. Et puis, soudain, nous n'étions plus là.

Qu'est-il arrivé à cette fille ? Tu ne te souviens pas d'elle ? Où est-elle partie ?

En Amérique, nous allions dans les foyers Florence Crittenton. En Angleterre, dans les Clark's Houses ou dans l'un des nombreux foyers gérés par l'Église anglicane. Dans les hôpitaux australiens, les bébés étaient retirés aux mères jugées inaptes à s'en occuper. Et certaines d'entre nous n'allaient nulle part. Nous nous vidions de notre sang sur des tables de boucher. Nous nous jetions d'un pont.

L'ère des femmes disparues. Elle durait depuis la nuit des temps. Des milliers d'entre nous avaient disparu, sans qu'un seul policier soit chargé de nous retrouver. Sans qu'un seul mot paraisse dans les journaux. Rien que nos longues absences et nos retours silencieux. Quand nous revenions.

Avant qu'Agatha disparaisse. Avant que j'apprenne que Finbarr était retourné en Grande-Bretagne. Le plan que j'avais élaboré était en bonne voie. Dans la maison des Owen, dans le lit emprunté, mes bras serrés autour d'Archie. J'étais avant tout motivée par un intérêt personnel, certes. Mais pas seulement.

« Je t'aime, Nan », dit encore Archie, comme si les mots avaient besoin d'être répétés à l'infini, jusqu'à ce que l'univers consente à faire durer ce moment, son secret délicieux et haletant.

Je l'aimais, moi aussi. Si c'est ce que vous voulez appeler de l'amour.

LA DISPARITION

Huitième jour
Samedi 11 décembre 1926

Au milieu de toute cette agitation, l'écriture constituait un autre lieu où Agatha pouvait se réfugier. Un monde à visiter en dehors du sien. Elle pouvait s'y perdre, quoi qu'il arrive. La machine à écrire faisait entendre son cliquetis incessant dans le Manoir hors du Temps. Qu'ils la cherchent. Qu'Archie s'inquiète. Quand ses doigts survolaient les touches, c'était le monde entier qui disparaissait. Pas elle.

Je n'eus pas cette chance. À Harrogate, quand je n'étais pas avec Finbarr, mon esprit était assailli par la peur, le doute et l'inquiétude. J'essayai de me concentrer sur le roman que m'avait donné Chilton. J'étais arrivée tant bien que mal au deuxième chapitre quand on frappa à ma porte. Je l'ouvris. C'était Mme Leech.

« Il y a un homme en bas qui demande à vous voir. » Je sus, à la manière dont elle arquait les sourcils d'un air légèrement réprobateur, que c'était Finbarr, et mon visage s'illumina si soudainement que Mme Leech sourit. « Vous n'êtes pas vraiment mariée, n'est-ce pas, *mademoiselle* O'Dea ?

— Non, admis-je. Je ne suis pas mariée.

— Allons, allons. » Elle me tapota l'épaule pour me réconforter. « Descendez. Dites-lui de vous remonter le moral, c'est tout. Et vous ne devez pas le faire monter dans votre chambre. Nous ne sommes pas ce genre d'hôtel.

— Bien sûr. Merci, madame Leech. »

Dans le hall, Finbarr était assis sur le canapé, sa vareuse ouverte, frottant ses mains sur ses genoux. Il se leva et nous sortîmes ensemble dans le froid. Je m'approchai de lui, glissant mes mains dans la poche de son manteau. Je sentis un carré de papier lisse contre le bout de mes doigts et le sortis. C'était la photographie que je lui avais envoyée des années plus tôt. Elle était cornée et abîmée, les minuscules trous dans les coins indiquant qu'elle avait été punaisée à plus d'un mur.

Avez-vous déjà regardé la photographie de quelqu'un – prise quand cette personne était très jeune – et pensé : *Quelle tristesse. Toutes ces promesses, tous ces espoirs.* La fille qui me regardait sur ce cliché connaissait peut-être le chagrin (sa mère dévastée, prenant sur elle pour emmener sa fille chez le photographe), mais elle ignorait où menait son propre chemin. Elle pleurait sa sœur, mais était certaine qu'elle ne connaîtrait jamais un tel destin. Elle savait qu'une guerre sévissait, mais n'y croyait pas vraiment. Comment une guerre pouvait-elle atteindre les côtes anglaises ? C'était impossible. Si j'avais présenté à cette fille l'un des nombreux obstacles qu'elle aurait à surmonter – comme des prédictions –, elle aurait trouvé une solution pour chacun d'entre eux. Le visage qui me regardait pensait que le meilleur était à venir. Cette jeune fille se faisait prendre en photo pour un soldat, qui reviendrait indemne du front, l'épouserait et l'emmènerait en Irlande vers le bonheur perpétuel.

« J'aimerais avoir une photo de toi à cette époque, dis-je. Pourquoi est-ce toujours les filles qui envoient leur photo aux soldats, et pas l'inverse ?

— Écoute-moi, Nan. » Finbarr me prit délicatement le cliché des mains, comme une relique précieuse, et le remit dans sa poche. « Pars avec moi maintenant et je ne la porterai plus sur moi. Nous en ferons faire une nouvelle. Nous mettrons celle-ci dans un album pour la montrer à nos enfants.

— Mais dans ce cas je ne pourrais plus jamais me montrer. À notre enfant.

— Nous sommes tous les deux des personnes que nous n'aurions jamais imaginé devenir. Je n'ai jamais voulu aller à la guerre. Je n'ai jamais voulu tomber malade. Je n'ai jamais voulu quitter mon propre pays, ni même Ballycotton. Mais surtout, je n'ai jamais voulu toutes ces choses qui te sont arrivées. » Je pris ses mains et les embrassai. « Je vais te dire quelque chose de terrible, poursuivit-il. Si j'avais le choix entre rendre la vie à tous les hommes morts à la guerre, de 1914 à maintenant – les Irlandais, les Anglais, les Australiens, les Allemands, les Turcs, tous –, si je pouvais remonter le temps et les laisser vivre, ou remettre notre bébé dans tes bras, ils resteraient morts, tous autant qu'ils sont.

— Si tu es capable de penser ça, Finbarr, tu dois bien comprendre pourquoi je dois continuer ?

— Il n'y a qu'un moyen pour toi de redevenir celle que tu es vraiment, Nan. Et c'est en étant avec moi.

— Mais ce n'est pas moi que je veux retrouver. C'est Genevieve. »

Pour la première fois depuis longtemps, j'imaginai le visage de ma fille non sous les traits de la petite fille censée appartenir aux Christie, mais du bébé que j'avais vu pour la dernière fois sept ans plus tôt, quand sœur Mary Clare me l'avait enlevé. Je pris une inspiration, étonnamment douloureuse, comme si mes propres poumons avaient reçu une dose de gaz moutarde. Peut-être que la chose la plus gentille qu'Agatha Christie puisse faire – non seulement pour Finbarr, mais pour moi –, c'était de me convaincre que l'enfant était bien le sien.

Alors que Chilton atteignait le deuxième étage du Manoir hors du Temps, il perçut le son de la machine à écrire d'Agatha. Un *clic clac*, *clic clac* joyeux et laborieux. Il imagina la façon dont ce son emplirait sa maison à lui. Chaque soir en rentrant du travail il mettrait de l'eau à chauffer, le son de la machine à écrire s'échappant de l'autre pièce, et Agatha, entièrement absorbée par son écriture, ne saurait qu'il était rentré que lorsqu'il pénétrerait dans la pièce avec une tasse de thé fumant. *Oh, chéri*, dirait-elle. *J'ai perdu la notion du temps.* Ce ne serait pas un problème pour Chilton. Il avait l'habitude de se débrouiller seul et serait heureux de prendre soin d'elle. *Continue à écrire*, dirait-il. *Je m'occupe du dîner.*

Le cliquetis cessa quand il frappa à la porte. Elle lui ouvrit, son visage illuminé par la joie de le revoir. Une fois passée la nouveauté de leur vie commune, le fait qu'il la dérange pendant son travail deviendrait un sujet de dispute. Cela faisait plaisir à Chilton d'y penser. Il devrait apprendre à marcher sur la pointe des pieds. Il deviendrait expert dans l'art de retirer la bouilloire du feu juste avant qu'elle ne siffle, de glisser discrètement une tasse sur la table à côté d'elle, et pourtant elle le réprimanderait pour avoir brisé sa concentration.

Faut-il toujours que tu m'interrompes ? Il embrasserait le sommet de sa tête et s'éclipserait, la laissant à son travail.

Mais aujourd'hui, elle s'écarta pour le laisser entrer. Il s'assit lourdement sur le lit étroit – leur lit, pensait-il désormais – et attrapa un morceau de papier dactylographié au sommet d'une pile sur le second lit. Agatha le lui arracha des mains, le remit à sa place et retourna s'asseoir.

« Mais quand pourrai-je le lire ?

— Quand il sera imprimé, relié et cousu, pas avant. »

Elle se remit à taper, son sourire trahissant le plaisir que lui procurait l'intérêt qu'il portait à son travail.

Pendant qu'elle tapait sur sa machine, il lui raconta ce dont il avait été témoin entre M. et Mme Race.

« Tu m'écoutes, demanda-t-il au bout d'un moment, ou tu écris ?

— Les deux », dit-elle.

Mais elle se leva et lui rendit les parties manquantes de son cœur en se laissant tomber sur le lit. Il eut même l'impression de recouvrer l'usage de son bras paralysé lorsque Agatha l'enroula autour d'elle. « Je ne me doutais pas que ça pouvait être aussi bon d'embrasser », dit-elle après un long baiser.

Et pourtant, elle savait. Elle l'avait découvert des années plus tôt, au tout début de sa relation avec Archie, quand il était un homme différent, quand son invincibilité avait le pouvoir de la protéger plutôt que de la blesser. Ce dont elle ne se doutait pas, en revanche, c'est de l'effet que peut avoir le chagrin sur une vie. Il peut changer votre monde en un lieu où vous n'avez rien à perdre, où vous pouvez trouver le bonheur sous la forme d'un inspecteur de police dépenaillé mais tellement charmant.

Chilton descendit au garde-manger et en revint avec des boîtes de langue en conserve. Elle avait déjà fait vœu de ne plus jamais manger de langue en conserve, mais elle était tellement affamée que même cette nourriture de mauvaise qualité avait un goût délicieux.

« Tu sais ce que j'aimerais faire ? dit Agatha. Aller aux bains.

— Une longue marche dans le froid pour ensuite aller se plonger dans une eau ridiculement chaude ?

— Quoi de mieux ? »

Ils marchèrent d'un pas vif, bras dessus bras dessous. Il y avait peu de voitures sur la route. Un jeune maréchal-ferrant conduisant une calèche s'arrêta pour leur proposer de les déposer. Ils déclinèrent, puis changèrent d'avis, et lui coururent après en le hélant et grimpèrent à l'arrière, alors qu'il arrêtait les deux juments baies. Agatha s'assit sur une botte de foin au milieu d'outils et caressa le labrador haletant qui s'était blotti à côté d'elle. Elle rit quand le chien lui lécha le menton, et l'embrassa en retour. Le froid lui rosissait les joues et son rire sonnait comme un carillon.

« Dites-moi, monsieur Chilton, dit-elle en élevant la voix par-dessus le cliquetis des sabots et le tintement des outils. Que pensez-vous des chiens ?

— Ma foi, je les aime bien. » En voyant Agatha mettre ses bras autour de la bête et presser son visage dans son pelage sale, il décida d'être plus catégorique : « Beaucoup, même. » Il ajouta : « Tu es magnifique. Tu ressembles à une jeune fille. »

Il n'aurait pas dû dire ça. Le sourire d'Agatha s'effaça et le rose disparut de ses joues. « Mais je ne suis pas une jeune fille. » Aussitôt, comme pour confirmer ses propos, des lignes se formèrent sur son front, une ombre sur sa joue.

Le maréchal-ferrant les déposa au Karnak Baths and Spa et ils se séparèrent en silence, Chilton pour aller au vestiaire et Agatha à la boutique de souvenirs afin d'acheter une robe de bain. D'autres gens allaient la voir, mais qui était assez observateur pour faire le lien entre la dame distinguée des photographies et celle qui se trouvait face à eux, avec ses cheveux ébouriffés par le vent et ses vêtements d'homme ? Elle boutonna malgré tout le manteau de laine de Mlle Oliver jusqu'à son menton dans l'espoir de ne pas trop attirer l'attention. À la boutique, elle acheta la robe de bain la plus modeste qu'elle put trouver, un modèle à col en V vert et bleu qui arrivait juste au-dessus de ses genoux. Elle acheta également le bonnet assorti.

Contrairement aux grottes non mixtes du Bellefort, les bains du Karnak étaient ouverts aux hommes et aux femmes. C'était un atrium clair et spacieux, rempli d'abondantes fougères, où la vapeur obscurcissait ce qui aurait dû être visible à travers le plafond de verre. Chilton trempait déjà quand Agatha sortit du vestiaire, vêtue d'un épais peignoir fourni par l'établissement. Elle l'ôta et se glissa lentement dans l'eau chaude, grimaçant de plaisir et de douleur, tandis que la vapeur s'élevait autour d'eux. Elle lui sourit de nouveau.

Chilton avait une boule dans la gorge. Il regrettait d'avoir quitté le manoir. Ici, dans le monde, le temps se révélait bien trop fugace ; il avançait inexorablement, sans qu'aucun souhait puisse l'arrêter.

« Agatha », dit-il.

Elle jeta un regard inquiet aux autres baigneurs, craignant qu'ils n'entendent son nom et ne le relient aux gros titres des journaux du matin. Mais la seule personne qui semblait l'avoir entendu était une jeune femme au regard bienveillant, qui ne s'était pas embarrassée d'un bonnet mais avait attaché ses cheveux noirs au sommet de sa tête : Mlle Cornelia Armstrong.

« Oh, bonjour, dit Mlle Armstrong, toujours aussi douce. Vous devez être madame Chilton. Vous êtes venue rejoindre votre mari ? »

Agatha sourit. Chilton était ravi de constater qu'elle semblait apprécier d'entendre ces mots : Mme Chilton.

« Oui, dit Agatha. Il a prétendu qu'il venait pour le travail, mais pour moi, ça ressemble à des vacances. Alors j'ai décidé d'en profiter aussi. »

Chilton dit à Mlle Armstrong :

« Je pensais que vous en aviez fini avec les bains chauds ?

— Oh, pas du tout, monsieur Chilton. Il faut continuer à essayer de nouvelles choses et persévérer. Et quand j'ai pensé à ce que dirait ma mère si elle me voyait me baigner avec des hommes, je n'ai pas pu résister. Tout à fait scandaleux. » Mlle Armstrong avait prononcé ce dernier mot comme si c'était le plus délicieux de la langue anglaise. « Je suis déterminée à m'amuser malgré ce qui est arrivé aux Marston. » Elle se tourna vers Agatha. « Votre mari vous a raconté ? Tout ce qu'il s'est passé dans notre petit hôtel ?

— Oui. C'est terriblement triste.

— Vous n'avez pas idée. Je ne pense pas qu'un homme soit capable de bien raconter ce genre d'histoire. Leur amour était spécial. Toutes ces années à rêver de pouvoir être ensemble. Et quand ils l'ont enfin été, quand le moment qu'ils avaient tant attendu est enfin arrivé, toutes les années qui les attendaient se sont envolées. Il y a une leçon à tirer de cela, ne pensez-vous pas, madame Chilton ? Il ne faut pas perdre son temps à être malheureux.

— Tout à fait, dit Agatha. Je préfère de loin perdre mon temps à être heureuse. »

Chilton songea : *Si je peux la convaincre de monter dans un train, demain à la première heure, nous pourrions perdre le reste de notre vie à être heureux.*

Pour l'heure, ce qui semblait rendre Cornelia Armstrong heureuse, c'était de se lamenter sur la fin tragique des Marston. Elle se déplaça pour s'asseoir juste à côté d'Agatha. Chilton était soulagé qu'aucun client de l'hôtel ne semble avoir eu vent des poisons qui avaient été découverts dans le corps des deux Marston.

« Saviez-vous, dit Mlle Armstrong à Agatha, qu'avant d'être mariée à M. Marston, Mme Marston avait été nonne ?

— Vraiment ? »

Agatha regarda M. Chilton, l'information ayant piqué son intérêt jusque-là très modéré.

« C'est elle qui me l'a dit. Elle m'a demandé de n'en parler à personne. Mais je suppose que ça n'a plus d'importance, maintenant.

— Non, en effet. »

Chilton se redressa, comme il le faisait quand quelqu'un s'apprêtait à révéler quelque chose d'important, et il espéra que l'accélération de son rythme cardiaque n'était pas perceptible.

« Elle a été nonne, dit Mlle Armstrong d'une voix suraiguë, tout excitée par le romantisme de la chose. Et M. Marston, il était prêtre. Oh, on dirait un roman, n'est-ce pas ? Un homme et une femme amoureux, qui se côtoient pendant toutes ces années sans pouvoir laisser libre cours à leur passion, jusqu'à ce qu'ils ne puissent plus le supporter. Ils venaient juste de renoncer à leurs vœux, et de s'enfuir pour pouvoir être ensemble. » Mlle Armstrong baissa la voix pour poursuivre. « Vous savez, je ne suis même pas sûre qu'ils étaient déjà mariés. Mais c'est peut-être mon goût pour le scandale qui parle. » Elle rit, un délicat gazouillis qui aurait pu être charmant, une telle démonstration de bonheur de la part de cette délicieuse jeune femme, si seulement cela ne signifiait pas un malheur possible pour une autre.

« Savez-vous, par hasard, dit Chilton avec précaution, dans quel type d'ordre ils œuvraient ?

— Un orphelinat. » Mlle Armstrong prononça le mot avec tendresse, comme si c'était l'entreprise la plus philanthropique qu'elle puisse imaginer. « C'était une personne si aimante, Mme Marston, cela sautait aux yeux. Je suis certaine qu'elle s'occupait merveilleusement bien de tous ces enfants.

— Je n'en doute pas, dit M. Chilton. A-t-elle précisé où se trouvait cet orphelinat ?

— Dans le comté de Cork, en Irlande. Et je me souviens du nom de la ville. Si poétique. »

Avant que Mlle Armstrong prononce les mots « Sunday's Corner », Chilton regarda Agatha. Il vit sur son visage qu'elle était arrivée à la même conclusion que lui.

Sans doute avez-vous compris, en même temps que Chilton et Agatha, que Mme Marston et sœur Mary Clare étaient une seule et même personne. Ou peut-être l'avez-vous deviné des dizaines de pages plus tôt. Je n'avais pas terminé mon travail, ce jour-là à Sunday's Corner, quand mes doigts avaient enserré la gorge de sœur Mary Clare.

Dans la chaleur humide des thermes, Chilton ne tarda pas à établir le lien entre ces deux affaires, et l'élément qui les reliait : moi.

« C'est drôle, murmura Agatha. Ma belle-mère est originaire de la région de Sunday's Corner.

— Oh. » Mlle Armstrong se tourna vers Chilton. « Votre mère est irlandaise ? » Face au vague hochement de tête de ce dernier, elle dit à Agatha : « Mme Marston était une personne si joviale. N'est-ce pas, monsieur Chilton ? »

Il acquiesça de nouveau, mais là encore, c'était un mensonge. Il n'avait jamais cru à la jovialité de Mme Marston. C'était le genre de gaieté excessive qui masquait quelque chose, ou l'absence de quelque chose. Il aurait aimé pouvoir le faire comprendre à la jeune Mlle Armstrong : les personnes lugubres ou antipathiques n'étaient pas forcément celles dont il fallait le plus se méfier. Les personnes démesurément joyeuses pouvaient se révéler bien plus dangereuses.

« Et où allez-vous, mademoiselle Armstrong, demanda Agatha, quand vous rentrez chez vous ?

— À Mundesley.

— Comme c'est charmant, dit Agatha. Je préfère la mer à la campagne. Même en hiver. Je me moque des sources naturelles qu'un endroit a à offrir. Pour moi, il n'y a pas d'endroit aussi reposant que le bord de mer. Vous savez, ma mère croyait que l'eau salée guérissait tous les maux, des éruptions cutanées aux maladies cardiaques.

— Mon père dit la même chose, répondit Mlle Armstrong.

— Il n'y a rien de plus agréable qu'un plongeon dans les vagues glacées. »

Agatha semblait plutôt à l'aise, pourtant, dans ces eaux chaudes. Détendue, même. Elle s'y enfonça si profondément que l'eau couvrit pendant un moment ses oreilles, comme pour étouffer les voix de ceux qui oseraient la contredire.

Un vent violent soufflait dehors, assez fort pour que l'air froid s'insinue à l'intérieur, le plafond de verre cliquetant comme s'il était plus fragile qu'il n'en avait l'air. Le chant d'amour d'Agatha à la mer était de la musique aux oreilles de Chilton. Une musique très agréable.

Chilton et Agatha s'emmitouflèrent dans leurs vêtements et sortirent, les cheveux encore humides. En quelques instants, certaines mèches gelèrent ; Agatha les pressa dans sa main pour les entendre craquer.

« Tu sais ce que j'aime imaginer ? » demanda-t-elle alors qu'ils marchaient vers la route.

D'un accord tacite, ni l'un ni l'autre n'avaient parlé de ce qu'ils avaient appris. C'est ça, l'amour, songea Chilton, quand deux esprits sont naturellement au diapason.

Agatha semblait savoir mieux que lui qu'en ce moment il y avait plus important que leur histoire. « J'aime imaginer que ce n'était pas seulement Nan. Que chaque femme séjournant au Bellefort a joué un rôle. Quand on pense à toutes les filles qui sont passées par cet endroit et d'autres du même genre. Je trouverais dommage qu'une seule puisse se venger alors que tant d'autres le méritent. »

C'était la dernière chose que Chilton s'attendait à l'entendre dire.

« Je suppose que je vais devoir obtenir une confession de Nan.

— Tu ne feras rien de tel.

— Agatha, il s'agit d'un véritable meurtre, pas d'une de tes intrigues.

— Tu appelles ça un meurtre, moi j'appelle ça la justice. »

Chilton s'arrêta de marcher, mais Agatha continua, d'un pas ferme et déterminé. Il enfouit ses mains dans ses poches – d'abord la mauvaise, en se servant de la bonne – et songea aux hommes qu'il avait tués pendant la guerre. Les corps sous ses pieds tandis qu'il courait à travers un no man's land. Des meurtres que le monde approuvait, voire exigeait. Peut-être les femmes utilisaient-elles un étalon différent pour déterminer quand il était acceptable, ou même nécessaire, de tuer quelqu'un.

CI-GÎT SŒUR MARY

Peu de temps après mon évasion, Fiona quitta le couvent pour travailler comme femme de ménage dans une famille de Sunday's Corner. Elle assistait consciencieusement aux offices du père Joseph à l'église paroissiale. Les lettres bourrées de fautes d'orthographe qu'elle m'envoyait dégoulinaient de cette fausse joie dont elle ne s'était jamais départie, affirmant qu'elle ne pouvait pas être plus heureuse ni plus en sécurité, et qu'elle priait chaque jour pour son petit garçon. « J'espère qu'on ne lui dira jamais d'où il vient, écrivait-elle. Les nonnes ont toujours su ce qui était le mieux pour nous, n'est-ce pas ? »

Après avoir lu cette ligne, je déchirai la lettre de Fiona en mille morceaux, qui réapparaîtraient pendant des semaines chaque fois que je passerais le balai dans ma chambre.

« Ne sois pas fâchée contre Fiona, écrivit Bess. Elle a été élevée par les nonnes. Si le fait de croire en elles l'empêche de devenir folle, qui sommes-nous pour lui retirer cela ? »

Je ne pus m'empêcher d'écrire à Fiona pour lui dire que son petit garçon garderait toujours un souvenir d'elle, dans ses os et dans son sang. « Un bébé ne quitte jamais entièrement le ventre de sa mère, écrivis-je. Il y a toujours en toi des traces de ton fils – les cellules mêmes qui constituent sa forme vivante. »

Dans sa réponse, elle écrivit que les roses cette année étaient les plus belles qu'elle ait jamais vues. Qu'elle était allée au couvent pour acheter du lait et des radis pour la famille, et que les nonnes semblaient se porter à merveille.

Pendant ce temps, à Philadelphie, Bess s'efforçait d'être heureuse. Cela n'aurait pas dû être si compliqué. Son mari était un homme bon qui l'adorait, et il avait trouvé un excellent poste de directeur de chantier naval. Ils vivaient dans une maison à bardeaux blanche dans un quartier agréable. Deux chambres attendaient d'être remplies d'enfants : son mari voulait deux garçons et deux filles. Mais quand Bess pénétrait dans ces pièces, elle ne voyait pas le vide que laissaient ses futurs enfants, la famille qu'elle n'arrivait pas à se convaincre de fonder. Elle voyait le vide créé par Ronan, qui s'était agité dans son ventre pour annoncer son arrivée, avant d'émerger sous la forme d'un paquet froid et sans vie.

« Tu te souviens comme il était beau ? » demandait-elle à son mari tard le soir. Il la serrait dans ses bras, embrassait ses cheveux, et espérait qu'un jour elle trouverait un moyen de s'en remettre.

« Mais je ne peux pas m'en remettre », confia-t-elle à son médecin. C'était un homme chauve aux sourcils noirs, qui avait toujours été très compréhensif. « J'ai tellement peur.

— Vous êtes en parfaite santé, lui assura le Dr Levine. Vous n'avez aucune raison d'avoir peur. Vous êtes jeune.

— Vous pensez que c'est à cause de ce qu'a fait le prêtre ? S'il est mort-né ? »

Lors de ses précédentes visites, elle avait raconté au Dr Levine ce qu'elle avait enduré pour expliquer les cicatrices qu'il avait trouvées lorsqu'il l'avait examinée pour la première fois. Il avait d'abord cru que son mari en était responsable.

Il leva les yeux vers le plafond, prenant le temps de réfléchir. Il voulait lui donner une réponse honnête.

« Je ne peux pas répondre avec certitude, dit-il finalement. Mais je sais que ça a pu y contribuer. »

Elle fondit en larmes, et il lui tapota l'épaule. Bess avait quitté l'Irlande sans aversion pour les hommes. Elle pouvait trouver du réconfort dans le geste doux du Dr Levine. Elle pouvait prendre du plaisir à faire l'amour avec son mari. C'était une chose que le père Joseph ne lui avait pas enlevée. Mais elle ne pourrait jamais retrouver ce qu'il lui avait pris. Car c'était lui qui avait tué son bébé, elle en était convaincue.

Le matin, elle sortait de sa maison douillette, une tasse de café à la main (devenue une véritable Américaine, elle ne buvait plus de thé), pour saluer son mari quand il partait prendre le train pour se rendre au travail. Une fois leurs époux partis, les mères commençaient à sortir pour jouer dans leurs jolis jardins avec leurs enfants. Bess voyait alors son Ronan. À l'âge qu'il aurait dû avoir. Promené dans un landau. Courant d'un pas maladroit après un chat dans le jardin. Faisant rouler un petit camion dans l'allée. Dessinant sur le trottoir.

Il devrait être là. Il devrait être là, il devrait être là, il devrait être là.

« Je veux laisser mon ancienne vie derrière moi, me dit-elle dans une lettre. Je n'écrirai plus qu'à toi, à Fiona, et à ma sœur Kitty. À part ça, je ne veux penser qu'à ce qui est là pour moi, ici et maintenant. »

Alors même qu'elle écrivait ces mots, elle savait qu'ils n'étaient pas entièrement vrais. Bess voulait des enfants. Elle aurait rempli avec joie ces chambres à l'étage. Mais pas tant que le père Joseph respirait. La haine dans son cœur n'avait rien à voir avec le fait d'être mère. Et il n'y avait qu'un seul moyen de la vaincre.

Cela lui avait toujours semblé impossible, jusqu'à ce qu'une lettre de Fiona lui parvienne, avec les derniers potins de Sunday's Corner. Sœur Mary Clare et le père Joseph étaient tombés amoureux et avaient renoncé à leurs vœux.

« Je l'ai croisée dans le village, toujours aussi bavarde, écrivait Fiona. Elle m'a dit qu'ils se marieraient le mois prochain et partiraient dans le Yorkshire pour passer leur lune de miel dans un endroit appelé l'hôtel Bellefort. Elle m'a dit que je pouvais commencer à l'appeler Mme Marston, car ce sera son nom bien assez tôt. »

Bess n'avait aucun mal à imaginer le rire joyeux qui avait suivi. Un plan devait être élaboré rapidement. Elle savait qu'il serait bien plus facile à mettre en œuvre maintenant que sœur Mary Clare et le père Joseph allaient être ensemble, en Angleterre. Et elle savait que je n'aurais pas à me faire prier pour être sa complice.

LA DISPARITION

Cinquième jour

Mercredi 8 décembre 1926

Bess et moi savions parfaitement que Chilton écoutait à la porte. Non parce que nous l'avions entendu – il était plus discret qu'une souris –, mais parce que nous nous attendions à ce qu'il nous surveille. Nous savions qu'assassiner deux personnes en apparence innocentes était une entreprise extrêmement périlleuse. Nous ignorions en revanche qu'il nous faudrait aussi composer avec la femme de mon amant et l'inspecteur qui la cherchait. Sans parler de Finbarr, venu me récupérer.

« Donny a reçu un télégramme, annonça Bess bien fort, et je faillis éclater de rire tellement l'artifice était flagrant. Il faut qu'on écourte notre séjour. Qu'on rentre aux États-Unis. »

Elle s'assit sur le lit à côté de moi et me prit la main. Nous échangeâmes un regard, les yeux embués de larmes. Quoi qu'il se passe ensuite, cela en valait la peine.

Les poisons avaient été relativement faciles à obtenir, bien que le cyanure de potassium soit un achat curieux en hiver, époque où les problèmes d'abeilles étaient rares. Je me rendis dans deux magasins différents à Londres, un pour le cyanure de potassium, l'autre pour la strychnine. C'était l'avantage d'une ville si densément peuplée : personne ne se souviendrait de moi ni ne penserait à relier ces achats avec un décès dans le Yorkshire. Archie n'avait peut-être pas lu les livres d'Agatha, mais moi oui. Je savais que le poison était la meilleure arme pour accomplir un meurtre rapide et discret – facile à perpétrer, mais difficile à résoudre.

Sœur Mary Clare, désormais Mme Marston, était fausse et irréfléchie dans ses paroles comme dans ses actes. À l'hôtel Bellefort, elle nous regardait, Bess et moi, sans nous voir. Rien qu'un rapide coup d'œil à la surface. Mme Marston posait les yeux sur nous et parlait d'elle-même. Comme au couvent, elle souriait, elle bavardait, elle posait ses mains potelées sur nos épaules comme si elle nous appréciait. Pourtant, elle ne nous a jamais reconnues. Toutes les filles étaient les mêmes, pour elle.

Comme le dit Hamlet : on peut sourire et sourire et être un traître.

Pour l'homme qui n'avait jamais pris la peine de sourire, du moins pas à nous – les mauvaises herbes –, certaines filles sortaient du lot. Le père Joseph avait reconnu Bess dès l'instant où il avait posé les yeux sur elle. Elle n'avait ressenti aucune crainte. Rien qu'une joie d'être témoin de son malaise. Sachant qu'il serait mort avant d'avoir pu alerter sa chère épouse sur notre identité.

C'était la sœur de Bess, Kitty, et son mari, Carmichael, dans le rôle d'un couple d'Anglais malheureux, qui avaient provoqué la diversion nécessaire – une impressionnante dispute qui avait monopolisé l'attention de toutes les personnes présentes. Bess avait pu s'avancer et enfoncer la seringue dans le flanc du père Joseph, puis la remettre discrètement dans la poche de sa veste avant même qu'il sente la piqûre. Kitty, se faisant passer pour une infirmière, s'était précipitée auprès de lui, non pour l'aider, mais pour s'assurer qu'il était bien mort. Elle avait une deuxième aiguille dans sa poche au cas où, mais elle ne s'était pas révélée nécessaire.

Bess n'avait éprouvé aucune joie à regarder cet homme mourir. Elle n'était pas cruelle. C'était une tâche pénible, mais nécessaire. Le monde ne nous avait offert aucune justice, alors nous avions accompli la nôtre.

Kitty, la petite sœur dont Bess m'avait parlé en Irlande – la jolie fille de douze ans qui voulait devenir actrice –, avait grandi et épousé un jeune homme non seulement très riche, mais doté de ses propres aspirations théâtrales. Avec son aide, Kitty avait livré la plus grande performance de sa carrière avant même que celle-ci commence. Elle et Carmichael étaient restés à l'hôtel quelques jours de plus, poursuivant le subterfuge afin que personne ne soupçonne leur dispute d'avoir quoi que ce soit à voir avec la mort de M. Marston.

Dans ma chambre au Bellefort, pendant que Chilton pressait son oreille contre la porte, je répondis bien fort :

« J'espère que tout va bien.

— Oui, dit Bess. Tout est parfait. *Parfait.* » Puis, dans un murmure que Chilton n'aurait pu entendre : « Kitty et Carmichael vont rester, et ils ont payé ta chambre jusqu'à la fin de la semaine prochaine. Mais nous partons. On retourne en Amérique. Tu devrais venir avec nous. » Je secouai énergiquement la tête. « Reste en Angleterre s'il le faut. Mais rentre à Londres. Pars d'ici aussi vite que possible.

— Ça paraîtrait suspect, n'est-ce pas ? »

En réalité, ce n'était pas la prudence qui m'empêchait de partir. C'étaient les bras de Finbarr, si près de moi. Bientôt, je devrais renoncer à lui pour toujours. Mais je ne pouvais pas encore m'y résoudre. Même si c'était risqué, j'avais besoin d'un peu plus de temps.

Bess et moi nous étreignîmes, nos mains s'agrippant aux vêtements de l'autre. Nous avions fait ce pour quoi nous étions venues. Les choses pouvaient reprendre leur cours, quel qu'il fût. Maintenant que le père Joseph n'était plus de ce monde, Bess pouvait continuer sa vie. Nous ne savions pas qu'elle quittait l'Angleterre déjà enceinte d'une petite fille qui naîtrait en septembre, en parfaite santé.

Quant à moi, je m'étais occupée de sœur Mary Clare. Le soir, j'avais frappé doucement à sa porte, une tasse de thé fumant à la main.

« Oh, ma chère, dit l'ancienne nonne quand je passai la tête dans l'entrebâillement. Comme c'est gentil à vous de venir me voir. J'ai bien peur de ne pas pouvoir fermer l'œil, ce soir. » Son visage était marbré et bouffi par les pleurs. Elle le couvrit de ses mains et se remit à sangloter.

Je marchai jusqu'à son lit et m'y assis, pressant ses mains autour de la tasse. « Buvez ceci, dis-je de ma voix la plus apaisante. J'y ai versé un peu de cognac. » Je portais une robe de chambre, mes cheveux étaient détachés. Les siens, en revanche, étaient rassemblés sous un bonnet de nuit. Et je voyais luire la crème dont elle s'était enduit le visage : elle n'était pas chamboulée au point de négliger ses soins, imaginant un lendemain malgré son deuil.

« Oh, vous êtes un amour. Le docteur m'a donné un somnifère, mais mes nerfs ont eu raison de lui. » Elle prit la tasse et but une gorgée.

L'amour des Anglais pour le thé, qu'ils voient comme un remède à tous les maux de l'existence, facilite bien la tâche quand il s'agit de les empoisonner.

« Je ne peux pas dire où j'irai demain. Nous avions un projet, M. Marston et moi. Nous avions décidé d'aller à Manchester, où je vivais quand j'étais petite, avant d'être envoyée en Irlande. » Elle parlait toute seule, ignorant que j'avais déjà entendu cette histoire. « Mais ma famille n'y est plus. Comment vais-je faire sans M. Marston ? Je n'ai jamais vécu seule, voyez-vous. J'étais dans les ordres, avant, vous y croyez ?

— Oh, je n'ai aucun mal à y croire, madame Marston. »

Elle pleura de plus belle tout en buvant son thé. Assise à côté d'elle, je lui tapotai le genou. Seules sept années s'étaient écoulées, et ce n'étaient pas des années qui vieillissaient particulièrement une personne. À vingt-sept ans, je n'étais guère différente de celle que j'étais à vingt ans. Elle m'avait vue tous les jours pendant des mois. Elle était à mon côté quand Genevieve avait ri pour la première fois. C'était la dernière personne que j'avais vue tenir mon bébé. Je la fixai obstinément, comme pour la forcer à me voir. Mais les fantômes qui auraient dû la hanter s'étaient envolés.

« Vous êtes un amour », dit-elle en me tendant la tasse vide.

Je la posai sur la table de chevet. Plus tard, je m'assurerais de bien la nettoyer afin qu'il ne reste aucune empreinte ou résidu. Sœur Mary Clare s'allongea. Elle tendit la main et attrapa la mienne, qu'elle serra.

« Vous allez rester avec moi, n'est-ce pas ? Jusqu'à ce que je m'endorme ?

— Bien sûr. »

Ses paupières se fermèrent. Si j'attendais, le poison ferait son œuvre. Mais contrairement à Bess, je voulais la tuer de mes propres mains. Le médecin légiste trouverait la strychnine. Mais je l'aurais tuée avant qu'elle fasse effet. Je fredonnai quelques mesures de cette mélodie obsédante qu'elle aimait tant, mais elle ne comprenait toujours pas. Elle eut un faible sourire et dit, très calmement, les yeux toujours fermés : « Oh, j'aime beaucoup cette chanson. »

Quelques instants de plus s'écoulèrent. L'horloge du rez-de-chaussée sonna, mais je ne comptai pas les heures. Je soulevai un oreiller ; celui qui avait reposé sous la tête du père Joseph la nuit précédente. Je la tapotai pour m'assurer qu'elle ne s'était pas endormie. Ses yeux s'ouvrirent. Je souris, déterminée à ce qu'elle voie de l'amour et de la gentillesse sur mon visage. Elle parvint à esquisser un pâle sourire de reconnaissance. Puis je plaquai l'oreiller sur son visage.

Bien que ce fût risqué, je ne pus m'empêcher de soulever l'oreiller pendant une infime seconde. Sœur Mary Clare me récompensa avec la deuxième expression honnête de sa vie : une expression de surprise mêlée de terreur. J'aurais pu lui dire qui j'étais à ce moment-là. Mais je préférais ajouter la confusion aux émotions terribles qui la submergeaient déjà. Alors je replaçai l'oreiller. Et je le maintins enfoncé sur son visage. Jusqu'à ce qu'elle cesse de se débattre. Jusqu'à ce qu'elle cesse de faire du mal. Jusqu'à ce que son corps s'immobilise et que son souffle cesse de circuler. Quand je retirai l'oreiller, ses traits n'affichaient plus aucune joie ou gentillesse factices. Ses lèvres n'exprimaient plus aucune promesse creuse. Ses yeux devenus vitreux me regardaient sans me voir. Et sa bouche était ouverte, figée dans une vaine tentative de trouver de l'oxygène.

Pendant des années, j'avais été emportée dans des directions que je n'avais jamais voulu prendre. J'avais commis des erreurs, par accident ou par nécessité. Enfin, en cet instant, j'étais l'auteure de ma propre histoire. Et l'univers ne sembla pas m'en tenir rigueur, puisque je fus presque aussitôt récompensée par ces jours merveilleux au Manoir hors du Temps.

Dès l'instant où sœur Mary Clare se retrouva morte devant moi, l'atmosphère se métamorphosa. Des particules jusque-là chargées d'électricité devinrent inertes. La rage en moi se calma. Une violente tempête avait pris fin.

Le besoin de tuer. Il ne m'avait jamais quittée jusqu'à ce que le travail soit terminé.

LA DISPARITION

HUITIÈME JOUR

Samedi 11 décembre 1926

Finbarr était en bas, en train d'alimenter le poêle de la cuisine, lorsque Chilton et Agatha revinrent au Manoir hors du Temps. Sur la table se trouvaient des bouteilles de vin – il s'était servi à la cave – ainsi qu'un plateau sur lequel étaient posées trois miches de pain frais, plusieurs sortes de saucisses, une meule de fromage swaledale et des pêches en conserve.

« Vous avez dit que vous en aviez assez de la langue, dit-il à Agatha. Donc je suis parti en mission d'exploration.

— Vous êtes un amour », dit-elle.

Chilton fronça légèrement les sourcils, les regardant tour à tour. Agatha s'assit, lasse après tout ce temps passé loin de chez elle et loin du monde sans que son avenir prenne une forme reconnaissable. Chilton tira une chaise et s'assit à côté d'elle. D'une voix calme, il expliqua à Finbarr ce qu'ils avaient déduit. La véritable identité des Marston, et le rôle que j'avais joué dans leur meurtre.

Finbarr écouta, le visage immobile et impénétrable. Quand Chilton eut terminé, il dit :

« Bien.

— Bien ? fit l'inspecteur. Allons, vous ne pouvez pas être sérieux ?

— Je suis très sérieux. »

Agatha versa du vin dans une tasse à thé. Ce soir semblait bien choisi pour faire une entorse à son abstinence. Il lui vint à l'esprit qu'elle aurait dû se réjouir à l'idée que je finisse en prison, car non seulement elle aurait le champ libre pour récupérer son mari, mais je serais punie pour la douleur que je lui avais causée. Mais même avant nos évasions respectives, une telle chose ne l'aurait pas rendue heureuse. Elle n'était pas ce genre de femme et ne le serait jamais. Elle était peut-être capable d'imaginer les vengeances d'autres personnes et l'amertume qui les animait. Elle pouvait même compatir à la mienne. Mais jamais elle n'aurait pu les mettre en œuvre elle-même. Elle était meilleure que moi à cet égard. Ou simplement plus chanceuse.

« Que se passe-t-il ensuite ? demanda Finbarr.

— Je crains de devoir prévenir la police du Yorkshire, dit Chilton. Les informer de la véritable identité des Marston. Et des crimes commis par Nan et son amie. Ils prendront le relais.

— Pas aujourd'hui », dit Finbarr.

Agatha entendit le grincement du gaz moutarde qui étranglait sa voix encore plus fort que d'habitude.

« Il a raison, fit-elle. Pas aujourd'hui.

— Mais, Agatha. » Chilton se tourna vers elle comme si Finbarr ne pouvait pas l'entendre. « Ça va lui laisser le temps de s'enfuir avec elle.

— Serait-ce si terrible ? Parfois, la fuite est la meilleure solution. »

Chilton semblait dubitatif. À combien d'autres devoirs allait-il devoir renoncer avant que tout cela soit terminé ?

Il lui vint à l'esprit qu'Agatha voulait peut-être que Nan s'enfuie pour pouvoir récupérer plus facilement son mari. Mais mon arrestation aurait le même effet. Archie ne serait pas resté à mon côté pendant un procès pour meurtre. Il ne serait peut-être même pas resté à mon côté s'il m'avait entendue parler avec l'accent ouvrier que j'avais si soigneusement effacé.

« Juste un jour, dit Agatha doucement, délicieusement consciente du pouvoir qu'elle détenait sur Chilton. Peut-être deux. »

Un jour de plus sans être confondue. Un jour de plus exempt du temps et des répercussions. Un jour de plus à se passer des convenances et des responsabilités. Un jour de plus comme si sa mère n'était pas morte, et que son mari ne l'avait pas quittée – en fait, comme si tous deux n'avaient jamais existé, ainsi que la joie et la peine qu'ils lui avaient causées. Pourquoi pas deux jours de plus ? Pourquoi pas mille ?

« Un jour, répéta Agatha. Juste un. On décidera demain. On réfléchira à un plan ? » L'interrogation dans sa voix était un coup de génie, car elle suggérait qu'il avait son mot à dire.

« Venez avec moi », dit Finbarr comme s'ils s'étaient mis d'accord. Il prit le plateau et quitta la cuisine, invitant Chilton à prendre le vin d'un discret mouvement de la tête.

À l'étage, la grande salle était pratiquement vide, à l'exception d'un canapé recouvert d'une housse et quelques gros oreillers jetés au sol (comme si nous n'avions pas été les premiers squatteurs du Manoir hors du Temps). Sur le plancher à côté du canapé trônait un gramophone Victrola muni d'un grand pavillon en acajou – une antiquité, même à cette époque.

« Je l'ai trouvé dans l'office du majordome », dit Finbarr. Il tourna la manivelle et plaça l'aiguille sur le disque, et, aussitôt, une musique de big band crépitante emplit la pièce caverneuse.

Pour rejoindre la fête, je n'eus qu'à suivre la musique. Finbarr se prélassait par terre, contre un gros oreiller, un gobelet de vin à la main. Chilton et Agatha dansaient, le visage de celle-ci illuminé par la lueur de la cheminée et la journée aux bains, aussi ravissante dans son pantalon et son cardigan qu'elle avait pu l'être en robe dans une salle de bal.

Ils se tournèrent tous les trois vers moi quand j'entrai et me regardèrent d'un air affectueux, ayant décidé de garder pour eux l'information dévastatrice. Demain. Tout pouvait être reporté à demain. Pour l'heure, nous laisserions notre disparition se prolonger un peu plus longtemps. Elle se poursuivrait dans la nuit et aux petites heures du matin. C'était une chose que nous avions apprise depuis que nous avions découvert cet endroit : il n'existait rien au monde qui ne pouvait attendre.

« Oh, Nan ! fit Agatha d'un ton joyeux, comme si j'étais sa meilleure amie au monde, alors que Chilton la faisait basculer en arrière. Venez donc prendre du vin et du fromage, venez danser. Car qui sait ce que demain nous réserve ? »

Étonnamment, je ne décelai rien de sinistre dans cette question. Je n'entendis que l'invitation. Si j'avais été une autre personne, élevée à une autre époque et dans un autre pays, j'aurais pu lui dire que je l'aimais. Et elle aurait pu me le dire en retour. À la place, nous échangeâmes un sourire. Nous n'étions plus des rivales mais des compatriotes. Un chagrin partagé peut créer une chaleur inattendue, même au milieu d'un champ de ruines.

LA DISPARITION

NEUVIÈME ET DIXIÈME JOURS
Dimanche 12 et lundi 13 décembre 1926

Entre-temps, la machinerie du monde s'était mise en marche, et nous risquions d'être découverts à tout moment. La bibliothécaire d'Harrogate, Mlle Barnard, lisait le journal avec une ferveur croissante, examinant chaque nouvelle photographie en se disant qu'elle savait – sans l'ombre d'un doute – que la femme qu'elle avait vue était la romancière disparue. Finalement, elle appela la police de Leeds. L'officier qui décrocha, en entendant sa voix chargée d'émotion, ne la prit pas au sérieux. Mais tout de même. Une graine avait été plantée.

Au Manoir hors du Temps, en revanche, nous ne nous doutions de rien. Nous passions un moment merveilleux.

Cette nuit-là, nous restâmes debout jusqu'à l'aube, dansant, riant et virevoltant tandis que les disques tournaient et que le vin coulait à flots. Agatha avait l'impression d'être redevenue la jeune fille qui avait glissé de son cheval quand ses cheveux s'étaient envolés, pour les ramasser avec de grands éclats de rire. Celle qui avait assisté à toutes ces fêtes, courant de l'une à l'autre – parfois par nécessité, parce que l'argent manquait et qu'Ashfield était louée. Sans la société, Agatha n'aurait eu nulle part où aller. Mais quand elle était une invitée, on s'occupait de tout à sa place, la vie était belle, gaie et amusante. Pas aussi amusante que celle-ci, bien sûr. Elle n'avait jamais connu d'homme comme Finbarr. Ni comme Chilton, dont les mains se déplaçaient à leur guise sur son corps tandis qu'il l'enlaçait. Un écho étrange et magnifique de son ancienne vie, peuplé de personnes fascinantes et dépourvu de règles.

Qu'aurait dit sa mère ? C'était libérateur de laisser la question se dissoudre dans l'air, sans réponse, sans importance. Jadis, elle planait sur chacun de ses mouvements. Ne bois pas trop. En fait, ne bois pas du tout. Ne dis pas ceci. Ne dis pas cela. Ne monte pas dans une chambre pour batifoler avec un homme qui n'est pas ton mari. Aujourd'hui, sa mère était partie, mais la vie continuait d'une manière différente. Plus humaine. C'était ça, le secret. Être à la fois raisonnable et humaine. Même si, en ce moment, elle ne se sentait pas particulièrement raisonnable. Pour ce qui lui semblait la première fois de sa vie – et uniquement pour ce court laps de temps –, Agatha était maîtresse de sa propre vertu, et donc de son propre destin.

Quand elle et Chilton disparurent à l'étage, Finbarr et moi restâmes dans cette pièce pour danser encore un peu. J'oubliai donc de retourner à l'hôtel Bellefort, laissant ma chambre vide une fois de plus. Kitty et Carmichael seraient déjà partis. Le subterfuge du jeune couple malheureux avait duré assez longtemps pour tromper tout le monde ; personne n'y repenserait en se disant qu'il s'agissait d'une diversion. Ils ne rentraient pas en Irlande, mais partaient pour l'Amérique, où ils s'arrêteraient à Philadelphie chez Lizzie et Donny, puis à New York, tous deux destinés à la scène. Avant de partir, ils s'assurèrent que ma chambre était payée pour quelques jours de plus. Mme Leech ne révélerait jamais qu'ils étaient mes bienfaiteurs. Et elle n'enverrait personne à ma recherche. Elle savait pour Finbarr. Les jeunes amoureux. Elle secouerait la tête avec un sourire en se souvenant d'une époque où son histoire d'amour aussi paraissait impossible.

La lumière du matin brillait depuis longtemps lorsque nous allâmes finalement nous coucher, l'esprit embrumé par le vin et l'amour. Personne ne décida, ce jour-là, de m'accuser de meurtre.

Quand Teddy se réveilla le lundi matin à Sunningdale, elle fut horrifiée de trouver son père endormi à côté d'elle, sur les couvertures, tout habillé, avec ses chaussures aux pieds, la bouche ouverte, de la bave coulant sur l'oreiller. Elle sauta aussitôt du lit, ramassa Touchstone et le serra contre sa poitrine.

« Colonel Christie ! » s'exclama-t-elle, jugeant qu'une adresse formelle s'imposait.

Archie se réveilla en sursaut et posa les pieds sur le sol.

« Mince. J'ai dû m'endormir.

— En effet », répondit la petite fille, le visage assombri par le reproche.

Archie porta une main à son front. Des boucles rebelles tombaient sur ses sourcils. Reflété dans le regard noir de Teddy, il n'avait aucun moyen de savoir qu'il n'avait jamais été aussi beau dans sa vulnérabilité. Il ne voulait pas être vulnérable. Au cours des dix derniers jours, il était devenu tout ce qu'il détestait le plus : mélancolique, maladif, inefficace.

« Je veux juste être heureux », dit-il à Teddy en baissant la tête, haïssant le son pathétique de sa voix.

La fillette tapota gentiment le sommet de son crâne. « Et tu le seras », promit-elle.

Comme Mlle Barnard, la femme qui travaillait à la boutique de souvenirs du Karnak avait pensé à Agatha Christie. Mais elle attendit le lundi pour prévenir qui que ce soit, ne souhaitant pas causer de tapage un dimanche.

« J'ai vu de mes propres yeux cette romancière disparue », annonça Mlle Harley lorsqu'elle pénétra dans le commissariat central de Leeds. C'était une femme d'âge moyen, malchanceuse en amour, qui ruminait encore le souvenir de l'homme qui aurait dû la demander en mariage avant de partir pour la guerre des Boers, et dont elle n'entendit plus jamais parler.

Le jeune officier à la réception appela Lippincott.

« Vous êtes sûre ? demanda celui-ci en fixant Mlle Harley d'un air sceptique. J'ai un agent sur place qui me fait un compte rendu quotidien sur cette affaire. » Alors qu'il prononçait ces mots, il se rendit compte qu'il n'avait en réalité pas eu de nouvelles de Chilton depuis plusieurs jours. « Il dit qu'il n'y a aucune trace d'elle.

— Puisque je vous dis que je l'ai vue. » Le cou flasque de Mlle Harley se mit à frémir d'indignation. « Elle est venue à la boutique de l'hôtel et m'a regardée droit dans les yeux, exactement comme sur sa photo. Elle a acheté un maillot de bain et une carte postale. Je pensais que je me faisais des idées mais j'ai vu une autre photo d'elle dans le journal aujourd'hui, et c'était elle. J'en suis certaine. »

Voilà ce qui arrive quand on ne fait pas les choses soi-même, songea Lippincott. Il se rendit à la bibliothèque pour interroger Mlle Barnard.

« Oh, je suis tout à fait sûre que c'était elle, dit cette dernière, heureuse d'être enfin prise au sérieux. Elle est devenue toute pâle quand je lui ai fait remarquer la ressemblance. Peut-on dire que quelqu'un ressemble à lui-même ? » Mlle Barnard rit, et reprit brusquement son sérieux quand elle vit que Lippincott n'était pas amusé. « Elle a emprunté des livres, aussi. Surtout des romans policiers.

— Quel nom a-t-elle donné ?

— Mme O'Dea. Elle a dit qu'elle séjournait à l'hôtel Bellefort.

— Au Bellefort ! »

Elle était donc sous le nez de Chilton – et de son cousin – depuis tout ce temps ? Lippincott n'en revenait pas. Chilton avait beau être son ami, il fulminait en sortant de la bibliothèque, serrant et desserant les poings, prêt à prendre les choses en main.

Ce soir-là, le téléphone sonna à Styles. Anna trouva Archie à la table à manger, son assiette devant lui, intacte, un verre de scotch dans une main. Il fixait la fenêtre qui, plongée dans le noir, ne lui renvoyait que son triste reflet.

« Colonel Christie. Il y a un officier de police au téléphone. Il dit qu'il appelle de Leeds. »

LA DISPARITION

Notre dernière nuit

Lundi 13 décembre 1926

Au fil des ans, depuis notre séjour dans le Yorkshire, Agatha et moi avons réussi à voler quelques moments d'intimité quand nos chemins se croisaient – par hasard, à Londres ou lors d'une réunion de famille. L'enterrement de la mère d'Archie, par exemple. Ou le mariage de Teddy. Des moments où le mélange des familles passées et présentes était inévitable.

Bien que nous n'ayons séjourné que quelques jours dans le Manoir hors du Temps et au cœur de l'hiver – branches nues et fenêtres embuées –, nous avions toutes les deux l'impression de nous souvenir de la maison en toutes saisons. Nous nous souvenions de la luxuriante canopée de verdure qui s'arquait au-dessus de l'allée. De la pelouse où nous avions joué au tennis, trempée par la pluie, et de nos pieds soulevant des mottes de terre tandis que nous jouions. Du chant des oiseaux qui nous réveillait le matin, le soleil arrivant trop tôt et filtrant à travers les rideaux. Des champs qui s'étendaient à perte de vue derrière la maison, tapissés de dahlias, de muguet et de primevères. Nous imaginions Teddy courant parmi les fleurs, cueillant les plus belles, l'ourlet de sa jupe taché de boue et d'herbe, bien qu'en réalité elle n'ait jamais foulé le sol de la Maison hors du Temps.

« Parler d'amnésie n'est pas vraiment un mensonge, me dit-elle un jour. Car j'ai toujours l'impression qu'il s'agissait d'un rêve merveilleux. Comme ceux que l'on crée pour remplacer quelque chose de terrible.

— Nous devrions nous enfuir ensemble. Nous devrions y retourner. »

Agatha admit qu'elle avait envisagé de trouver le propriétaire pour lui proposer d'acheter la maison. Mais elle ne se décida jamais à le faire et aucune de nous n'y retourna, ni ensemble ni séparément. La maison ne vivait plus que dans nos conversations et nos souvenirs, aussi invisible pour le monde extérieur que nous l'avions été quand nous l'habitions à l'insu de tous.

Parfois, la nuit, je fais moi aussi un rêve merveilleux. Une fête. Le manoir n'est ni vide ni poussiéreux, mais lumineux et richement meublé. Genevieve, et ma petite Rosie, et les enfants de ma sœur Louisa, et même ceux de Colleen sont là : ils sont assis dans le couloir à l'étage et regardent à travers la rampe longtemps après avoir été envoyés au lit. Finbarr aussi est là, ainsi que Chilton et mes parents. Fiona et son fils, dont la tache de naissance framboise s'est estompée avec le temps. Bess, Donny et Ronan – et les trois filles qu'ils allaient avoir. Mes trois sœurs. Les Mahoney et l'oncle Jack et tante Rosie. Seamus, devenu un homme, riant comme s'il n'avait jamais connu un instant de maladie. Alby, avec son manteau noir et blanc brillant, un parfait gentleman, toujours au côté de Finbarr. Des lumières étincelantes et des plateaux chargés de flûtes à champagne pleines à ras bord, et la musique la plus joyeuse qui soit – pas celle nasillarde d'un vieux gramophone, mais celle d'un orchestre. Je n'ai jamais été aussi heureuse. C'est tout ce que j'ai toujours voulu, tous mes souhaits enfin accordés.

Nous dormîmes tous les quatre une bonne partie de la journée avant de nous retrouver une nouvelle fois dans la grande pièce, nous installant avec de la nourriture et du vin devant un feu crépitant. Nous avions épuisé les réserves d'aliments frais, et, Finbarr n'ayant pas osé s'aventurer à l'extérieur, nous dûmes nous contenter de conserves, disposées sur une grande nappe en lin aux bords jaunissants.

Après avoir servi le vin, Finbarr me dit : « Il est temps de dire la vérité, Nan. Ils pensent que tu as commis un meurtre. »

La lumière douce d'un feu de cheminée souligne souvent la beauté des gens. Assise en tailleur, Agatha ressemblait à une exploratrice avec ses vêtements d'homme, ses cheveux ébouriffés, ses joues roses. Chilton semblait avoir rajeuni, allongé sur le côté, parfaitement insouciant. Finbarr tendit la main et serra la mienne. J'embrassai sa joue.

« Ah oui ? » répondis-je laconiquement.

Agatha me tendit une assiette, mais je la repoussai, je n'avais pas faim. « Vous voulez que je vous raconte comment j'ai failli commettre un meurtre ? » demandai-je.

C'était la nuit parfaite pour une histoire de fantômes. Le vent soufflait à l'extérieur et seule la lumière du feu éclairait l'obscurité. Assis côte à côte, nous nous sentions en sécurité et étrangement heureux. Je leur racontai mon évasion du couvent, et mes mains autour de la gorge de sœur Mary Clare.

« Et c'était Mme Marston », dit Chilton.

Je ne répondis pas, mais leur racontai une autre histoire de fantômes, au sujet d'un prêtre et d'une fille enceinte. Des barreaux en fer et des lois de Dieu et de l'homme qui nous emprisonnaient toutes entre ces murs de pierre. Le prêtre pouvait agir à sa guise. À l'intérieur du couvent, ses péchés étaient pardonnés, mais pas ceux des filles dont il abusait.

Je ne donnai pas tous les éléments de l'histoire. Je ne parlai pas de Kitty et de Carmichael (Chilton, qui n'avait finalement rien d'un Hercule Poirot, avait déjà oublié leur accent irlandais) ni du vrai nom de Bess, ni de l'endroit où elle vivait.

« Je n'ai jamais commis de meurtre, dis-je. J'ai simplement accompli ma propre justice. »

À l'étage, une porte grinça sous les assauts du vent. Agatha leva aussitôt les yeux vers le plafond, inquiète d'être découverte. Je ne voulais pas qu'elle y pense. Je voulais qu'elle prenne conscience d'une chose et l'admette. Lorsqu'elle avait accepté ce bébé dans sa maison, elle savait qu'il avait été volé.

« Dites la vérité, fis-je en la regardant.

— Oui, renchérit Finbarr. Dites-lui. Qu'on en finisse une bonne fois pour toutes. »

La joie avait déserté la pièce.

« Je pensais que vous en étiez certains, tous les deux, dit Agatha.

— Je le suis, maintenant, répondis-je. Mais je veux vous l'entendre dire. J'ai avoué. Maintenant, c'est votre tour.

— Très bien. C'est la vérité. »

Finbarr se leva. Il retroussa ses manches, presque comme s'il s'apprêtait à la frapper. Chilton se crispa et s'assit, prêt à s'interposer entre eux.

« Quoi ? dit Finbarr. Quelle partie est vraie ?

— Celle de Nan.

— Non, dit Finbarr. Ce n'est pas vrai, vous le savez.

— Je suis désolée, Finbarr. Mais c'est ce que je dois dire. Nan a raison. Je ne pouvais pas avoir mon propre bébé, alors Archie m'en a trouvé un. Et je ne savais pas, je n'ai pas réfléchi. Je n'ai pas réalisé la cruauté de la chose. Je suis navrée.

— Nan, dit Finbarr. Ne l'écoute pas. Elle m'a toujours dit le contraire. Je ne sais pas pourquoi elle change son histoire maintenant. »

Il tomba à genoux et prit les mains d'Agatha dans les siennes. Il posa sur elle un regard d'une sincérité désarmante entièrement dépourvue de malice ou d'arrière-pensées, comme toujours fidèle à lui-même dans chacune de ses paroles.

« Je suis désolée, Finbarr, dit Agatha. Vraiment désolée. »

Il lâcha ses mains et se leva. « Je ne sais pas pourquoi vous faites ça. Je ne le saurai jamais. »

Mais moi, je savais. Tout le monde me fixait. Peut-être que moi aussi, j'étais belle à la lumière du feu.

Il est possible qu'Agatha ait admis que Teddy était ma fille parce qu'elle ne voulait plus d'Archie et savait que sa déclaration me ferait revenir à lui. Ou peut-être avait-elle compris que leur mariage était bel et bien terminé et voulait s'assurer que, quoi qu'il arrive ensuite, je m'occuperais toujours de sa fille comme si c'était la mienne. Peut-être avait-elle pitié de moi pour tout ce que j'avais traversé et voulait me faire croire que Teddy était ma fille car j'avais perdu mon véritable enfant à jamais, et qu'avec ce gentil mensonge elle pouvait me la rendre, même si ce n'était qu'une illusion.

Ou peut-être que la solution était beaucoup plus simple. Le rasoir d'Ockham. Peut-être m'avait-elle dit que Teddy était Genevieve pour une seule raison :

C'était la vérité.

À l'étage, Finbarr était assis sur le lit. Je me tenais devant lui, entre ses genoux. Il glissa une mèche de cheveux derrière mon oreille. « Tu te souviens, quand tu les portais longs ? »

Il ne les avait jamais vus coupés plus court que ça, au-dessus de mes oreilles.

« Je me souviens de tout.

— Tu te souviendras de ça ?

— Toujours. »

Sans le feu dans la cheminée, la pièce aurait été plongée dans le noir complet. Mais dans cette lumière, nos visages étaient juste assez obscurcis pour ressembler à ceux de notre premier été – insouciants et optimistes. Je pouvais presque feindre de ne pas savoir : nous ne serions plus jamais ensemble de cette manière.

Le feu qui réchauffait et éclairait la pièce, la fumée qui s'échappait des cheminées du manoir auraient dû nous trahir – quatre amoureux hors-la-loi. Quand je pense à cette nuit dans le Manoir hors du Temps, je le vois tel qu'il devait apparaître de l'extérieur, ses fenêtres tremblant sous les assauts du vent, éclairées par la lueur vacillante des flammes. Un lieu peuplé de fantômes.

LA DISPARITION

DERNIER JOUR

Mardi 14 décembre 1926

Je me réveillai bien avant l'aube et remis du bois dans le feu. À tout moment, les propriétaires du manoir pouvaient revenir, ou, plus probablement, les domestiques envoyés à l'avance afin de préparer la maison pour leur retour. Quiconque franchirait la porte après nous trouverait des indices de notre passage ici. Des cendres dans la cheminée. Des boîtes de conserve disparues. Des bouteilles vides remises à leur place dans le casier à vin de la cave. Et peut-être les vestiges de notre bonheur infusant dans les pièces, tourbillonnant dans l'air comme des particules de poussière.

J'embrassai le front endormi de Finbarr et sortis de la chambre pour aller marcher sur les routes de campagne dans la brume basse. Je n'avais peur de rien : ni des chiens qui aboyaient depuis leur champ, ni de l'air glacial, ni même de la silhouette d'un homme qui passa devant moi comme une ombre et inclina son chapeau. Si, en quittant la route, j'avais pénétré directement dans un autre monde, cela ne m'aurait pas surprise. Mais quels que soient les charmes de cet autre monde, je me serais accrochée de toutes mes forces à celui-ci, car mon enfant y vivait toujours, et je ne devais jamais être loin d'elle, pas dans cette vie.

Je montai à pas de loup l'escalier du Bellefort et me glissai dans mon lit, où je dormis pendant des heures jusqu'à ce que je me réveille au son d'une voix familière, assez forte pour que je l'entende depuis le hall, qui cherchait quelqu'un. Mais ce n'était pas moi.

Chilton aussi se réveilla tôt. Il s'assit dans le lit à côté d'Agatha, toujours endormie. La nuit dernière, ils avaient décidé de s'installer dans une des chambres plus grandes du deuxième étage. Il n'avait pas remis en question la déclaration d'Agatha au sujet de sa fille (contredisait-elle ce qu'elle lui avait dit auparavant ?), ni la supposition qu'ils avaient faite tous les trois, à savoir qu'il me protégerait. Deux personnes étaient mortes et on attendait de Chilton qu'il ferme les yeux.

Il caressa les cheveux d'Agatha, doucement, pour ne pas la réveiller. À un certain moment, ils étaient tacitement convenus de ne jamais prononcer les mots. Mais maintenant qu'elle dormait profondément – les lèvres entrouvertes, les joues rougies par cette fièvre enfantine que peuvent provoquer les rêves –, il s'autorisa à les murmurer : « Je t'aime, Agatha. » Sous leurs paupières, ses yeux bougèrent. Un faible sourire se dessina sur ses lèvres. Pourquoi pensaient-ils qu'il manquerait à son devoir pour Nan ? Parce qu'il l'avait fait pour Agatha, voilà pourquoi.

Faute d'un clou, le royaume fut perdu. Combien de crimes avaient été négligés à travers l'Angleterre parce que toutes les forces de police avaient été affectées à la recherche de la femme qui était étendue à côté de lui, saine et sauve et enivrante ? Son souffle chaud sur son visage était tout ce qu'il voulait de la vie, désormais. Il se glissa hors du lit et marcha jusqu'à la fenêtre. C'était lorsqu'il se perdait dans la contemplation d'un paysage qu'il réfléchissait le mieux. Derrière lui, il entendit les draps bruisser. Agatha se leva et se dirigea vers lui. Elle se plaqua contre son dos, enroula ses bras autour de sa taille, posa son menton pointu sur son épaule pour voir ce qu'il voyait, les collines lointaines en partie masquées par une forêt de sapins.

« Je suppose que tu penses à Nan, dit-elle.

— Oui.

— Tu connais l'artiste Claude Monet ?

— Celui des nénuphars et des peintures floues ?

— Voilà. Il est mort au début du mois. J'ai lu dans un avis de décès qu'il avait dit un jour : “Pour voir, il faut oublier le nom de la chose que l'on regarde.”

— Et qu'est-ce que ça veut dire, exactement ?

— C'est ton affaire. C'est toi qui la regardes. Par le plus grand des bonheurs, c'est toi qui es chargé de la résoudre. Alors la solution, le nom, ne peut-elle pas être ce que tu veux qu'elle soit ?

— Je suppose que si.

— Bien. » Elle s'écarta de lui comme si l'affaire était close. « Et ensuite ? Nous ne pouvons pas rester ici pour toujours. »

Elle s'assit sur le bord du lit.

« Ça peut se terminer maintenant. » Chilton s'agenouilla devant elle et prit ses mains. « Ou durer pour toujours. Si nous partons, toi et moi. Ensemble. Aujourd'hui. Que cette disparition dure toute une vie. Pourquoi pas ?

— Oui, pourquoi pas. »

Il ne voulait pas interrompre la joie qui bouillonnait en lui en pensant aux détails. Ils pourraient y réfléchir plus tard. Une voiture, un train, une destination.

« Je vais retourner au Bellefort et récupérer mes affaires. Ensuite, nous pourrons réfléchir à un plan.

— Je viens avec toi. J'ai besoin de prendre l'air.

— Mais, ma chérie, on ne doit pas te voir avec moi.

— Ça va rendre notre vie ensemble assez compliquée, non ? » Elle rit et prit le chapeau de Chilton, qu'elle rabattit sur son front. « Personne ne me reconnaîtra. On me prendra peut-être même pour ton frère. »

Peut-être Chilton fut-il troublé par le mot *frère*, peut-être était-ce pour cela qu'il n'essaya pas de la dissuader. Peut-être qu'Agatha – dans son cœur, plus qu'elle ne voulait l'admettre – voulait être retrouvée, en fin de compte. Ou peut-être pensaient-ils pouvoir prendre un risque de plus, puisque malgré tous ceux qu'ils avaient pris ils s'en étaient toujours tirés. La meilleure cachette est souvent à la vue de tous.

Au moment où Agatha aidait Chilton à rassembler ses affaires dans sa chambre d'hôtel, Archie et Lippincott arrivaient au Bellefort. Mme Leech les escorta jusqu'à la bibliothèque et leur apporta le registre des invités.

Les yeux d'Archie se posèrent aussitôt sur mon nom de famille, O'Dea. « Ici, dit-il en le pointant du doigt. C'est l'écriture de mon épouse. » Comme s'il m'avait entièrement oubliée, mon nom aussi bien que mon écriture. C'était l'écriture d'une de ses femmes, qu'importait laquelle. À sa décharge, l'erreur était probablement née de l'espoir. Il voulait voir sa femme devant ses yeux, vivante et en bonne santé. S'il effaçait mon existence en lui attribuant mon nom et mon écriture, il pouvait tout arranger. Il pouvait la faire apparaître devant lui, saine et sauve.

Mais bien sûr, je n'avais pas disparu. J'étais à l'étage, les pieds directement au-dessus de sa tête, glissant sur les lattes du plancher et pressant mon visage contre la porte tandis que mon cœur s'enfonçait dans mes entrailles.

Mme Leech était catégorique : la dame de la chambre 206, Mme Genevieve O'Dea, n'était pas la romancière disparue.

« Enfin, Sam, dit-elle à Lippincott. Mme O'Dea est avec nous depuis plus d'une semaine. Je connais parfaitement son visage. C'est une dame plus petite. Plus jeune. Aux cheveux bruns.

— Difficile de déterminer la couleur des cheveux sur une photographie, opposa Lippincott. J'ai vu des clichés de ma propre mère sur lesquels je ne l'aurais jamais reconnue. Une forme d'art diabolique, si vous voulez mon avis.

— Eh bien, moi je suis capable de reconnaître ma propre mère en photo. Et je connais Mme O'Dea, et ce n'est pas elle. »

À ce moment-là, M. Leech fit irruption dans la pièce. Il salua son cousin d'une poignée de main chaleureuse, puis, plissant les yeux, examina distraitement le cliché.

« Je pense que cette Mme O'Dea pourrait tout à fait être cette femme.

— Bonté divine, Simon. Tu l'as à peine regardée, dit Mme Leech. Et tu ne portes même pas tes lunettes ! »

Elle souffla et partit sans un au revoir ni un regard en arrière.

M. Leech sourit à Lippincott. « Ce sera une publicité merveilleuse, n'est-ce pas, Sam ? L'hôtel Bellefort en première page de tous les journaux du pays. Assez chic pour Agatha Christie. » Il n'avait jamais entendu parler d'elle avant ce moment, mais se disait que si son nom figurait dans les journaux au motif qu'elle avait disparu pendant quelques jours, elle devait être célèbre.

Lippincott, Leech et Archie élaborèrent un plan. Ils convinrent qu'Archie ne devait pas aller frapper à la porte de sa femme ou attendre au pied de l'escalier qu'elle descende pour le petit déjeuner. Au lieu de cela, ils le firent asseoir dans le salon, caché derrière un journal ouvert, tandis que Lippincott attendait dans le hall pour l'intercepter.

« Isabelle m'assure que Mme O'Dea est dans sa chambre, dit M. Leech à son cousin. Elle sort beaucoup, mais elle prend généralement un repas en se levant. »

Les mots avaient à peine quitté sa bouche que Chilton et Agatha descendaient les escaliers, absorbés l'un par l'autre, leurs têtes toutes proches. Elle avait oublié de porter le chapeau, comme si elle se croyait invisible au monde extérieur, capable de s'y mouvoir dans n'importe quelle situation sans se faire remarquer. Heureusement, Chilton n'avait pas son bras autour de sa taille, mais la façon dont sa main papillonnait tandis qu'il parlait, tout près de son coude, trahissait leur intimité. Lippincott demeura bouche bée. En partie à cause de l'audace de la chose, et en partie à cause du changement qui s'était opéré en Chilton depuis qu'il l'avait vu pour la dernière fois, à peine quelques jours plus tôt. Il paraissait plus grand. Ses cheveux étaient parfaitement coiffés. Et il semblait bien trop enjoué, non seulement par rapport à son état habituel, mais aussi pour quelqu'un qui avait enquêté sur une disparition et un possible double meurtre.

Mais c'était la femme qui le surprit le plus. Elle semblait plus jeune que sur ses photographies, insouciante et heureuse, incandescente, même. Habillée comme si elle revenait des champs, une tenue parfaitement inappropriée. Il s'était attendu à trouver une coquille vide, une silhouette fantomatique. La femme qui se tenait devant lui – aveugle à tout ce qui l'entourait sauf à son compagnon – était tout le contraire.

« Madame Christie », dit Lippincott. Et, dans l'instant, la bulle éclata.

Agatha et Chilton braquèrent leurs regards sur le bas de l'escalier. Leurs mains se baissèrent. Lippincott était généralement un homme poli et bienveillant, mais le ton abrupt et indigné sur lequel il prononça ces quatre syllabes suggérait des phrases telles que : *Madame Christie. Comment osez-vous ? Madame Christie. Que diable pensez-vous faire ?* Le genre de ton qu'utilisent certains hommes pour remettre une femme à sa place, ou du moins la place à laquelle ils voudraient la voir. L'insouciance d'Agatha s'envola tandis que la honte à laquelle elle avait jusque-là échappé s'abattait sur elle : un seau d'eau, un linceul.

« Eh bien, monsieur Chilton, dit Lippincott d'une voix entièrement différente : atterrée, mais aussi teintée d'admiration. Je vois que vous l'avez trouvée. »

Archie, qui écoutait derrière son journal dans le salon juste à côté du hall, n'y tenait plus. Il devait voir si c'était vraiment elle. Il imagina deux scénarios. Dans le premier, il posait les yeux sur Agatha, la voyait vivante et bien portante, et comprenait avec soulagement que le cauchemar était enfin terminé. Dans le deuxième, il voyait une étrangère, quelqu'un de parfaitement insignifiant, ce voyage se révélant une autre impasse, aussi inutile que le dragage des étangs ou l'intervention des médiums.

En pénétrant dans le hall, il retint son souffle. Agatha se tenait là. Vêtue d'un pantalon et d'un cardigan d'homme. Des pinces à cheveux dégageant les mèches de son front comme une petite fille. S'il avait remarqué Chilton à son côté, il se serait peut-être jeté sur lui. Mais Chilton n'était pas le genre d'homme qu'Archie remarquait, à moins qu'il n'ait quelque chose à lui demander. S'il était entré dans une pièce et avait vu l'inspecteur à proximité, Archie aurait pu le prendre pour un employé et lui tendre son manteau et son chapeau sans un mot.

Le soulagement déferla dans les veines d'Archie comme s'il lui avait été administré par une seringue. Il avait imaginé le cadavre de sa femme dans tant d'endroits – au fond d'un lac, dans un fossé, ou même dans le coffre d'un détraqué, comme dans un de ses romans. Il était trop soulagé pour reconnaître le désarroi sur son visage. Il ne lui vint jamais à l'esprit qu'elle ne voulait pas être trouvée. Il aurait dû s'en rendre compte. D'un seul coup d'œil, il aurait dû comprendre qu'il l'avait perdue.

« Agatha.

— Archie. »

Elle avait parlé d'une voix anormalement forte, pour me prévenir au cas où je serais à l'hôtel. Il n'était pas nécessaire que l'on se fasse prendre toutes les deux.

Archie désigna la porte de la bibliothèque. Sa main tremblait devant lui comme si elle appartenait à un homme de cent ans. Voilà ce que ces onze jours lui avaient fait, combien ils l'avaient vieilli. Mais il avait des choses à lui dire en privé qui pourraient lui rendre sa jeunesse.

Agatha demeura figée, telle une écolière turbulente convoquée dans le bureau du directeur. Les gros titres des journaux et tous leurs lecteurs. Toutes ces ressources gaspillées à la rechercher, et toute cette inquiétude. Sa fille, abandonnée chez elle sans même un au revoir. Tout ce sur quoi elle avait miraculeusement pu fermer les yeux la submergea avec la force d'un raz-de-marée.

Elle n'osait pas regarder Chilton. Elle s'écarta de lui, inclinant la tête, et descendit l'escalier. Elle entra docilement dans la bibliothèque et se percha sur le bord du canapé usé, comme si elle craignait de le salir, soudain consciente de l'image qu'elle présentait au monde dans ces vêtements scandaleusement inappropriés, sans bijoux. Comme un mauvais garnement surpris à jouer dans la rue.

Mais Archie fit quelque chose de totalement inattendu. Seul avec elle, face à son joli visage fatigué, il craqua et tomba à genoux devant elle. Il posa son visage sur ses cuisses, sans remarquer sa nouvelle odeur, et enroula ses bras autour d'elle.

« A. C., dit-il d'une voix larmoyante. Tu es en vie. Est-ce que tu vas bien ?

— Oui », répondit-elle faiblement, sans conviction.

Elle savait qu'elle était censée le dire en retour, *A. C.*, mais elle en était incapable.

Il saisit sa main et embrassa la peau nue où aurait dû se trouver son alliance, puis il sortit l'anneau sacré de sa poche et le glissa à son doigt, lui pardonnant de s'être enfuie et d'avoir causé toute cette inquiétude (le pardon d'Agatha pour tout ce qu'Archie avait fait allait apparemment de soi).

« Où étais-tu ? demanda-t-il, comme si la question l'avait tellement tourmenté qu'il lui fallait la poser, bien qu'elle ait été retrouvée à l'endroit où, vraisemblablement, elle était depuis le début. Où es-tu allée ? Qu'as-tu fait ? »

La première chose qu'elle envisagea de dire fut : *Ici. Je suis venue ici.*

Mais cela sonnait faux à ses oreilles. Alors elle dit la deuxième chose qui lui vint à l'esprit, qui, d'une certaine façon, ressemblait moins à un mensonge, car tout était devenu si étrange et confus. Du reste, il n'y avait pas que sa vie à elle qui était en jeu. Elle avait déjà décidé de me protéger et elle le ferait, quoi qu'il arrive.

« Je ne me souviens pas », dit-elle.

Et il en irait ainsi pour le reste de sa vie.

LA DISPARITION

DERNIER JOUR
Mardi 14 décembre 1926

À l'étage, je fis mes bagages aussi vite que possible et traînai ma valise dans le couloir jusqu'à la chambre de Cornelia Armstrong. On aurait pu penser qu'après ces deux décès inexpliqués elle aurait verrouillé sa porte, mais c'était après tout une jeune femme qui séjournait à l'hôtel et voyageait seule. Quand j'entrai, elle était assise à sa coiffeuse en train de se brosser les cheveux. Elle se tourna vers moi en sursautant. Je n'avais pas frappé. Je portai mon doigt à mes lèvres.

« S'il vous plaît, est-ce que je peux laisser ma valise dans votre chambre ? Et promettez-vous de ne dire à personne qu'elle est ici ? Ou que moi, j'étais ici ? »

Mlle Armstrong hésita un instant, puis se leva, prit ma valise et la glissa sous son lit.

« Je ne dirai pas un mot.

— Merci, vous êtes une jeune femme très courageuse. » Je croisai mes mains sur mon cœur. « Si je ne reviens pas la chercher, tout ce qu'elle contient est à vous.

— Ne dites pas de sottises. Bien sûr que vous reviendrez. »

En même temps, elle hocha la tête. Quelque temps plus tard, j'eus des nouvelles d'elle tout à fait par hasard, dans un article du *Daily Mirror*. Peu après son séjour à Harrogate, Mlle Armstrong s'était rendue sur les ruines du Memorial Theatre à Stratford-upon-Avon, qui venait d'être détruit dans un incendie. Alors qu'elle marchait sur les décombres, elle avait attiré le regard d'un autre aventurier, un jeune comte rebelle d'une beauté à couper le souffle. Moins de quinze jours plus tard, ils étaient mariés et elle s'était installée avec lui dans son domaine du Derbyshire, ayant enfin vécu l'histoire d'amour impossible et la fin heureuse dont elle se languissait tant. Comme je n'ai jamais pu retourner chercher ma valise, j'aime à penser qu'elle portait mon cardigan en cachemire et mes fausses perles quand ils se sont rencontrés.

Pour l'heure, je lui serrai la main pour lui dire au revoir, puis marchai à pas de loup jusqu'à l'escalier, mes chaussures à la main. En jetant un coup d'œil en bas, je vis Archie suivre sa femme dans la bibliothèque. Une fois qu'ils y seraient, Agatha lui raconterait peut-être que je l'avais pris pour cible et séduit uniquement parce que j'étais convaincue que leur fille était la mienne. Que j'avais passé cette semaine dans une étreinte romantique et charnelle telle que lui et moi n'en avions jamais connu. Que j'avais su presque depuis le début où était sa femme, et que je ne le lui avais pas dit. Que j'avais commis un meurtre et avais été complice d'un autre. Laquelle de ces actions, me demandai-je, trouverait-il la plus scandaleuse ?

Pourquoi devrais-je m'en soucier ? Quand Archie avait quitté Sunday's Corner après avoir acheté un bébé pour l'offrir à sa femme comme il aurait pu lui offrir un diamant, avait-il pensé une seule seconde à la mère de cet enfant ?

Je devais prendre le risque. Je passai en vitesse devant un Chilton désemparé, un Leech estomaqué et un Lippincott consterné, et franchis la porte de l'hôtel. Une fois à l'extérieur, j'enfilai mes chaussures et me glissai au volant de la voiture de police prêtée à Chilton. Quelle que soit sa prochaine destination, il devrait s'y rendre à pied. Je conduisis maladroitement, déterminée à arriver au manoir avant que le temps nous rattrape dans son rugissement brutal.

Par chance, Simon Leech attira Lippincott dans le salon avant que le chef de la police ne puisse passer un savon à Chilton.

Celui-ci sauta sur l'occasion. « Madame Leech, dit-il à la propriétaire qui sortait de la salle à manger. Puis-je vous dire un mot ? »

L'esprit de l'homme est une chose remarquable, qui permit à Chilton de prononcer calmement ces mots alors qu'une seule pensée terrifiante occupait son cerveau : cet homme qui suintait l'arrogance était en train de lui ravir son Agatha.

« J'ai un service à vous demander, dit-il à Mme Leech. Si on vous pose la question, vous devez dire qu'Agatha Christie était ici depuis tout ce temps, sous le nom de Genevieve O'Dea. Elle a profité des bains et des massages, et n'a été vue avec personne.

— Absolument pas. Je ne suis pas une menteuse, monsieur Chilton », répondit Mme Leech en croisant les bras.

Ces mots le réconfortèrent. Quiconque affirme ne jamais mentir a, par cette déclaration même, prononcé au moins un mensonge.

« Ai-je eu l'occasion de vous le dire ? J'ai terminé mon enquête. Sur l'incident avec les Marston. Et j'ai conclu qu'il n'y a pas de meurtrier en liberté. » Leech et Lippincott sortirent juste à temps du salon pour l'entendre prononcer ces mots. Mme Leech cligna lentement des yeux, se demandant si l'inspecteur lui proposait un marché.

« Il n'est pas nécessaire que la nouvelle se répande, poursuivit Chilton, confirmant ses soupçons. Puisqu'il n'y a aucun danger pour la population et qu'il n'y en a jamais eu. Mme Marston a tué son mari avant de se suicider.

— Voilà. » M. Leech applaudit, avec une expression des plus joviale. « C'est précisément ce que Sam pensait depuis le début, pas vrai, Sam ? Nous allons garder cette déplaisante affaire entre nous. En revanche, tout le monde doit savoir que Mme Christie a séjourné dans notre hôtel. Les affaires vont repartir, Isabelle, tu verras. »

Mme Leech poussa un long soupir. Comme son mari se tournait pour dire quelque chose à son cousin, Chilton murmura : « Cela aidera beaucoup Mlle O'Dea et son jeune homme. »

Enfin, Mme Leech acquiesça. Elle préférait l'idée de mentir pour aider Nan à celle de mentir pour sauver la réputation de son hôtel.

« Je savais que c'était une mademoiselle et non une madame, murmura-t-elle en retour. J'ai un sixième sens pour ce genre de chose. J'espère qu'elle va épouser ce beau garçon si triste. J'aime les fins heureuses, monsieur Chilton.

— Comme nous tous », répondit l'inspecteur.

La porte de la bibliothèque s'ouvrit, et Archie et Agatha en sortirent. Chilton essaya de croiser son regard, mais elle gardait les yeux rivés au sol, comme un enfant qui vient de recevoir une bonne correction.

« Madame Christie, dit Chilton en s'efforçant de prendre un ton professionnel. Peut-être pourriez-vous regagner votre chambre afin que nous puissions vous interroger ?

— Elle ne fera rien de tel, dit Archie. Cette affaire est résolue. Aucun crime n'a été commis. Ce n'est qu'un malentendu. Nous n'avons pas besoin de la police, nous l'avons assez vue pour toute une vie. »

Chilton se demanda si lui-même s'était déjà exprimé avec une telle certitude. Il fut peiné de constater que lorsque Archie se tourna vers sa femme, il parla avec bien plus de douceur.

« Agatha, ma chérie. Va chercher tes affaires. Il faut qu'on parte d'ici avant que les journaux n'aient vent de ta présence. Je crains que tu aies beaucoup affaire à eux dans les semaines à venir. »

Toujours sans un regard pour Chilton, Agatha grimpa l'escalier jusqu'à ma chambre. Chilton esquissa un pas, comme pour la suivre, mais Lippincott le retint par la manche.

Dans ma chambre, Agatha regarda autour d'elle, comme si le lieu où nos identités se chevauchaient pouvait lui dire quelque chose sur moi, ou sur elle-même, qu'elle ne connaissait pas déjà. Ses yeux se posèrent sur une touche de lilas, un châle jeté sur la chaise près de la table. Elle le ramassa et s'assit. Le papier et le stylo que j'avais achetés reposaient sur le bureau, inutilisés. Agatha les prit et écrivit une note, en prenant soin de déguiser son écriture, puis plia le papier en deux et écrivit « INSPECTEUR CHILTON » en grandes majuscules. Elle ne s'inquiétait pas que quelqu'un d'autre puisse le trouver et le lire. Elle savait qu'il monterait dans cette chambre, en quête d'indices, dès qu'elle aurait quitté l'hôtel.

Agatha enroula mon châle autour de ses épaules, comme s'il pouvait rendre sa tenue masculine plus respectable. Elle se glissa hors de la pièce et descendit l'escalier jusqu'à son mari, qui l'attendait, l'air toujours aussi soulagé, son visage exprimant l'amour et l'espoir qu'elle avait tant voulu voir renaître.

« Où sont tes affaires ? demanda Archie avec un tremblement dans la voix, comme s'il craignait qu'elle ne décide finalement de rester.

— Il n'y a rien dont j'aie besoin, ici. »

Elle passa devant lui, sortit de l'hôtel et grimpa dans la voiture qui attendait, mon nouveau châle serré autour d'elle. Sur le chemin de Sunningdale, Archie l'accabla de toutes les questions qui avaient failli le rendre fou.

« Pourquoi as-tu abandonné ta voiture comme ça ? »

« Comment as-tu réussi à te rendre dans le Yorkshire ? »

« Pourquoi es-tu habillée ainsi ? »

« Tu n'as pas vu les journaux ? Tu sais combien de gens étaient à ta recherche ? Je n'arrive pas à croire que tu sois restée cachée si tu étais au courant de tout ce tapage. »

Elle ne répondit pas, mais baissa légèrement la vitre pour laisser l'air froid la réveiller. Archie frissonna. Deux semaines plus tôt, elle se serait empressée de la remonter. Maintenant, elle avait décidé que cela lui était égal qu'il ait froid. Elle se souvint de sa bague et de son collier de perles, laissés au manoir. Ils suffiraient largement à payer son séjour là-bas, et toutes les provisions qu'ils avaient volées. Déjà, elle recommençait à penser comme une citoyenne respectueuse des lois.

« Est-ce que tu savais, A. C. ? insista Archie. Combien de personnes te cherchaient ?

— Je ne me souviens pas. »

Elle regarda le paysage défiler derrière la vitre. Encore et encore, quand on la presserait de s'expliquer, elle dirait : « Je ne me souviens pas. » Car si elle avait dit quoi que ce soit qui se rapproche un tant soit peu de la vérité, elle aurait risqué non seulement de me condamner, mais de finir elle-même là où, jusqu'à récemment, elle avait tant voulu être : auprès d'Archie, pour toujours.

Quand ils arrivèrent chez eux à Sunningdale et durent affronter la presse, Archie – qui considérait que son rôle était de protéger sa femme, et qui avait si peu d'imagination – leur donna la réponse qu'elle lui avait donnée.

Elle ne se souvient pas.

« Je déteste repenser à l'année qui suivit », écrivit-elle dans son autobiographie.

Des années plus tard, je sourirais en lisant cette phrase, comme je le faisais chaque fois que je découvrais des bribes de notre vie hors du temps dans ses livres. Elle semait des détails, des petits souvenirs ici et là, sur lesquels je tombais au moment où je m'y attendais le moins.

« Faut-il que tu les lises tous ? » demandait Archie quand j'apportais son dernier roman dans notre lit.

Ma réponse était toujours la même : « Désolée, ils sont tellement divertissants. »

Je veux bien croire qu'Agatha détestait se remémorer une partie de cette année. Mais pas tout, tant s'en fallait.

Chilton regarda Archie s'éloigner avec Agatha, puis retourna dans l'hôtel. Il avait conscience des regards braqués sur lui. Ceux des Leech et de Lippincott. Il savait qu'il aurait dû avoir le plus grand mal à faire bonne figure, mais ce n'était pas le cas. Il ne se sentait pas furieux ni engourdi. Il ne ressentait que l'absence de tout sentiment. Ce qui, étrangement, lui donnait de l'espoir.

« Chilton, dit Lippincott à son vieil ami, plus sévèrement qu'il ne l'aurait voulu. Il me semble que tu as des explications à me donner.

— On m'a chargé de retrouver Agatha Christie. Je l'ai fait. »

Avant que Lippincott ait eu le temps de répondre, Chilton tourna les talons et monta l'escalier, prenant les marches deux par deux. La porte de Mlle O'Dea avait été laissée entrouverte. Elle pivota dans un grincement triste quand il la poussa. Nul doute que Leech huilerait la charnière avant l'arrivée du prochain client. Il imaginait peut-être déjà la plaque qui ornerait la porte, commémorant le séjour de la célèbre romancière.

Sur le bureau, il trouva une feuille de papier pliée, avec son nom écrit en grand. Il s'approcha et la toucha. La porta à son nez. Si, ces dix derniers jours, Agatha avait vécu dans son monde à elle, le papier aurait senti l'*Old English Lavender* de Yardley. Mais la brève interaction qu'elle avait eue avec la feuille, le frottement de son poignet pendant qu'elle écrivait, avait laissé une odeur de fumée de bois et de pin. Un soupçon de sueur. Et même un peu de lui-même. Il déplia soigneusement le papier. Il pensait y lire les mots *Je suis désolée* ou *Je t'aime.* Il espérait surtout qu'il contiendrait des instructions sur l'endroit où ils devraient se retrouver, sur ce qu'ils feraient, sur leur futur ensemble.

« S'il te plaît, occupe-toi de ma machine à écrire et surtout de mes papiers, disait le mot. Je dois récupérer mon travail le plus discrètement et le plus rapidement possible. »

Il retourna la feuille une première fois, puis une seconde. Mais c'était tout ce qu'elle avait écrit.

Quant à moi :

Enfant, je suis tombée amoureuse de la mer. Je suis tombée amoureuse du vert impossible des vallées, des longs gazouillis des alouettes, et de gens si doux et si gentils. « C'est comme un pays plein de Père Noël », avais-je dit à papa, le premier été où j'étais revenue d'Irlande, et il avait éclaté de rire. « Tu me fais presque regretter de l'avoir quittée », avait-il répondu. Aucun de nous ne pouvait savoir ce que l'avenir nous réservait à cette époque où je l'aimais sans réserve, alors nous nous étions étreints, unis par notre amour pour ce pays.

Enfant, je suis tombée amoureuse des moutons qui parcouraient les collines d'émeraude, et des chiens qui les pourchassaient. Des mouettes et des pluviers. Du claquement des sabots et de l'humidité de l'air, de l'écume salée se répandant sur la terre. Des phoques se prélassant sur les rochers. De l'accent chantant qui s'insinuait dans mes phrases et dont ma mère se moquait gentiment quand je revenais à Londres.

Puis je suis tombée amoureuse d'un garçon. Les années ont emporté mon amour pour toutes ces choses, sauf la dernière. Pas un complice mais un compagnon d'infortune, la seule personne sur cette Terre susceptible de comprendre au moins en partie ce que j'avais perdu. Et je savais que si je le voyais ne serait-ce qu'une fois de plus, ma détermination vacillerait. Finbarr n'avait jamais vu Genevieve, il ne l'avait jamais tenue dans ses bras. Il n'avait appris son existence qu'une fois qu'elle était déjà partie. Il pourrait donc persister dans ses tentatives de m'emmener loin d'ici, et si je le voyais ne serait-ce qu'une fois de plus, je pourrais bien me laisser convaincre.

J'ai pensé au fil invisible de Cornelia Armstrong. Mais pas à celui entre Finbarr et moi. Celui qui me reliait, encore et toujours, à Genevieve. Je le sentais comme un objet vivant, tangible, s'étendant de mon cœur au sien. Me conduisant non pas au Manoir hors du Temps, mais à la gare. Chilton ayant accepté de ne pas m'inculper de meurtre, je supposais qu'il passerait aussi l'éponge sur le vol de voiture. En somme, tout ce que je pouvais faire pour reconquérir Archie était à son avantage.

Si Agatha et Archie étaient réunis, je n'aurais plus jamais accès à Teddy. Je devais la voir au moins une dernière fois. Je devais lui dire que si jamais elle avait des ennuis un jour, elle pourrait me trouver, et je prendrais soin d'elle. Quoi qu'il arrive. Je ne sais pas pourquoi je pensais que ça pourrait l'aider. Ma mère m'avait dit la même chose.

Je t'aime. Je ne croyais pas à la télépathie, mais j'envoyai ce message à Finbarr, priant pour qu'il l'entende et le comprenne. Peut-être qu'une partie de moi espérait qu'à mon retour à Londres je me retrouverais exclue du monde des Christie. La seule chance que Finbarr et moi avions d'être ensemble était l'échec du plan sur lequel j'avais travaillé si dur pendant trois ans. Si je devais accepter cet échec, soit. Mais ce ne serait pas moi qui l'abandonnerais.

Pendant ce temps, Chilton dut se rendre à pied au manoir – qui n'avait plus rien d'intemporel – pour récupérer ce qu'Agatha lui avait demandé. Sa machine à écrire, et tout ce qu'elle avait écrit au cours de cette aventure. Elle ne penserait jamais beaucoup de bien, dans les années qui suivraient, des pages qu'elle avait écrites à cette époque. Une nouvelle ou deux, et les prémices de son roman *Le Train bleu.* Elle dirait toujours que c'était le livre qu'elle aimait le moins. Mais elle le publia malgré tout. Elle publia tout ce qu'elle écrivit – même la nouvelle *Le Point de non-retour*, qui se terminait avec mon *doppelgänger* mort au pied d'une montagne. Elle parut l'année suivante, dans *Pearson's Magazine*, avec une fin légèrement modifiée : mon personnage n'était pas poussé dans le vide, mais s'y jetait.

Chilton n'avait pas prévu d'apporter la machine à écrire et les pages d'Agatha à Sunningdale. Il les ramènerait avec lui à Brixham, pour l'obliger à le rejoindre là-bas.

« Mais où est Nan ? » demanda Finbarr lorsque Chilton lui apprit qu'Agatha avait été découverte.

Chilton plaça une main compatissante sur l'épaule du jeune homme. L'inspecteur m'avait déjà fait le cadeau de la liberté. Il n'avait plus assez de générosité en lui pour souhaiter le succès de l'histoire d'amour de Finbarr au détriment de la sienne.

« Je suis désolé. Si Nan n'est pas de retour à la nuit tombée, je ne pense pas qu'elle reviendra un jour.

— Elle reviendra », dit Finbarr, mais il ne semblait pas convaincu. Comme pour confirmer cette impression, il ajouta : « Si vous la voyez, dites-lui que je l'attends à Ballycotton, et que je suis prêt à aller où elle voudra. Elle pourra me retrouver là-bas quand elle reprendra ses esprits. »

Mais, hélas, ce ne fut jamais le cas.

UNE NOUVELLE ANNÉE

1928

Vous le savez déjà, les retrouvailles d'Agatha et d'Archie furent de courte durée. Agatha n'éprouvait plus le besoin de sauver son mariage et se morfondait à Styles, pleurant la perte du Manoir hors du Temps. Tout ce que j'avais à faire, c'était réapparaître devant Archie et sourire, et encore sourire. Agatha partit, cette fois pour de bon, et emmena Teddy avec elle.

Mais elle finit par renvoyer la petite fille à Styles. Archie et moi étions alors mariés – une bague en diamant et une alliance ayant remplacé l'anneau de Claddagh de Finbarr. Teddy resterait avec nous une année entière pendant qu'Agatha partirait seule à l'aventure pour l'un des nombreux voyages qu'elle ferait à bord de l'Orient-Express.

C'est Honoria qui nous l'amena depuis Londres. J'avais prévu d'être en bas avec Archie pour l'accueillir à son arrivée, mais lorsque la voiture s'engagea dans l'allée, une telle émotion me submergea que je décidai de m'éclipser, ne souhaitant pas que mon mari en soit témoin. J'avais vu Teddy plusieurs fois depuis mon retour auprès d'Archie, mais ce serait la première fois que nous serions ensemble pour une longue période, dans une maison que nous partagerions, avec moi dans le rôle de belle-mère.

« Tout va bien ? » me demanda Archie en plaçant une main sur ma taille. Il avait appris l'importance de la sollicitude depuis l'échec de son premier mariage.

« Oui, très bien. Je suis juste un peu étourdie. Je crois que je vais aller me reposer. »

Alors que je montais les escaliers, je les entendis – Honoria et Teddy, une voix sombre et sévère, l'autre fluette et joyeuse. Je longeai le couloir de ce qui était désormais ma maison et entrai dans la nursery sans craindre d'être réprimandée pour mon indiscrétion, puisque Honoria allait rentrer à Londres. « Je peux m'occuper d'elle moi-même, avais-je dit à Archie quand il m'avait demandé comment nous allions nous débrouiller. Ça me ferait plaisir, même. »

Et je le ferais diligemment dans les années qui suivraient. Je me précipiterais auprès d'elle quand elle se réveillerait en pleurant après un cauchemar. Je lui tiendrais la main, mon bras autour de ses épaules, quand le médecin poserait des points de suture sur son genou blessé. Et quand elle se marierait pendant la Seconde Guerre mondiale, lors d'une petite cérémonie organisée à la hâte, à laquelle même Archie n'avait pas assisté, Agatha prendrait soin d'envoyer un télégramme pour que je puisse être là.

Il y avait toujours, sur le rebord de la fenêtre, le petit chien que Finbarr avait sculpté pour elle. Je le pris dans ma main. J'entendais Teddy qui courait de son petit pas rapide et déterminé dans le couloir, cette joyeuse musique dont s'emplissent les maisons où vivent des enfants. Je pris une inspiration, ne souhaitant pas que mes yeux soient embués de larmes quand je me tournerais vers elle.

« Nan, dit Teddy en franchissant la porte de la nursery, où elle me trouva avec le petit chien toujours dans mes mains. Je te cherchais. »

Je replaçai Sonny sur le rebord de la fenêtre et m'agenouillai, posant une main de chaque côté du visage de Teddy, qui me regardait de ses grands yeux bleu vif. Puis je la pris dans mes bras, et je pus presque sentir dans ses cheveux – qui avaient encore foncé depuis la dernière fois que je l'avais vue – l'odeur de la mer d'Irlande.

« Moi aussi, je te cherchais. »

Finbarr retourna à Ballycotton, où il apprit mon mariage avec Archie. Je lui avais envoyé une lettre pour lui annoncer la nouvelle, accompagnée d'une mèche de cheveux de Teddy. Quelques années plus tard, il épousa une Irlandaise. Cela me faisait mal d'y penser et, en même temps, je ne voulais que son bonheur. Je l'aimais assez pour lui souhaiter tous les chiens, tous les livres, tout ce dont nous avions rêvé pour nous-mêmes. Il a eu trois fils, et je n'ai aucun mal à imaginer combien il les a aimés avant que le cancer qui avait lentement rongé ses poumons ne l'emporte, un ultime cadeau du gaz moutarde.

Cette rage qui persiste, quand on pense à la guerre.

Mais oubliez tout cela. En tant que lecteurs, nous aspirons à un dénouement heureux, même lorsque celui-ci contredit les faits. Imaginez qu'aucune guerre ne vienne à nouveau bombarder l'Angleterre. C'est une chose que personne ne devrait avoir à endurer au cours de sa vie, et encore moins à deux reprises. Ce récit m'appartient. Je ne dois rien à l'histoire, qui ne m'a jamais fait la moindre faveur. Pourtant, je ne peux pas terminer ma propre histoire avec Finbarr, même dans mon imagination, car toute fin avec lui est une fin qui m'éloigne de notre enfant.

Mais l'histoire d'Agatha, je peux l'achever comme bon me semble.

Faisons une autre pause pour remonter un peu dans le temps. Un mois après avoir quitté l'hôtel Bellefort avec son mari et être retournée à Styles, Agatha chargea Honoria de préparer un sac pour Teddy. Après avoir déposé une lettre à l'intention d'Archie sur la table du hall d'entrée, elle parcourut le courrier du matin et trouva un petit paquet envoyé par sir Arthur Conan Doyle. Il contenait une paire de jolis gants en cuir qu'elle n'avait jamais vus de sa vie, ce qui rendait la note qui l'accompagnait d'autant plus déconcertante : « Je suis heureux d'apprendre que vous êtes rentrée saine et sauve. Permettez-moi de rendre ces gants à leur propriétaire légitime. » Elle ne pouvait pas refuser un tel cadeau, et il faisait froid dehors, aussi les enfila-t-elle.

Avant de partir, elle prit soin de rassembler le petit personnel de Styles pour annoncer son départ. « Je vais à Ashfield. J'emmène Teddy avec moi. Si quelqu'un demande où je suis, envoyez-le à Torquay. Si je ne suis pas à la maison, je serai en train de me promener sur le rivage. »

Agatha fit monter son chien et Teddy dans sa chère Morris Cowley et prit la route, passant sans incident devant toutes les carrières de craie et plans d'eau qui la bordaient. Le Silent Pool miroitait, reflétant le ciel bleu comme si personne n'avait jamais été repêché sans vie de ses profondeurs limoneuses. Lorsqu'elle passa devant le cours d'eau où Annabel Oliver avait été trouvée, elle pressa une main sur sa poitrine, une sorte de salut, un remerciement triste mais sincère.

Chilton possédait alors son propre logement à Brixham, suffisamment proche de la maison de sa mère pour qu'il puisse lui rendre visite tous les jours. On pouvait à l'époque louer un cottage au bord de la mer pour une bouchée de pain. Bien qu'il ait renoncé à revoir Agatha un jour, il sut, dès qu'il l'entendit, que c'était elle qui avait frappé à la porte. Il ouvrit et la vit qui se tenait là, dans le crépuscule glacial, vêtue d'une jupe et d'un chemisier sous un manteau de fourrure, ses cheveux joliment en désordre, un sourire épanoui aux lèvres. Teddy s'était endormie dans la voiture et Agatha la tenait dans ses bras, la joue de la petite fille posée contre son épaule.

« J'ai gardé ton travail, dit Chilton. Tout est là.

— Merci. »

Il s'effaça pour la laisser entrer, puis referma sans bruit la porte derrière elle. Le petit chien à ses pieds remua la queue, regardant Chilton comme s'il attendait qu'Agatha fasse les présentations.

« Par ici. » Chilton fit un geste de sa main valide. Agatha le suivit dans la chambre d'amis et resta silencieuse pendant qu'il s'empressait de mettre des draps sur le lit étroit. Puis elle y déposa Teddy – sourde au monde comme seul peut l'être un enfant endormi – et remonta la couette jusqu'à son menton. Elle embrassa son front.

« Quelle adorable petite fille, dit Chilton.

— Oui. »

Le chien sauta sur le lit et se pelotonna à côté de Teddy. Chilton et Agatha la regardèrent dormir un moment, observant sa poitrine qui se soulevait doucement. La respiration d'un enfant est différente de celle d'un adulte : plus profonde, plus précieuse. Ils fermèrent soigneusement la porte de la chambre et allèrent dans la cuisine. Le cottage était petit et douillet, le plafond bas au-dessus de leurs têtes.

« Je te sers une tasse de thé ?

— Non. Non, merci. »

Enfin ils s'étreignirent, longuement et passionnément, et Chilton se sentit si heureux, si reconnaissant d'être en vie, qu'il avait l'impression d'être un autre homme. Oh, et tant que nous y sommes, rendons-lui l'usage de son bras gauche. Il se leva comme par magie, s'enroulant autour d'elle avec assez de force pour qu'elle comprenne qu'il n'avait aucune intention de la laisser partir.

« C'est un joli cottage, dit Agatha, un peu après minuit, alors qu'ils étaient étendus dans son lit, leurs membres entremêlés. Si proche d'Ashfield. Teddy et moi nous y installerons demain matin.

— Oui. Pour que tu sois là quand ils viendront à ta recherche. »

Ils rirent, encore et encore, leur bonheur résonnant à travers la petite maison. Dans sa chambre, Teddy souriait dans son sommeil.

« Tu n'aimes pas les histoires d'amour, lui rappela Chilton.

— En général, non. Mais j'aime celle-ci. »

Un roman policier se termine généralement par la révélation de l'identité du tueur, et c'est le cas ici. Un roman d'aventures ou une quête se terminent par la découverte d'un trésor. C'est aussi le cas. Une histoire d'amour tragique se termine par la mort ou la séparation des amants. Mais une histoire d'amour heureuse ? Elle se termine par leurs retrouvailles.

Au-delà de ces pages, la vie suivra son cours. Mais cela est mon histoire. Je peux faire en sorte que tout arrive, indépendamment d'un futur qui est déjà devenu le passé. Je peux vous laisser avec une image, et nous pouvons prétendre qu'elle durera pour toujours.

Alors, pour cette partie de l'histoire du moins, arrêtons-nous ici. Avec Chilton et Agatha, marchant ensemble sur la plage de Torquay. Le petit chien sautillant d'un rocher à l'autre. Le bras d'Agatha dans celui de Chilton. Tous les deux souriant sous un beau ciel bleu. Profitant des plaisirs de cette journée. Seulement pour un temps, comme tout. Inutile d'aller au-delà de cet instant.

Faites-vous plutôt plaisir, et fermez ce livre sur une fin heureuse.

REMERCIEMENTS

En février 2015, mon agent, Peter Steinberg, m'a envoyé un e-mail dont l'objet était le suivant : « Pourquoi ne pas écrire un roman sur ce sujet ? » En pièce jointe se trouvait un article de *The Lineup* écrit par Matthew Thompson : « Lady Vanishes: The Mysterious Agatha Christie Disappearance ». Cinq années et de nombreux encouragements plus tard, je terminais ce livre. Il ne se passe pas un jour sans que je remercie Peter de m'avoir donné cette idée, et pour son amitié.

Même la vie lucide dont rêve Nan n'aurait pu me donner une éditrice plus parfaite pour ce projet que Jennifer Enderlin, qui sait poser toutes les bonnes questions. Je lui suis incommensurablement reconnaissante pour ses idées brillantes, son œil de lynx, sa chaleur, son soutien et sa gentillesse.

Je remercie toute l'équipe de St Martin's, en particulier Lisa Senz (auteure du meilleur e-mail que j'aie jamais lu), Sallie Lotz et Steven Boldt.

Merci également à Yona Levin, Maria Rejt et Sabine Shultz. Et à toute l'équipe de Gotham Group, en particulier Rich Green, qui est une lumière si brillante que j'aimerais l'emmener avec moi partout où je vais. Mon vieil ami Scott Rittinger sait tout ce qu'il y a à savoir sur les voitures anciennes et a toujours répondu très rapidement à mes questions improbables par SMS. Celia Brooks a partagé avec moi ses connaissances sur la géographie de Londres. Merci à mes amis, collègues et étudiants du département d'écriture créative de l'université de Caroline du Nord à Wilmington, en particulier Philip Gerard, qui m'a permis de prendre les congés dont j'avais besoin, et Rebecca Lee, avec qui c'est toujours un plaisir de partager des livres. Mon frère, Alex, m'a aidée à relire les épreuves. Mes parents m'ont toujours apporté un amour et un soutien indéfectibles. Melody Moezzi a fait un rêve prophétique ; la soirée où je leur ai annoncé à elle et à Matthew Lenard qu'il s'était réalisé a été l'une des meilleures de ma vie. Dana Woodward est toujours ma première et meilleure lectrice.

Cette histoire est en quelque sorte un document fictionnel ; je suis redevable aux nombreux livres, documentaires, articles et journaux qui l'ont ancrée dans des événements réels. Même si *The Christie Affair* n'avait jamais vu le jour, j'aurais été heureuse d'avoir lu *The Adoption Machine* de Paul Jude Redmond. C'est un livre magnifiquement documenté, magnifiquement écrit, émouvant et obsédant, et j'encourage tous ceux qui sont touchés par l'histoire de Nan à le lire. Parmi les autres livres qui m'ont été précieux, j'aimerais citer *The Light in the Window* de June Goulding, *Ireland's Magdalen Laundries and the Nation's Architecture of Containment* de James M. Smith (le Dr Smith a en outre généreusement répondu à mes questions ; il m'a recommandé les Mémoires de June Goulding et m'a mise en contact avec sa collègue non moins généreuse, Claire McGettrick), *The Great Influenza* de John M. Barry, *Agatha Christie and the Eleven Missing Days* de Jared Cade, *Une autobiographie* de dame Agatha Christie elle-même (si vous ne l'avez jamais lue, vous ratez quelque chose) et bien sûr, ma pile de romans policiers de Christie, en particulier *Mort sur le Nil*, *Le Crime de l'Orient-Express*, *Ils étaient dix*, *A.B.C. contre Poirot*, *La Mort dans les nuages*, *La Maison du péril*, *La Maison biscornue* et *La Nuit qui ne finit pas*, ainsi que sa nouvelle *Le Point de non-retour.* Pour les divers détails et anecdotes historiques, je me suis appuyée sur trop d'articles et de documents universitaires pour tous les énumérer, mais j'aimerais citer « When the World's Most Famous Mystery Writer Vanished » de Tina Jordan (*The New York Times*), « The Mysterious Disappearance of Agatha Christie » de Giles Milton (*HistoryExtra*), « Unmarried Mothers in Ireland, 1880-1973 » de Maria Luddy, « Unmarried Mothers and Their Children: Gathering the Data » des Dr Maeve O'Rourke, Claire McGettrick, Rod Baker et Raymond Hill, et le susmentionné « Lady Vanishes » par Matthew Thompson.

Les histoires du documentaire *They Shall Not Grow Old* de Peter Jackson m'ont aidée à imaginer les personnages de Finbarr et Chilton. Et je suis immensément admirative des femmes courageuses présentées dans le documentaire saisissant de Steve Humphries, *Sex in a Cold Climate.* Mes remerciements, mon amour et mon admiration à Brigid Young, Phyllis Valentine, Martha Cooney et surtout Christina Mulcahy.

Et surtout, merci à David et à Hadley. Je serais prête à voyager pendant cent ans et à aller aux quatre coins du monde pour vous trouver.

Cet ouvrage a été achevé d'imprimer sur Roto-Page
par l'Imprimerie Floch à Mayenne en mars 2023
N° d'édition : 17597/01 – N° d'impression : 102214
Imprimé en France